新選明文東洋古典大系

中國古典漢詩人選 4

改訂增補版

新譯

杜甫

張基槿 譯著

明文堂

◀**두보상**(杜甫像)
시성(詩聖)으로 불려진 두보는 명문가의 후예로서 한때 장안(長安)에서 활약했으나 안녹산(安祿山)의 난(亂:두보 44세) 때 적군에게 사로 잡히어 연금되었다가 1년 후에 탈출하여 새로 즉위한 황제 숙종(肅宗)의 행재소에 달려가 좌습유(左拾遺)의 벼슬에 오른다.

▼**완화초당**(浣花草堂) 두보는 48세 때 벼슬을 내놓고 사천성(四川省) 성도(成都) 시외의 완화계(浣花溪)에 완화초당을 짓고, 정착했는데 그 후 몇 년 동안은 이곳에서 비교적 안정된 생활을 했다.

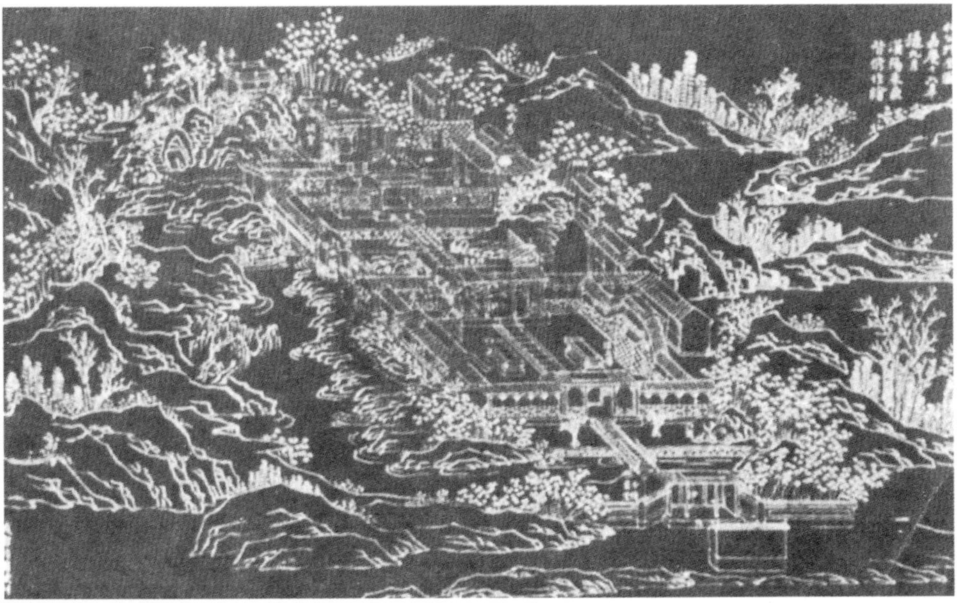

▶**당현종**(唐玄宗) 서기 712년 즉위한 후에 혼란스러웠던 국정(國政)을 수습하여 개원지치(開元之治)의 태평성대를 이루었으나, 치세 후반에는 양귀비(楊貴妃)와 사치스런 생활을 하던 끝에 안녹산의 난을 맞는다. 고궁박물원(故宮博物院) 소장

▼**당나라 도읍 장안성지**(長安城址) 서안(西安: 장안(長安)의 현재 명칭) 시가지와 멀리 서문(西門)이 보인다. 현재 남아있는 성벽은 명(明)나라 때 쌓은 것으로 당나라 장안성 북쪽에 위치하는데 그 면적은 당나라 때의 몇분의 일에 불과하다. 그러나 그 웅대함에 놀라게 되며 당나라 때 영화를 짐작케 한다.

◀**성당**(盛唐)**의 미인용**(美人俑)
두보가 살다가 간 성당(盛唐) 시대의 궁녀들. 풍만한 체격에 두 볼이 볼록하고 긴 치마를 입고 있다. 당삼채(唐三彩). 섬서성(陝西省) 출토.

▼**무용극**(舞踊劇)
당나라 때에는 시(詩)를 위시하여 가무(歌舞)와 음곡(音曲) 등 갖가지 문화가 꽃피었다. 사진은 그 당시의 화려한 생활상을 전해주는 무용극이다.

개정증보판(改訂增補版) 서언(序言)

이 책은 《중국고전 한시인선, 두보(杜甫)》를 개정하고 또 증보한 것이다.

구판 《두보》는 1975년에 초판이 나왔으며, 그간 많은 인현(仁賢)들에게 애독되고 또 여러 가지로 간곡한 교시(敎示)를 받아왔다. 그러나 근 30년 전에 편찬된 것이라 내용이나 체제면에서 미비한 점이 많았으며, 저자로서 송구한 마음을 금할 수 없었다.

마침, 옛날부터의 지기(知己)이신, 명문당(明文堂) 김동구(金東求) 사장님이 개정증보판의 출판을 쾌히 승낙해 주심으로 감사하며 구판의 미비한 점을 일부나마 보완하고자 했다.

체제면에서는 종서(縱書)를 횡서(橫書)로 개편했으며, 한시 원문 위에 한글로 자음을 달았다.

새로 증보한 시는 제7장에 수록했다. 분량면에서는 약 80매, 시는 주로 중요한 장편의 고시(古詩) 11편을 추리고 자세히 풀이했다. 특히 제7장의 어석(語釋)은 구판과 다르게 종합적으로 뜻풀이를 했다.

2002년 12월 20일 현옥련서재(玄玉蓮書齋)에서
장기근(張基槿) 삼가 씀

서언(序言)

두보는 일찍이 시성(詩聖)으로 불리는 울분 잘하는 시인이었다. 하지만 그 울분은 그의 성품에 바탕을 이루고 있는 정의감과 유교윤리(儒教倫理)에 깊이 뿌리박고 있어서 단순히 즉흥적이고 돌발적인 울분과는 그 성질이 다르다. 그 자신을 중국 고대의 현인(賢人) 직(稷)과 설(契)에 비유할 만한 훌륭한 사람이라고 자부하고 있던 두보는 자신이 군주를 요·순임금 이상의 현군(賢君)으로 만들고 경박한 풍속을 요순시대처럼 아름답게 만들려고 열망했었다.

그리하여 조정에서 주요한 자리를 얻어 그 열망을 실현시켜 보려고 했지만 뜻대로 되지 않았고, 40세라는 장년에 당시의 서울이던 장안(長安)을 방랑하는 유랑시인으로 실의(失意)와 빈곤을 쓰라리게 맛보아야만 했었다. 물론 그것은 분하고 울적하기 이를 데 없는 슬픔이었지만 그 이상으로 그를 울분하고 울적하게 만든 것이 있었다.

그것은 번영 뒤에 숨어 있는 많은 사회적 모순이었다. 그런데도 그것을 개혁하려 하기는커녕 사리사욕(私利私慾)에만 눈이 어둡고 나라를 퇴폐·파멸의 구렁텅이로 몰아넣는 권력자들의 부정과 횡포였다.

본래의 성품이 악을 보면 오장이 뒤틀린다는 그는 이것을 도저히 묵시(默視)할 수 없어서 자주 분노를 터뜨렸다. 그와 동시에 문학을 추구해 가는 사이에 《시경(詩經)》의 풍간(諷諫) 정신을 본받으려고 한 그는 그 분노를 거침없이 읊어서 시정(時政)을 비판하고 그 당시의 권력자들에게 날카로운 비판의 화살을 던짐과 동시에, 한편으로는 사회의 모순과 악정(惡政)에 허덕이는 민중에게 따뜻한 연민의 정을 보냈다.

그렇게 해서 탄생한 것이 소위 일련의 사회시(社會詩)인 것이다. 이 사회시는 정치비평·사회비평을 기본으로 함으로써 종래의 시에 질적 향상을 가져오는 혁신적인 기풍을 불어넣었다. 그리고 두보의 시만큼 일생을 통하여 변화를 보이고 있는 것도 드물다. 그만큼 그의 시는 그의 생애의 고난에 넘친 생활의 변천과 함께 항상 변해 왔다. 아니 항상 무엇인가 새로운 것을 더해 왔다고 하는 편이 옳을 것이다. 그것은 항상 그가 처해 있는 현재를 가장 절실하게 읊었던 증거이기도 하다.

그는 또한 우수(憂愁)의 시인으로 불리기에 알맞게 끊임없이 고민하고 슬퍼했다. 그가 우려해 마지않던 나라의 운명은 안녹산(安祿山)의 반란을 계기로 하여 크게 동요하고 있었지만, 그와 동시에 그의 운명도 크게 흔들려 결국에는 한때 몸담고 있던 관직(약 5년)을 버리고 가족을 이끌고 다시 돌아오지 못할 슬픈 방랑길에 나섰다.

이때부터 그의 슬픔은 해가 갈수록 짙어지고 내향성(內向性)을 띠면서 자기 자신 속에 깊이 파묻히려고 했다. 그래서 그의 시에는 울적한 서정성이 더욱 깊어지고 있다. 특히 그의 만년의 작품은 슬픔과 비통이 차분한 무게를 지니고 읊어지고 있다. 그러나 그의 슬픔은 전반에서처럼 장편적인 고체시형(古體詩形)으로 읊어진 것과는 달리 새로운 시형(詩形)인 율시(律詩)에 의해서 매우 응축적(凝縮的)으로 읊어지고 있다. 거기에는 다른 사람의 추종을 불허하는 독보적인 엄밀하고 정치(精緻)한 표현과 때로는 비동(飛動)하고 때로는 침울한 마음과 섬세한 느낌이 멋지게 융합되어 실로 입신(入神)의 묘기를 발휘하고 있다고 할 수 있다.

이상과 같이 두보의 시는 모두가 울분과 슬픔으로 가득차 있다고 할 수 있는데, 이 두 가지를 중심적인 주제감정(主題感情)으로 해서 읊어지는 그의 시에는 사람과 자연을 따뜻하게 감싸고 있는 그의 휴머니티가 풍겨서 인생에 대한 성실성과 국가와 사회를 생각하는 인간의 문학으로서 크게 성장한 모습을 보이고 있다.

앞서 펴낸 시선(詩仙) 《이태백(李太白)》과는 정반대되는 경향의 시인으로서 이태백을 도가적·낭만적 시인이라 한다면 두보는 유가적·사실적 시인이라 할 수 있다. 그러면서도 중국시의 쌍벽을 이루는 이들 두 사람이 후세에 귀감이 될 만한 우정을 맺었다는 것은 깊이 본받을 만한 일이며, 이태백의 시와 비교해 가면서 음미하면 한층 그 진미를 깊이 맛볼 수 있을 것이다.

끝으로 천 수가 넘는 두보의 시를 모두 싣는다는 것은 어려운 일이어서 이 책에서는 그의 시의 특색을 가장 잘 나타내고 있는 대표적인 작품만을 다루었다. 시성(詩聖)이라 불리는 두보인만큼 그의 시에는 깊이가 있고 파격적인 암시를 내포하고 있어서 감히 손대기가 어려운 대상이지만, 보다 동양을 알고 싶어하는 독자들을 위하여 다소의 오류(誤謬)가 있으리라고 걱정하면서도 감히 시성 두보를 펴내니 미숙한 점이 있으면 조언해 주기를 바라는 바이다.

1975년 5월

仁王書齋에서 張基槿 識

차 례

제 3 장 전란戰亂과 가족애家族愛

제 4 장 표랑飄浪과 추억追憶

제5장 곤궁困窮과 분만憤懣

제 6 장 승화昇華된 휴머니즘

제 7 장 두보시 보충

서장(序章)

시성詩聖 두보杜甫

나라는 파괴되었으나 산하는 예나 다름없고
도성에 봄이 왔으나 초목만 우거졌네
國破山河在
城春草木深

어느 때 함께 술잔 나누며
다시 한번 맘껏 글을 논하리
何時一樽酒
重與細論文

귀족들의 붉은 대문 안에는 술과 고기가 썩어 냄새를 풍기는데
길가에는 얼어 죽은 시체가 딩굴고 있네
朱門酒肉臭
路有凍死骨

동양적 휴머니즘의 결정인 유가(儒家)의 살신성인(殺身成仁)하겠다는 인애정신(仁愛精神)과 수기치인(修己治人)의 군자도(君子道)를 성실하게 지킨 두보는 시의 표현이나 기교에 있어서도 진지하고 기발하고 또 참신했다. '다른 사람을 감탄시키지 못하면 죽어도 편치 못하겠다(人不驚 死不體)'던 그였다. 그는 한 자 한 구절을 신중하게 다졌고 또한 성운(聲韻)의 묘를 다했다.

1. 두보의 인간과 그의 시(詩)

두보(杜甫 : 712~770)를 시성(詩聖)이라고 부르는데 이것은 시를 통한 성인이란 뜻이다. 그는 과연 위대한 문학가이자 최고의 시인이다. 그는 냉철한 리얼리스트[寫實主義者]이자 위대한 휴머니스트[人道主義者]이며, 또 열렬히 충군애민(忠君愛民)하는 애국자이자 동시에 인자하고 성실한 가장(家長)이기도 했다.

두보는 철두철미 유가사상(儒家思想)을 바탕으로 한 인애(仁愛)의 시인이었다. 그는 스스로 뛰어난 유학자(儒學者)인 두예(杜預)의 가계(家系)를 이어받았고 동시에 탁월한 시재(詩才)를 발휘한 두심언(杜審言)의 후손임을 자부했다. 따라서 그는 사상면에서나 시의 기교면에서나 우수한 유산을 물려받고 태어난 천품(天稟)의 시인이었다.

동양적 휴머니즘의 결정(結晶)인 유가의 살신성인(殺身成仁)하겠다는 인애정신(仁愛精神)과 수기치인(修已治人)의 군자도(君子道)를 성실히 지킨 두보는 시의 표현이나 기교에 있어서도 진지하고 기발하고 또 참신했다. '남을 감탄시키지 못하면 죽어도 편치 못하겠다(人不驚 死不體)'던 그였다. 그는 한 자 한 구절을 신중히 다졌고 또한 성운(聲韻)의 묘를 다했다. 따라서 그의 시는 형식적 표현면에서도 최고의 일품이다. 육조(六朝)대의 문학의 정화(精華)를 총집성한 《문선(文選)》을 깊이 연구하여 그 광채(光彩)와 전통(傳統)을 완전히 내 것으로 만든 그는 시에 있어서 자기만의 빛나고 새로운 경지의 창작(創作)을 이룩했던 것이다.

위대한 내용과 사상, 탁월한 표현과 기교가 조화된 두보의 작품은 동시에 전통이란 깊은 뿌리에서 자란 참신하고도 화사한 창조의 미를 마냥 자유롭게 피어나게 한 꽃같이 자연스럽고 신묘한 걸작이라 하겠다.

2. 두보의 시대적 배경

작품은 사람이 창조하는 것이다. 그러나 작가와 더불어 작품은 역시 장소와 때와 민족성의 영향을 지대하게 받게 마련이다. 더욱이 두보 같은 리얼리스트의 작품은 시대와 사회를 충실히 그린 것으로, 바로 그때, 그 사회의 산물이라고 해도 과언이 아닐 것이다.

특히 두보가 처했던 시기는 당(唐)제국이 최전성기(最全盛期)에서 안사(安史)의 난을 계기로 급전직하 건잡을 수 없이 쇠락하던 전환기로, 급격한 사회변천과 온갖 모순이 두드러지게 노출되기 시작했던 때였다. 전란은 죽음과 이별, 곤궁과 기아를 동반한다.

이에 가장 고생하고 희생되는 사람들은 역시 일반 민중들이다. 나라를 걱정하고 백성을 사랑하던 두보는 이들을 끝없는 휴머니즘으로 옹호했고 반면 전란의 장본인인 역적들에게 끝없는 분노를 터뜨렸다. 두보가 처했던 시대를 대략 전기와 후기로 나누어 보겠다.

(1) 전기(712~755)－안녹산(安祿山)의 난 이전

두보가 출생하던 선천(先天) 원년(712) 8월에 예종(睿宗)이 자리를 태자 융기(隆基)에게 물림으로써 당나라는 현종(玄宗)의 치하에 들어갔다. 이듬해 현종은 연호를 개원(開元)이라 고쳤고 개원 29년을 지나 이듬해 741년에는 다시 천보(天寶)라고 개호(改號)했다. 그후 천보 14년(755) 안녹산(安祿山)이 반란을 일으킬 때까지의 당나라는 가장 번성했던 시기라 하겠다. 당 현종은 원래가 영명(英明)한 성품을 타고났다. 그는 등극하자 요숭(姚崇)·송경(宋璟)·장구령(張九齡) 등의 명신을 등용하여 정사에 정려했으므로 당나라는 정치·경제·군사·문화 등 모든 면에서 눈부신 발전을 이룩했다. 두보는 〈억

석(憶昔)〉이란 시에서 다음과 같이 회상한 바 있었다.

옛날을 회상하노라! 개원 전성시에는
작은 마을에도 만호의 집이 들어섰고
쌀은 기름이 흐르고 희었고
관가나 개인의 곡식창고는 꽉 찼었노라
온 천하의 길에는 승냥이나 호랑이 같은 도적들이 없었으니
먼길 가는 데 굿이 길일을 택할 필요가 없었으며
제나라 노나라의 특산품인 비단을 수송하는 수레가 열을 지었고
남자나 여자들은 제각기 맡은 바 직분에 충실하게 생산했었다
궁중에서는 천자가 운문곡을 연주했고
천하의 모든 선비들이 다같은 벗으로서 긴밀하게 친교를 맺었으며
백여년간을 두고 천재지변도 일어나지 않았고
숙손통(叔孫通)의 예악이나 소하(蕭何)의 율법같이
훌륭한 문물제도가 수립되었었다

《자치통감(資治通鑑)》에도 있다.

'개원 28년에는 장안이나 낙양에서는 쌀 열 말의 값이 2백전도 못 되고 명주의 값도 그러했다. 세상이 편안하고 부유했으며, 나그네는 만리길을 가는 데도 아무런 무기를 지닐 필요가 없었다(開元二十八年 西京 東都米斛直錢不滿二百絹亦如之 海內安富 行者雖萬里 不持寸兵)' 〈卷214〉

이렇듯이 당시는 천하가 평안했고 생산이 풍성하였으며, 국민들은 마냥 태평성세에 도취할 수 있었다. 천보(天寶) 13년에 인구는 5,288만이었다(《資治通鑑》 卷216).

한편 당나라는 국토 확장전쟁에서도 거듭 승리를 거두었다. 원래부터 침략전쟁을 반대하던 두보는 다음과 같이 〈견회(遣懷)〉에서 변경 확대전쟁을 비판했다.

전의 황제는 무력을 좋아했으며 천하도 쇠락하지 않았다
맹장은 서역을 평정했고
막강한 무력은 거란을 격파했다
백만대군을 동원하여 성 하나를 공략했고
장수들은 언제나 승리만을 보고하고 패전은 알리지 않았다
이에 황제는 흙뿌리듯 하사품을 내려주었으며
한 자의 땅을 뺏기 위해 백명의 병사를 희생했다
이렇듯 변경 개척의 대업이 미처 끝나기도 전에
음양 태화(太和)의 기운이 천지에서 사라져 세상이 전란에 휘말리게 되었다

先帝正好武　寰海未凋枯
猛將收西域　長戟破林胡
百萬攻一城　獻捷不云輸
組練棄如泥　尺土負百夫
拓境功未已　元和辭大鑪

무력에 의한 확장정책은 독무(瀆武)다. 무력의 남용은 결국 천하를 난세의 구렁텅이로 빠뜨리고 만다. 두보가 예리하게 비판한 대로다. '변경 확장의 무력정책이 미처 끝나지도 않았는데 평화의 기운은 대지에서 떠나 뒤이어 안녹산의 난이 일어났다(拓境功未已 元和辭大鑪)' 하지만 안녹산의 난이 있기 전까지 당나라는 이른바 성당(盛唐)

의 문화적 전성기를 마냥 자랑한 것도 사실이었다. 이백(李白)과 두보를 정점으로 한 성당문학을 비롯하여 학술 사상은 물론 기타 서·화·음악 등 모든 예술이 발랄하고 자유롭게 발전하여 당시의 모든 지식인은 마냥 자아(自我)를 뻗어나게 했다.

그러나 정점은 하락으로의 전환점이다. 치솟는 당나라의 국세(國勢)는 그런대로 내부의 여러 모순을 점차로 노출시키기 시작했다. 특히 개원 24년(736) 학자풍의 명재상(名宰相) 장구령(張九齡)이 실각하고 '입에는 꿀, 뱃속에는 칼을 품은[口蜜腹劍]' 이임보(李林甫)가 실권을 잡게 되자, 당나라 조정은 날로 황폐하기 시작하였다.

게다가 노경에 접어들면서 혼용해진 현종이 자기의 아들 수왕(壽王)의 비였던 양태진(楊太眞)을 맞아 양귀비(楊貴妃)라 높이고 그녀에게 빠져 일야 유연만을 일삼고 모든 대소의 정사를 이임보에게 맡김으로써 사회의 기강마저 혼탁하게 흐려지게 되었다. 천보 6년(747)에는 새로운 인재를 등용할 목적으로 과거를 시행했다. 그러나 교활한 이임보는 한 사람의 합격자도 내지 않고 '야에는 슬기로운 사람이 없습니다[野無遺賢]'라고 현종을 기만했다.

이때에 두보도 과거에 응시했다가 고배를 마시고 크게 분통했다. 이렇게 하여 당나라 조정은 악당들 손아귀에 놀아났고 차츰 모든 선비나 학자 및 지식층으로부터 멀리 떨어져 나가게 되었다. 한편 국민과 유리된 당나라 조정은 부패와 방탕, 안일과 무능, 어둠과 실망 속에 급속도로 하락의 길을 재촉하고 있었다. 이러한 모순의 폭발이 바로 안녹산의 반란이었다.

(2) 후기(755~770)-안녹산의 난 이후

천보(天寶) 13년(755) 11월 안녹산(安祿山)이 범양(范陽)에서 반란을 일으키자 당나라는 바야흐로 쇠망하기 시작했다. 그로부터 두보가 죽던 대종(代宗) 대력(大曆) 5년(770)까지의 약 15년간을 후반기로 보며, 당나라의 모순과 불평이 사실로서 노출되어 사회와 나라가 전란과 쇠퇴에 빠졌던 시기였다.

최고로 태평성세를 구가했던 당나라가 일조에 암흑과 혼란 속으로 떨어지게 된 이유는 여러 가지가 있을 것이다. 그러나 가장 큰 원인은 역시 통치계급의 실책이라 하겠다. 두보는 다음과 같이 그의 시에서 비판했다.

귀족들의 붉은 대문 안에는 술과 고기가 썩어 냄새를 피우고 있는데
길가에는 얼어죽은 사람들의 시체가 딩굴고 있다
이렇듯 영화와 빈한이 지척을 두고 갈라지고 있으니
그 처량한 느낌을 이루 다 말할 수가 없구나

朱門酒肉臭　路有凍死骨
榮枯咫尺異　惆悵難再述

특히 두보는 〈여인행(麗人行)〉에서 당나라 통치계급의 무절제한 유락을 풍자했다. 백성들과 유리되고 안일과 부패에 젖은 그들은 마침내 끝장을 보게 되었다. 안녹산이 서북쪽의 15만 대군을 이끌고 남하하자 불과 한 달도 못 되어 낙양(洛陽)이 함락되었고 이어 반 년도 못되어 수도 장안(長安)마저 적에게 넘겨주었다. 이에 현종은 촉(蜀 : 四川省)으로 피난갔고, 양귀비마저 죽였는데다가 당나라의 위세가 땅에 떨어지고 백성은 도탄에 빠졌다.

숙종(肅宗)이 자리에 올랐으나, 그도 별수가 없었다. 위구르[回紇]족의 힘을 빌어 적과 싸워야 했고, 따라서 숙종은 당나라의 인민과 재물을 위구르에게 적잖게 넘겨주기도 했다. 《자치통감》에는 '성

을 찾는 날 땅과 선비들은 당나라에 돌아왔으나, 금이나 비단 및 여자들은 위구르족에게 돌아갔다(克城之日 土地士庶歸唐 金帛子女皆歸回紇) 〈卷220〉'고 있다.

약 7년 이상 소용돌이치던 안사(安史)의 난이 대종(代宗) 광덕(廣德) 원년(763)에 일단락되었다. 그러나 그해 10월에는 토번(吐蕃)이 한바탕 장안에 쳐들어와 다시 한번 난리를 겪어야 했다 한마디로 두보의 후반기는 당나라의 쇠락과 사회적 혼란기였다. 이에 백성들과 더불어 두보는 고향을 버리고 객지로 유랑하며 전란에 시달리는 한편 굶주림과 추위에 떨어야 했던 것이다. 그러나 위대한 휴머니스트 두보는 그 모든 고난을 불후의 걸작으로 승화시켰다. 그의 시는 바로 절정에서 직하하는 당나라와 백성들의 고난의 결정이었다.

이상 두보의 시대를 훑어보고 우리는 다음과 같이 결론을 내릴 수가 있다. 전기에 두보는 문학가로서의 폭넓고 다양한 바탕을 마련했고, 아울러 호매(豪邁)하고 활달한 기백을 배양할 수가 있었다. 그리고 후반기로 넘어가면서 애국애민하는 휴머니스트 두보는 민족적 자존심과 도탄에 빠진 백성에 대한 동포애를 시로써 마냥 발휘했고 아울러 무능과 부패에 젖은 통치계급에 대하여 예리한 비판과 고발을 했던 것이다.

3. 두보의 생애

두보는 〈공낭(空囊)〉에서 다음과 같이 읊었다. '세상 사람들이 모두 엉터리라, 나의 길은 더욱 험난하였다(世人共鹵莽 吾道屬艱難)' 두보는 때를 잘못 타고났다. 그는 평생을 두고 자기의 뛰어난 학문과 높은 덕성을 다 바쳐 임금에 충성하고 나라와 백성을 안녕케 해줄 입

공(立功)을 원했던 것이다. 그러나 그는 평생을 간난 속에 시달리며 전란에 쇠락하고 도탄에 빠진 국가와 백성을 위해 피눈물나는 노래만을 읊는 우수시인(憂愁詩人)으로 끝나고 말았다.

두보(杜甫)의 자는 자미(子美)다. 당 현종(玄宗) 선천(先天) 원년(712) 하남성(河南省) 공현(鞏縣)에서 출생했다. 그의 13세조 두예(杜預)는 서진(西晋)의 명장(名將)이었고, 《좌전(左傳)》에 정통했다. 증조부 두의예(杜衣藝)는 공현의 영(令)을 지냈으며, 조부 두심언(杜審言)은 초당(初唐)의 유명한 시인이었다. 두보는 '우리 조상은 시로써 옛날에 으뜸이시었다(吾祖詩冠古) 〈贈蜀僧閭邱〉', '시는 우리 가문의 일(詩是吾家事) 〈宗武生日〉'이라고 했다. 두보의 부친 두한(杜閑)은 연주(兗州)의 사마(司馬)를 지냈고 봉천현령(奉天縣令 : 陝西省 乾縣)으로 끝맺었다. 두보의 생애를 대략 네 시기로 나누어 보겠다.

(1) 독서와 유력(遊歷)(712~746)

두보의 탄생으로부터 35세까지로 나라도 창성(昌盛)했고 두보 자신도 가벼운 마음으로 독서와 유력을 했던 때다. 두보는 어려서부터 총명했고 시문에 뛰어난 천품을 발휘했다.

일곱 살에 이미 생각이 컸고 입을 열어 봉황을 읊었노라
아홉 살에 큰 글자를 썼고 작품이 한 부대로 가득찼다.

七齡思卽壯　開口詠鳳凰
九齡書大字　有作成一囊

이것은 두보가 만년에 지은 〈장유(壯遊)〉라는 시에서 회상한 것이다. 다시 그는 소년시절을 다음과 같이 자랑했다.

옛날 열네댓 살 때에 문단에 나가 어울렸거늘
최상이나 위계심 같은 분이 나를 반고나 양웅 닮았다 했네
往昔十四五　出遊翰墨場
斯文崔魏徒　我以班揚似

최상(崔尙)이나 위계심(魏啓心)은 당시 문단에서 상당히 영향력이 큰 중진이었다. 그들이 두보를 보고 한(漢)대의 반고(班固)나 양웅(揚雄)과 같다고 했던 것이다.

타고난 천성만으로는 크게 성공할 수가 없었다. 두보는 어려서부터 성실했고 또 노력했다. '만권의 책을 독파하자 붓을 대고 글을 지으니 마치 신들린 듯하더라(讀書破萬卷 下筆如有神)〈奉贈韋左丞丈〉' '파(破)'라고 한 뜻은 꿰뚫었다, 즉 연찬고심(硏鑽苦心)하고 각고노력(刻苦努力)했음을 알리고자 한 것이다. 그렇다고 어린 두보가 천진난만한 소년의 기질을 상실한 것은 아니었다. 역시 만년에 지은 〈백우행집(百憂行集)〉에서 술회하고 있다.

회상하면 15세 때 마음은 아직도 어렸고 송아지같이 세차게 뛰어다녔으며
8월에는 뜰 앞 대추나무에 하루에 천 번이나 기어올랐지
憶年十五心尚孩　健如黃犢走復來
庭前八月棗栗熟　一日上樹能千回

천성의 총명과 성실한 노력은 두보의 학문과 시를 대성시키는 바탕이었다면, 그의 천진난만한 성품은 악을 미워하고 약한 백성을 사랑하는 휴머니즘의 흐름이었다. 개원(開元) 19년(731) 두보는 20세가 되자 오(吳 : 江蘇)와 월(越 : 浙江)을 향해 유람길에 나섰고 10년 이

상 전후(前後) 세 차례에 걸쳐 제법 유쾌한 여행과 장한 놀이[壯遊]를 거듭했다.

개원 23년(735) 24세 때, 그는 낙양(洛陽)에 돌아와 진사(進士) 시험에 응했으나 낙방하고 다시 제(齊 : 山東)·조(趙 : 河北)로 여행하며 많은 문인들과 친교를 맺고 호탕하게 술마시며 놀았다. 〈장유(壯遊)〉에서 '제·조 사이로 방탕하고 경구비마로 마냥 즐겼노라(放蕩齊趙間 裘馬頗淸狂)'고 했다. 이때 두보는 활을 쏘아 손수 들짐승이나 날새를 잡기도 했다. 두보의 시에는 매[鷹]나 말[馬]을 읊은 것이 유난히 많고 매우 생기있게 묘사되었는데 그 유래를 알만하다. 개원 29년(741) 두보는 30세로 낙양에 돌아왔고 그후 3년이 지나 천보(天寶) 3년에 낙양에서 11세 연장인 이백(李白)과 만났다. 당시 이백은 장안에서 쫓겨났으나 시명(詩名)이 높았다. 두 사람은 한눈에 의기투합했으며 짧은 시일의 교유였으나 마침내는 불후의 우정을 수립했다. 〈李太白 참조〉

(2) 장안(長安)의 곤고(困苦)(746~755)

이 시기는 두보의 나이 35세에서 44세까지의 약 10년간이며, 당나라가 점차로 쇠퇴하고 통치계급의 부패와 무능이 노정되어 백성들의 생활이 파괴되었고 두보 자신도 차츰 삶의 고난 속으로 빠져들게 되던 때다.

천보 5년(746) 두보는 35세에 장안으로 왔다. 원래 두보는 충군애민(忠君愛民)의 정치이상과 참여정신이 높았다. '임금을 보좌하여 요·순 이상으로 높이고, 나라의 기풍을 순박하게 바로잡자(致君堯舜上 再使風俗淳) 〈贈韋左丞〉'는 열렬한 정치 포부를 지녔던 두보는 이듬해(747)에 과거에 응했다가 다시 낙방하고 두 번째의 고배를 맛보고 참여의 길에서 쫓겨나고 말았다. 당시 현종(玄宗)은 양귀비에 빠져 국사를 소홀히 했고 당나라 조정은 간악한 이임보(李林甫)와 고력사(高力士)의 흉계에 놀아났다. 이때에도 학자를 미워하던 이임보가 과거 응시자를 전부 낙방시킴으로써 두보도 그의 음흉한 술책에 휩쓸려 떨어지고 말았던 것이다. 이때의 씁쓸한 심정과 정의의 울분을 두보는 많은 사람들에게 보내는 시에서 털어놓은 바 있다. 동시에 두보는 임금과 백성들 중간에서 햇빛을 가리고 있는 먹구름 같은 이들 간신배들에 대한 공격과 아울러 무고하게 고생하며 생명이나 재산을 잃고 있는 백성들을 사랑하는 시를 짓기도 했다. 당시의 두보는 너무나 궁핍했다. 그리하여 이렇게 읊었다.

아침에 부잣집 문을 두드리고 저녁에 귀족들의 말을 뒤쫓아가
찌꺼기 술잔이나 고기를 얻어먹으며 사방에서 슬프고 신맛만 보았노라(朝扣富兒門 暮隨肥馬塵 殘杯與冷炙 到處潛悲辛)

조석으로 세도가나 부호들을 찾아다니며 구걸을 하다시피 살았음을 알 수가 있다. 너무나 실망한 두보는 술취해 '유학이 나에게 무슨 소용이 있느냐, 공자나 도척이 다같이 흙이 되었는데(儒術於我何有哉 孔丘盜跖俱塵埃)〈醉時歌〉'라 했고, 또 '유학자는 모두가 처신을 잘못한다(儒冠多誤身)' '유학자가 굶어죽을 걱정을 한다(有儒愁餓死)' '어찌 굶어죽어 구렁텅이에 묻히리?(焉如餓死塡溝壑)'하며 신세타령을 했다. 그의 푸념은 엄살이 아니었다. 그의 자식이 굶주림과 추위에 시달리다가 실제로 죽었다. '내 집 문에 들어가니 통곡하는 소리가 들리며 어린 자식이 굶어죽었다고 하네(入門聞號咷 幼子餓已卒)〈自京赴奉先縣〉'

이러한 고난 속에서 두보는 더욱 사회의 부조리와 통치계급의 타락과 백성의 고충을 냉철하게 내다보았다. 〈여인행(麗人行)〉에서 귀

족들의 타락을 폭로했고, 〈병거행(兵車行)〉〈전·후출새(前·後出塞)〉에서는 위정자의 지나친 변경확대 야욕에 제물이 되고 있는 무고한 전사들의 슬픔을 대변했고 〈추우탄(秋雨歎)〉에서는 백성들의 가난한 생활을 걱정했다.

(3) 안녹산의 반란(756~759)

천보 14년(755) 11월 9일 안녹산(安祿山)이 범양(范陽)에서 반란군을 이끌고 파죽지세(破竹之勢)로 남하했다. 부패와 타락만을 일삼던 당나라의 온갖 부조리와 모순이 터져 나온 것이다. 이에 현종은 촉(蜀)으로 피난했고, 가는 길에 마외파(馬嵬坡)에서 양귀비와 양국충 일당을 처형했다. 그러자 이듬해(756) 태자 형(亨)이 영무(靈武)에서 자리에 올라 숙종(肅宗)이라 칭했고 연호도 지덕(至德)으로 개칭했다.

이통에 두보는 가족을 봉선(奉先)에서 백수(白水)를 지나 다시 부주(鄜州)로 피난시켰다. 그리고는 혼자서 숙종이 있는 영무로 가고자 역적들의 점령지를 빠져나오다가 도리어 붙들려 장안으로 호송되어 돌아와 장안에 연금상태로 유폐되었었다. 그는 〈애강두(哀江頭)〉에서 '소릉의 늙은 야인이 소리죽여 통곡하며 봄날에 곡강 모퉁이를 남몰래 거닐도다(少陵野老呑聲哭 春日潛行曲江曲)'라고 읊었다. 이때 두보는 오직 나라사랑하는 마음과 역적토벌의 정의감에 넘치고 있었다. 〈비진도(悲陳陶)〉나 〈비청판(悲靑坂)〉에서 그는 역적을 치고 나라를 지키기 위해 희생된 전사들에게 '의군(義軍)'이란 칭호를 주며 그들을 위로하는 동시에 하루 속히 역적을 괴멸하기를 안타깝게 고대하고 있었다.

그러자 지덕 2년(757) 안녹산이 그의 아들 안경서(安慶緖) 일파에 의해 살해되고 적군이 흔들리기 시작했다. 한편 차츰 힘과 질서를 되찾은 당나라의 현종은 봉상(鳳翔)으로 옮아왔다. 이에 두보는 4월에 장안을 탈출하여 도중의 위험을 무릅쓰고 마침내 봉상에 와서 숙종에게 알현했던 것이다. 이렇게 하여 5월 16일 두보는 임금에게 간언을 올릴 수 있는 좌습유(左拾遺)의 벼슬을 받게 되었다.

오랜 숙원을 달성한 두보의 감격은 이만저만이 아니었을 것이다. 그러나 두보는 기질상으로 능란한 행정가나 정치인 내지는 관료가 될 수 없었다. 그는 재상(宰相) 방관(房琯)을 변명하는 상소문을 숙종에게 올렸다가 도리어 숙종의 역린(逆鱗)에 걸려 8월에는 부주에 있는 가족에게 가 있으라는 명을 받고 장안을 떠나야 했다. 말하자면 점잖고 조용하게 두보는 대궐에서 쫓겨난 셈이었다.

그러자 당나라 관군이 위구르〔回紇〕의 도움으로 장안을 수복했고 10월 19일 숙종이 장안으로 환궁했다. 이에 두보도 11월에는 장안으로 돌아와 다시 조정에 출사하게 되었고, 가지(賈至)·잠참(岑參)·왕유(王維)와 같이 궁중에서 서로 시를 짓기도 했다. 그러나 이듬해 건원(乾元) 원년(758) 6월 두보는 방관이 빈주자사(邠州刺史)로 좌천됨에 따라 화주(華州)의 사공참군(司功參軍)으로 쫓겨나고 말았다.

오직 4년 전후의 짧은 시기였으나 이때는 두보에게 있어 가장 다양했고 또 그의 시도 가장 고양(高揚)되었던 때였다. 〈술회(述懷)〉〈옥화궁(玉華宮)〉〈강촌(羌村)〉〈북정(北征)〉〈팽아행(彭衙行)〉〈곡강(曲江)〉 등의 대작과 걸작이 수없이 나왔다.

(4) 만년의 표랑(飄浪)(759~770)

48세에 화주(華州)로 쫓겨난 두보는 그후 약 10년 동안 각지로 떠돌며 심한 궁핍과 병고에 시달리다가 59세에 서거했다. 동시에 이때는 당나라가 계속 쇠락했고, 겹치는 가뭄과 전란에 백성들은 더욱 도탄 속에 빠져들었다. 이에 두보는 자기의 간난을 백성의 그것으로 일치시키고 인도주의가 넘치는 예술로 승화시킴으로써 더욱 완성된 작품을 남기기도 했다.

화주는 섬서성(陝西省) 화산(華山) 기슭에 있는 촌마을이었다. 그곳에서 더위와 잡무에 시달려 짜증을 내던 두보는 마침내 그해(759) 가을 벼슬을 버리고 진주(秦州)를 거쳐 동곡(同谷)으로 갔고, 다시 겨울에는 촉(蜀)의 험난한 길을 타고 성도(成都)로 깊이 들어갔다.

이 1년이 두보의 창작생활에서 가장 주목할 때라 하겠다. 화주를 중심한 혹심한 고난 속에서 그는 '삼리(三吏) 삼별(三別)'의 사회성이 짙은 작품을 썼고, 〈진주잡시(秦州雜詩)〉 20수를 위시하여 처절한 생활고를 그린 시와 아울러 많은 기행시(紀行詩)를 남겼다.

성도에 도착한 두보는 상원(上元) 원년(760), 두제(杜濟)를 비롯한 여러 사람의 원조를 얻어 완화계(浣花溪)에 초당(草堂)을 지었고 또 뜰에는 복숭아 등의 과일나무까지 심었다. 모진 고생과 방랑을 겪은 두보는 피로한 가족과 더불어 오래간만에 잠시나마 한숨 돌리고 안착할 수가 있었다. 따라서 이때의 시에는 제법 안도감이 내보이기도 했다. 더욱이 〈모옥위추풍소파가(茅屋爲秋風所破歌)〉에서 '천만간의 큰 집을 지어 천하의 가난한 선비들을 다같이 즐겁게 해주고자(安得廣厦千萬間 大庇天下寒士俱歡顔)' 희망할 정도로 마음의 여유가 있었다.

그러나 성도에서의 소강(小康)상태도 오래 가지 못했다. 762년 현종과 숙종이 죽고 대종(代宗)이 자리에 올랐다. 한편 두보의 뒤를 봐주던 엄무(嚴武)가 장안으로 가자 지방의 군벌 서지도(徐知道)가 반란하여 성도 일대가 다시 혼란에 빠졌다. 이에 두보는 다시 가족을 거느리고 재주(梓州) 낭주(閬州) 등지로 헤매어야 했다. 한편 광덕(廣德) 원년(763) 정월, 북쪽에서는 역적의 두목 사조의(史朝義 : 史

思明의 子)가 죽고 약 8년을 끌던 안사(安史)의 난이 일단락되었다. 그러나 위구르나 토번(吐蕃)들의 횡포로 사회적 불안은 여전했다.

마침 엄무가 다시 성도윤(成都尹) 겸 검남동서천절도사(劍南東西川節度使)가 되어 성도로 돌아오자 두보도 다시 완화계의 초당으로 돌아올 수가 있었다. 이때가 764년 두보의 나이 53세 때였다. 그리고 두보는 엄무의 추천으로 절도참모(節度參謀)・검교공부원외랑(檢校工部員外郎)이 되었다. 그러나 이미 때가 늦었었다. 이때 두보는 폐병과 중풍에 쇠잔하여 공무를 감당할 수가 없었다. 더구나 그의 고고한 성품은 속인들 틈에서 어물쩡하고 타협이나 하는 막부(幕府)생활에 만족하지 못하고 이듬해(765) 봄에 직을 사퇴하고 다시 완화계로 돌아왔다. 그러자 뜻밖에 엄무가 세상을 떠났다.

후견자를 잃은 두보는 다시 가족을 데리고 방랑의 길에 나섰다. 이번에는 배를 타고 양자강을 따라 내려갔다. 가주(嘉州)・융주(戎州)・유주(渝州)・충주(忠州)를 지나 운안(雲安)까지 왔다. 이곳에서 신병이 더욱 심해져 두보는 해를 넘기고 이듬해(766) 늦봄에 기주(夔州)로 향했다. 기주는 사천성(四川省) 삼협(三峽)의 하나인 구당협(瞿塘峽) 부근에 있다. 이곳에서 두보는 대력(大曆) 원년(766) 늦봄에서 대력 3년(768) 봄까지 약 2년간을 지냈다. 원두막 같은 초라한 집에서 원주민들의 도움을 받고 살았던 두보의 생활은 물론 여유가 있는 것은 아니었다. 그러나 이 기주생활에서 그는 430수의 시를 지었다. 이 수는 그의 전집에 남아 있는 약 10분의 2가 넘는 양이다. 특히 인생이나 사회나 국가의 모든 차원에서 간고를 몸소 체험한 두보가 죽기 수년 전에 지은 이 시들은 낙조(落照)의 정밀(靜謐)과 장엄(莊嚴)이 엿보인다. 그들 시에는 전같이 노골적인 사회적 비판이나 분개가 표면에 나타나지 않고, 깊은 우수와 비애 속에 선의와 애정이 감돌고 있다.

이제 두보는 외롭기만 했다. 이백도, 고적도, 엄무도, 그리고 많은 벗이나 지기들이 다 유명을 달리했다. 지난날을 회상하는 시와 옛사람을 읊은 시가 두드러지게 많은 것도 말하자면 죽음을 수년 앞둔 인생의 총결산이었다고나 할까?

대력 3년(768) 57세 정월에 기주를 떠난 두보는 강릉(江陵)에 잠시 머물렀고, 세모에는 악주(岳州)로, 이듬해에는 동정호(洞庭湖)에 들고, 여름에는 담주(潭州)에 가서 대력 5년(770) 봄을 맞았다. 그러자 4월에는 지방 군벌의 난이 일어나 그는 다시 형주(衡州)로 피했다가 다시 침주(郴州)로 가려다가 도중 뇌양(耒陽)까지 왔다가 홍수에 길이 막혀서 다시 담주로 되돌아갔고, 겨울에 다시 배를 타고 나섰다가 담주·악주 사이에서 그는 고난의 일생을 끝맺고 말았다.

4. 두보의 사상

시대와 생활은 한 인간의 사상에 막대한 영향을 끼친다. 절정으로 치솟아오르던 당나라가 안녹산의 반란을 계기로 급전 낙하하는 전환기에서 두보는 사회적으로 통치계급의 부패와 무능으로 인한 전란의 비참과 역적의 포악으로 빚어진 암흑 난세에 시달리는 백성들의 고난을 목도했고, 개인적으로 자신이 바로 간난을 뼈저리게 맛보았던 것이다.

이에 천성이 선(善)하고 성실한 휴머니스트인 두보는 그러한 암흑·부조리·악덕·비참·고난을 성실한 리얼리즘과 인간애가 넘치는 휴머니즘의 문학으로 승화 결정지었던 것이다.

두보의 사상의 바탕은 유가(儒家)의 인애(仁愛)다. 두보는 스스로 유가임을 자처했다. 비록 현실사회에 실망하여 스스로 '부유(腐儒)'

니 '노유(老儒)'니 하기도 했으나, 그는 평생을 두고 임금을 보좌하여 백성을 안락하게 해줄 수 있는 정치참여를 갈망했다. 이는 바로 수기치인(修己治人)과 충군애민(忠君愛民)의 유가정신이었다. 동시에 두보는 '절용애민(節用愛民)'에 투철하여 위정계급의 부패·무능·안일·낭비와 역적들의 포악·무질서·난동을 격렬하게 미워했으며, 동시에 무절제한 변경확대정책에 의한 국민생활의 경제적 파탄과 생명 및 가정의 위협을 에누리없이 고발했다. 즉 두보의 인애사상은 철저한 평화와 '민위방본(民爲邦本)'과 '민위귀(民爲貴)'의 사상이기도 했다.

특히 불의를 규탄하고 사회악을 고발하는 데 과감한 두보는 유가의 소극적인 면 '명철보신(明哲保身)'이나 '궁즉독선기신(窮則獨善其身)'하고자 움츠러들지 않고 끝까지 그의 휴머니즘의 정신을 발휘했다. 그가 좌습유로 있으면서 방관(房琯)을 옹호하다가 숙종으로부터 쫓겨난 사실도 그가 신념의 사나이임을 충분히 증명하리라. 같은 난세를 산 왕유(王維)는 한적(閑寂)한 시를 산뜻하게 쓰며 조용히 살았다. 그러나 두보는 추위와 굶주림과 병고에 시달리고 살 집조차 없이 험난한 산길이나 시골길로 먼지를 뒤집어쓰고 땀범벅이 되면서도 끝내 현실의 비참에서 눈을 돌리지 않고, 사랑의 피눈물로서 사실주의적 휴머니즘의 시를 썼다. 그러기에 우리는 그를 시성(詩聖)이라고 부른다.

두보는 성실한 인도주의자였다. 나의 고생을 초월하여 모든 동포의 고생을 구제하기를 제일의적으로 염원했다. 착하고 약하고 죄없는 모든 사람의 아픔이나 고난을 내것 이상으로 아프고 쓰리게 동정하고 공감했다. 그러나 반면에 악한 강권자, 고식한 위정자들을 격렬하게 미워했다.

'창자에 사무치도록 악을 미워한(嫉惡懷剛腸) 〈壯遊〉' 두보였다.

비록 늙어서는 '나라 걱정에 눈물흘리고 외로이 옷이나 수건 적시나(向來憂國淚 寂寞酒衣巾) 〈謁先王廟〉', 젊어서는 말타고 사냥도 했고, 또 역적들에 잡혔다가 도망쳐 봉상(鳳翔)으로 가서 숙종을 알현하기도 했다. 두보의 애국애민은 실천적인 것이었다. 그것은 바로 사상의 성실성이라 하겠다. 그리고 그 성실성은 그의 시를 형식적으로도 대성시킨 정성과 노력의 연장이며, 선의(善意)의 결정이라 하겠다.

5. 두보의 시(詩)

작품의 사상성과 예술미가 최고로 조화를 이룬 것이 바로 두보의 시다. 위대한 사상이 치밀한 형식미에 일치한 것이다. 우선 두보는 시를 불후(不朽)의 성사(盛事)로 삼았다. '문장은 천고의 일(文章千古事) 〈偶題〉'이라고도 했고, 특히 자식에게도 '시는 우리 집안의 일(詩是吾家事)'이라고 했다.

뿐만 아니라 두보는 삶 자체를 바로 시로 간주했던 것이다. '시를 읊으며 늙음을 보낸다(自吟詩送老) 〈宴王使君宅〉' '성령을 도야하는 데는 다른 것이 없다. 오직 시를 창작하고 길게 읊조리면 된다(陶治性靈存底物 新詩改罷自長吟) 〈解悶〉'고 했다.

유가의 전통은 시악(詩樂)을 예교(禮敎) 덕치(德治)의 바탕으로 삼고 있다. 시로써 인간성을 도야 순화하여 덕치의 바탕으로 삼고자 한 것이다. 따라서 두보가 시를 높이고 평생의 대업으로 삼은 것도 말하자면 요순지치(堯舜之治)를 이상으로 하는 그의 일환이었던 것이다.

시를 평생의 일로 삼은 두보는 그를 배우고 짓기에 진지했다. '본성이 좋은 시를 짓고자 했으며, 시의 표현이 남을 감탄시키지 못하면 안심하고 죽을 수가 없노라(爲人性僻耽佳句 語不驚人死不體) 〈江上値水〉'라고 했다.

이백은 일기가성, 하늘에서 폭포수가 쏟아져 내려오듯 후련하게 시를 지었다. 그러나 두보는 세심하고 치밀하게 한 자 한 자 다졌다. 그렇다고 잘고 좁다는 뜻이 아니다. 형식이나 표현에 그만큼 정성과 노력을 기울였고, 기왕의 모든 유산을 충분히 섭취하되, 오직 자기만의 독창과 신기(新奇)를 만들어내고자 했던 것이다.

따라서 그의 시는 넓고, 심각하고 또한 심각하면서도 새롭고 기발했다. 그러기에 두보는 특히 형식미의 최고를 자랑하는 율시에 있어서는 중국 문학의 대표적 걸작을 무수히 지어냈던 것이다.

두보의 시를 종합적으로 평하면, 위대한 휴머니즘의 사상을 적절한 형식으로 적응시킨 진지한 사실주의의 시라 하겠다. 따라서 그의 묘사는 냉철한 객관성을 지녔고, 언어는 정련(精煉)되었고, 운율은 엄정하다.

참고로 〈강한(江漢)〉의 평측(平仄)과 운(韻)을 도시한다.

起句	仄仄平平仄	江漢思歸客	(入)
	平平仄仄平◎	乾坤一腐儒	(韻)
次聯	平平平仄仄	片雲天共遠	(上)
	仄仄仄平平◎	永夜月同孤	(韻)
三聯	仄仄平平仄	落日心猶壯	(去)
	平平仄仄平◎	秋風病欲蘇	(韻)
結句	平平平仄仄	古來存老馬	(上)
	仄仄仄平平◎	不必取長途	(韻)

또 두보의 시 1,453수를 시체(詩體)로 분류하면 대략 다음과 같다.

- 시체(詩體)
  - 고체(古體)
    - 5언고체…271수
    - 7언고체…145수
  - 근체(近體)
    - 율시(律詩)
      - 5언율시…621수
      - 7언율시…151수
    - 배율(排律)
      - 5언배율…123수
      - 7언배율… 4수
    - 절구(絶句)
      - 5언절구… 31수
      - 7언절구…107수

〈參考〉 《九家集註杜詩》 宋 郭知達(1181年刊)
《杜詩箋註》 淸 錢謙益(1667年刊)
《杜詩詳註》 淸 仇兆鰲(1693年刊)

제 1 장

우수憂愁의 시인

이슬 내리고 하늘 높이 가을 맑을새
공산에 홀로 밤새우니 가슴 설레이노라
露下天高秋氣清
空山獨夜旅魂驚

타향 만리 나그네 노상 가을이 서러워
늙어 평생 다병인 나는 외로이 올랐네
萬里悲歌帝作客
百年多病獨登臺

성령을 도야하는 데는 오직 한길
시의 창작과 최선의 추고 및 낭송이니라
陶冶性靈存底物
新詩改罷自長吟

두보는 우수(憂愁)의 시인으로 태어났으며 일생을 우수와 고생과 불만 속에 살았다. 그래서 이런 것들을 오직 시로써 달래고, 시로써 풀고, 동시에 예술의 결정(結晶)으로 승화시켰다. 그리하여 그가 제갈량(諸葛亮)을 그리며 읊은 구절, '강물은 흘러도 돌은 구르지 않는다(江流石不轉)'고 한 것처럼 그의 시도 굴러 없어지지 않고 영원히 석부전(石不轉)할 것이다.

절 구
1. 絶句 -其一　절구 - 제1수

강 벽 조 유 백　산 청 화 욕 연
1. 江碧鳥逾白　山青花欲然
금 춘 간 우 과　하 일 시 귀 년
2. 今春看又過　何日是歸年

〈五言絶句〉

강물이 푸르니 새가 더욱 희게 보이고, 산이 푸르니 꽃이 더 타는 듯 붉네

금년 봄도 객지에서 보낼 것인지, 언제나 고향에 돌아가리오!

(語釋) ㅇ江碧(강벽)－봄의 강물은 한층 맑고 푸르다. ㅇ鳥逾白(조유백)－따라서 그 위를 나는 물새도 한층 더 희게 보인다. 유(逾)는 유(愈)와 같다. '강벽(江碧)'을 부사구(副詞句)로 보고 풀이하면 실감이 더 잘 난다. ㅇ山青(산청)－봄의 산에는 나무가 파랗게 우거졌다. ㅇ花欲然(화욕연)－붉은 꽃이 파란 산을 배경으로 피었으니, 더욱 불에 타는 듯이 보인다. 연(然)은 요(燒)와 같다. 불길이 오르는 듯하다. ㅇ看又過(간우과)－간(看)은 의식적으로 보지 않아도 눈앞에 일어나는 현상을 목격하게 된다는 뜻. 즉 '또 금년 봄이 내 눈앞에서 지나가는구나'라는 뜻. ㅇ何日(하일)－어느 날. ㅇ歸年(귀년)－고향으로 돌아가는 해, 어느 해에나 돌아갈 것인가?

(大意) 강물이 짙푸르니 그 위를 나는 물새가 더욱 희게 돋보이고, 파랗게 우거진 산을 배경으로 한 봄의 붉은 꽃은 더욱 훨훨 타는 불같이 붉게 보인다.(1)

금년 또한 객지에서 봄철을 눈앞에 보며 지내야 하나! 고향에 돌아갈 해가 언제일꼬, 그날이 언제일까?(2)

(解說) 광덕(廣德) 2년(764) 두보가 53세 되던 봄에 지은 것이다. 당시 그는 가족을 데리고 전란을 피해 고향을 떠나 이리저리 방랑했고 역시 객지인 성도(成都) 교외에 잠시 머물고 있었다.

두보는 약 1450수의 많은 시를 남겼다. 그러나 그의 절구(絶句)는 많지도 않고 또 다른 것에 비해 최고로 잘됐다고도 할 수 없다. 그러나 그 중에도 몇 개의 절구는 주옥같이 귀중한 걸작들이다. 이것도 그 하나다.

봄에는 만물이 소생하고 천지에 기쁨이 넘치는 때다. 그러나 객지에서 우수(憂愁)에 젖은 자기는 금년에도 고향에 돌아갈 기약을 못하고 풀이 죽어야 하나? 제1과 제2구절은 과연 소생하는 봄, 생명의 약동을 알리는 자연을 활기있고 힘차게 묘사했다. 특히 뛰어난 대구의 솜씨를 보였다. 내용이나 묘사 및 성운(聲韻)상으로도 꽉 짜여진 대구를 이루고 있다. 예를 들면 다음과 같다.

(영어의 음 표시는 일본학자 吉川幸郎博士의 설을 따른 것이다)

shan	山	···········	江	jiang
		←——→		
ching	青	···········	碧	bik

hua	花	···········	鳥	nias
iuk	欲	←——→	逾	in
ran	然	···········	白	bok

'강(江)'과 '산(山)', '벽(碧)'과 '청(靑)', '조(鳥)'와 '화(花)', '유(逾)'와 '욕(欲)', '백(白)'과 '연(然)'이 하나하나 대응함과 동시에 '강벽(江碧)'과 '산청(山靑)', '조유백(鳥逾白)'과 '화욕연(花欲然)'이 대응하고, 다시 전체의 구절 '강벽조유백(江碧鳥逾白)'과 '산청화욕연(山靑花欲然)'이 대구를 이루고 있다.

참고로 H. A. Giles의 영역을 붙이겠다.

White gleam the gulls across the darkling tide,
On the green hills the red flowers seem to burn;
Alas ! I see another spring has died……
When will it come — the day of my return!

2. 絶句(절구) - 其二 절구 - 제2수

1. 遲日江山麗(지일강산려) 春風花草香(춘풍화초향)
2. 泥融飛燕子(니융비연자) 沙暖睡鴛鴦(사난수원앙)

〈五言絶句〉

나른한 봄날씨 강산이 아름답고, 봄바람에 꽃향기 더욱 훈훈하여라

흙이 녹자 제비들 날기 바쁘고, 모래 포근히 원앙새 잠들어라

(語釋) ㅇ遲日(지일)－봄날씨는 녹작지근하고 나른하다. ㅇ泥融(니융)－흙이 풀어지다. ㅇ飛燕子(비연자)－제비들이 흙으로 집을 짓느라고 분주히 난다. ㅇ沙暖(사난)－강가의 모래가 포근하다. ㅇ睡(수)－잠자다. ㅇ鴛鴦(원앙)－한 쌍의 원앙새. 언제나 짝지어 있다.

(大意) 나른하고 녹작지근한 봄날씨에 강산이 더욱 아름답게 보이고, 봄바람 타고 꽃이 더욱 향기를 풍긴다.(1)

흙이 녹아 풀어지자, 흙을 물어 집을 짓느라고 제비들이 분주히

날고, 포근한 모래사장에는 원앙새가 사이 좋게 짝지어 잠자고 있다.(2)

(解說) 앞의 시와 같은 시기에 지은 것이다. 그러나 여기서는 자기의 슬픔이나 분만(憤懣)을 지그시 감추고 있다. 오직 대자연의 섭리(攝理)와 조화 앞에 경건하게 소생의 봄과 생명의 새로운 약동을 받아들이고 있다. 두보의 눈은 '강산(江山)'에서 '향기 풍기는 화초(花草)'로 옮았다가 한편 '분주히 나는 제비'에서 다시 '포근히 잠든 원앙새'로 가서 조용히 멈추었다. 그곳에서 사랑과 평안 및 행복을 찾고자 해서였을 것이다.

3. 復(복) 愁(수) 다시 걱정하다

1. 萬國尚戎馬(만국상융마) 故園今若何(고원금약하)
2. 昔歸相識少(석귀상식소) 蚤已戰場多(소이전장다)

〈五言絶句〉

아직도 나라가 전란에 휩싸였으니, 지금 내 고향은 어찌 되었으리

전에도 아는 사람 이미 적었노라, 일찍부터 여러 차례 싸움 겪었으니까

(語釋) ㅇ萬國(만국)－천자(天子)가 다스리는 나라, 천하란 뜻. ㅇ戎馬(융마)－병란, 전란. ㅇ故園(고원)－두보가 고향이라고 생각한 곳은 낙양(洛陽)·장안(長安) 두 군데가 있다. 여기서는 낙양일 것이다. ㅇ昔

歸(석귀)－옛날에 고향에 돌아갔었다. 즉 건원(乾元) 원년(758) 두보가 화주(華州) 지방에서 벼슬을 살았을 때 낙양에 갔었다. ㅇ相識(상식)－서로 아는 사람. ㅇ蚤已(소이)－일찍, 조이(早已)로 된 판본도 있다.

(大意) 온 천하가 아직도 전란에 휩싸여 있으니, 내 고향 낙양은 어떻게 되었을까?(1)

옛날에 고향에 갔을 때도 아는 사람이 별로 없었거늘, 일찍부터 노상 싸움의 마당이 되었던 낙양은 더욱 쑥밭이 되었겠지!(2)

(解說) 대력(大曆) 2년(767) 56세의 두보는 성도(成都)를 떠나 강릉(江陵)으로 가고자 삼협(三峽) 어귀인 기주(夔州)에 잠시 묵었다. 이때에 〈복수(復愁)〉 12수를 지었으며, 그 중의 하나를 여기서 풀었다.

4. 八陣圖(팔진도) 팔진도

1. 功蓋三分國(공개삼분국) 名成八陣圖(명성팔진도)
2. 江流石不轉(강유석부전) 遺恨失呑吳(유한실탄오)

〈五言絶句〉

제갈량의 공적은 삼국에 으뜸가고, 그의 명성 팔진도로 더욱 높다

강물은 흘러도 돌만은 여전하거늘, 오나라 치지 못했음이 한이 있노라

(語釋) ㅇ八陣圖(팔진도)－제갈공명(諸葛孔明)이 돌을 쌓아 만들었다. 천지풍운(天地風雲)・용호조사(龍虎鳥蛇)의 여덟 가지 진형을 그린 것이다. 사천성(四川省) 봉절현(奉節縣) 남쪽에 있다. ㅇ功蓋(공개)－공적이 으뜸이다. 개(蓋)는 커버한다, 뚜껑을 덮다. ㅇ三分國(삼분국)－천하가 위(魏)・오(吳)・촉(蜀)으로 삼분되었었다. ㅇ石不轉(석부전)－팔진도의 돌이 그대로 남아 있다는 뜻. ㅇ失呑吳(실탄오)－실(失)은 슬퍼하다, 탄(呑)은 평정하다, 병탄하다.

(大意) 제갈공명(諸葛孔明)의 공적은 삼국 중에서도 으뜸가고, 특히 그의 팔진도(八陣圖)는 더욱 명성을 높여 주었다.(1)

그후 강물은 흘러도 팔진도의 돌들은 그대로 남아 구르지 않았으나, 오직 유감스러운 것은 제갈공명이 오나라를 평정하지 못했음이니라.(2)

(解說) 대력(大曆) 원년(766) 두보의 나이 55세 때에 기주(夔州)에서 지은 것이다. 촉한(蜀漢)의 유비(劉備)를 도왔던 제갈량(諸葛亮)이 남긴 유명한 팔진도(八陣圖)를 보고, 그의 위대한 생애와 업적을 회상했다. 그러면서도 오나라를 끝내 평정하지 못하고 간 그를 애석하게 여겼다. '강물은 흘러도 돌은 구르지 않는다(江流石不轉)'라고 한 두보의 가슴속에는 착잡한 것이 있었으리라.

공자도 흐르는 강물을 보며 말한 바 있다. '가는 것들은 이러하도다! 밤낮을 쉬지 않느니라!(逝者如斯夫！ 不舍晝夜)' 그리고 공자도 가고 제갈량도 가고 또 두보도 가고 말았다.

하지만 이들은 다같이 '구르지 않는 돌(石不轉)'을 남겼다. 그리고 그것은 영원히 남을 명성일 것이다.

5. 解悶(해민)-其一 걱정을 푼다-제1수

1. 草閣柴扉星散居(초각시비성산거) 浪翻江黑雨飛初(낭번강흑우비초)
2. 山禽引子哺紅果(산금인자포홍과) 溪女得錢留白魚(계녀득전유백어)

〈七言絶句〉

초가지붕 사립문이 별처럼 흩어져 있고, 검은 강물 파도 일어 비 내릴새

산새는 새끼에게 붉은 열매 물려주고, 아낙은 돈을 받자 백어를 놓고 가네

(語釋) ㅇ解悶(해민)-번민을 풀다. ㅇ草閣(초각)-초가지붕의 이층집. ㅇ柴扉(시비)-사립문. ㅇ星散居(성산거)-별같이 흩어져 있다. 거(居)는 그 속에 사람들이 살고 있다는 뜻. ㅇ浪翻(낭번)-파도친다, 강물이 출렁댄다. ㅇ江黑(강흑)-날이 흐리고 먹구름에 덮여 강물이 시꺼멓게 보인다. ㅇ雨飛初(우비초)-그러자 빗방울이 바람에 불어 날리며 떨어져 내렸다. ㅇ山禽(산금)-산새들. ㅇ哺紅果(포홍과)-새끼에게 붉은 열매를 먹여 준다. ㅇ溪女(계녀)-근처에 오계(五溪)라는 곳이 있고, 그곳에 색무늬의 옷을 즐겨 입는 만족(蠻族)이 살았다. 만족의 여인들.

(大意) 초가지붕의 이층집이랑 사립문들이 별같이 흩어진 마을에 사람들이 살고 있고, 강물이 출렁이고 강에 먹구름이 덮여 주위가 시꺼멓게 어둡더니 우수수 빗방울이 바람에 날려 쏟아진다.(1)

산새는 새끼에게 붉은 열매를 물려 먹여 주고, 계곡에 사는 만족의 아낙은 돈을 받고 백어를 놓고 간다.(2)

(解說) 대력(大曆) 원년(766) 가을에 지은 시다. 두보는 55세로 기주에 있었다. 〈해민(解悶)〉 12수 중의 하나다.

이 시는 매우 엑조틱[異鄕的]한 마을의 풍정을 발랄하게 묘사했다.

6. 解悶(해민) -其二 걱정을 푼다-제2수

1. 陶冶性靈存底物(도야성령존저물) 新詩改罷自長吟(신시개파자장음)
2. 熟知二謝將能事(숙지이사장능사) 頗學陰何苦用心(파학음하고용심)

〈七言絶句〉

심성(心性)을 도야하는 데는 아무것도 없다, 시를 짓고 고치고 스스로 읊조려라

사영운과 사조가 전력을 기울여 읊었고, 음갱과 하손의 고심을 배우리라

(語釋) ㅇ陶冶(도야)－도(陶)는 도기를 굽는다, 야(冶)는 금속을 주조한다. 즉 마음을 단련한다는 뜻. ㅇ性靈(성령)－넓게는 마음, 정신. 성(性)은 인간의 성품, 영(靈)은 심령이나 정신. ㅇ底物(저물)－하물(何物)과 같다, 저(底)는 속어로 하(何)에 통한다. ㅇ新詩改罷(신시개파)－새로 시를 짓고 철저히 고치고 추고한다. ㅇ二謝(이사)－육조(六朝)대의 시인 사영운(謝靈運)과 사조(謝朓). ㅇ將能事(장능사)－장(將)

은 용(用), 쓰다, 힘을 기울이다. 능사(能事)는 최선(最善)으로 할 수 있는 모든 일. ㅇ頗學(파학)－많이 배우다, 애써서 배운다. ㅇ陰何(음하)－진(陳)의 음갱(陰鏗)과 양(梁)의 하손(何遜). 육조대의 시인. ㅇ何苦用心(하고용심)－얼마나 고심했는가를 배운다는 뜻. 용심(用心)은 시를 짓기 위해 마음을 쓰다, 고(苦)는 몹시.

(大意) 마음이나 정신을 도야하는 데는 다른 것은 필요없다. 오직 새로 시를 짓고 그것을 다지고 고치어 스스로 길게 읊으면 된다.(1)

나는 사영운(謝靈運)과 사조(謝朓)가 온갖 최선을 다해서 시를 지었음을 잘 알고 있으며, 또한 음갱(陰鏗)이나 하손(何遜)이 몹시 고심해서 시를 지었던 진지한 태도를 깊이 배우고자 한다.(2)

(解說) 대력(大曆) 원년(766) 가을에 모든 번민을 풀고자 12수의 연작시를 지어 제목을 〈해민(解悶)〉이라 붙였다. 이것은 그 중의 한 수로, 특히 시인 두보의 본 모습이 잘 나타났다. 두보는 우수(憂愁)의 시인으로 태어났으며, 모든 우수를 오직 시로써 달래고 시로써 풀고 동시에 예술의 결정(結晶)으로 승화시켰다. 그는 《문선(文選)》을 중히 여겼고, 육조시대의 시인들로부터 많은 것을 배웠다. 두보의 시를 보면 그가 아들에게 《문선》을 읽힌 사실을 알 수가 있다.

이 시에서 그는 육조대의 시인들의 이름을 들고 그들의 작시 태도에서 배우고 있음을 스스로 인정하고 있다. 특히 '성령(性靈)'을 '도야(陶冶)'하는 데는 아무것도 없다. 시를 창작하고 끝까지 최선을 다해서 추고하는 것이라고 한 철저한 문학정신을 우리들도 깊이 이해하고 배워야 할 것이다.

두보는 〈종무생일(宗武生日)〉이라고 하는 시에서 생일을 맞는 자기 아들 종무에게 이렇게 타일렀다.

'시는 우리 집안의 대대로 이어내려온 사업이다. 온 세상 사람들도 그렇게 알고 말하고 있다. 너는 《문선》의 깊은 이치와 아름다운 맛을 잘 익혀야 한다(詩是吾家事 人傳世上情 熟精文選理).'

7. 漫成(만성) 문득 지음

강월거인지수척 풍등조야욕삼경
1. 江月去人只數尺 風燈照夜欲三更
사두숙로연권정 선미조어발랄명
2. 沙頭宿鷺聯拳靜 船尾跳魚撥剌鳴

〈七言絶句〉

오직 몇자 거리에 강 달이 떴고, 펄럭이는 등불 깊은 밤 비치네
모래밭에 백로들이 떼지어 조용히 잘새, 배꼬리엔 물고기 발랄하게 뛰는 소리

(語釋) ㅇ漫成(만성)－문득 지었다는 뜻. ㅇ江月去人(강월거인)－강 위에 뜬 달이 사람으로부터 오직 몇 자 거리에 있다. ㅇ風燈(풍등)－바람에 나부끼어 펄럭이는 등불. ㅇ欲三更(욕삼경)－삼경(三更)은 자정, 욕(欲)은 가깝다는 뜻. ㅇ沙頭(사두)－모래밭에. ㅇ宿鷺(숙로)－잠들고 있는 백로. ㅇ聯拳(연권)－떼지어 있는 품, 또는 웅크리고 있는 품으로 풀기도 한다. ㅇ跳魚(조어)－뛰는 물고기.

(大意) 강 위에 뜬 달은 배에 앉은 나로부터 오직 몇자 거리에 있으며, 바람에 불려 흔들거리는 등불은 자정 가까운 밤 어둠을 비치고 있다.(1)

모래밭에 웅크리고 잠자는 백로들은 조용하거늘, 배꼬리에는 팔딱팔딱 발랄하게 뛰는 물고기 소리가 들린다.(2)

(解說) 대략 운안(雲安)에서 기주(夔州)로 가는 도중 강가에 배를 대고

밤을 새며 지은 노래라 한다. 제1구는 원경(遠景)을, 제2구는 근경(近景)을 그렸고, 다시 제3구는 원경, 제4구는 근경을 그렸다. 그러면서도 제1구의 '강월(江月)'은 정(靜)이고, 제2구의 '풍등(風燈)'은 동(動)이다.

또한 제3구의 '숙로(宿鷺)'는 정적이고, 제4구의 '조어(跳魚)'는 동적이며 소리마저 내고 있다. 꽉 짜여지고 풍정(風情)이 넘치는 시다.

8. 漫興(만흥)－其一　흥에 겨워－제1수

수종도리비무주　야노장저환시가
1. 手種桃李非無主　野老牆低還是家
흡사춘풍상기득　야래취절수지화
2. 恰似春風相欺得　夜來吹折數枝花

〈七言絶句〉

손수 심은 도화 오얏 어엿이 주인 있고, 늙은이 집 담장 얕아도 역시 집이거늘
흡사 춘풍이 나를 무시한 듯, 밤사이 꽃가지를 불어 꺾었네

(語釋) ㅇ漫興(만흥)－저절로 흥이 일어나다. ㅇ手種(수종)－손수 심었다. ㅇ桃李(도리)－복숭아와 오얏나무. ㅇ非無主(비무주)－주인이 없지 않다. ㅇ野老(야노)－들에 묻혀 있는 노인, 즉 자신을 말함. ㅇ牆低(장저)－담장이 얕다. ㅇ還是(환시)－역시, 백화체의 말투다. ㅇ恰似(흡사)－흡사, 마치 ~한 듯. ㅇ相欺得(상기득)－상(相)은 나에게 대해서. 기(欺)는 얕잡아보다, 무시하다, 깔보다. 득(得)은 결과나 가능을 표시하는 보어(補語) '~한 듯' 또는 '~해낸 듯이'란 뜻. ㅇ夜

來(야래)−밤 사이에. ○數枝花(수지화)−몇 가지 꽃.

(大意) 손수 심은 복숭아와 오얏나무의 주인이 없지도 않고, 야에 묻힌 늙은이라 담장이 얕아도 역시 집은 집이니라.(1)

그렇거늘 마치 봄바람이 나를 무시해 버린 듯, 밤 사이에 몇 개의 꽃나무 가지를 불어 꺾어 버렸노라.(2)

(解說) 두보는 평생을 고생 속에 보냈다. 그리고 그의 시의 대부분은 고난에 찬 인생을 대가로 한 빼저린 걸작들이라 하겠다. 특히 안녹산(安祿山)의 반란 이후 두보는 각지로 떠돌며 굶주림과 절망에 허덕여야 했다. 그러자 상원(上元) 원년(760) 49세에 성도(成都) 교외 완화계(浣花溪)에 완화당이란 초당(草堂)을 짓고 손수 나무들도 심을 수 있었으며, 그곳에서 한동안이나마 안주(安住)할 수 있었다.

이 시에서 우리는 두보의 마음에 여유가 생겼음을 알 수가 있다. 전 9수 중에서 2수만을 풀었다.

9. 漫興(만흥)−其二 흥에 겨워−제2수

이 월 이 파 삼 월 래　　점 로 봉 춘 능 기 회
1. 二月已破三月來　漸老逢春能幾回

막 사 신 외 무 궁 사　　차 진 생 전 유 한 배
2. 莫思身外無窮事　且盡生前有限杯

〈七言絶句〉

2월이 벌써 가고 3월이 오니, 얼마 살아 몇 번 더 봄을 맞을 건가?

몸 밖의 무궁한 일 생각지 말고, 죽기 전에 한정된 술잔이나

들리라

(語釋) ㅇ二月已破(이월이파)－2월이 벌써 갔다는 뜻. 세월이 속절없이 흘러가는 데 놀라고 있다. '이파(已破)'는 매우 힘있고 기발한 표현이다. ㅇ漸老(점로)－자꾸 늙어가는 이 몸. ㅇ能幾回(능기회)－봄을 몇 번이나 더 맞이할 수가 있겠느냐? ㅇ身分(신분)－분수 밖의 일들. 《논어》에 있다. '생사는 천명에 달렸고, 부귀는 하늘에 매였다(生死有命 富貴在天).' ㅇ無窮事(무궁사)－두보의 이상은 무궁했다. ㅇ且盡(차진)－우선 다 마시자. ㅇ有限杯(유한배)－병들고 노쇠한 두보는 앞으로 술잔을 들어도 한계가 있다.

(大意) 어느덧 2월이 다 가고 벌써 3월이 왔다. 이렇듯이 빠른 세월에 자꾸만 늙어가는 나는 앞으로 봄을 몇 번이나 더 맞이할 수가 있겠는가?(1)

그러니 이제부터는 분수에 넘치는 끝없는 나의 이상을 생각하고 또 좇고자 하지 말자. 우선 살아 죽기 전에 앞으로 한정된 술잔이나마 더 마시고자 하노라.(2)

(解說) 성도의 초당에 있을 때에 지은 시다. 초당에 안착하기 전까지 고생하던 때의 시에서는 '술'에 대한 언급이 없이 각박하고 처절하기만 했다. 그러나 초당에서 한숨 돌린 두보이기에 이렇듯 술생각을 할 여유마저 생겼으리라. 원래 두보는 일찍부터 술을 제법 즐겨 마셨다. '차진생전유한배(且盡生前有限杯)'라고 한 두보에게 연민의 정이 쏠린다.

10. 江南逢李龜年 강남에서 이귀년을 만나

(강 남 봉 이 귀 년)

기 왕 택 리 심 상 견 　 최 구 당 전 기 도 문

1. 岐王宅裏尋常見　崔九堂前幾度聞

정 시 강 남 호 풍 경 　 낙 화 시 절 우 봉 군

2. 正是江南好風景　落花時節又逢君

〈七言古詩〉

기왕댁에서 노상 뵈옵었고, 최씨 사랑에서 자주 말씀 들었습니다

바로 강남 땅 좋은 경치 속에, 꽃 지는 때에 다시 만났군요!

(語釋) ㅇ江南(강남)－양자강(揚子江) 남쪽. 두보는 담주(潭州 : 현 長沙)에서 이귀년을 만났다. ㅇ李龜年(이귀년)－당 현종(玄宗)에게 총애를 받던 악사(樂師). 전란에 쫓겨 강남까지 유랑해 왔을 것이다. ㅇ岐王(기왕)－현종의 동생, 이범(李範). 문학을 좋아했으므로 왕유(王維)를 비롯한 많은 문인들과 접촉했다. 두보도 자주 그의 사랑에 출입을 했다. ㅇ尋常(심상)－노상. ㅇ崔九(최구)－전중감(殿中監) 최척(崔滌). 역시 현종의 총애를 받았다.

(大意) 옛날 기왕(岐王)댁에서 노상 만났고, 또 최씨네 사랑에서도 여러 번 그대의 노래를 들었노라.(1)

바로 지금은 강남에 봄이 무르익어 가장 경치가 좋을 때며, 바야흐로 꽃들도 지려 하는 늦봄에 이렇게 또다시 그대를 만났구려!(2)

(解說) 대력(大曆) 5년 봄 담주(潭州)에서 지은 시다. 두보가 이귀년을

자주 만나고 또 그의 창을 들었던 것은 옛날 장안(長安)에서였다. 그때는 태평성세(太平盛世)였다. 그러나 지금 다시 만난 때와 장소가 같지 않다. 둘이 다 전란을 피해 10여년 이상을 객지에서 고생을 했고, 따라서 다같이 늙고 머리가 흰 몰골로 변했으니 감개무량할 따름이다. 하지만 어찌했든 이렇듯 아름다운 경치, 강남 땅에서 서로 죽지 않고 다시 만났으니 다행하기도 했으리라. '낙화시절우봉군(落花時節又逢君)'의 '우(又)'는 이러한 뜻을 생생하게 그려준 자라 하겠다.

11. 貧交行(빈교행) 가난 속의 우정

1. 翻手作雲覆手雨(번수작운복수우)　紛紛輕薄何須數(분분경박하수수)
2. 君不見(군불견)　管鮑貧時交(관포빈시교)
3. 此道今人棄如土(차도금인기여토)

〈七言古詩〉

손바닥 앞뒤따라 구름일고 비오듯, 가볍고 어지러워 마음 헤아릴 길 없어라
그대 보지 못했는가? 관중과 포숙의 가난할 때 우정을
그 아름다움, 요즈음엔 먼지 털듯 내버리다니!

(語釋) ㅇ貧交行(빈교행)－행(行)은 노래[歌]란 뜻. 빈교(貧交)는 가난할 때의 교우, 우정이란 뜻. ㅇ翻手(번수)－손바닥을 위로 젖힌다, 손바

닥을 뒤집다. ㅇ作雲(작운)－구름이 일다. ㅇ覆手(복수)－손바닥을 아래로 덮는다. ㅇ雨(우)－비오듯 한다. 사람의 마음이 손바닥을 뒤집고 엎는 데 따라 구름되고 비오듯 얄팍하게 변한다는 뜻. ㅇ紛紛(분분)－어지럽게 휘날린다. ㅇ輕薄(경박)－가볍다. ㅇ何須數(하수수)－어떻게 마음을 헤아릴 수 있으랴! ㅇ管鮑貧時交(관포빈시교)－관중(管仲)은 일찍이 가난했으며 그의 벗인 포숙(鮑叔)을 여러번 속이고 또 잘못을 저질렀다. 그러나 포숙은 자기의 벗인 관중을 끝내 믿고 이해하였을 뿐만 아니라 관중을 제(齊)나라 환공(桓公)에게 천거하여 등용케 했고, 마침내 관중이 제의 환공을 도와 천하의 패권을 잡게 해주었다. 관중은 말한 바 있다. '나를 낳아준 분은 부모님이시지만, 나를 알아준 사람은 포숙이다(生我者 父母也, 知我者 鮑叔也)'라고. 관포지교(管鮑之交)란 이들의 두터운 우정을 말한다. ㅇ棄如土(기여토)－먼지나 흙같이 내버린다. ㅇ此道(차도)－아름다운 우정, 교우의 도리.

(大意) 손을 위로 폈다 아래로 덮는 데 따라 구름이 일고 비가 오듯 걷잡을 수 없이 분분히 얄팍하게 변하는 마음을 어떻게 헤아릴 수가 있겠는가?(1)

그대는 못 보았는가? 옛날 관중(管仲)과 포숙(鮑叔)이 가난했을 때 끝까지 서로 믿고 사귀었던 일을! 그렇듯 아름다운 우정의 도리를 오늘의 사람들은 흙이나 먼지같이 털어 버리고 돌보지를 않더라!(2)

(解說) 이 시는 천보(天寶) 11년(751) 두보의 나이 40세 때 장안에서 지은 것이다. 세상 인정의 변덕스럽고 경박한 풍조를 한탄한 것이다. 두보는 그 당시의 사람들에게 '아름다운 우정을 먼지같이 버렸다'고 한탄했으나, 이 말은 바로 인간 소외와 불신이 극에 달한 오늘날에도 절실한 외침이리라.

12. 春夜喜雨(춘야희우) 봄밤의 비

1. 好雨知時節(호우지시절) 當春乃發生(당춘내발생)
2. 隨風潛入夜(수풍잠입야) 潤物細無聲(윤물세무성)
3. 野徑雲俱黑(야경운구흑) 江船火獨明(강선화독명)
4. 曉看紅濕處(효간홍습처) 花重錦官城(화중금관성)

〈五言律詩〉

고마운 비가 때 맞추어 내리니, 봄 타고 금방 만물 싹트리라

봄비는 바람따라 밤에 스며들고, 소리없이 가늘게 만물을 적시네

들길은 덮인 구름따라 어둡거늘, 강가의 배 호롱불만이 밝게 비치네

새벽 촉촉히 붉게 물들은 그곳, 금관성에는 꽃송이가 무거우리

(語釋) ㅇ知時節(지시절)—비가 때를 잘 맞추어 온다는 뜻. ㅇ發生(발생)—만물이 발육하고 살아난다. ㅇ潤物(윤물)—봄비가 만물을 윤택하게 적시어 준다. ㅇ野徑(야경)—들의 길, 경(徑)은 작은 길. ㅇ曉看(효간)—새벽에 본다. ㅇ紅濕處(홍습처)—붉게 물들은 곳. ㅇ花重(화중)—비에 젖은 꽃이 무겁게 처져 있을 것이다.

(大意) 반가운 봄비가 때를 잘 맞추어 내리니, 봄을 타고 이제 만물들이

싹트고 살아 움직이겠지.(1)

봄비는 바람을 따라 밤에 스며져 맑게 내리고, 조용히 소리도 없이 만물을 촉촉하게 적시어 준다.(2)

들의 작은 길에는 구름이 얕게 내리어 온 세상이 검게 덮였는데, 강에 뜬 배의 불만이 혼자 밝게 반짝이고 있다.(3)

새벽에 보면 필경 붉게 물들고 축축히 젖은 곳, 즉 금관성에는 비에 젖은 꽃들이 묵직하게 처져 있겠지!(4)

(解說) 상원 2년(761) 봄, 성도(成都) 초당(草堂)에서 지은 시일 것이다. 오랜 고생 끝에 잠시 한숨을 돌린 두보는 시에 있어서도 이렇듯 포근하게 소생하는 입김을 느끼게 하는 시를 썼다.

어둠을 타고 소리도 없이 만물에 스며들어 싹과 삶을 자라게 해주는 자연의 고마움을 봄비에서 발견한 두보는 다시 내일 새벽에는 촉촉히 비를 머금고 붉게 피어난 금관성의 묵직한 꽃송이들을 볼 것이라는 희망에 가슴 부풀기도 했으리라.

특히 이 시는 그 표현이 절묘하다. '수풍잠입야(隨風潛入夜) 윤물세무성(潤物細無聲)' '야경운구흑(野徑雲俱黑) 강선화독명(江船火獨明)' 등은 빈틈없이 짜여진 대구다. 그리고 끝의 한 연 '효간홍습처(曉看紅濕處) 화중금관성(花重錦官城)'은 생생하게 우리에게 비에 젖어 처진 붉은 꽃송이들을 육감적으로 느끼게 해준다. 당시의 두보의 가슴에도 이렇듯 소생의 즐거운 꽃이 눈물겹도록 고맙게 피었으리라.

13. 江亭(강정) 강가의 정자

탄복강정난　장음야망시
1. 坦腹江亭暖　長吟野望時
수류심불경　운재의구지
2. 水流心不競　雲在意具遲
적적춘장만　흔흔물자사
3. 寂寂春將晩　欣欣物自私
고림귀미득　배민강재시
4. 故林歸未得　排悶强裁詩

〈五言律詩〉

포근한 강가 정자에 벌떡 누워, 길게 읊으며 들판 내려다볼새
물은 흘러도 마음 초조하지 않고, 하늘의 구름따라 유연하도다
봄은 소리없이 가고자 하나, 만물은 제물에 홍겨워 살거늘
고향에 아직 돌아갈 수 없는 나, 시름 쫓고자 애써 시를 짓노라

(語釋) ㅇ江亭(강정)－강가에 있는 정자. ㅇ坦腹(탄복)－배[腹]를 편한 대로 내놓고 큰 대(大)자로 벌떡 누워 있다. ㅇ江亭暖(강정난)－강가의 정자가 따뜻하니까. ㅇ長吟(장음)－길게 시를 읊는다. ㅇ心不競(심불경)－마음이 초조하지 않다, 유연하다는 뜻. ㅇ意具遲(의구지)－떠 있는 구름을 보니 자기의 마음이나 기분도 구름따라 함께 유연해진다는 뜻. ㅇ寂寂(적적)－소리도 없이. ㅇ春將晩(춘장만)－봄이 가고자 한다. ㅇ欣欣(흔흔)－즐거운 듯. ㅇ物自私(물자사)－만물이 제물에 홍겨웁다. 자사(自私)는 제멋으로 산다는 뜻. ㅇ故林(고림)－고향. ㅇ歸未得(귀미득)－아직도 못 돌아갔다. ㅇ排悶(배민)－고민을

몰아내다. 걱정을 털어 버리다. ㅇ强裁詩(강재시)−억지로 시를 짓는다.

(大意) 강가의 정자에 봄빛이 포근하게 쪼이니 배를 내놓고 크게 누워 길게 시를 읊기도 하고 또 바깥 들을 내다보기도 한다.(1)

물은 쉴새없이 흘러 만물이 변하건만 나의 마음은 초조하지 않고, 또한 하늘에 뜬 구름따라 기분도 유연하기만 하다.(2)

소리없이 조용히 봄이 지려고 하며, 만물은 제물에 흥겨워 제멋대로 살고 있노라.(3)

고향에 아직 돌아가지 못한 나는 걱정을 훌쳐 없애고자 억지로 시를 짓노라.(4)

(解說) 상원(上元) 2년(761) 50세에 성도(成都) 교외 완화계(浣花溪)에 초당(草堂)을 짓고 잠시나마 안정된 날을 보냈을 때에 지은 시다.

따뜻하고 포근한 봄날에 배를 내놓고 크게 누워 마냥 자연 속에 몸과 마음을 내맡긴 두보의 모습이 잘 나타나 있다.

물이 흐르듯 만물은 따라 움직이지만 이때의 두보는 하늘에 뜬 구름과 더불어 유유자적(悠悠自適)하며 유연한 심정으로 조금도 초조해하지 않았다. 그리고 또한 제멋대로 살며 제멋대로 즐기는 만물의 생태에도 만족하고 있다.

다만 고향에 못 가는 번민이 없지 않다. 그러기에 시를 짓고 수심을 풀고자 했으리라.

여 야 서 회
14. 旅夜書懷 객지에서 밤을 새며

세 초 미 풍 안　위 장 독 야 주
1. 細草微風岸　危檣獨夜舟

성 수 평 야 활　월 용 대 강 류
2. 星垂平野闊　月湧大江流

명 기 문 장 저　관 인 노 병 휴
3. 名豈文章著　官因老病休

표 표 하 소 사　천 지 일 사 구
4. 飄飄何所似　天地一沙鷗

〈五言律詩〉

언덕의 작은 풀 미풍에 나부낄새, 높은 돛단배 홀로 밤을 지새네
넓은 들판에 별들 얕이 펼쳤고, 흐르는 강물에 달이 출렁이노라
내 어찌 글로 이름을 낼손가마는, 늙고 병들어 벼슬마저 내놓았으니
표연히 떠도는 이 신세, 천지간의 갈매기와 같구나!

(語釋) ㅇ旅夜(여야)－객지에서 밤을 묵다. ㅇ書懷(서회)－느낀 바를 적는다. ㅇ危檣(위장)－높이 솟은 돛대. ㅇ獨夜舟(독야주)－홀로 밤을 지키는 배, 그 속에 작자가 혼자 잠도 못이루고 앉아 있다. ㅇ星垂(성수)－별이 내려 비치고 있다. 수(垂)를 임(臨)으로 한 것도 있다. ㅇ名(명)－명성. ㅇ名豈文章著(명기문장저)－어찌 문장으로 이름을 나타낼 것이냐? 즉 자기는 충군보국(忠君報國)을 하고 싶다는 뜻이 포함되어 있다. ㅇ官(관)－벼슬. ㅇ飄飄(표표)－유랑하는 품. ㅇ何所

似(하소사)－무엇을 닮았을까? ㅇ沙鷗(사구)－백사장에 있는 갈매기.

(大意) 강물가 작은 풀이 미풍에 흔들리고 있을새, 나는 우뚝 솟은 돛대 달린 배에 혼자 앉아 밤을 지키고 있다.(1)

넓고 넓은 벌판에는 별들이 얕게 처져 내렸고, 펑퍼짐하게 흐르는 큰 강물에는 달빛이 출렁이고 있다.(2)

나는 어찌 글로만 이름을 낼까 보냐? 경국제세(經國濟世)하여 이름을 떨치고 싶다. 그러나 나의 벼슬살이도 늙음과 병으로 그만두어야 하니 딱하도다.(3)

그리고 떠도는 나의 신세를 무엇에 비할 것인가? 흡사 천지간을 날다가 모래밭에 앉은 한 마리 갈매기와 같다고나 할까!(4)

(解說) 영태(永泰) 원년(765) 가을 가족과 더불어 성도(成都)의 초당(草堂)을 뒤로 하고 배를 타고 양자강(揚子江) 상류를 동으로 내려가고 있을 때 지은 시다. 그는 9월에 운안(雲安 : 현 四川省 雲陽縣)에 닿았고, 잠시 후에 다시 동쪽으로 갔다. 이 시는 아마 중경(重慶) 일대를 지날 때의 감회를 적은 것이리라. 곤궁과 실의에 찬 두보가 충군보국과 경국제세를 못한 자기를 한탄하고 있다.

참고로 Witter Bynner의 영역을 보이겠다.

A Night Abroad

A light wind is rippling at the grassy shore……
Through the night, to my motionless tall mast,
The stars lean down from open space,
And the moon comes running up the river.
……If only my art might bring me fame
And free my sick old age from office!
Flitting, flitting, what am I like
But a sand-snipe in the wide, wide world!

15. 促織(촉직) 귀뚜라미

촉직심미세 애음하동인
1. 促織甚微細 哀音何動人

초근음불온 상하의상친
2. 草根吟不穩 牀下意相親

구객득무루 고처난급신
3. 久客得無淚 故妻難及晨

비사여급관 감격이천진
4. 悲絲與急管 感激異天眞

〈五言律詩〉

조그맣고 가냘픈 귀뚜라미, 슬픈 소리 이렇듯 사람을 울리는가
풀뿌리에서 오들오들 울다가도, 침상 아래서 정답게 속삭이는 듯
오랜 나그네 눈물 안 흘릴 수 없고, 버림받은 아낙 새벽까지 지탱치 못하리라
슬픈 거문고나 격렬한 피리 소리도, 너의 천진한 감격에는 비기지 못하리

(語釋) ㅇ促織(촉직)－귀뚜라미. 그 울음이 겨울옷 마련을 독촉하는 것이라 해서 이런 이름이 붙여졌다. ㅇ甚微細(심미세)－아주 작은 벌레. ㅇ哀音(애음)－슬픈 울음소리. ㅇ何動人(하동인)－어찌 그렇게도 사람을 감동시키느냐? ㅇ吟不穩(음불온)－초조하고 불안하게 울고 있다. ㅇ牀下(상하)－나의 침상 밑에서 울다. ㅇ意相親(의상친)－나와 다정한 듯 울고 있다. 의(意)는 뜻, 생각. 《시경(詩經)》〈빈풍(豳

風) 칠월(七月)〉에 '10월에는 실솔(蟋蟀)이 나의 침상에 들어온다' 라고 있다. 실솔은 귀뚜라미. ㅇ久客(구객)－오랫동안 객지에 있는 나그네, 길손. ㅇ得無淚(득무루)－눈물을 안 흘릴 수가 있겠느냐? ㅇ故妻(고처)－남편에게 버림받은 부인. ㅇ難及晨(난급신)－새벽까지 견딜 수가 없다. ㅇ悲絲(비사)－슬픈 소리를 내는 현악기, 거문고 같은 것. ㅇ急管(급관)－격렬한 소리를 내는 관악기, 피리 같은 것. ㅇ異天眞(이천진)－천진한 울음소리와는 다르다. 인공적인 음악소리는 귀뚜라미의 자연적인 소리와는 다르다.

(大意) 귀뚜라미는 매우 작은 미세한 벌레이거늘, 그의 슬픈 울음소리는 어찌 그다지도 사람을 감동시키는 것일까.(1)

풀뿌리에서 불안하고 초조하게 울다가 어느덧 나의 침상 아래에 들어와서는 나에게 다정하게 속삭이듯 울기도 한다.(2)

오래 객지에 있는 나그네는 그 소리에 눈물 안 흘릴 수 없을 것이요, 버림받은 아낙은 날이 샐 때까지 견디기가 어려우리라.(3)

슬픈 거문고나 격렬한 피리 소리도 귀뚜라미의 천진한 울음소리의 감격에는 따라가지 못할 것이다.(4)

(解說) 긴 말이 필요없다. 애절하게 우는 귀뚜라미 소리를 처절하게 읊은 시다. 섬세하면서도 착실한 필치로 두보는 사람의 가슴속을 휘어잡고 있다.

특히 첫구에서 '촉직심미세(促織甚微細)'라 하고 끝에서 '감격이천진(感激異天眞)'이라고 한 것은, 두보가 아니고는 표현할 수 없는 명구로서 미물을 통하여 위대한 자연의 감격을 새삼스럽게 발견시켜 주고 있다.

16. 獨坐(독좌) 홀로 앉아

1. 悲秋廻白首(비추회백수) 倚杖背孤城(의장배고성)
2. 江斂洲渚出(강렴주저출) 天虛風物淸(천허풍물청)
3. 滄溟恨衰謝(창명한쇠사) 朱紱負平生(주불부평생)
4. 仰羨黃昏鳥(앙선황혼조) 投林羽翮輕(투림우핵경)

〈五言律詩〉

가을이 서러워 흰 머리를 돌리고, 지팡이에 기대어 성을 등지고 보니

강물 줄어 섬과 모래 솟아났고, 텅빈 하늘과 풍물이 말쑥하여라

창해로 숨고자 하나 뇌쇠함이 한스럽고, 평소의 뜻과 달리 붉은 인끈 받았노라

황혼에 새들 날개 가볍게, 숲으로 돌아옴이 부럽도다

(語釋) ㅇ廻白首(회백수)－백발의 머리를 둘러본다. ㅇ倚杖(의장)－지팡이에 의지하다. ㅇ背孤城(배고성)－외따로 있는 성읍, 즉 성도(成都)에 등을 돌린다. ㅇ江斂(강렴)－강물이 줄었다. ㅇ洲渚出(주저출)－강물이 불었을 때 안 보이던 섬이나 모래 언덕이 나타나 보인다. ㅇ天虛(천허)－가을하늘은 텅빈 듯이 말쑥하다. ㅇ滄溟(창명)－창해로 가서 은퇴하겠다는 생각. ㅇ恨衰謝(한쇠사)－늙어 쇠약하고 시들었

음이 한스럽다. ㅇ朱紱(주불)－붉은 인끈. 두보는 공원부외랑(工員部外郞)의 벼슬과 아울러 비의(緋衣)를 받았다. 관직을 표시하는 것이다. ㅇ負平生(부평생)－평생의 뜻과는 어긋났다. ㅇ仰羨(앙선)－우러러보며 부러워한다. ㅇ黃昏鳥(황혼조)－황혼에 제 집으로 돌아가는 새. ㅇ投林(투림)－숲속으로 들어간다. ㅇ羽翮輕(우핵경)－날갯죽지도 가볍게.

(大意) 가을을 서글퍼하며 백발의 머리로 사방을 둘러보고, 지팡이에 몸을 의지하고 외로운 성을 등지고 내려다본다.(1)

강물이 줄어 섬과 모래톱이 솟아나 보이고, 텅빈 듯한 하늘에는 구름 한 점 없고 모든 풍물이 맑기만 하다.(2)

저 멀리 창해로 가서 은퇴하고자 해도 늙어 시들었음이 한스럽고, 결국 평생의 뜻과는 달리 벼슬과 더불어 붉은 인끈을 받게 되었다.(3)

해 저물어 숲속의 제 집으로 날갯죽지도 가볍게 날아드는 새들을 우러러보며 부러워할 따름이다.(4)

(解說) 광덕(廣德) 2년(764) 두보는 성도(成都)에 되돌아왔고, 절도사(節度使) 엄무(嚴武)의 추천으로 절도참모(節度參謀) 검교공부원외랑(檢校工部員外郞)에 임명되어 비어대(緋魚袋 : 관복)를 받았다. 그러나 비위에 맞는 자리가 아니었으며 또한 노쇠한 두보에게는 공연히 바쁘고 고달픈 직책이기도 했다. 게다가 폐병과 천식 및 중풍마저 더욱 도져 두보는 도저히 감당할 수가 없어 마침내 다음해(765)에 엄무에게 간청하여 사직하고 초당으로 돌아왔다.

이 시는 사직하기 전에 지은 것이지만, 마지못해 벼슬에 매여 있는 그의 심정이 잘 나타나 있다.

일반적으로 두보는 은퇴사상을 강조한 시가 적다. 이백에 비하면 거의 없다고 해도 과언이 아니다. 따라서 이 시는 은퇴의 심정을 담은 희귀한 시 중의 하나라 하겠다.

17. 春日江村(춘일강촌) 봄의 강가 마을

부병수주불 귀휴보자태
1. 扶病垂朱紱 歸休步紫苔

교비존만계 막부괴군재
2. 郊扉存晚計 幕府愧群材

연외청사권 구변수엽개
3. 燕外晴絲卷 鷗邊水葉開

인가송어별 문아삭능래
4. 隣家送魚鼈 問我數能來

〈五言律詩〉

병에 부축받아 붉은 인끈 늘이다가, 돌아와 쉬며 이끼 낀 뜰을 거니노라

교외의 초당에 노경을 지낼 방도 있거늘, 막부에 나가 선비들에게 창피한 꼴 보였노라

제비 나는 밖엔 아지랑이 아롱대고, 백구 앉은 강물 가엔 물풀잎이 피었어라

이웃들 생선 자라 보내오고, 몇번이고 서슴없이 문안을 드네

語釋 ㅇ扶病垂朱紱(부병수주불)－병든 몸이라 남의 부축을 받으며 인끈을 늘이고 출사했다는 뜻. 주불(朱紱)은 붉은 인끈. ㅇ歸休(귀휴)－사직하고 돌아와 쉰다. ㅇ步紫苔(보자태)－푸른 이끼가 덮인 뜰을 거닐다. ㅇ郊扉(교비)－성도(成都) 교외에 있는 초당(草堂)의 문. 초당이란 뜻으로 보아도 좋다. ㅇ存晚計(존만계)－만년을 조용히 보낼

계책이 있다는 뜻. ㅇ幕府(막부)－절도사(節度使) 엄무(嚴武)의 막부에 있었다. ㅇ愧(괴)－부끄럽다. ㅇ燕外(연외)－제비들이 날고 있는 것밖에는. ㅇ晴絲卷(청사권)－아지랑이가 감돌아 오르고 있다. ㅇ鷗邊(구변)－백구가 떠있는 강물 가에는. ㅇ水葉開(수엽개)－물풀의 잎이 활짝 퍼져 있다. ㅇ魚鼈(어별)－생선이나 자라를 보내준다. ㅇ問我(문아)－나에게 문안온다, 말하러 온다. ㅇ數能來(삭능래)－몇번이고 올 수가 있다.

(大意) 병든 몸을 남에게 부축되어 붉은 인끈 늘인 관복을 입고 출근하던 벼슬살이를 하직하고 초당(草堂)에 돌아와 쉬면서 푸른 이끼 덮인 뜰을 거닐고 있다.(1)

성도(成都) 교외에 있는 나의 초당에 바로 내가 노경을 편하게 지낼 모든 방도가 있겠거늘, 여지껏 막부에 나가 모든 인재들 앞에서 부끄러운 꼴만을 보였노라.(2)

제비가 날고 있는 것밖에는 아지랑이가 아롱아롱 뒤틀 듯 피어오르고 있으며, 백구가 떠있는 강물 가에는 물풀의 잎이 활짝 피어 있다.(3)

이웃 사람들은 생선이나 자라를 보내주며, 나에게 안부를 물으러 몇번이라도 마음 내키는 대로 오고 있노라.(4)

(解說) 영태(永泰) 원년(765) 두보는 엄무(嚴武)의 막부를 사직하고 다시 완화계(浣花溪)에 있는 초당(草堂)으로 돌아왔다. 노쇠하고 신병에 시달리던 두보가 모처럼 구속 많은 막부생활을 청산하고 한가로운 마음으로 봄을 맞고 있다. '아지랑이 아롱대는 속에 제비가 날고, 물풀 잎이 파랗게 피어난 물가에 흰 갈매기가 떠있다(燕外晴絲卷 鷗邊水葉開).' 더욱 '이웃 사람들이 생선이다 자라다 하고 귀한 음식을 가지고 아무 때나 거침없이 문안은 온다(隣家送魚鼈 問我數能來).'

유연한 대자연의 품속에서 마냥 한가로울 뿐만 아니라, 흐뭇한 인정의 교감(交感) 속에 눈물겹도록 고맙기만 하다. 인생이란 이렇듯 평범한 선의(善意)에 찬 것이리라.

송 원
18. 送 遠 가는 벗을 전송하고

대갑만천지 호위군원행
1. 帶甲滿天地 胡爲君遠行

친붕진일곡 안마거고성
2. 親朋盡一哭 鞍馬去孤城

초목세월만 관하상설청
3. 草木歲月晚 關河霜雪清

별리이작일 인견고인정
4. 別離已昨日 因見古人情

〈五言律詩〉

무장 병사가 천지를 메웠거늘, 그댄 왜 멀리 떠나갔는고
친한 벗들 일제히 통곡했거늘, 그대는 말타고 외로이 성을 떠났네
초목도 시들어 세모에 접어들자, 변경의 산하는 눈 서리에 덮였네
하마 이별이 어제 일이 되었으니, 이별을 아쉬워하던 고인의 정 알겠네

(語釋) ㅇ帶甲(대갑)－갑옷을 입은 병사. ㅇ胡(호)－왜, 어찌하여. ㅇ親朋(친붕)－친한 벗. ㅇ盡(진)－누구나 다. ㅇ一哭(일곡)－한바탕 울었다. ㅇ鞍馬(안마)－안장을 얹힌 말, 여기서는 말타고란 뜻. ㅇ孤城

(고성)−진주성(秦州城)을 가리킨다. ㅇ關河(관하)−변경지대의 산하(山河). ㅇ別離(별리)−양(梁) 강엄(江嚴)의 시에 있는 말.

(大意) 무장한 병사들이 천지에 가득찼는데, 그대만 왜 멀리 떠났는가.(1)
친한 벗들이 다 한바탕 통곡을 하고 울었거늘, 그대는 말을 타고 외로운 진주성(秦州城)을 뒤로 하고 떠나갔노라.(2)
초목도 시들고 해도 저물어 세모가 가까울새, 변경지대의 산하(山河)는 서리나 눈으로 싸늘하게 덮였노라.(3)
옛날의 시인 말대로 이별이 벌써 어제 일이 되었네만, 나는 옛사람따라 이별의 정을 더욱 아쉬워하고 있노라.(4)

(解說) 진주(秦州)에서도 편안할 수가 없었다. 추위와 굶주림과 우울한 나날을 보내던 두보는 약 4개월 후에는 다시 먹을 것을 찾아 동곡(同谷)으로 향해 길을 떠났다. 물론 동곡에서도 안락한 생활이 그를 기다리지는 않았다. 따라서 두보는 그해 12월 초에는 다시 가족을 대동하고 성도(成都)로 갔다.
이 시는 건원(乾元) 2년(759) 진주를 떠나면서 지은 시다. 따라서 두보는 자문자답하고 있다.

19. 九日(구일) 9월 9일

1. 重陽獨酌盃中酒(중양독작배중주) 抱病起登江上臺(포병기등강상대)
2. 竹葉於人旣無分(죽엽어인기무분) 菊花從此不須開(국화종차불수개)
3. 殊方日落玄猿哭(수방일락현원곡) 舊國霜前白雁來(구국상전백안래)

제 매 소 조 각 하 재　　간 과 쇠 사 양 상 최
4. 弟妹蕭條各何在　干戈衰謝兩相催

〈七言律詩〉

중양절에 홀로 든 술잔 마시지 못하고, 병든 몸 간신히 강 기슭 정자에 올랐노라

죽엽청 술도 나와는 연분없으니, 앞으론 국화꽃 피어나지 마라

타향에서 해지니 검은 원숭이 슬피 울고, 고향 흰 기러기 서리 앞서 오건만

동생누이 어디 있나 아득할 따름, 전란과 노쇠 내 몸 더욱 조이네

(語釋) ㅇ九日(구일)－9월 9일, 중양절(重陽節)이다. 이날 가족이나 친구와 같이 높은 곳에 올라가 국화주(菊花酒 : 술에 국화를 띄운다)를 마시며 잔치를 벌이고 또 머리에는 수유(茱萸)를 꽂아 재화를 미리 막는 풍습이 있었다. ㅇ盃中酒(배중주)－잔 속에 있는 술. ㅇ抱病起登(포병기등)－병든 몸을 부둥켜안고 억지로 일어나 높이 오른다. ㅇ竹葉(죽엽)－죽엽청(竹葉靑)이라고 하는 술의 이름. 다음 구절의 '국화(菊花)'와 대구가 되고 있다. ㅇ於人(어인)－나에게는. ㅇ旣無分(기무분)－이제는 아무런 소용도 없게 되었다. 병 때문에 술을 못 마시니까. 분(分)은 연분이나 자격・직분・구실이란 뜻. ㅇ從此(종차)－이제부터는, 앞으로는 국화도 필 필요가 없다는 뜻. ㅇ殊方(수방)－타향, 이방(異方), 여기서는 기주(夔州)를 가리킨다. ㅇ玄猿(현원)－검은 원숭이. ㅇ舊國(구국)－고향. ㅇ霜前(상전)－서리가 내리기 전에. ㅇ白雁來(백안래)－흰 기러기가 온다. 가을에 기러기는 북쪽에서 소식을 가지고 온다고 하지만, 두보에게는 아무 소식도 전하지 않았다. ㅇ蕭條(소조)－쓸쓸하고 외롭다. ㅇ干戈(간과)－전란. ㅇ衰謝(쇠사)－노쇠, 쇠약하고 시들다. ㅇ兩相催(양상최)－전란과 노쇠

가 함께 나에게 몰려와 죽음을 독촉하고 있다는 뜻.

(大意) 9월 9일 중양절(重陽節)에 홀로 앉아 술잔에 남아 있던 술을 들었으나 쇠약한 나는 그것마저 마실 수가 없었다. 하도 답답하여 병든 몸을 부둥켜안듯이 몸을 일으켜 강가의 높은 대로 올랐노라.(1)

죽엽청(竹葉靑)이란 이름의 술도 이제 나와는 아무런 연분이 없는 존재가 되었으니, 앞으로는 국화꽃도 피어날 필요가 없게 되었구나! (중양절에는 술에 국화꽃을 띄워서 마셨다) (2)

객지 타향에 해가 떨어지자 검은 원숭이들이 애절하게 우짖고, 북쪽 고향에서는 서리가 내리기에 앞서 흰 기러기가 날아오고 있다.(3)

그러나 고향의 가족들의 소식이 묘연하고 동생이나 누이들은 소식 아득하니 모두들 어디에 있을는지 초조하기만 하다. 더욱이 전란과 노쇠가 함께 나를 괴롭혀 조이고 있노라.(4)

(解說) 대력(大曆) 원년(766) 두보가 55세 때 가을 기주에서 지은 시다.

가을에는 감상(感傷)에 젖게 마련이다. 더구나 객지에 유우(流寓)하고 있는 두보는 중양절(重陽節)을 맞아 흩어지고 생사조차 모르는 동생과 누이를 생각하고 슬픔에 젖었을 것이다.

그리하여 술잔에 있는 마시다 남은 술을 혼자라도 들고자 했으나, 병에 시달려 쇠약해진 그는 그 술마저 들 수가 없었다.

그렇게 좋아했던 술이었건만, '죽엽청(竹葉靑)' 술도 이제는 나와는 인연이 끊기었는가? 앞으로는 국화꽃도 내 앞에서 피어나지 말아 다오! 처절한 말이 아닐 수 없다. 밖에서는 어둠을 타고 애절한 원숭이 소리가 어디선가 들려오고 있다.

더욱 가슴이 찢어질 듯했으리라. 또한 가을철 서리에 앞서 북쪽 고향으로부터 흰 기러기들이 날아오기는 했으나 가족들의 소식은 묘연할 뿐이다. 게다가 두보는 전란과 심한 신병에 이중으로 시달려서 시시각각으로 죽음의 종말로 몰리고 쫓기고 있음을 자각하고 있었다. 절망의 극이 아닐 수 없다.

그러면서도 이렇듯 높이 승화(昇華)된 시를 쓸 수 있었던 두보는 참으로 위대한 예술가이자 문자 그대로 시성(詩聖)이라 하겠다.

20. 登高(등고) 높이 올라

풍급천고원소애 저청사백조비회
1. 風急天高猿嘯哀 渚清沙白鳥飛廻

무변낙목소소하 부진장강곤곤래
2. 無邊落木蕭蕭下 不盡長江滾滾來

만리비추상작객 백년다병독등대
3. 萬里悲秋常作客 百年多病獨登臺

간난고한번상빈 노도신정탁주배
4. 艱難苦恨繁霜鬢 潦倒新停濁酒杯

〈七言律詩〉

바람 세고 하늘 높아 원숭이 울음 애절하며, 강가 맑아 모래 희고 물새 날아 빙빙 도네

사방에 낙엽은 쓸쓸히 떨어지고, 끝없는 강물은 도도히 흐르노라

타향 만리 나그네 노상 가을이 서러워, 늙어 평생 다병인 나는 외로이 올랐네

간난에 시달려 백발된 것 한스러운데, 노쇠한 요즈음 탁주마저 못들게 됐네

語釋 ㅇ登高(등고)－높이 오른다. 음력 9월 9일 중양절(重陽節)에는 형

제나 친우와 같이 높은 곳에 올라 술을 마시는 풍습이 있다. ㅇ猿嘯哀(원소애)—원숭이 우는 소리가 애처롭다. 소(嘯)는 소리를 길게 끌며 울다. ㅇ渚(저)—물가. ㅇ沙(사)—모래. ㅇ無邊(무변)—끝이 없다, 어디서나 모두. ㅇ蕭蕭(소소)—낙엽이 쓸쓸히 떨어진다. ㅇ不盡長江(부진장강)—끝없이 흐르는 장강, 장강은 양자강. ㅇ滾滾(곤곤)—물이 도도히 출렁대며 흐르는 품. ㅇ萬里悲秋(만리비추)—고향에서 만리나 떨어져서 가을을 슬퍼하다. ㅇ常作客(상작객)—언제나 길손의 신세니라. ㅇ百年多病(백년다병)—늙도록 노상 병투성이로 시달리고 있다는 뜻. ㅇ獨登臺(독등대)—혼자 높이 올랐다. ㅇ艱難(간난)—어려움과 고생. ㅇ苦恨(고한)—몹시 원통하다. ㅇ繁霜鬢(번상빈)—구레나룻이 온통 희게 되었다. 번(繁)은 수두룩하게 많다. 온통. ㅇ潦倒(노도)—노쇠하여 지쳐빠지다, 낙탁하다, 영락하다. ㅇ新停(신정)—최근에는 그만두었다. ㅇ濁酒杯(탁주배)—탁주잔마저 들지 못하게 되었다. 당시 두보는 폐병과 천식에 시달렸다고 한다.

(大意) 중양절(重陽節)이라 언덕에 높이 올라오니 바람이 세고 하늘은 드높으며 원숭이의 길게 우는 소리가 애절하기만 하다. 한편 내려다 보니 강가의 물은 맑고 모래가 더욱 흰데 새들이 빙빙 날아 돌고 있다.(1)

사방에서는 온통 낙엽이 소소히 바람에 날리어 떨어지고, 끝없이 흘러내리는 양자강의 물은 도도하게 흘러 내려가고 있다.(2)

고향에서 만리나 멀리 떨어져 노상 나그네 신세로 객지에서 가을을 슬퍼했으며, 또한 늙도록 한평생을 병투성이로 시달리던 나는 혼자 높이 올랐노라.(3)

모진 고생과 어려움을 겪어 이렇듯 구레나룻이 온통 서리같이 흰 것이 심히 원통하거늘 영락하고 노쇠한 나는 최근에는 탁주잔조차 들지 못하게 되었노라.(4)

(解說) 대력(大曆) 2년 가을에 지은 것이다. 당시 기주(夔州)에 있던 두

보가 9월 9일 중양절(重陽節)을 맞아 홀로 높은 곳에 올라 조락(凋落)하는 가을과 더불어 영락하여 최근에는 술잔조차 못들게 된 자신을 자탄하고 있다.

명(明)의 호응린(胡應麟)은 이 시를 고금을 통해 '칠언율시(七言律詩)'의 으뜸이라고 격찬했다. 내용에 대하여서는 길게 말하지 않아도 모든 사람의 가슴을 감상(感傷)에 젖게 함을 쉽게 알 수 있을 것이다. 형식에 대해 몇 마디 풀이를 하면 다음과 같다. 전편의 시가 다 두 구절씩 꽉 짜여진 대구를 이루고 있다. 그리고 시운(詩韻)은 상평성(上平聲) 10의 회(灰) 운(韻)을 쓰고 있다. 즉 운자는 '애(哀), 회(廻), 래(來), 대(臺), 배(杯)'다. 특히 제1구절에서는 '풍급(風急)' '천고(天高)' '원소애(猿嘯哀)' 제3구절에서는 '무변(無邊)' '낙목(落木)' '소소하(蕭蕭下)'로 다급하게 밀려드는 초조감을 돋우는 한편 제2, 제4구절에서는 '조비회(鳥飛廻)' '곤곤래(滾滾來)'라 하여 대자연의 유연한 자세를 그리고 나서 자기 한 사람의 병들고 절망에 지친 처량한 몰골을 자탄했다.

외형적 표현과 내면적 심리묘사가 잘 조화된 걸작이다.

참고로 이 시의 평측(平仄)을 표시하겠다.

평측이란 평자(平字)와 측자(仄字), 즉 한문 글자의 음운(音韻)의 높낮이를 말하며, 한시는 그 작법에 있어 이 평측의 글자를 가려서 쓴다. —는 평(平), ∧는 측(仄).

(起聯) 風急天高猿嘯哀　渚清沙白鳥飛廻
—∧———∧—　∧——∧∧——
(頷聯) 無邊落木蕭蕭下　不盡長江滾滾來
——∧∧——∧　∧∧——∧∧—
(頸聯) 萬里悲秋常作客　百年多病獨登臺
∧∧———∧∧　———∧∧——
(尾聯) 艱難苦恨繁霜鬢　潦倒新停濁酒杯
——∧∧——∧　—∧——∧∧—

21. 夜(야) 밤

노 하 천 고 추 기 청　　공 산 독 야 여 혼 경
1. 露下天高秋氣清　　空山獨夜旅魂驚
소 등 자 조 고 범 숙　　신 월 유 현 쌍 오 명
2. 疎燈自照孤帆宿　　新月猶懸雙杵鳴
남 국 재 봉 인 와 병　　북 서 부 지 안 무 정
3. 南菊再逢人臥病　　北書不至雁無情
보 첨 의 장 간 우 두　　은 한 요 응 접 봉 성
4. 步簷倚杖看牛斗　　銀漢遙應接鳳城

〈七言律詩〉

이슬 내리고 하늘 높아 가을 맑을새, 공산에 홀로 밤새니 가슴 설레이노라

희미한 등불 외로운 돛배 잠들새, 초승달 걸린 하늘에 다듬이 소리 울린다

남쪽에 거듭 국화꽃 보며 병들은 나는, 북쪽 고향 소식 없으니 기러기도 무정쿠나

처마에 나가 지팡이 짚고 견우성 직녀성 보며, 은하수따라 장안의 대궐로 갔으면 하네

(語釋) ㅇ露下(노하)－이슬이 내리다. ㅇ秋氣(추기)－가을의 공기나 기색. ㅇ空山(공산)－아무도 없는 산에 혼자 있다. ㅇ旅魂驚(여혼경)－나그네의 마음이 설레인다. ㅇ疎燈(소등)－외로운 등불. ㅇ自照(자조)－간신히 주위를 희미하게 비치고 있다. ㅇ孤帆宿(고범숙)－외로운 돛

배가 강가에 정박하고 있다. ㅇ新月(신월)－초승달. ㅇ猶懸(유현)－초승달은 일찍 서쪽으로 지게 마련이지만, 아직도 하늘에 걸려 있다. ㅇ雙杵(쌍오)－다듬이질하는 두 개의 방망이 소리. ㅇ南菊再逢(남국재봉)－남쪽에서 국화를 2년째 본다는 뜻. 지난해에는 운안(雲安)에서, 금년에는 이곳 기주에서 본다. ㅇ人臥病(인와병)－자기는 병으로 누워 있다. ㅇ北書(북서)－북쪽 고향에서의 소식. ㅇ雁(안)－기러기. ㅇ步簷倚杖(보첨의장)－처마끝으로 걸어가 지팡이에 몸을 의지하고. ㅇ看牛斗(간우두)－견우성(牽牛星)과 직녀성(織女星)을 쳐다본다. ㅇ銀漢(은한)－은하수. ㅇ應接(응접)－반드시 이어주겠지. ㅇ鳳城(봉성)－장안의 궁궐.

(大意) 이슬이 내리고 하늘이 높고 가을의 공기가 맑을새, 아무도 없는 빈 산에 홀로 밤을 지새는 나그네의 심정은 설레이기만 한다.(1)

강물가에는 외롭게 하나의 돛배가 흐릿하게 등불을 밝히고 정박해 있고, 서쪽 밤하늘에는 아직도 초승달이 걸렸는데, 어디선가 다듬이 방망이 소리가 울려온다.(2)

남쪽에서 2년째 국화꽃을 마주 대하는 나는 병들어 누워 있거늘, 북쪽 고향에서는 소식이 없어 하늘을 나는 기러기마저 무정하게 여겨진다.(3)

답답하여 처마끝까지 걸어나와 지팡이에 몸을 실리고 견우성과 직녀성을 쳐다보며 생각을 한다. 저 하늘의 은하수를 타면 의당히 장안의 대궐로 통할 것이라고.(4)

(解說) 〈등고(登高)〉와 같은 때에 지은 시다. 〈등고〉는 낮을 그렸고, 이 시는 밤을 읊은 시인 점이 다르다.

외롭게 산 중에서 밤잠도 못자며 나그네의 설움을 달래는 두보는 강가에 희미하게 등불을 밝힌 채 정박하고 있는 한 척의 돛단배에 스스로를 비하고 있었을 것이다. 더욱이 객지에서 병들어 신음하는 그는 고향의 소식이 그리웠고, 아득한 심정으로 쳐다보는 견우성

직녀성에서 가족을 연상했고, 또한 은하수를 타고 장안 대궐로 가고 싶기도 했으리라. 청신하면서도 처절함을 지그시 느끼게 해주는 시다.

22. 登(등) 樓(루) 누각에 올라

화근고루상객심 만방다난차등림
1. 花近高樓傷客心 萬方多難此登臨

금강춘색래천지 옥루부운변고금
2. 錦江春色來天地 玉壘浮雲變古今

북극조정종불개 서산구도막상침
3. 北極朝廷終不改 西山寇盜莫相侵

가련후주환사묘 일모료위양보음
4. 可憐後主還祠廟 日暮聊爲梁父吟

〈七言律詩〉

누각에 봄꽃 엉킬새 나그네 상심하여, 높이 올라 다난한 사방 내려다본다

금강의 봄빛은 천지를 덮어 싸고, 옥루산 구름은 여전히 변하노라

북극성 천자 자리 바뀔 리 없으니, 서산의 오랑캐 아예 쳐오지 마라

후주(後主) 사당에 뫼심 제갈량 덕이러니, 날 저물어 양보음 읊으며 가슴 달랜다

語釋 ㅇ花近高樓(화근고루)—꽃이 높은 누각에 가까이 엉키어 피었다.

ㅇ傷客心(상객심)－나그네 가슴이 아프다, 상심한다. ㅇ萬方多難(만방다난)－온 천하가 어디에서나 다 고생스럽다. ㅇ此登臨(차등림)－이렇게 높이 올라 내려다본다. ㅇ錦江(금강)－성도(成都)를 흐르는 강. ㅇ玉壘(옥루)－성도 서북쪽에 있는 산. 이 산을 넘으면 토번(吐蕃)이 지배하는 땅이 된다. ㅇ北極朝廷(북극조정)－장안(長安)에 있는 당나라 조정. 북극성 같은 중심적 존재라는 뜻. 천자의 자리를 북극성으로 상징한다. ㅇ西山寇盜(서산구도)－서산(西山)을 성도 서쪽에 있는 산 이름으로 보기도 한다. 서산에 있는 토번을 가리킨 말. 구도(寇盜)는 도적이나 적(敵). ㅇ莫相侵(막상침)－아예 침략하지 마라. ㅇ可憐(가련)－여기서는 아아! 즉 감탄사로 본다. 원뜻은 불쌍하다. ㅇ後主(후주)－촉(蜀)의 선주(先主) 유비(劉備)의 아들 유선(劉禪). 범용했으나 제갈량(諸葛亮)의 보필로 겨우 행세할 수 있었고, 후주묘(後主廟)에 모시게도 되었다. 성도에는 선주묘가 있고, 동쪽에는 후주묘, 서쪽에는 제갈공명을 모신 사당이 있다. ㅇ聊(료)－무료하게. ㅇ梁父吟(양보음)－제갈공명이 일찍이 애창했던 노래로서 용사(勇士)의 노래다. 부(父)는 보(甫)로도 쓴다.

(大意) 봄꽃이 높은 누각에 바싹 가까이 엉키어 피어났으나, 전란통에 객지로 떠도는 나그네의 마음은 아프기만 하다. 천하가 어느 곳이나 다 고생스럽기만 한 이때, 나는 높이 올라 멀리 바라다본다.(1)

호르는 금강(錦江)은 온 천지에 봄의 풍정을 안겨다 주고 옥루산(玉壘山)의 뜬 구름은 예나 지금이나 변화무쌍하다.(2)

북극성 같은 위치에 있는 당나라 조정은 절대로 흔들리지 않을 것이니, 서산(西山)에 있는 토번(吐蕃)들은 아예 침략해 들어오지 말지어다.(3)

감격스럽게도 촉(蜀)의 후주 유선(劉禪)이 이렇듯 사당에 모셔진 것도 제갈공명(諸葛孔明)의 보필 덕분이니, 오늘도 그런 훌륭한 보필자가 나왔으면 하는 생각에, 나는 날 저물자 무료하게 옛날에 제갈공명이 읊었다던 〈양보음(梁父吟)〉의 시를 소리 높이 읊조리었노라.(4)

(解說) 광덕(廣德) 원년(763) 10월 토번(吐蕃)이 장안(長安)에 침입해 왔고, 대종(代宗)이 섬주(陝州)로 피난을 갔었다. 그후 곽자의(郭子儀)가 토번을 장안에서 몰아내고 다시 질서를 되찾아 대종도 환궁을 했다. 그러나 촉(蜀)의 변경 지대에서는 여전히 토번이 날뛰어 난동을 피웠다. 이렇듯 어수선한 시국을 두보가 성도에서 읊은 것이다.

두보는 그해 3월 성도에 왔고 절도사(節度使) 엄무(嚴武)의 추천으로 공부원외랑(工部員外郎)의 벼슬을 받았다.

높이 누각에 올라 꽃피는 봄 경치를 내려다보며 쇠퇴한 당나라를 중흥시키고자 무척 갈망한 두보였다. 그러나 자기는 이미 노쇠했고 또 신병에 시달리고 있었다. 스스로 실망한 두보는 더욱 제갈공명 같은 구국의 영웅이 생각났을 것이다.

23. 秋興(추흥) 가을의 감흥

1. 玉露凋傷楓樹林(옥로조상풍수림) 巫山巫峽氣蕭森(무산무협기소삼)
2. 江間波浪兼天湧(강간파랑겸천용) 塞上風雲接地陰(새상풍운접지음)
3. 叢菊兩開他日淚(총국양개타일루) 孤舟一繫故園心(고주일계고원심)
4. 寒衣處處催刀尺(한의처처최도척) 白帝城高急暮砧(백제성고급모침)

〈七言律詩〉

옥구슬 이슬에 단풍숲이 시들고, 무산 무협에 가을 기색 소슬하다

강물 파도 하늘 위로 용솟음치고, 요새 위 풍운은 땅 덮어 음산하다
국화 거듭 보니 옛날이 눈물겹고, 매어둔 배에 고향생각 엉키노라
사방에 겨울옷 마련하기 바빠, 백제성 높이 다듬이 소리 촉박하게 울리어라

語釋 ○玉露(옥로)－옥구슬 같은 이슬, 즉 가을의 이슬이다. ○凋傷(조상)－시들고 상하게 한다. ○巫山(무산)－사천성(四川省) 무산현(巫山縣) 동남쪽에 있다. 암벽(岩壁)이 우뚝 솟아 낮에도 해가 안 보일 정도로 험난한 산이며, 그 사이로 장강(長江)이 흘러 무협(巫峽)을 이루고 있다. 무협은 서릉협(西陵峽)과 구당협(瞿唐峽)과 아울러 삼협(三峽)으로 친다. ○氣蕭森(기소삼)－쓸쓸한 가을의 기운이 삼엄하게 찼다. ○兼天湧(겸천용)－하늘까지 용솟음쳐 오른다. ○塞上風雲(새상풍운)－요새의 성 위를 덮은 풍운. ○接地陰(접지음)－땅까지 어둡게 내려 덮었다. ○叢菊(총국)－수북히 피어난 국화. ○兩開(양개)－두 번째 피어나다. 즉 두보가 성도(成都)를 떠나 두 번째로 꽃핀 것을 본다는 뜻. 첫 번째는 영태(永泰) 원년(765) 가을 운안(雲安)에서 보고 두 번째인 이번에는 대력(大曆) 원년(766) 가을 기주(夔州)에서 본다. ○他日淚(타일루)－옛일을 회상하면 눈물뿐이다. ○孤舟一繫(고주일계)－한 척의 작은 배, 즉 두보의 배는 줄곧 강가에 묶어두기만 했다. 그대로 객지에 있다는 뜻. ○故園心(고원심)－마음은 항상 고향에 가 있다는 뜻. ○寒衣(한의)－겨울옷. ○處處催刀尺(처처최도척)－겨울옷을 만드느라고 사방에서 칼과 자를 부지런히 놀리고 있다. 즉 바쁘게 재봉이나 바느질을 하고 있다는 뜻. ○白帝城(백제성)－기주 동쪽에 있으며 공손술(公孫述)이 쌓았다. ○急暮砧(급모침)－저녁에 다듬이 소리가 다급하게 들려온다.

(大意) 옥구슬 같은 가을 이슬을 맞고 단풍숲이 온통 시들고 상했으며, 무산(巫山)과 무협(巫峽)에는 소슬한 가을 기색이 삼엄하게 들어찼다.(1)

흐르는 강물의 파도는 하늘을 찌를 듯이 용솟음쳐 오르고, 변경 지대 요새 위를 덮은 심상치 않은 전운(戰雲)은 땅까지 삼킬 듯이 음침하게 내려덮고 있다.(2)

거듭 두 번이나 객지에서 수북히 피어나는 국화꽃을 보며 옛날을 회상하니, 모두가 눈물겹기만 하며, 나의 외로운 작은 배를 줄곧 강가에 묶어둔 채 객지에 있으나, 마음은 노상 고향 생각뿐이다.(3)

온 사방에서는 겨울옷을 재봉하느라 바쁘게 칼과 자를 쓰고 있으며, 우뚝 솟은 백제성 하늘 높이 다급한 다듬이 소리가 요란하게 울려퍼진다.(4)

(解說) 대력(大曆) 원년(766) 55세 때 지은 것이다. 전해 초여름에 성도(成都)를 떠나 가을에 운안(雲安)까지 왔다가, 병이 심해져 그냥 거기서 겨울을 보냈고 금년 봄에 기주(夔州 : 四川省 巫山縣)에 와서 우거했다.

가을의 감흥은 감상(感傷)에 젖기 쉽다. 두보는 낙탁(落魄)했었고 또한 가난과 신병에 시달리고 있었다. 오랜 표랑(飄浪)을 거듭하는 그의 가슴에는 서글픈 망향의 정이 눈물겹도록 쌓였을 것이다. 〈추흥(秋興)〉은 전8수가 있다.

24. 返照 석양빛

반조

초 왕 궁 북 정 황 혼　　백 제 성 서 과 우 흔
1. 楚王宮北正黃昏　白帝城西過雨痕
반 조 입 강 번 석 벽　　귀 운 옹 수 실 산 촌
2. 返照入江翻石壁　歸雲擁樹失山邨
쇠 년 병 폐 유 고 침　　절 새 수 시 조 폐 문
3. 衰年病肺惟高枕　絶塞愁時早閉門
불 가 구 류 시 호 란　　남 방 실 유 미 초 혼
4. 不可久留豺虎亂　南方實有未招魂

〈七言律詩〉

초왕 궁성 북쪽에 어둠 덮일새, 백제성 서쪽에 소나기 스친 자국

강물에 반사된 석양빛 절벽에 번득일새, 구름은 산과 나무 마을 덮어 가린다

노년에 폐앓아 베개를 높이 베고, 변경지대 두려워 일찍 문을 닫네

시호 같은 난적 들끓어 살 수 없는 곳, 남쪽에 버려진 채 못 불린 혼(魂)이 있어라

語釋 ㅇ返照(반조)-반사하는 석양빛. ㅇ楚王宮(초왕궁)-무산현(巫山縣) 서북쪽에 있다. 초나라 양왕(襄王)이 놀던 곳. 양왕이 꿈에 무산의 여신과 사랑을 나누었다는 전설이 연상된다. ㅇ白帝城(백제성)-기주에 있다. ㅇ過雨痕(과우흔)-한바탕 비가 쏟아진 자국이 있다. ㅇ翻石壁(번석벽)-강물에 반사하는 석양빛이 다시 강가 암벽(岩壁)

에서 번득번득 반사하다. ㅇ歸雲(귀운)－저녁에 산으로 되돌아오는 구름. ㅇ擁樹(옹수)－숲이나 산림을 감싸 덮는다. ㅇ失山邨(실산촌)－산 위에 있는 마을이 구름에 싸여 안 보인다. 촌(邨)은 촌(村)이다. ㅇ衰年(쇠년)－노쇠한 나이에. ㅇ惟高枕(유고침)－오직 높이 베개를 베고 누워 있다. ㅇ絶塞(절새)－멀리 떨어진 변방, 즉 기주를 가리킨다. ㅇ愁時(수시)－전란의 시대를 걱정하고. ㅇ豺虎亂(시호란)－승냥이나 호랑이 같은 도적이 난동치는 고장. 당시 지방의 군벌들이 자주 반란을 일으켰다. ㅇ南方(남방)－자기가 있는 기주는 장안에서 보면 까마득한 남쪽이다. ㅇ未招魂(미초혼)－아직도 장안에서 부름을 받지 못한 혼이 있다. 송옥(宋玉)이 추방된 굴원(屈原)을 위해서 〈초혼부(招魂賦)〉를 지었다.

(大意) 초나라 왕궁의 북쪽 언저리가 바야흐로 황혼에 저물기 시작했고, 백제성(白帝城) 서쪽에는 한바탕 비가 내린 흔적이 보인다.(1)

석양에 반사하는 빛이 강물에 비쳐들었다가 다시 반사하여 강가 암석 절벽에 빛나고 있으며, 산으로 돌아오는 구름은 산중에 있는 마을을 가려 안 보이게 한다.(2)

노쇠한 나이에 폐병을 앓는 나는 언제나 높게 베개를 베고 누워 있으며 외딴 벽지의 요새지방이 어수선하고 걱정스러워 일찍 대문을 잠그고 틀어박혀 있기만 한다.(3)

승냥이나 호랑이 같은 난동패들이 들끓는 이곳에는 오래 머무를 수가 없다. 남쪽 이곳에 장안(長安)으로 불려들어가지 못한 혼이 있노라.(4)

(解說) 대력(大曆) 원년(766)에 기주에서 지은 시다. 〈등고(登高)〉와 같이 가장 뛰어난 칠언율시의 하나다. 특히 '반조입강번석벽(返照入江翻石壁)'은 뛰어난 구절이다. 섬세한 관찰과 대담하고 발랄한 묘사가 잘 어울렸다. 여기서 우리는 한 가닥 삶의 희망을 순간적으로 찾던 두보의 다시 어둠과 절망에 빠져드는 암담을 느끼게 마련이다.

아울러 미련(尾聯)에서 우리는 사람이 살 수 없을 만큼 난동과 야만이 판을 치는 무질서한 남쪽에서 방황하고 있는 혼의 소유자 두보를 연민하지 않을 수 없다.

제 2 장

장유壯遊와 시우詩友

솟아오르는 겹구름 보고 가슴 설레이며
크게 눈뜨고 산에 돌아드는 날새를 보네
盪胸生曾雲
決眥入歸鳥

반드시 정상에 높이 올라서
주변에 작은 산 굽어보리라
會當凌絕頂
一覽衆山小

귀하건 천하건 다같이 매인 몸이니
이공따라 다시 오기 어려우리
貴賤俱物役
從公難重過

중국문학사의 정상을 차지하는 시선(詩仙) 이백(李白)과 시성(詩聖) 두보(杜甫)의 해후상봉(邂逅相逢)은 두보가 산동지방(山東地方)을 만유하던 천보 3년 낙양(洛陽)에서 만났다. 당시 그들은 한눈에 의기투합했고 불후의 우정을 수립했다. 원래 두보는 기질적으로 이백의 호탕표일한 낭만적 기풍은 없었지만 이백과 사귀는 동안 그의 시에서도 그런 기풍이 조금씩 엿보인다.

25. 望嶽(망악) 태산을 바라보고

1. 岱宗夫如何(대종부여하) 齊魯青未了(제노청미료)
2. 造化鍾神秀(조화종신수) 陰陽割昏曉(음양할혼효)
3. 盪胸生曾雲(탕흉생증운) 決眥入歸鳥(결자입귀조)
4. 會當凌絕頂(회당릉절정) 一覽衆山小(일람중산소)

〈五言古詩〉

태산의 푸른 줄기 얼마나 클까, 제와 노에 걸쳐 끝없이 뻗었네
조화로 모아진 신묘한 위풍, 조석(朝夕)을 가르는 태산의 남북
솟아오르는 겹구름 보고 가슴 설레이며, 크게 눈뜨고 산에 돌아드는 날새를 보네
반드시 정상에 높이 올라서, 주변의 작은 산 굽어보리라

(語釋) ㅇ望嶽(망악)—태산(泰山)을 바라보고 지은 시다. 태산은 산동성(山東省)에 있다. 중국의 명산(名山)은 다섯이 있고 오악(五嶽)이라고 한다. 즉 태산(泰山)·화산(華山)·형산(衡山)·항산(恒山)·숭산(嵩山)이다. 이 중에서도 태산을 제일로 쳤다. 두보는 개원(開元) 24년(736)에서 28년까지 제(齊)·조(趙), 즉 현재의 산동(山東)·하북(河北)·하남(河南) 일대를 만유했으며, 이 시는 그때 개원 28년(740) 나이 29세에 지은 것이다. 현존하는 두보의 시 중에서 가장 오래된 것이기도 하다. ㅇ岱宗(대종)—태산(泰山)이다. 오악 중에서

으뜸이므로 종(宗)이라 했다. ㅇ夫如何(부여하)－부(夫)는 무릇, 여하(如何)는 어떠하냐, 한 발 더 나아가 감탄하는 말투로 '어쩌면 저렇게도 클 수가 있지?'란 뜻. 작자가 태산의 웅장함을 보고 스스로 놀라 자문자답했다. ㅇ齊(제)－춘추(春秋)시대의 나라, 현 산동성 청주(青州) 일대. ㅇ魯(노)－춘추시대의 나라, 현 산동성 연주(兗州) 일대. ㅇ青未了(청미료)－청(青)은 푸른 산, 산의 푸른 숲. 미료(未了)는 끝나지 않다, 끝이 없다. ㅇ造化(조화)－조물주, 천지나 대자연의 주재자. ㅇ鍾(종)－집합하다, 모으다. ㅇ神秀(신수)－ 신묘(神妙)한 산의 아름다움, 신령스런 산의 수기(秀氣). ㅇ陰陽(음양)－음(陰)은 산의 북쪽, 양(陽)은 산의 남쪽. ㅇ割昏曉(할혼효)－할(割)은 나눈다, 구분짓는다. 혼효(昏曉)는 저녁과 아침. ㅇ盪胸(탕흉)－가슴이 뛴다. ㅇ生曾雲(생증운)－중첩하여 쌓인 구름이 뭉게뭉게 일어나다. 증(曾)은 층(層). ㅇ決眥(결자)－눈초리를 찢다. 눈을 크게 뜨고 본다는 뜻. ㅇ入歸鳥(입귀조)－산으로 돌아가는 날새들을 좇아 본다는 뜻. ㅇ會(회)－반드시, 당(當)도 마땅히. ㅇ凌絶頂(능절정)－태산 맨 꼭대기에 올라가다. 릉(凌)은 정복하다. ㅇ衆山小(중산소)－공자(孔子)가 태산에 올라가서 천하가 작다고 했다. 후에 한유(韓愈 : 768~824)가 '모든 산이 작은 것을 보기 위해서는 반드시 태산에 높이 올라야 한다(求觀衆丘小 必上泰山岑)'고 한 것도 있다.

(大意) 유명한 태산(泰山)을 어떻다고 말할까? 놀랍게도 제(齊)나라 노(魯)나라까지 푸르게 뻗어나고도 끝이 없구나!(1)

태산은 바로 조물주가 온갖 신묘한 자연의 미를 하나로 모아 만들어 놓은 것이라 하겠고, 또 그 높은 태산으로 인해서 남쪽은 낮, 북쪽은 밤으로 주야가 나누어지기도 한다.(2)

웅장한 태산 앞에 서 있는 나는 산에서 뭉게뭉게 겹겹이 솟아오르는 구름에 가슴이 설레어 뛰고, 또 산속으로 날아서 돌아 들어가는 새들을 눈초리가 찢어질 듯 크게 뜨고 경이의 눈으로 본다.(3)

장차 나는 반드시 저 산꼭대기에 올라 공자(孔子)가 태산에서 모

든 산이 작다고 말한 심정을 내 스스로 느껴 보겠노라.(4)

(解說) 이 시는 현존하는 두시(杜詩) 중에서 가장 오래된 것이다. 원래 두보는 10세 전에 지은 시가 천 수(千首)나 된다고 했다. 그러나 후세의 두시를 정리하고 편집한 사람들이 초기의 시를 버렸기 때문에 거의 다 전하지 않고 몇편만이 남아 있다.(明代 王嗣奭의 說)

이 시는 두보가 나이 29세경에 제(齊)·조(趙)·노(魯), 즉 현 산동성(山東省)과 하북성(河北省) 일대를 만유하다가 태산(泰山)을 바라보고 지은 것이다. 두보는 24세에 과거에 낙방했고, 이내 제와 노 일대를 여행했다. 그간에 연주(兗州 : 현 山東省 滋陽縣)에 들러 그곳의 사마(司馬)의 직을 맡고 있던 부친 두한(杜閑)을 찾기도 했으며, 또한 다른 시우(詩友)들과 같이 어울려 시를 짓기도 했다. 그리고 대략 이때부터의 시가 오늘의 두보의 시집에 수록되기 시작했다.

〈망악(望嶽)〉은 태산 동남쪽에 있는 연주(兗州)에서 멀리 바라보고 지은 시일 것이다. 올돌(兀突)하게 솟아 있는 웅대하고 수려한 태산의 모습을 착실하면서도 생기있게 그렸다. 제1련(聯)에서는 제(齊)와 노(魯)에 걸친 산동평야(山東平野)를 지배하고 있는 태산의 장엄함을 말했고, 제2련에서는 조화의 신령한 수기(秀氣)가 하나로 모이고 낮과 밤을 가름하는 음양(陰陽)을 겸한 존재, 즉 태극(太極)과도 같은 오묘(奧妙)한 존재임을 밝혔고, 따라서 제3련에서는 자연의 만상(萬象)이 바로 태산에서 일어 나오고 한편 모든 생물이 태산으로 귀일(歸一)한다는 놀라움과 감탄을 토로했고, 제4련에서는 절대적 존재인 태산에 자기도 장차 올라가서 공자(孔子)가 느끼던 바를 뒤따라 실감하겠다고 희망을 피력했다.

두보는 모든 시를 엄격한 시율에 맞추고 또한 꼭 맞게 엄선된 어휘로써 짜임새있게 썼다. 특히 외형적이거나 내면적이거나 대구의 묘를 충분히 살려 형식미(形式美)의 극치를 이룩했다. 그러면서도 그의 시는 자연스럽고 대범하고 정신이 발랄하게 살아 있다.

이 시도 능동적이고 주관적인 필치로 대상(對象)에 사실적 묘사를 하고 있다. '솟아오르는 겹구름 보고 가슴 설레이며, 크게 눈뜨고 산에 돌아 드는 날새를 보네(盪胸生曾雲 決眥入歸鳥)'에서 자연과 새와 두보가 함께 생동하며 함께 설레어 뛰고 있다.

끝으로 '반드시 정상에 높이 올라서, 주변의 작은 산 내려다보리라(會當凌絶頂 一覽衆山小)'고 한 다짐 속에는 과거에 좌절한 두보가 대도(大道)의 문학으로써 정상에 올라 소인배들을 내려다보겠다는 비장한 결의도 엿보인다.

등 연 주 성 루

26. 登兗州城樓 연주성에 올라

동 군 추 정 일　　남 루 종 목 초
1. 東郡趨庭日　　南樓縱目初

부 운 연 해 대　　평 야 입 청 서
2. 浮雲連海岱　　平野入青徐

고 장 진 비 재　　황 성 노 전 여
3. 孤嶂秦碑在　　荒城魯殿餘

종 래 다 고 의　　임 조 독 주 저
4. 從來多古意　　臨眺獨躊躇

〈五言律詩〉

동쪽 연주에서 어른 모시고 있을 무렵, 남쪽 악운루 올라 무한량 내려볼새

뜬 구름 동해와 태산을 이어 덮고, 평야는 청주와 서주에 뻗어들었네

우뚝 솟은 역산에 진시황 비석 섰고, 황성 옛터 영광전의 유적도 있네

나는 종래 회고의 정에 넘치었으며, 둘러보니 스스로 걸음 멈칫하여라

語釋 ㅇ兗州(연주)－현 산동성(山東省) 자양현(滋陽縣)에 있다. 공자(孔子)가 태어난 곡부(曲阜) 가까이 있다. 당(唐)대에는 연주대도독부(兗州大都督府)가 있었고 두보의 부친 두한(杜閑)이 그곳의 사마(司馬)였다. 사마는 장(長)인 도독(都督)과 차관(次官)급인 장사(長史) 다음의 벼슬로 종사품하(從四品下)다. 성루(城樓)는 연주를 둘러 쌓은 성벽 요소요소에 높이 세워진 망루(望樓). ㅇ東郡(동군)－연주 일대를 진(秦)대에는 동군이라 했다. ㅇ趨庭(추정)－부친 곁에서 가르침을 받는다는 뜻. 《논어(論語)》 〈계씨편(季氏篇)〉에 있다. 공자의 아들 백어(伯魚 : 字는 鯉)가 '뜰을 총총걸음으로 건너가다가(趨庭)' 공자에게 불리어 《시경(詩經)》과 《서경(書經)》을 공부하라는 분부를 받았다. 두보는 현재 아버지 두한을 찾아 연주에 와 그의 곁에 있다. ㅇ南樓(남루)－연주성 남쪽 망루(望樓)로 남문루(南門樓), 악운루(嶽雲樓)라고도 했다. ㅇ縱目(종목)－마음껏 전망하다. ㅇ初(초)－원래는 처음이란 뜻, 여기서는 앞의 '일(日)'과 대조가 되며 '때'란 뜻도 겸했다. 또한 각운(脚韻)을 맞추기 위해 '초(初)'를 택해 썼을 것이다. ㅇ海岱(해대)－동쪽 바다[東海]와 북쪽 태산(泰山). 중국의 최초의 경전인 《서경(書經)》 〈우공(禹貢)〉편에 중국 전토를 구주(九州)로 나누고 산동성(山東省)의 동남부(東南部)를 '동해와 태산은 청주(海岱惟青州)'라고 했다. ㅇ青徐(청서)－청주(青州)와 서주(徐州). 《서경》 〈우공편〉에 보인다. '해대에서 회에 걸쳐 서주(海岱及淮惟徐州)'라고 있다. 청주(青州)는 연주(兗州)의 북쪽, 서주(徐州)는 남쪽이다. ㅇ孤嶂(고장)－우뚝 솟아 있는 봉우리 하나. 장(嶂)은 앞을 가로막듯이 험하게 솟은 산. 단 여기서는

연주 등 남쪽 평야에 있는 추현(鄒縣)의 역산(嶧山)으로 높이는 6백 미터 정도다. ㅇ秦碑(진비)－기원전 2백년경 진시황(秦始皇)이 송덕비를 세웠다. 이사(李斯)의 글로 된 석비(石碑)다. ㅇ荒城(황성)－황폐한 도성, 연주성 동북에 있는 곡부(曲阜)를 가리킨 듯하다. ㅇ魯殿(노전)－전한(前漢) 경제(景帝)의 아들로 노왕(魯王)이었던 공왕(恭王)이 세운 영광전(靈光殿). 《문선(文選)》 '왕연수(王延數) 노 영광전의 부(魯靈光殿賦)'에 '영광만이 홀로 우뚝 남아 있다(靈光巋然獨存)'고 했다. 당(唐)대에도 그 유적이 남아 있었으리라. ㅇ臨眺(임조)－높은 데서 내려다본다, 눈앞에 본다는 뜻.

(大意) 옛날의 동군(東郡)인 연주(兗州)에 와서 아버님을 모시고 곁에서 가르침을 받고 있을 무렵, 나는 처음으로 남쪽의 성루 악운루(嶽雲樓)에 올라 마냥 사방을 내려다보았다.(1)

하늘의 뜬구름은 동쪽 바다에서 북쪽 태산(泰山)에 이었고, 넓은 평야는 청주(青州)와 서루(徐州) 지방으로 뻗어들었다.(2)

벌에 우뚝 솟은 역산(嶧山)에는 진시황(秦始皇)의 비가 아직도 남아 있고, 이웃 마을의 황폐한 곡부성(曲阜城)에는 노왕(魯王)의 영광전(靈光殿)의 유적이 남아 있다.(3)

전부터 회고의 정이 많았던 나는 이렇듯 눈앞에 대하고 보니, 스스로 머뭇머뭇 주저하며 발을 뗄 수가 없다.(4)

(解說) 이 시는 두보가 29세에 지은 것이며, 현재 남아 있는 오언율시로는 가장 초기의 작품이다. 당시 두보는 부친인 두한(杜閑)을 찾아 연주(兗州)에 왔었고, 그곳의 남쪽 성루에 올라 지은 것이다. 〈망악(望嶽)〉 참조.

초기의 작품이라 무르익은 맛은 없다. 그러나 엄격하게 시의 격식을 지키고자 애를 쓴 흔적이 보인다. 동시에 장년기 두보의 웅대한 기개의 일면을 엿볼 수가 있다.

27. 房兵曹胡馬(방병조호마) 방병조의 호마

1. 胡馬大宛名(호마대원명) 鋒稜瘦骨成(봉릉수골성)
2. 竹批雙耳峻(죽비쌍이준) 風入四蹄輕(풍입사제경)
3. 所向無空濶(소향무공활) 眞堪託死生(진감탁사생)
4. 驍騰有如此(교등유여차) 萬里可橫行(만리가횡행)

〈五言律詩〉

저 호마는 대원국의 명마, 살 야위어 창대 같은 골격
대나무 깎아 세운 듯 뾰죽 솟은 두 귀, 바람타고 사뿐히 뛰는 네 발굽
가는 곳에 광활한 공간이란 없어, 타는 사람 생사를 맡길 만하네
이렇듯 씩씩하고 발랄하니, 그대는 만리라도 종횡하리

(語釋) ㅇ房兵曹(방병조)—방(房)은 성이다. 이름은 잘 알 수가 없다. 병조(兵曹)는 관직으로 병조참군사(兵曹參軍事)다. ㅇ胡馬(호마)—서역(西域)의 말. ㅇ大宛名(대원명)—대원(大宛)은 서역의 나라 이름. 《사기(史記)》〈대원열전(大宛列傳)〉에 보면 한(漢) 무제(武帝)의 사신 장건(張騫)이 탐험한 나라로, 현 중앙아시아의 소련 영토 파르가나(Farghana) 일대가 아닐까 한다. 명(名)은 명마란 뜻. 장건은 대원

에 좋은 말이 많고 모두 천마(天馬)의 씨들로 피땀[血汗]을 흘린다고 기록한 게 있다. ㅇ鋒稜(봉릉)－창이나 칼의 모서리같이 우뚝 솟은 말의 골격을 형용한 말. ㅇ瘦骨(수골)－야윈 골격, 말은 야위고 뼈가 내보이는 것이 잘 뛴다. ㅇ竹批(죽비)－말의 귀가 대나무를 깎아 세운 듯하다. 비(批)는 깎다, 치다. ㅇ峻(준)－높고 우뚝하다. ㅇ四蹄(사제)－말의 네 굽. ㅇ所向無空濶(소향무공활)－공활(空濶)은 넓은 공간, 향하는 바 공간이 없다 함은 어느 방향으로 뛰어 달려도 단숨에 수백 리를 간다는 뜻. ㅇ眞堪(진감)－참으로 감당할 수 있다. ㅇ託死生(탁사생)－말타는 사람의 생사를 말에 맡길 수 있다. ㅇ驍騰(교등)－웅장하고 세차며 발랄하다. ㅇ橫行(횡행)－마냥 뛰어 넘는다.

(大意) 방병조(房兵曹)가 타는 외국산 말은 대원국의 명마로 창 모서리같이 우뚝 솟은 골격의 야윈 체구의 말이다.(1)

대나무를 깎은 듯 양쪽 귀가 날카롭게 솟았고, 달릴 때는 바람을 타는 듯 네 발굽이 경쾌하다.(2)

어디로 향하나 넓은 공간이 없는 듯, 수백 리를 단숨에 뛰어 달리니 참으로 생사를 맡길 만하다.(3)

이렇듯이 웅장하고 세차고 발랄하므로, 말주인 방병조는 만리 멀리까지 자유자재로 뛰어 달릴 것이다.(4)

(解說) 이 시는 대략 개원(開元) 29년(741)경에 지은 것이다. 본래 두보는 말도 잘 탔고, 또 활도 잘 쏘았으며 젊어서는 용감하게 사냥도 했다. 그리고 발랄하고 씩씩하고 세찬 상징으로 두보는 말과 매를 주제로 한 시를 많이 지었다.

두보는 사실주의(寫實主義)적 착실한 묘사로 아라비아 말의 세찬 품을 리얼하면서도 예리하게 그렸다. 그리고 결국에 가서는 그 말의 주인 방병조가 만리길을 어디나 자유자재로 뛰어다니면서 공을 세울 것이라고 실하게 매듭을 지었다. 특히 '풍입사제경(風入四蹄輕)'과 '소향무공활(所向無空濶)'은 뛰어난 표현이다. 날쌔게 달리니까 바람이 일어난다. 그러나 그 결과는 네 발 사이에 바람이 들어와 그 바람을 타는 듯하다. 따라서 '풍입(風入)'이라 했다. 또 어디를 향하고 달려도 그 말 앞에는 공간이 있을 수 없다는 표현은 기발하면서도 발랄한 말의 스피드를 잘 나타낸 것이다.

28. 畫鷹(화응) 매의 그림

1. 素練風霜起(소련풍상기) 蒼鷹畫作殊(창응화작수)
2. 㩳身思狡兎(송신사교토) 側目似愁胡(측목사수호)
3. 絛鏇光堪摘(도사광감적) 軒楹勢可呼(헌영세가호)
4. 何當擊凡鳥(하당격범조) 毛血灑平蕪(모혈새평무)

〈五言律詩〉

흰 명주 바탕에 서릿바람 일고, 검푸른 매의 그림 뛰어났도다
몸 솟구침은 약삭빠른 토끼 잡고서, 실눈 흘켜봄은 근심하는 호인 같구나
줄과 고리 반짝여 손에 잡힐 듯, 추녀 기둥 뛰쳐나와 호령 따를 듯
언제 뭇새들 때려 잡아, 들판에 털과 피 뿌리리

語釋 ㅇ畫鷹(화응)－매의 그림, 그려진 매. ㅇ素練(소련)－흰 명주. 여기서는 매를 그린 바탕. ㅇ蒼鷹(창응)－검푸른 매, 흔히 매를 창응이

라고도 한다. ㅇ殊(수)—뛰어나다. ㅇ攫身(송신)—매가 움츠렸던 몸뚱이를 갑자기 뻗치다. ㅇ狡兎(교토)—재빠른 토끼. ㅇ側目(측목)—눈을 흘기다, 실눈으로 노려보다. ㅇ愁胡(수호)—수심에 잠긴 호인, 걱정하는 오랑캐. ㅇ絛(도)—매의 발을 묶은 줄. ㅇ鏇(사)—매의 발에 찬 쇠고리. 이 고리에 줄을 걸어 묶기도 한다. ㅇ光(광)—그림이지만 매의 발에 걸린 쇠고리가 실물같이 반짝인다는 뜻. ㅇ堪摘(감적)—그림이지만 실물 같아서 그 고리를 손으로 잡아 낼 수 있을 듯하다. ㅇ軒楹(헌영)—추녀와 기둥. ㅇ勢(세)—매의 사나운 기세. ㅇ可呼(가호)—사람이 소리를 내어 매로 하여금 사냥을 시킬 수 있을 듯하다. ㅇ何當(하당)—언제. ㅇ凡鳥(범조)—뭇새. ㅇ灑(새)—뿌리다. ㅇ平蕪(평무)—황야, 들판.

(大意) 매가 그려진 흰 명주는 싸늘한 서릿바람이 일듯, 검푸른 매의 그림은 뛰어나게 그려졌다.(1)

몸을 뽑아 솟구친 품은 날쌔게 달리는 토끼를 노렸을 것이고, 실눈을 흘긴 품은 마치 수심에 잠긴 오랑캐 모습과 같다.(2)

매의 발에 묶여진 줄과 쇠고리는 번득번득 빛을 내며 흡사 실물 같아서 손으로 잡아 풀 수 있는 듯싶으며, 매의 세찬 위세는 방금이라도 추녀와 기둥에서 날아가 주인의 호령대로 사냥을 할 듯하다.(3)

언제 범용한 새들을 때려쳐서 황야 벌판에 털과 피를 뿌릴 것이냐.(4)

(解說) 매의 그림을 보고 읊은 시다. 두보가 눈앞에 보고 있는 그림도 명화다. 얼마나 리얼했던지 방금이라도 매가 그림 속에서 뛰어나와 솟구쳐 하늘로 올라갈 듯하다. 그러나 두보의 시가 또한 생생하다.

두보는 밖으로 퍼지는 웅대한 발산력과 아울러 안으로 응집(凝集)해 들어오는 집중력을 동시에 지닌 시인이다. 앞에 실린 〈방병조호마(房兵曹胡馬)〉나 이 시가 다같이 세찬 생명의 약동과 아울러 섬세하고 치밀한 묘사가 따른 작품이다. 전통적으로 쓰였던 시어(詩

語)에 새로운 생명과 자유로운 뜻을 독자적으로 부여하고 아울러 정확하게 대상을 묘사하고 있다.

두보만이 지닐 수 있는 위대한 일면이 그의 나이 30세 전후에 지은 초기의 작품에서도 엿볼 수가 있다.

첫 구절에서 '소련풍상기(素練風霜起)'라고 해서 싸늘한 서릿바람을 일으켜 검푸른 매의 위세를 보인 두보는 끝에서 '언제나 모든 범용한 새들을 쳐 떨구어 들판에 피와 털을 뿌리리(何當擊凡鳥 毛血灑平蕪)'하고 자기의 기상을 높였다. 시의 평측(平仄), 운(韻) 또는 대구(對句)의 규칙을 잘 지켰으며 또한 쌍성(雙聲)과 첩운(疊韻)의 묘도 잘 살린 전형적인 정형시다. 수사학적 설명은 생략하겠다.

증 이 백
29. 贈李白 - 其一　이백에게 - 제1수

이 년 객 동 도　소 력 염 기 교
1. 二年客東都　所歷厭機巧

야 인 대 성 전　소 식 상 불 포
2. 野人對腥羶　蔬食常不飽

기 무 청 정 반　사 아 안 색 호
3. 豈無青精飯　使我顔色好

고 핍 대 약 자　산 림 적 여 소
4. 苦乏大藥資　山林跡如掃

이 후 금 규 언　탈 신 사 유 토
5. 李侯金閨彦　脫身事幽討

역 유 양 송 유　방 기 습 요 초
6. 亦有梁宋遊　方期拾搖草

〈五言古詩〉

낙양에 길손된 지 2년 남짓, 겪은바 모든 간교(奸巧) 염증을 느껴

순박한 야인이 비린내만 맡았고, 소찬도 배불리 채우지 못하네

어찌 없으랴 도사의 청정밥이, 나의 안색을 좋게끔 해주련만

귀한 약재 살 돈도 없으며, 산속 내왕할 길마저 없노라

이백 형은 대궐 금마문 출입하던 선비였으나, 그윽하리 벼슬길 몸을 뽑아 은퇴하고저

나와 더불어 양과 송에 놀며, 장차 옥지초 줍고자 하네

(語釋) ㅇ東都(동도)－섬서성(陝西省)에 있는 장안(長安)을 서도(西都)라 하고, 하남성(河南省)에 있는 낙양(洛陽)을 동도(東都)라 했다. ㅇ所歷(소력)－겪은 바 모든 일, 경험한 바 모든 것들의 뜻. ㅇ厭機巧(염기교)－염(厭)은 염증을 느꼈다. 싫증났다. 기교(機巧)는 인위적(人爲的)이고 간교(奸巧)한 짓거리. 왕언보(王彦輔)는 《분문집주(分門集註)》에서 '낙양인들은 교활하고 거짓이 많고 이득만을 찾는 결함이 있다(周人之失巧僞趨別)'는 《한서(漢書)》 〈지리지(地理志)〉의 말을 인용했다. 당(唐)대의 낙양은 정치적으로나 상업적으로나 사람들이 가장 많이 모여 온갖 술책을 쓰던 거리였다. ㅇ野人(야인)－소박한 일반 농민, 벼슬에 오르지 않은 평범하고 소박한 일반 대중. 여기서는 두보 자신. ㅇ腥羶(성전)－비린내나는 고기 반찬. 전(羶)은 소나 양, 성(腥)은 생선류(類). ㅇ蔬食(소식)－채식, 평민들이 먹는 간소한 음식. 《논어(論語)》에 있는 말. ㅇ靑精飯(청정반)－도사(道士)들이 먹는 밥, 남촉(南燭)이라는 나뭇잎이나 줄기를 찐 물로 세 번 끓여서 만든 검푸른 빛의 밥. ㅇ苦乏(고핍)－전혀 없다. 고(苦)는 통, 몹시. ㅇ大藥資(대약자)－귀중한 약의 재료, 대약(大藥)은 금단(金丹)일 것이다. 약재. 자(資)를 약을 살 자재(資財), 돈으로 풀어도 좋다. ㅇ跡如掃(적여소)－발자국을 쓴 듯하다. 즉 산림(山林)에 한 번도 들어가지 않았다는 뜻. 산림(山林)은 은자(隱者)

나 도사들이 사는 곳이다. 그들과 내왕이 없다는 뜻. ○金閨彦(금규언)-금규(金閨)는 금마문(金馬門), 천자(天子)의 비서(秘書)격인 한림원(翰林院)의 대문이다. 이백은 한림원의 공봉(供奉)을 지냈다. 언(彦)은 교양(敎養)과 학덕(學德)을 갖춘 사람. ○脫身(탈신)-몸을 뽑다. 이백은 현종(玄宗) 천보(天寶) 원년(742) 42세에 한림원 공봉이 되었다. 그러나 정식 관원이 아니었고 고작 현종의 풍류놀이의 시객(詩客) 정도였다. 게다가 타고난 성품이 자유분방했고 남에게 허리를 굽히지 못한 이백은 궁중에서 양귀비(楊貴妃)나 고력사(高力士)의 미움을 사게 되어, 2년 후인 천보 3년에 장안에서 쫓겨나고 말았다. 이때에 이백은 두보와 고적(高適)을 알게 되었고, 또 정식으로 도록(道籙)을 받기도 했다. ○事幽討(사유토)-그윽한 생활을 하다. 유(幽)는 유수한 생활, 은자나 도사적인 표일(飄逸), 또는 산림(山林). 토(討)는 찾는다, 탐구한다. ○梁宋遊(양송유)-양(梁)은 하남성(河南省) 개봉(開封), 송(宋)은 하남성 상구(商丘). 당시 두 곳은 풍류와 유협(遊俠)의 무리들로 번성한 지방이었다. ○方期(방기)-'바야흐로 ~하고자 한다'. ○拾(습)-줍는다, 찾는다. ○瑤草(요초)-옥지(玉芝), 신선이 사는 곳에 난다고 하는 영초(靈草).

(大意) 나는 약 2년간을 동쪽 서울 낙양(洛陽)에서 객우하여 보냈으나, 그곳에서 겪은 바 모든 일들이 너무나 간교함에 싫증을 느끼고 말았다.(1)

순박한 야인(野人)인 나로서 산뜻한 채식조차 실컷 배불리 먹지 못하면서 비린내나는 고기나 생선 따위를 대하느라 무척 역겨웠다.(2)

하기는 도사들의 청정반(靑精飯)을 먹으면 나의 안색이 피고 좋아진다고는 하나, 유감스럽게도 나에게는 그런 귀중한 약재를 살 돈도 없고 또 도사가 숨어 산다는 산림(山林)과의 내왕이나 거래도 없다.(3)

한편 이백 형은 한때 대궐 안 금마문(金馬門)에 출입하는 한림공봉을 지낸 선비였으나, 이제는 관계(官界)에서 몸을 뽑아 입선학도(入仙學道)하고자 한다.(4)

이렇게 하며 우리 두 사람은 함께 양(梁)·송(宋) 일대로 놀며, 바야흐로 선경(仙境)에 가서 신선의 영초 옥지(玉芝)를 딸까 한다.(5)

(解說) 중국문학사의 정상을 차지하는 시선(詩仙) 이백(李白)과 시성(詩聖) 두보(杜甫)의 해후상봉(邂逅相逢)은 특기할 만하다. 이들은 천보 3년(744)에 낙양(洛陽)에서 만났다. 이백은 그해에 대궐에서 쫓겨났고, 동쪽으로 자유를 찾아가던 길이었다. 한편 두보는 수년 전(735)에 과거에 실패하고 산동(山東) 일대를 만유하다가 낙양 부근의 수양산(首陽山)에 조촐한 집 육혼장(陸渾莊)을 마련하고, 그곳에서 13대 조상인 두예(杜預)의 제사를 올리고 또 양씨(楊氏)와 결혼을 한(741) 3년 후였다. 당시 이백은 44세로 사회적으로 잘 알려졌었다. 두보는 33세로 별로 알려지지 않은 후배격 시인이었다. 그러나 이들은 한눈에 의기투합했었고, 약 2년 미만의 교유였으나, 불후의 우정을 수립하였다. 또 평생을 두고 서로 이해하고 사랑하고 존경을 했던 이들의 교유는 우정의 금자탑을 세운 것이라 하겠다.

원래 두보는 기질적으로 이백의 호탕표일한 낭만적 기풍이 없었다. 그러나 이백과 사귀는 동안 두보는 시에도 많은 영향을 받았다. 이백은 일찍부터 임협(任俠)과 선풍(仙風)에 넘쳤다. 그러나 두보는 착실한 유가(儒家)임을 자처했다. 그러나 이 시에는 '역유량송유(亦有梁宋遊) 유기습요초(有期拾搖草)'하고 이백과 어울려 선경에 가서 약초를 따고자 했다.

이 시는 두보가 처음으로 이백에게 보낸 시이며, 그후로도 8수의 이같은 시를 지었다.

30. 贈李白(증이백) - 其二　이백에게 - 제2수

1. 秋來相顧尚飄蓬(추래상고상표봉)　未就丹砂愧葛洪(미취단사괴갈홍)
2. 痛飮狂歌空度日(통음광가공도일)　飛揚跋扈爲誰雄(비양발호위수웅)

〈七言絶句〉

가을부터 여직 유랑턴 우리들은, 단사조차 못 얻고 갈홍에게 부끄러워

통음광가 나날 허무케 보내건만, 호탕방일 기고만장 누구를 위해선가

(語釋) ㅇ秋來相顧(추래상고)－가을부터 오늘날까지의 우리 둘의 생활을 서로 돌이켜보았다. ㅇ尙飄蓬(상표봉)－여전히 바람에 나부끼는 다북쑥. 이백과 두보는 다같이 떠돌고 있었다. ㅇ未就丹砂(미취단사)－아직도 단사(丹砂)를 빚지 못하다. 단사는 먹으면 신선이 된다는 선약(仙藥)의 재료. 이백은 도가에 심취해서 구선학도(求仙學道)에 힘썼다. ㅇ愧葛洪(괴갈홍)－갈홍(葛洪)에 부끄럽다. 갈홍은 진(晋)나라 사람, 자는 치천(稚川), 신선술과 선약의 원료를 빚는 연금술(鍊金術)에 능통했다. 단사(丹砂)가 교지(交趾) 구루현(勾漏縣)에서 난다는 말을 듣고 그곳의 영(靈)이 되고자 했다고 전한다. ㅇ痛飮狂歌(통음광가)－통쾌하게 마시고 미친 듯이 노래하다. ㅇ空度日(공도일)－공연히 세월을 보낸다. 공(空)은 하는 일 없이란 뜻, 그러나 허심탄회 야욕이나 잡기도 없이 허무하고 초연하게 지낸다는 뜻

도 있을 것이다. ㅇ飛揚(비양)－새가 높이 날듯. ㅇ跋扈(발호)－발(跋)은 뛰어넘다, 호(扈)는 물고기를 잡기 위한 대나무틀. 발호(跋扈)는 훌쩍 뛰어넘는다. 비양발호(飛揚跋扈)는 이백의 호탕방일(豪蕩放逸)한 품을 묘사한 말이다. ㅇ爲誰雄(위수웅)－누구를 위해 그렇듯 씩씩하게 날뛰는가? 결국은 아무 소용도 없지 않은가? 또는 누구에게 보이려는 목적이 있어 그렇게 날뛰는 것이 아니다란 뜻.

(大意) 돌이켜보면 우리 두 사람은 가을부터 여지껏 바람에 나부끼는 다북쑥같이 유랑생활을 계속하고 있을 뿐, 단사도 얻지 못했으니 갈홍(葛洪)에게도 부끄럽게 되었다.(1)

나날이 통음광가(痛飮狂歌)만을 일삼고 허송세월을 하고, 속세에 초연하고 호탕방일만 하고 있으나, 결국 누구를 위해 이렇듯이 기고만장(氣高萬丈)을 해야 하나?(2)

(解說) 이 시는 대략 천보(天寶) 4년(745) 두보가 이백을 만나 함께 어울려 산동성 일대를 방랑하며 통음광가(痛飮狂歌)하던 때 지은 것이다.

평하는 사람이나 보는 견지에 따라 여러 가지로 뜻풀이를 한다. 앞의 두 구절은 이백을 읊고 뒤의 두 구절은 두보 자신을 읊은 것이라고 보기도 한다. 그러나 역시 이 시 전체를 함께 어울렸던 두보와 이백의 공동의 것으로 풀이하는 것이 좋을 것이다.

그러나 뒤의 구절에서 지나치게 방일호탕하고 안하무인격으로 행동하는 이백을 은근히 걱정하는 기백도 있을 법하다.

31. 春日憶李白 봄에 이백을 생각하며

(춘일억이백)

1. 白也詩無敵 飄然思不群
(백야시무적 표연사불군)
2. 淸新庾開府 俊逸鮑參軍
(청신유개부 준일포참군)
3. 渭北春天樹 江東日暮雲
(위북춘천수 강동일모운)
4. 何時一樽酒 重與細論文
(하시일준주 중여세논문)

〈五言律詩〉

이백 형 그대는 시에서 무적이요, 표일한 정신은 뭇 군상과 같지 않소

청신한 맛은 유신과 같고, 준일한 품은 포조와 같소

이곳 위수 가엔 봄철 나무가 싹트나, 그곳 강남에는 해가 구름에 지리다

어느 때에 함께 술잔 나누며, 다시 한번 마냥 글을 논하리

語釋 ㅇ詩無敵(시무적)—시에 있어서는 대적할 사람이 없다. ㅇ飄然(표연)—자유롭게 뛰어나고 높이 날 듯하다. 정신적 고차원 세계. ㅇ思不群(사불군)—생각이 뛰이나다, 보동을 벗어나다, 어울리지 않는다. ㅇ庾開府(유개부)—유신(庾信 : 513~581). 육조(六朝)시대의 문인. 개부의동삼사(開府儀同三司)의 벼슬을 지냈으므로 유개부라고 했

다. ㅇ鮑參軍(포참군)－제(齊)의 포조(鮑照 : 405~466). 도연명(陶淵明), 사영운(謝靈運)과 병칭되는 시인. 임해왕(臨海王)의 참군(參軍)을 지냈다. ㅇ渭北(위북)－장안(長安) 북쪽에 있는 위수(渭水), 당시 두보는 장안에 있었다. ㅇ春天(춘천)－봄이란 뜻. ㅇ江東(강동)－강남(江南)이란 뜻, 이백이 있는 곳. ㅇ樽(준)－술잔. ㅇ細(세)－상세하게, 자세히.

(大意) 이백 형, 그대는 시에 있어 무적입니다. 그대의 정신세계는 군중과 어울리지 않고 높이 자유롭게 뛰어나고 있습니다.(1)

그대의 시의 청신한 맛은 유신(庾信)과 닮았고, 그대의 시의 준일한 품은 포조(鮑照)와 같습니다.(2)

지금 제가 있는 장안의 위수 언저리에는 봄나무가 움트고 있으나, 형이 계신 강남에는 해가 구름 속에 저물어 들겠지요.(3)

언제 다시 만나 술잔을 나누며 흉금을 터놓고 문학을 논할 수 있겠습니까?(4)

(解說) 두보가 이 시 끝에서 활용한 '논문(論文)'이란 두 글자의 제목으로 위(魏) 문제(文帝) 조비(曹丕)의 문학론이 있다. 조비는 그 글 속에서 자고로 '문학인들은 서로 경멸한다(文人相輕)'라고 했다. 그러나 두보는 이 시에서 '이백 형! 그대의 시는 천하무적이다(白也詩無敵)'라고 가장 높이고 있다.

이백과 두보가 서로 만나 어울리고 교우한 시기는 2년도 안 되는 짧은 기간이었다. 그러나 이들의 우정은 깊었고, 특히 자기보다 11세나 연장인 이백에 대한 두보의 우의는 평생을 두고 변치 않았다. 이 시도 봄에 이백을 생각하며 지은 것이다. 당시 고생이 심하지 않았던 두보는 '하시일준주(何時一樽酒)'라고 함께 술마실 날을 기다리기도 했었다. 대략 천보(天寶) 5년이나 6년경의 작품일 것이다.

32. 陪李北海宴歷下亭(배이북해연역하정) 북해태수 이옹과 잔치하다

1. 東藩駐皀蓋(동번주흡개) 北渚凌淸河(북저능청하)
2. 海右此亭古(해우차정고) 濟南名士多(제남명사다)
3. 雲山已發興(운산이발흥) 玉佩仍當歌(옥패잉당가)
4. 脩竹不受暑(수죽불수서) 交流空湧波(교류공용파)
5. 蘊眞愜所遇(온진협소우) 落日將如何(낙일장여하)
6. 貴賤俱物役(귀천구물역) 從公難重過(종공난중과)

〈五言古詩〉

동번에 푸른 차일 친 수레 멈추고, 북쪽 물가 맑은 강물 건너 오셨노라

바다 서쪽 역하정 옛부터 이름났고, 제남에선 명사들이 수없이 나타났네

구름낀 산만 보아도 이미 흥겨웁거늘, 옥패 두른 아가씨 마주 노래를 한다

깊게 우거진 대나무 더위를 막아내니, 합쳐 흐르는 강물은 공연히 출렁이네

이것이 바로 참다운 홍취이거늘, 어느덧 석양 깃드니 어이하리요

귀하건 천하건 다같이 매인 몸이니, 이공을 따라서 다시 오기 어려우리

(語釋) ㅇ李北海(이북해)－이옹(李邕). 북해(北海 : 現 山東省 益都縣)의 태수(太守)를 지냈으며, 그 당시 문단의 원로였다. 젊은 두보의 재능을 인정해 준 사람이다. ㅇ歷下亭(역하정)－현 산동성(山東省) 제남시(濟南市) 역산(歷山) 밑에 있는 정자, 대명호(大明湖)를 내려다보고 있다. ㅇ東藩(동번)－이옹(李邕)을 가리킴. 북해 태수로 동쪽을 지키는 사람이란 뜻. 사마상여(司馬相如)의 〈상림부(上林賦)〉에 '제가 동번에 들었다(齊列爲東藩)'라고 있으며, 제는 산동성에 있었다. 이옹은 문선(文選)의 대가였으므로 두보가 이를 인용했을 것이다. ㅇ駐皀蓋(주흡개)－주(駐)는 수레를 멈춘다, 흡(皀)은 군청색, 개(蓋)는 차일, 차개(車蓋). 한(漢)대에는 태수의 수레 위에 군청색의 차일을 쳤다. ㅇ北渚凌清河(북저능청하)－저(渚)는 물가. 북쪽 물가로부터 맑은 강을 건너왔다는 뜻. ㅇ海右(해우)－바다 서쪽. 즉 역하정이 있는 제남(濟南)은 해서(海西)에 있다. ㅇ濟南名士多(제남명사다)－제남 일대에는 옛날부터 명사들을 많이 배출했다. 한(漢)의 경학자(經學者) 복생(伏生)도 제남 출신이다. 두보 자신이 시제(詩題)에 '그때에 마을 사람 건처사 등이 있었다(時邑人蹇處士輩在坐)'라고 주를 단 것으로 보아 배석했던 여러 사람을 가리킨 말이다. ㅇ雲山(운산)－구름 덮인 산만 바라보아도 이미 홍이 돋아난다(發興). ㅇ玉佩(옥패)－옥의 패물. 여기서는 아름다운 장식품으로 꾸민 기녀(妓女)란 뜻. ㅇ仍(잉)－또한, 거듭. ㅇ當歌(당가)－당(當)은 마주 보고, 대가(對歌)하여란 뜻. 위(魏) 무제(武帝)의 〈단가행(短歌行)〉에 '술을 대하니 마땅히 노래할지어다, 인생이 얼마나 갈 것이냐(對酒當歌 人生幾何)'라고 있다. ㅇ脩竹(수죽)－크게 자

란 대나무. ㅇ不受暑(불수서)－숲이 있으므로 더위를 받지 않는다. ㅇ交流(교류)－역수(歷水)와 낙수(濼水)의 두 강물이 합류하여 작산호(鵲山湖)에 들어가고 있다. 교(交)는 합(合)이란 뜻. ㅇ公湧波(공용파)－공연히 용솟음치고 파도친다. 대숲이 있어 더위를 식히고 있으므로 강물은 더위를 시킬 필요가 없다는 뜻. 용파(湧波)는 좌사(左思)의 〈촉도부(蜀都賦)〉에 보인다. 혹 제남의 강이나 호수에 실제로 분수같이 용솟음쳐 오르는 물이 있고, 이것을 《문선(文選)》에 있는 시어(詩語)와 맞춘 것이 아닐까 생각된다. ㅇ蘊眞(온진)－자연의 참다운 맛이 축적되어 있다. 진(眞)은 진리, 진실, 또는 본질. 사영운(謝靈運)의 시에 '깊이 쌓인 참다운 맛을 누가 전하나?(蘊眞誰爲傳)', 또 강엄(江淹)의 시에 '유유하게 참맛을 지니고 있다(悠悠蘊眞趣)'라고 있다. ㅇ愜(협)－뜻에 맞는다. ㅇ所遇(소우)－내가 맞이한 이 기회, 즉 우연하게 맞은 이 연회는 바로 자연의 진수를 맛봄과 일치한다는 뜻. ㅇ落日將如何(낙일장여하)－해가 떨어지니 어떻게 해야 좋겠는가? 인력으로는 해지는 것을 어쩔 도리가 없다. ㅇ貴賤(귀천)－귀(貴)는 이옹, 천(賤)은 두보. ㅇ俱(구)－다같이. ㅇ物役(물역)－외적(外的)인 사물(事物)의 사역되는 존재. ㅇ從公(종공)－이옹을 따라. 《시경(詩經)》에 보인다. ㅇ難重過(난중과)－다시 한번 이곳에 오기는 아마도 어려울 것이다.

(大意) 이옹(李邕)께서는 동번(東藩)을 다스리시는 몸으로 군청색의 차일을 친 수레를 멈추시고, 북쪽 물가를 지나 맑은 강을 건너오셨네.(1)

바다 서쪽에 있는 역하정(歷下亭)은 예부터 알려졌고, 제남(濟南)에서는 자고로 명사들이 많이 배출되었노라.(2)

연회 자리에 앉아 구름 덮인 산을 바라보니 이미 흥이 돋아 나오거늘, 더욱 옥패로 장식한 기녀들마저 마주 앉아 노래를 불러 주노라.(3)

정자 주위에는 크게 자란 대나무 숲이 우거져 더위를 가려주고

있거늘, 저 멀리 합친 강물은 공연히 출렁대며 파도를 일고 있노라.(4)

우연히 배석한 이 잔치야말로 바로 자연의 참다운 맛을 깊이 간직한 것이라 하겠거늘 아깝게도 해가 떨어지려고 하니 어찌하면 좋을지?(5)

귀하신 이옹이나 천한 나나 다같이 현실적인 일에 쫓기는 몸이고 보니 앞으로 다시는 이공을 따라 이곳에 와서 놀기가 어려우리라.(6)

(解說) 이 시는 천보(天寶) 4년(745) 제남(濟南)에서 이옹(李邕)을 만나 지은 것이다. 이옹은 일찍부터 두보를 알아주었고, 또 많이 도와주었다. 그러나 이듬해, 즉 천보 5년에 간악한 이임보(李林甫)의 무고로 투옥되었다가 다시 다음해에 형을 받고 죽었다. 이 시 맨 끝에서 '종공난중과(從公難重過)'라 했던 두보가 얼마나 애통하게 여겼을까?

야 연 좌 씨 장

33. 夜宴左氏莊 좌씨 별장의 밤 향연

풍 림 섬 월 락　　의 로 정 금 장
1. 風林纖月落　衣露淨琴張

암 수 유 화 경　　춘 성 대 초 당
2. 暗水流花徑　春星帶草堂

검 서 소 촉 단　　간 검 인 배 장
3. 檢書燒燭短　看劍引杯長

시 파 문 오 영　　편 주 의 불 망
4. 詩罷聞吳詠　扁舟意不忘

〈五言律詩〉

바람 설렁이는 숲에 조각달 지고, 옷엔 이슬맺어 맑은 거문고 탄다
어둠 속 강물 꽃밭 사이 흘러가고, 봄하늘 별들 초당 둘러 반짝인다
장서를 뒤적이니 촛불 타서 짧아졌고, 보검 앞에 보며 술잔 들고 심각하다
시읊고 오나라 노래 듣고 있자니, 배타고 돌던 일 잊을 수 없네

(語釋) ㅇ左氏(좌씨)—누구를 가리킨 것인지 알 수 없다. ㅇ莊(장)—장원, 시의 내용으로 보아 대략 장안이나 낙양 근교에 있었을 것 같다(吉川博士의 說). ㅇ風林(풍림)—바람이 부는 숲. ㅇ纖月(섬월)—조각달, 초승달. ㅇ衣露(의로)—옷에 이슬이 맺는다. ㅇ淨琴張(정금장)—장(張)은 팽팽한 거문고 줄을 탄다. 튕긴다. 정금(淨琴)은 맑은 소리를 내는 거문고. ㅇ暗水(암수)—조각달마저 떨어진 캄캄한 밤의 어둠 속을 흐르는 물. 물소리만이 들릴 것이다. ㅇ花徑(화경)—꽃밭 사잇길. ㅇ帶草堂(대초당)—별들이 초당 주위를 둘러싸서 번쩍이고 있다. 초당이 반짝이는 별들에 매어 달린 듯하다는 기발한 이미지도 담겨 있다. ㅇ檢書(검서)—주인집에 비장(秘藏)되어 있는 책을 뒤적이고 점검하며 읽는다. ㅇ燒燭短(소촉단)—초가 짧게 타도록 책을 읽는다. ㅇ看劍(간검)—주인집의 보검(寶劍)을 본다. 다른 판본에는 '설검(說劍)'으로 된 것도 있으나 좋지 않다. ㅇ引杯長(인배장)—인배(引杯)는 술잔을 입에 당기어 마시다. 장(長)은 심장(深長)한 느낌에 젖는다. ㅇ詩罷(시파)—연회석상에서 돌려가며 시를 다 짓고 나서. ㅇ吳歌(오가)—현 강소(江蘇), 절강성(浙江省) 일대를 강남(江南) 지방이라 했고 옛날에는 오(吳)나라가 있었다. 이곳 강남 일대는 낭만과 풍류가 넘쳤다. ㅇ扁舟(편주)—조각배. 누보가 전에 오(吳)·월(越)에 만유했다. 그때가 잊혀지지 않는다고 '의불망(意不忘)'이라고 했다.

(大意) 바람에 불려 설렁이던 숲에 가냘픈 조각달마저 떨어진 밤이다. 옷에는 이슬이 축축하거늘 팽팽한 거문고 줄을 튕기며 맑은 곡을 타고 있다.(1)

어둠에 보이지 않고 소리만이 들리는 물은 꽃밭 사이를 흐르는 듯, 봄하늘의 밤별들은 초당을 매어 달듯 무수히 반짝이고 있다.(2)

밖에서 잔치를 마치고 다시 집안으로 들어와 주인집에 비장되어 있는 책을 촛불이 짧게 타도록 뒤적이며 읽고 또 주인의 칼을 보며 술잔을 당기어 마시며 사뭇 심장(深長)한 느낌에 젖는다.(3)

돌려가며 시를 다 짓고 나서 오나라의 노래를 들으니, 전에 조각배 타고 강남으로 만유했던 생각이 잊혀지지 않는구나.(4)

(解說) 상세히는 알 수 없으나, 좌씨(左氏)라는 사람의 별장에서 벌인 잔치에 참석했을 때 지은 것이며, 대략 두보가 오월(吳越)의 만유를 마쳤던 후일 것이다. 전체의 시는 전단과 후단으로 양분된다. 전단에서는 야외를 그렸고 후단에서는 실내를 그렸다. 특히 이 시에서는 섬세하면서도 생생하고 정확한 새로운 용어를 많이 쓰고 있다. 풍림(風林)・섬월(纖月)・의로(衣露)・정금(淨琴)・암수(暗水)・화경(花徑)・춘성(春星)・초당(草堂)・검서(檢書)・소촉(燒燭)・간검(看劍)・인배(引杯) 등을 발랄하게 살리고 있다.

참고로 Witter Bynner의 영역시를 붙이겠다.

A Poetry Contest after Dinner at the Tso Villa

The slender moon has dropped behind the windy forest
A flute, moist with dew, lies untouched in the open.
A hidden brook rushes beneath the flower path ;
Above the thatched roof the firmament is studded with spring stars
We consult books, aware of the candle's burning short ;

We re-examine the sword, still taking time to sip our cups.
The poems are finished, then chanted in the Wu dialect.
The allusion to Fan Li's little boat is hard to forget.

이 시에서는 어느 한 구절도 버릴 수 없이 팽팽하게 짜여져 있다. 그 중에서도 '의로정금장(衣露淨琴張)'은 마냥 긴장된 상태로 타는 맑은 거문고 소리가 주위를 숙연하게 위압하는 듯도 하다. 또 '간검인배장(看劍引杯長)'은 서슬이 퍼런 예리한 칼을 보며 꿀꺽 술을 마시며 심각한 표정을 짓는 두보가 생생하게 보이는 것 같다. (2)·(3)의 대구의 묘를 잘 감상할 것.

34. 飮中八仙歌(음중팔선가) 주선팔인

1. 知章騎馬似乘船(지장기마사승선) 眼花落井水底眠(안화낙정수저면)
2. 汝陽三斗始朝天(여양삼두시조천) 道逢麴車口流涎(도봉국차구유연)
3. 恨不移封向酒泉(한불이봉향주천) 左相日興費萬錢(좌상일흥비만전)
4. 飮如長鯨吸百川(음여장경흡백천) 銜杯樂聖稱避賢(함배낙성칭피현)
5. 宗之蕭灑美少年(종지소사미소년) 擧觴白眼望青天(거상백안망청천)
6. 皎如玉樹臨風前(교여옥수임풍전) 蘇晋長齋繡佛前(소진장재수불전)

취중왕왕애도선 이백일두시백편
7. 醉中往往愛逃禪 李白一斗詩百篇
장안시상주가면 천자호래불상선
8. 長安市上酒家眠 天子呼來不上船
자칭신시주중선 장욱삼배초성전
9. 自稱臣是酒中仙 張旭三杯草聖傳
탈모노정왕공전 휘호낙지여운연
10. 脫帽露頂王公前 揮毫落紙如雲烟
초수오두시탁연 고담웅변경사연
11. 焦遂五斗始卓然 高談雄辯驚四筵

〈七言古詩〉

술취한 하지장의 말탄 꼴은 영락없이 배[船]를 탄 듯, 눈앞이 몽롱하여 우물 속에 떨어진 채 잠이 드네

여양왕은 세 말 술을 마시고야 조정에 들고, 길에서 누룩 수레 보고도 군침 흘리며

주천에 전직(轉職)되지 못하여 한이 많더라, 좌상은 매일 주흥에 만전을 탕진하고

마시는 품은 큰 고래 온 강물 들이키듯, 청주 즐기고 탁주 피하며 술잔을 드네

최종지는 말쑥한 미남자라, 술잔 들고 흰 얼굴로 푸른 하늘 쳐다보는

희맑은 품은 옥나무 바람에 나부끼듯, 소진은 수놓은 불상 앞에 재계하며

왕왕히 술에 취해 좌선한다며 잠자네, 이백은 한말 술에 백편의 시 짓고

장안 거리 술집에서 잠자며, 천자가 불러도 배 탈 생각않고

신은 주중 신선이라 자칭하네, 장욱은 석잔 술에 초서의 성인 되며

왕공들 앞에 모자 벗고 앞머리로, 구름 연기 같은 초서를 후려쓰더라

초수는 다섯말 술에 간신히 입을 열어, 고담 웅변하여 좌중을 놀라게 한다

(語釋) ㅇ飮中八仙歌(음중팔선가)－술친구 여덟 명의 노래. 소진(蘇晋)·이진(李璡)·이적지(李適之)·최종지(崔宗之)·장욱(張旭)·초수(焦遂)·이백(李白)의 8명을 당시에도 8선인(八仙人)이라고 불렀다. ㅇ知章(지장)－하지장(賀知章 : 659~744), 자는 계진(季眞), 사명광객(四明狂客)이라 자칭했다. 태자빈객(太子賓客), 비서감(秘書監)의 벼슬까지 지냈으나 천보(天寶) 3년(744)에 상소문을 올리고 은퇴하여 도사가 된 지 얼마 후에 죽었다. 풍류객으로 이름이 높았고 장안에서 이백을 보자 '적선인(謫仙人)'이라 했고 이에 이백은 띠고 있던 금구(金龜)를 술과 바꾸어 함께 마셨다고 한다. 그는 강남의 절강성(浙江省) 사람이다. ㅇ騎馬似乘船(기마사승선)－그의 말탄 품이 배를 탄 것과 흡사하다. 하지장은 강남 사람이라 배타는 데 익숙하였고, 더구나 술이 취해 말타고 흔들거리는 모습을 이렇게 묘사했던 것이다. ㅇ眼花(안화)－술에 취해 눈이 흐릿해진다. ㅇ汝陽(여양)－여양왕 이진(李璡). 현종의 형 이헌(李憲)의 아들로 두보를 잘 알아주었다. 하지장과 시주(詩酒)의 교유가 깊었으며, 천보 9년(750)에 죽었다. ㅇ朝天(조천)－조정(朝廷)에 들어가 천자를 배알한다. ㅇ麴車(국차)－국(麴)은 누룩. 누룩을 실은 수레. ㅇ流涎(유연)－군침을 흘린다. ㅇ酒泉(주천)－현 감숙성(甘肅省) 주천현(酒泉縣). 술이 샘솟는다고 한다. 그는 봉지(封地)를 이곳으로 옮겨주지 않음을 한스럽게 여긴다. ㅇ左相(좌상)－좌승상(左丞相) 이적

지(李適之 : ?~747). 왕족(王族) 출신이다. 후에는 이임보(李林甫)의 모함에 빠져 좌천되었고 천보 6년에 스스로 독을 마시고 죽었다. 시를 잘 지었고 노상 밤에는 시우(詩友)들과 주연을 벌였다. ㅇ日興(일홍)－매일같이 흥겹게 잔치를 벌인다. ㅇ長鯨(장경)－큰 고래. ㅇ銜杯(함배)－술잔을 입에 문다, 즉 술마신다. ㅇ樂聖(낙성)－맑은 술을 즐기다. 청주(淸酒)를 성인에 비하고 탁주(濁酒)를 현인에 비했다. 삼국시대(三國時代) 위(魏)의 조조(曹操)가 금주령(禁酒令)을 내리자, 술꾼들이 은어(隱語)로 썼다. 이적지는 이런 시를 지은 바 있다. '현인을 피하여 좌상을 그만두고 성인을 즐기며 마신다. 묻노니 문전에 객이 오늘 아침에는 몇명이나 왔느냐?(避賢初罷相 樂聖且銜杯 爲問門前客 今朝幾個來)' 즉 '성(聖)·현(賢)'을 '성인과 현인' 및 '청주와 탁주'의 뜻을 겸용하여 쓰고 있다. ㅇ宗之(종지)－최종지(崔宗之). 재상 최일용(崔日用)의 아들. 시어사(侍御史)를 지냈으며, 이백·두보와 교유가 깊었다. ㅇ蕭灑(소사)－말쑥하다. ㅇ觴(상)－술잔. ㅇ白眼(백안)－진(晋)의 완적(阮籍)은 속물을 대할 때는 백안(白眼)으로 보았고, 뜻이 고결한 인물을 볼 때는 청안(青眼)으로 대했다고 한다. ㅇ皎(교)－달같이 빛나고 희다. ㅇ玉樹(옥수)－아름다운 나무, 미남자를 옥수에 비한다. 진(晋)의 하후현(夏侯玄)을 옥수라 칭찬한 일이 있다. ㅇ臨風前(임풍전)－바람 앞에 있는 듯하다. 즉 미남자 최종지가 술에 취해 흔들거리고 있는 품을 이렇게 묘사했다. ㅇ蘇晋(소진)－소향(蘇珦)의 아들. 하지장과 같이 진사에 올랐고, 벼슬은 태자좌서자(太子左庶子)를 지냈다. 개원(開元) 22년(734)에 죽었다. 글을 잘했고, 불교에 기울어 수놓은 불도(佛圖)를 간직하고 있었다. ㅇ長齋(장재)－불교를 믿으니까 노상 채식(菜食)만 했고 또 재계(齋戒)했다. ㅇ繡佛(수불)－수놓은 불상. ㅇ醉中(취중)－소진은 불도에 정진하여 채식 재계하면서도 이따금 술을 마셨다. ㅇ愛逃禪(애도선)－자기가 좋아서 선(禪)의 세계에서 도망쳐 나와 술취한 황홀경에 든다는 뜻. 다른 풀이로는 속세를 잊고 선의 세계로 도망쳐 들어간다. 즉 술취해 잠들어 버린다는 뜻.

후자가 더 적합하다. ㅇ張旭(장욱)－강소성(江蘇省) 사람으로 초서(草書)에 뛰어났다. 그는 술취해 소리를 지르고 뛰어다면서 붓글씨를 쓰기도 했다. 어떤 때는 머리털에 먹물을 묻혀 글을 쓰기도 했다고 한다. 세상에서 그를 장전(張顚)이라고 부르기도 했다. 두보 이외로 고적(高適)과 이기(李頎)도 시에서 장욱을 읊은 바 있다. 이기는 〈장욱에게(贈張旭)〉에서 '맨머리로 호상에 기대고 길게 소리치며, 흥겨워 흰 벽을 적시며 유성같이 글을 쓴다(露頂據胡床 長叫三五聲 興來酒素壁 揮筆如流星)'라 했다. ㅇ草聖傳(초성전)－초서의 성인으로서 전해지고 있다. ㅇ脫帽露頂(탈모노정)－모자를 벗고 머리를 노출하다. 옛날에는 예의에 어긋났다. 관리는 관(冠)을 썼고, 평민은 모(帽)를 썼다. ㅇ揮毫(휘호)－휘(揮)는 휘두르다, 호(毫)는 붓. ㅇ焦遂(초수)－잘 알 수 없다. 음중팔선(飮中八仙) 중에서 초수만이 《당서(唐書)》에 보이지 않고 나머지는 다 전기가 있다. 두보의 친구 맹운경(孟雲卿)의 벗으로 벼슬자리에 오르지 않은 평민이었다. ㅇ五斗始卓然(오두시탁연)－술을 다섯말쯤 먹고 나서야 비로소 똑똑하게 말을 한다. 탁연(卓然)은 자세가 바르다는 뜻도 있으나, 여기서는 뚜렷하게 말한다는 뜻. ㅇ四筵(사연)－사방의 좌석, 사방 자리에 앉은 손님들.

(大意) 하지장(賀知章)이 술취해 말타고 가는 모습은 마치 배를 탄 듯 흔들거리고, 눈이 흐릿하여 우물에 떨어져 물속에서 잠들기도 한다.(1)

여양왕(汝陽王) 이진(李璡)은 술을 세말 마셔야 비로소 조정에 등청하며, 길에서 누룩 수레를 보기만 해도 군침을 흘리고, 자기가 주천(酒泉)으로 이봉(移封)되지 않은 것을 항상 원망한다.(2)

좌승(左丞) 이적지(李適之)는 매일의 주흥(酒興)에 만전(萬錢)을 쓰고, 큰 고래가 모든 강물을 훑어마시듯 술을 마시면서, 술잔을 입에 물고는 청주(淸酒)와 더불어 성인(聖人)을 좋아하며 탁주(濁酒)와 현인(賢人)을 피하고자 한다.(3)

최종지(崔宗之)는 말쑥한 미소년이다. 술잔을 들고 백안(白眼)으로 푸른 하늘을 쳐다보며, 희멀건 아름다운 품은 마치 달빛에 비친 옥수(玉樹)가 바람에 나부끼고 있는 듯하다.(4)

소진(蘇晋)은 불교신자로서 노상 재계하고 수놓은 불상을 앞에 놓고 있다. 그리고 왕왕 술취해 잠들면 깊은 선(禪)에 빠진 듯하다.(5)

이백(李白)은 한말 술에 시 백편을 지으며 장안 거리 술집에서 취해 잔다. 천자가 불러도 배 탈 생각 않고 스스로 자기는 술취한 신선이라 자칭한다.(6)

장욱(張旭)은 술 석잔에 초서(草書)의 성인이라 전해질 만큼 글씨를 잘 썼고, 왕공(王公) 앞에서도 모자 벗고 맨머리로 대했으며, 한바탕 붓을 들고 종이 위에 구름 안개 같은 초서를 후려쓰곤 하였다.(7)

초수(焦遂)는 평상시에는 말을 잘 안했으나, 술을 다섯말쯤 마시면 비로소 뚜렷하게 입을 벌렸고, 그의 고담 웅변은 사방에 앉은 손들을 놀라게 했다.(8)

(解說) 이 시는 천보(天寶) 3년(744), 두보가 장안(長安)에 온 지 얼마 안되어 지은 것이다. 당시 술과 풍류로 이름이 높았던 사람들을 테마로 엮은 이 시는 여러 가지 면에서 독특하다. 우선 사실주의(寫實主義)에 철저하다. 여덟 사람을 어디까지나 담담하게 그렸을 뿐이다. 우정(友情)에서 우러난 시이면서도 거의 주관이나 감정을 개재시키지 않고 그리고 있다. 그러면서도 팔선(八仙)의 특성을 예리하고 정확하게 부각(浮刻)시키고 있다. 두보의 묘사는 진실에 육박하는 힘과 생기가 있다.

전체의 배열은 나이와 관직을 염두에 있다. 그런데도 가장 친근하고 높이던 이백에게 중점을 두고 있음에 주의해야 하겠다.

제3장

전란戰亂과 가족애家族愛

멀리 떨어진 불쌍한 아이들은
장안에 있는 애비 기억 못하리
遙憐小兒女
未解憶長安

날 저물어 오랑캐 말들 먼지 풍길새
남으로 갈까 북으로 갈까 망설이노라
黃昏胡騎塵滿城
欲往城南望城北

깊은 밤에 싸움터 지나자니
차가운 달빛 백골에 비치네
在深經戰場
寒月照白骨

'마음을 재같이 묻어 두겠다(甘作心似灰)'라고 자주 체념하기도 한 두보는 마침내 분노하여 스스로 삶을 끊고, 하늘에도 묻지 않겠다고 나서기도 했다. 그리고 자연 속에 묻혀 유유자적하자고 스스로 마음을 달래기도 하였다. 하지만 그의 정의감·기개가 그대로 쓰러져 버릴 수는 없었다. 통쾌하게 호랑이를 쏘아대듯, 사회악을 후련하게 꿰뚫어 버리고 싶어했다.

35. 官定後戱贈(관정후극증) 벼슬을 정한 후에

1. 不作河西尉(부작하서위) 凄凉爲折腰(처량위절요)
2. 老夫怕趨走(노부파추주) 率府且逍遙(솔부차소요)
3. 耽酒須微祿(탐주수미록) 狂歌託聖朝(광가탁성조)
4. 故山歸興盡(고산귀흥진) 回首向風飇(회수향풍표)

〈五言律詩〉

하서위를 마다한 까닭은, 처량하게 허리 굽힐 수 없고
늙은 몸 뛰기 싫어서였노라, 이제 솔부에 자리 얻어 소일하고저
작은 봉록이나마 술마실 수 있겠고, 황실에 의탁하여 미친 듯 노래하리
귀향할 즐거움 끊겼으니, 바람 보고 시름을 날리노라

(語釋) ㅇ官定後(관정후)－관직을 정하고 나서. ㅇ戱贈(희증)－장난삼아 자신에게 보내는 시를 지었다. ㅇ不作河西尉(부작하서위)－하서(河西) 현위(縣尉)의 벼슬을 받지 않았다. 당시 현위는 낮은 직분이고 윗사람에게 굽실대는 일면 백성들을 들볶아야 했다. ㅇ折腰(절요)－허리를 구부리고 상관에게 절하다. 도연명(陶淵明)도 허리를 굽히기 싫어 벼슬을 버렸다. ㅇ老夫(노부)－두보 자신. ㅇ怕趨走(파추주)－이리저리 뛰어다니기가 두렵다. 하서위(河西尉)가 되면 그래야 한다. ㅇ率府(솔부)－우위솔부병조(右衛率府兵曹)를 가리킨다. 두보는 하

서위를 마다하고 후에 우위솔부병조참군〔正八品下〕을 맡았다. 이것은 무기고(武器庫)의 감독관 정도의 낮은 직분이다. 그러나 우선은 봉록을 탈 수 있으니 한가하게 소요(逍遙)할 것이라 했다. ㅇ耽酒須微祿(탐주수미록)－수(須)는 기다리다, 탐주(耽酒)는 술을 마시다. 작은 봉급이라도 있어야 술을 마실 수 있다는 뜻. ㅇ狂歌(광가)－남보다 다른 노래를 짓는다. 평범한 자가 보면 미쳤다고 할 만한 뛰어난 시를 짓는다는 뜻. ㅇ託聖朝(탁성조)－황실에 기대어 산다. ㅇ歸興盡(귀흥진)－고향에 돌아가는 즐거움도 사라졌다, 끊어졌다. 즉 직장에 매여서 고향에도 못 가겠다는 뜻. ㅇ向風飇(향풍표)－회오리바람을 향해 고개를 돌린다. 고향을 바라보며 바람에 시름을 실어 보낸다는 뜻.

(大意) 내가 하서위(河西尉)를 마다한 것은 처량하게 남에게 허리를 굽히기가 싫어서였다.(1)

늙은 나는 하서위가 되어 이리 뛰고 저리 달리고 하기가 싫었으므로, 그것을 마다했고 그 대신 한직인 우위솔부병조참군의 직책을 맡고 이럭저럭 심심풀이로 소일하고 있노라.(2)

작은 봉급이라도 있어야 술을 마실 수가 있을 것이며, 이렇듯 성군이 다스리는 나라에 몸을 의지하여 미친 듯 노래나 읊고자 한다.(3)

명색이 벼슬이라 직분에 매였으니, 이제는 고향에 돌아갈 재미도 볼 수가 없게 되었으므로, 오직 고향을 바라보며 회오리바람에 시름을 실어 보내고자 한다.(4)

(解說) 두보의 원래의 포부는 보람 있는 벼슬을 얻어, 임금을 보좌하고 나라에 공을 세우고자 했었다. 그러나 천보(天寶) 14년(755) 나이 44세로 그는 우위솔부병조참군이란 낮은 직분밖에는 얻지를 못했다. 이에 그는 스스로 자조(自嘲)하며 시를 지었다.

36. 月夜 달밤
(월 야)

금야부주월　규중지독간
1. 今夜鄜州月　閨中只獨看

요련소아녀　미해억장안
2. 遙憐小兒女　未解憶長安

향무운환습　청휘옥비한
3. 香霧雲鬟濕　清輝玉臂寒

하시의허황　쌍조루흔건
4. 何時倚虛幌　雙照淚痕乾

〈五言律詩〉

오늘밤 부주의 달을, 아내는 홀로 쳐다보리
멀리 떨어진 불쌍한 아이들은, 장안의 애비 기억 못하리
밤안개에 머리쪽이 축축하고, 달빛에 옥같이 고운 팔이 차가우리
언제 함께 창문 휘장에 기대어, 달빛 받으며 눈물 자국 말리리

(語釋) ㅇ鄜州(부주)－현 섬서성(陝西省) 부현(鄜縣). 당시 두보의 가족이 있었다. ㅇ閨中(규중)－부인의 방, 여기서는 두보의 부인을 가리킨다. ㅇ遙憐(요련)－멀리서 안타깝게 생각한다. ㅇ未解憶長安(미해억장안)－아이들이 나이가 어려서 아직 장안에 있는 아버지를 기억하지 못할 것이다. ㅇ香霧(향무)－밤안개. 향(香)은 부인의 방에 들어간 안개, 또는 부인의 향기로운 머리를 덮은 밤안개란 뜻으로 붙였다. ㅇ雲鬟(운환)－구름 같은 머리쪽. ㅇ清輝(청휘)－맑은 달빛. ㅇ玉臂(옥비)－옥같이 고운 팔. ㅇ倚虛幌(의허황)－의(倚)는 기대

다, 허(虛)는 아무도 없는, 황(幌)은 창문의 커튼. ㅇ雙照(쌍조)-둘이서 달빛을 받으며. ㅇ淚痕乾(루흔건)-눈물 자국을 말리다.

(大意) 오늘밤 부주(鄜州)의 달을 아내는 홀로 쳐다보고 있겠지.(1)

멀리 떨어져 있을 아이들이 안타까웁다. 아직 어려서 장안(長安)에 있는 애비의 기억도 제대로 못할 것이다.(2)

밤안개에 향기로운 부인의 구름 같은 머리쪽이 축축히 젖었을 것이며, 맑은 달빛에 옥같이 빛나는 부인의 팔이 싸늘하겠지.(3)

언제 서로 만나 아무도 없는 창가 휘장에 실려 둘이서 함께 달빛을 받으며 눈물 자국을 말릴 수가 있을는지?(4)

(解說) 가족애를 착실하고 온화로운 필치로 그렸다. 아름다운 부인에 대한 사랑과 어린 자식들을 안타까워하는 아버지의 정이 섬세하게 나타나기도 했다. 또한 가족과 헤어져 울고 있는 두보의 눈물이 달빛에 반짝이는 듯 선명하게 그려지기도 한 시다.

이 시는 지덕(至德) 원년(756) 가을에 지은 것이다. 안녹산(安祿山)의 난이 일어나기 바로 직전에 두보는 봉선현(奉先縣)으로 가서 가족을 만났다.(자경부봉선현영회(自京赴奉先縣詠懷) 오백자(五百字) 참조)

그러자 난이 일어났고 지덕 원년 5월 안녹산이 장안에 가까이 쳐들어오자 두보는 다시 봉선현으로 가서 가족을 데리고 백수현(白水縣)으로 피난했고, 다시 6월에는 부주(鄜州)로 가족을 피난시켰다.

그리고 숙종(肅宗)이 즉위했다는 소리를 들은 두보는 혼자서 노자관(蘆子關)을 지나서 숙종이 있는 영무(靈武)로 가려다가 도중에서 적도에게 잡히어 장안으로 끌려왔다. 요행히 지위가 낮았으므로 별로 적도들에게 해를 입지 않고 연금상태로 지낼 수가 있었다. 그러나 두보의 심중은 몹시 괴로웠다. 이 시는 장안에서 부주에 있는 처자를 생각하며 지은 것이다. 당시 두보는 45세였다.

37. 悲陳陶(비진도) 진도를 슬퍼함

1. 孟冬十郡良家子(맹동십군양가자) 血作陳陶澤中水(혈작진도택중수)
2. 野曠天淸無戰聲(야광천청무전성) 四萬義軍同日死(사만의군동일사)
3. 群胡歸來雪洗箭(군호귀래설세전) 仍唱胡歌飮都市(잉창호가음도시)
4. 都人廻面向北啼(도인회면향북제) 日夜更望官軍至(일야갱망관군지)

〈七言古詩〉

시월에 양가에서 뽑은 의병들은, 진도택의 강물인 듯 피흘렸노라
들도 비고 하늘도 맑아 싸움 가시고, 4만의 의병들이 하루에 모두 죽다니
역적 오랑캐는 돌아와 화살 닦고, 노래하며 마을에서 술마시니
마을 사람 낯 돌려 북쪽 보고 울먹이며, 밤낮으로 관군 오기 기다리노라

(語釋) ㅇ陳陶(진도)－함양현(咸陽縣)에 있다. 재상 방관(房琯)이 이곳에서 적군에게 크게 패했다. 진도택(陳陶澤) 또는 진도사(陳陶斜)라고도 부른다. ㅇ孟冬(맹동)－초겨울, 10월. ㅇ十郡良家子(십군양가자)－서북지방 열 개의 군에서 의병(義兵)을 모집했으며, 대개가 양가의 자제들이 참가했다. ㅇ血作陳陶澤中水(혈작진도택중수)－의병들의 피가 진도택의 물로 변했다. 즉 그들이 피를 강물같이 흘렸다는 뜻. ㅇ野曠天淸無戰聲(야광천청무전성)－의병들이 나가자마자 전멸을

당했으므로, 들이 텅비고 하늘도 말쑥하고 싸움의 소리도 없다고 했다. ㅇ雪洗箭(설세전)－화살을 씻고 닦는다. 설(雪)은 눈으로 씻는다고 풀 수도 있다. 설(雪)을 혈(血)로 쓴 판본도 있다. ㅇ仍唱(잉창)－거듭 노래를 부른다. ㅇ向北啼(향북제)－북쪽 숙종(肅宗)이 있는 영무(靈武)를 보고 운다.

(大意) 초겨울 여러 고을에서 추려진 양가의 자식들로 구성된 의병들이 역적과 싸워, 그들의 피가 진도에 강물을 이루듯 흘렀노라.(1)

그러나 그들 4만의 의병들은 일시에 전멸해 죽어, 들에는 남은 것도 없고 하늘 또한 말쑥하니 가신 듯 싸움의 기색조차 안 보이노라.(2)

안녹산의 오랑캐 역적들은 돌아와 화살을 씻으며 연거푸 노래를 부르며 거리에서 술을 마시고 있다.(3)

거리의 사람들은 낯을 돌리고 숙종(肅宗)이 있는 북쪽을 바라보고 울며, 낮이나 밤이나 관군 오기를 한층 더 바라고 있노라.(4)

(解說) 지덕(至德) 원년(756) 10월 숙종(肅宗)이 영무(靈武)에서 팽원(彭原)으로 왔고 재상 방관(房琯)이 의병을 모아 역적을 치고자 했다. 10월 21일 방관은 중군(中軍)과 북군(北軍)을 선봉으로 하고, 함양(咸陽) 진도사(陳陶斜)에서 적장 안수충(安守忠)과 대전했다. 그러나 본래가 학자였던 방관은 낡은 전법을 고수하여 적에게 크게 패하고 말았다. 즉 적은 북소리로 관군의 소들을 놀라 뛰게 했고, 다시 혼란통에 불을 질러 인마를 전멸케 했던 것이다. 이에 의병들은 별반 싸워보지도 못하고 4만 명의 사상자를 내고, 진도의 들판을 피로 물들였던 것이다.

장안에서 이 패전의 비보를 듣고, 또 한편으로는 거들먹대는 역적들의 꼴을 직접 목도한 두보가 분함을 금치 못하고 지은 것이다.

38. 對(대) 雪(설) 눈[雪]을 대하고

　전곡다신귀　수음독노옹
1. 戰哭多新鬼　愁吟獨老翁
　난운저박모　급설무회풍
2. 亂雲低薄暮　急雪舞廻風
　표기준무록　노존화사홍
3. 瓢棄樽無綠　爐存火似紅
　수주소식단　수좌정서공
4. 數州消息斷　愁坐正書空

〈五言律詩〉

싸움터에서 죽은 새귀신들이 통곡할새, 늙은이 홀로 수심을 읊조리니
흐트러진 구름 저녁 하늘 낮게 덮이고, 쏟아지는 백설은 선풍 타고 춤을 추네
단지에 술 없어 바가지 버려졌고, 화로에 불 꺼져 냉랭할새
여러 고장 소식 끊겨, 걱정스레 앉아 허공에 글을 쓰네

(語釋) ㅇ戰哭(전곡)－싸움터에서 통곡하고 있다. ㅇ新鬼(신귀)－새로 전사한 귀신. ㅇ愁吟(수음)－수심에 싸여 읊조리고 있다. ㅇ薄暮(박모)－황혼, 저녁의 어둠. ㅇ廻風(회풍)－회오리바람. ㅇ瓢棄(표기)－술 푸는 바가지를 버렸다. ㅇ樽無綠(준무록)－술항아리에 술이 없다. 녹(綠)은 술, 녹(淥)이라고도 쓴다. ㅇ火似紅(화사홍)－불이 타지 않고 붉은 물감 같다. 즉 화롯불이 없다는 뜻. ㅇ正書空(정서공)－정(正)은 '현재 ~하고 있다'. 서공(書空)은 공중에 대고 글을 쓰다.

(大意) 싸움터에서 통곡 소리가 나고 있음은 새로 전사한 귀신이 많은 까닭이다. 이에 나는 홀로 수심에 잠겨 읊조리고 있노라.(1)

산란한 구름은 저녁 어둠에 낮게 내려 덮였고 세차게 내리는 눈은 회오리바람에 춤을 추듯 휘날리고 있다.(2)

술항아리에는 푸른 술이 없으니 술바가지도 버려진 채 구르고 있으며, 화로에는 불이 꺼져 차기만 하다.(3)

여러 고을에서는 소식마저 끊기었다. 나는 걱정스레 앉아서 공중에 대고 글을 쓰고 있노라.(4)

(解說) 역시 지덕(至德) 원년(756) 겨울에 지은 시일 것이다. 방관(房琯)이 이끄는 관군은 진도(陳陶)에 이어 청판(靑坂)에서도 또 패했다. 불안과 초조에 겹쳐서 두보는 가난에도 몰렸다. 마실 술도 없고, 몸을 녹일 불도 없었다. 지방의 소식조차 단절된 장안에 앉아 두보는 걱정스레 허공에 대고 계속 글을 쓰고 있었다. 이 시는 특히 표현의 신선미와 박력이 넘치고 있다.

39. 春望 춘망

(춘 망)

국파산하재 성춘초목심
1. 國破山河在 城春草木深

감시화천루 한별조경심
2. 感時花濺淚 恨別鳥驚心

봉화연삼월 가서저만금
3. 烽火連三月 家書抵萬金

백두소갱단 혼욕불승잠
4. 白頭搔更短 渾欲不勝簪

〈五言律詩〉

나라는 파괴됐으나 산하는 여전하고, 도성에 봄이 왔으나 초목만 우거졌네

난세에 마음 상하여 꽃 보고 눈물 쏟고, 이별이 한스러워 새소리에 놀랐노라

봉화는 연이어 석달 동안 올랐으니, 집안 소식은 만금의 값이로다

흰 머리 긁을수록 더욱 짧아져, 아예 비녀조차 꽂을 곳이 없어라

(語釋) ㅇ國破(국파)—국(國)은 나라, 또는 서울. 사람이 이룩한 정치적이고 일시적인 것이다. 파(破)는 파괴되다, 망했다. ㅇ城春(성춘)—도성에 봄이 왔다. 성(城)은 장안의 거리, 도성, 성읍이란 뜻. ㅇ草木深(초목심)—봄을 즐기는 사람들이 없고 도리어 거리에는 초목이 우거졌다는 뜻. ㅇ感時(감시)—시국이 험악하여 가슴아파한다. ㅇ花濺淚(화천루)—꽃을 보고 즐거워하지 않고 도리어 눈물을 흘린다. 천(濺)은 눈물을 펑펑 쏟는다. ㅇ恨別(한별)—가족들과 헤어진 슬픔으로 인하여. ㅇ鳥驚心(조경심)—새소리만 듣고도 덜컥 가슴이 놀랜다. 전시 난세에 신경이 쇠약할 대로 쇠약해졌다. ㅇ烽火(봉화)—병란(兵亂)을 알리는 횃불. ㅇ家書抵萬金(가서저만금)—집이나 가족의 소식을 알리는 편지는 만금의 값에 해당한다, 저(抵)는 해당한다. ㅇ搔更短(소갱단)—긁으면 긁을수록 더욱 머리가 짧아진다, 적어진다. ㅇ渾(혼)—전적으로, 아주, 온통. ㅇ欲(욕)—'~할 듯하다'. ㅇ不勝簪(불승잠)—관을 꽂는 비녀를 쓸 수가 없게 되었다(머리털이 없기 때문에).

(大意) 나라는 파괴되어도 산하는 그대로 있고, 도성에 봄이 왔으나 봄을 즐기는 사람은 없고 도리어 초목만이 깊이 우거져 있다.(1)

험난한 시국에 감상(感傷)하여 봄꽃을 보고도 눈물을 쏟으며, 가족과 이별한 슬픈 가슴은 새소리만 들어도 깜짝 놀란다.(2)

변란을 알리는 봉화가 계속 석 달이나 오르고 있어 집의 소식을 알리는 편지는 만금만큼이나 귀중하다.(3)

너무나 걱정에 지쳐 백발만 남은 머리는 긁을수록 더욱 빠지고 짧아져, 이제는 관을 꽂을 비녀를 기댈 수도 없게 되었노라.(4)

(解說) 지덕(至德) 2년(757) 봄에 지은 것이다. 겨울이 가고 봄이 오면 삶과 기쁨이 소생하게 마련이다. 그러나 전란에 시달린 두보에게는 놀라움과 겁만이 있을 뿐이다.

인간적인 작위(作爲)로 나라는 망했으나 자연의 산하(山河)는 그대로 있다. 나라가 망했으니 도성에 봄을 즐기는 사람은 없고 오직 잡초만이 깊이 우거지고 있다. 전란에 시달린 사람에게 자연은 너무나 잔인한 듯하다. 한편 전란에 시달린 사람들은 이제는 지칠 대로 지쳤고 건강도 약해질 대로 약해졌다.

꽃이나 새를 보고도 놀라고 눈물을 쏟을 만큼 감상적(感傷的)이 되었다. 그럴수록 더욱 궁금한 것은 가족들의 안부와 소식. 태산 같은 시름에 머리가 세고, 빠지다 보니 관에 비녀를 꽂을 머리털조차도 없게 되었다고 두보는 한탄하고 있다. 율시의 표본으로 인용되는 걸작이다.

참고로 Witter Bynner의 영역을 붙이겠다.

A Spring View

Though a country be sundered, hills and rivers endure :
And spring comes green again to trees and grasses
Where petals have been shed like tears
And lonely birds have sung their grief.
……After the war-fires of three months.
One message from home is worth a ton of gold.
……I stroke my white hair. It has grown too thin
To hold the hairpins any more.

40. 哀江頭(애강두) 곡강의 슬픔

	소릉야로탄성곡	춘일잠행곡강곡
1.	小陵野老呑聲哭	春日潛行曲江曲
	강두궁전쇄천문	세류신포위수록
2.	江頭宮殿鎖千門	細柳新蒲爲誰綠
	억석예정하남원	원중만물생안색
3.	憶昔霓旌下南苑	苑中萬物生顔色
	소양전리제일인	동련수군시군측
4.	昭陽殿裏第一人	同輦隨君侍君側
	연전재인대궁전	백마작설황금륵
5.	輦前才人帶弓箭	白馬嚼齧黃金勒
	번신향천앙사운	일소정추쌍비익
6.	翻身向天仰射雲	一笑正墜雙飛翼
	명모호치금하재	혈오유혼귀부득
7.	明眸皓齒今何在	血污遊魂歸不得
	청위동류검각심	거주피차무소식
8.	淸渭東流劍閣深	去住彼此無消息
	인생유정누첨억	강수강화기종극
9.	人生有情淚沾臆	江水江花豈終極
	황혼호기진만성	욕왕성남망성북
10.	黃昏胡騎塵滿城	欲往城南望城北

〈七言古詩〉

소릉 늙은 야인 소리죽여 울며, 봄날 곡강 물가로 남몰래 갔노라
곡강 언덕 궁전은 문마다 닫혔거늘, 실버들 창포 새싹 누굴 위

해 푸르른가?

옛날 천자의 무지개 정기가 남원에 내리면, 뜰안 만물은 생생하니 빛났고

소양전 으뜸 미인 양귀비가, 옥련을 함께 타고 임금시중 들었으며

옥련 앞엔 재인들 활과 살을 가지고, 황금재갈 물린 백마에 탔으며

몸 제쳐 하늘 구름 쏘아대니, 웃음따라 한쌍의 날새 떨어졌어라

맑은 눈 흰 이를 지닌 미인 지금은 어디 있나? 피에 더럽혀 뜬 넋이 갈 곳 못 얻었으리

위수는 동으로 흐르고 검각은 깊으니, 가신 현종 죽은 양귀비 소식 없으리

사람의 정 눈물로 가슴 적셔, 강물과 꽃들 끝없이 알아주리

날 저물어 오랑캐 말들 먼지 풍길새, 남쪽으로 갈까 북쪽으로 갈까 망설이노라

(語釋) ○哀江頭(애강두)－애(哀)는 슬퍼하다. 강두(江頭)는 곡강(曲江)의 모퉁이. 곡강은 장안(長安) 동남쪽에 있는 놀이터로, 현종의 별장이 있고, 전에는 양귀비와 같이 와서 큰 잔치를 벌이기도 했다. 이러한 곳을 두보가 역적에게 잡힌 몸으로 바라보며 옛날을 회상하며 슬픈 감회를 읊은 것이다. ○少陵野老(소릉야로)－장안 남쪽에 한(漢)대의 황후 허씨(許氏)의 능이 있는데 이를 소릉이라 했다. 그의 선조가 부근에 있는 한(漢) 선제(宣帝)의 능인 두릉(杜陵) 및 소릉에 살았었으므로 두보는 스스로 '두릉유포의(杜陵有布衣)' 또는 '소릉야로(少陵野老)'라고 자칭했다. 야로(野老)는 늙은 야인. ○呑聲哭(탄성곡)－역적에게 잡힌 몸이라 소리를 죽여 곡하고 운다. ○潛行(잠행)－몰래 걷는다. ○曲江曲(곡강곡)－곡강의 굽은 곳, 물이 굽

이쳐서 흐르는 모퉁이. ㅇ鎖千門(쇄천문)-모든 문이 꽉 닫혀졌다. ㅇ新蒲(신포)-신선한 창포, 새싹 돋은 창포. ㅇ霓旌(예정)-무지개 같이 오색찬란하게 하늘에 나부끼던 천자의 정기(旌旗). ㅇ南苑(남원)-곡강 남쪽에 있는 부용원(芙蓉苑). ㅇ生顔色(생안색)-만물의 얼굴에 생기가 돋아난다. ㅇ昭陽殿(소양전)-한(漢) 성제(成帝)가 사랑하던 총비(寵妃) 조비연(趙飛燕)의 동생 조소의(趙昭儀)가 있던 곳. 여기서는 양귀비를 가리킨다. ㅇ同輦(동련)-임금과 함께 옥련을 타다. ㅇ才人(재인)-여관(女官)의 계급명, 정사품(正四品). ㅇ嚼齧(작설)-재갈을 물리다. ㅇ勒(륵)-재갈. ㅇ翻身(번신)-몸을 젖히고. ㅇ一笑(일소)-양귀비가 한 번 웃자. ㅇ雙飛翼(쌍비익)-날으는 한 쌍의 새. 현종(玄宗)과 양귀비의 비극을 암시한다고 풀 수도 있다. ㅇ明眸皓齒(명모호치)-밝은 눈동자와 흰 이, 즉 미인 양귀비를 말한다. ㅇ血汚遊魂(혈오유혼)-양귀비는 마외파(馬嵬坡)에서 비운에 갔다. 따라서 그의 넋은 피로써 더럽혀졌고 아직도 떠돌고 있을 것이다. ㅇ淸渭(청위)-위수의 물은 맑으므로 청위라 했다. ㅇ劍閣(검각)-사천성(四川省) 북쪽에 있는 요새(要塞)로, 장안에서 촉으로 갈 때에는 이곳을 지나야 한다. 검각은 깊은 곳에 있다. ㅇ去住彼此(거주피차)-간 그 사람, 즉 현종과 멈춘 이 사람, 즉 양귀비. ㅇ人生有情(인생유정)-사람으로 태어났으니 정이 있게 마련이다. ㅇ淚沾臆(누첨억)-눈물이 가슴을 적신다. 억(臆)은 가슴. ㅇ豈終極(기종극)-어찌 끝이 있겠느냐? 끝이 없을 것이다. ㅇ胡騎(호기)-안녹산의 반란군은 주로 호인들이었다. 그러므로 오랑캐의 기병.

(大意) 소릉의 늙은 야인인 나는 소리를 죽여 통곡하며, 봄날 남의 눈을 속여 곡강 언저리를 걷고 있노라.(1)

강물 가 궁전의 모든 문들이 꽉 닫혔는데 실버들이나 창포의 새싹은 누구를 위해 푸르게 자라고 있나.(2)

돌이켜 생각하니, 옛날 현종이 무지개 같은 천자의 정기를 수반하고 남쪽 뜰에 내려오면, 뜰 안의 만물들은 낯을 펴고 생생하게 약

동했었지.(3)

그리고 소양전(昭陽殿)에서 가장 아름다웠던 총비 양귀비가 임금과 함께 옥련을 타고 언제나 임금 곁에서 시중을 들었었지.(4)

옥련 앞에는 재인(才人)인 여관(女官)들이 활과 살을 지니고 수행했고, 황금재갈을 물린 백마를 타고 달렸지.(5)

그들은 훌쩍 몸을 젖히고 하늘을 향해 구름에 대고 활을 쏘았고, 이에 양귀비가 한 번 웃자 하늘을 날던 한쌍의 새가 막바로 떨어지곤 했었지.(6)

밝은 눈동자 옥같이 흰 이의 미인 양귀비는 지금 어디에 있나. 아마도 마외(馬嵬)에서 비명에 간 그의 혼은 피에 더럽혀졌고 그대로 떠돌고 있겠지.(7)

밝은 위수는 동쪽으로 흐르는데 현종은 서쪽 깊이 검각(劍閣)을 지나 촉(蜀)으로 갔으니 현종과 그대로 죽은 양귀비는 피차에 소식이 통할 수가 없으리라.(8)

사람은 태어나면서 정을 지니게 마련이니 이들의 비극 앞에 눈물 흘리며 가슴이 축축해질 뿐이다. 마치 강물과 강가의 핀 꽃이 언제까지나 끝없이 흐르고 피어나듯, 슬픔도 끝이 없을 것이다.(9)

어느덧 황혼이 깃들고 오랑캐 역적들의 기마병들이 온 거리에 먼지를 일으키며 달려간다. 나는 성남으로 갈까 하면서도 성의 북쪽을 바라보며 갈피를 못잡고 멍청하게 서성거리고 있다.(10)

(解說) 지덕(至德) 2년(757) 봄에 적에게 연금된 두보가 몰래 곡강(曲江)에 가서 옛날을 회상하고 지은 시다.

전같으면 봄의 곡강에는 현종과 양귀비가 호사스럽고 즐겁게 잔치를 벌였을 것이고, 이에 따라 천지만물이 삶과 기쁨에 약동하는 듯했을 것이다. 그러나 이제는 고요하다. 만물이 죽은 듯이 잠잠할 뿐이다. 특히 옛날의 주인공 현종과 양귀비는 유명을 달리하고 있지 않은가?

천보(天寶) 15년(756) 안녹산의 난을 피해 현종은 양귀비와 같이 장안을 나와 서쪽 촉(蜀)으로 가고자 마외(馬嵬)에 이르렀다. 그러자 부하들의 완강한 요청으로 현종은 눈물을 머금고 양귀비를 스스로 목매어 죽게 했다.

두보는 곡강에 서서 이들 비극의 주인공을 연상하며 전란과 인생의 무상을 되씹으며 이 시를 지었으리라. 백낙천(白樂天)의 〈장한가(長恨歌)〉도 이들을 읊은 것이다.

참고로 Witter Bynner의 영역을 붙이겠다.

A Song of Sobbing by the River

I am only an old woodsman, whispering a sob,
As I steal like a spring-shadow down the Winding River.
……Since the palaces ashore are sealed by a thousand gates－
Fine willows, new rushes, for whom are you so green?
……I remember a cloud of flags that came from the South Garden.
And ten thousand colours, heightening one another,
And the Kingdom's First Lady, from the Palace of the Bright Sun,
Attendant on the Emperor in his royal chariot,
And the ladies in waiting before them, each with bow and arrows,
And the snowy horses, champing at bits of yellow gold,
And an archer, breast skyward, shooting through the clouds,
And felling with one dart a pair of flying birds.
……Where are those perfect eyes, where are those pearly teeth?

A blood-stained spirit has no home, has nowhere to return.

And clear Wei waters running east, through the cleft on Dagger Tower Trail,

Carry neither there nor here any news of her.

People, compassionate, are wishing with tears

That she were as eternal as the river and the flowers.

……Mounted Tartars, in the yellow twilight, cloud the town with dust.

I am fleeting south, but I linger-gazing northward toward the throne.

41. 述懷(술회) 감회를 풀다

1. 去年潼關破(거년동관파)　妻子隔絕久(처자격절구)
2. 今夏草木長(금하초목장)　脫身得西走(탈신득서주)
3. 麻鞋見天子(마혜견천자)　衣袖見兩肘(의수견양주)
4. 朝廷慜生還(조정민생환)　親故傷老醜(친고상노추)
5. 涕淚受拾遺(체루수습유)　流離主恩厚(유리주은후)
6. 柴門雖得去(시문수득거)　未忍卽開口(미인즉개구)

기서문삼천 부지가재부
7. 寄書問三川 不知家在否

비문동라화 살육도계구
8. 比聞同罹禍 殺戮到鷄狗

산중누모옥 수복의호유
9. 山中漏茅屋 誰復依户牖

최퇴창송근 지냉골미후
10. 摧頹蒼松根 地冷骨未朽

기인전성명 진실기상우
11. 幾人全性命 盡室豈相偶

금잠맹호장 울결회아수
12. 嶔岑猛虎場 鬱結迴我首

자기일봉서 금이십월후
13. 自寄一封書 今已十月後

반외소식래 촌심역하유
14. 反畏消息來 寸心亦何有

한운초중흥 생평로탐주
15. 漢運初中興 生平老耽酒

심사환회처 공작궁독수
16. 沈思歡會處 恐作窮獨叟

〈五言古詩〉

작년에 동관이 함락된 이래, 처자와 떨어진 지 오래였거늘
이번 여름 초목 우거진 틈에, 몸을 뽑아 서쪽으로 탈출하여
삼신발 신은 채로 천자에 알현할새, 옷소매 떨어져 팔꿈치 내보이네
조정은 나의 생활 연민해 주었고, 옛벗은 늙고 상한 나를 동

정했네

눈물로써 좌습유의 벼슬 받으니, 유랑한 나에게는 과중한 은총이어라

당장에 사립문 내 집 갈 수 있으나, 차마 입 벌려 가겠다 할 수 없어

서신을 보내 삼천 일대 물어보나, 내 집이 있는지 없는지도 알 길 없고

전란에 휩쓸려 화를 입었다 들리고, 닭과 개마저 모조리 죽었다 하니

산중 비 새는 띠풀지붕 내 집에, 문과 창가에 누가 기대어 섰을까

혹은 푸른 소나무 밑에 묻혔을까, 땅이 차니 뼈는 아직 썩지 않았으리

전란에 생명을 보존할 사람 몇이며, 온 집안이 서로 단란할 수 있을는지

흉악한 맹호가 휩쓸은 내 집 쪽을, 고개 돌려 바라보니 가슴 답답해

전에 서신 한 통 보낸 지, 이미 열 달 넘었거늘

도리어 소식 올까 겁이 나며, 콩같은 마음 녹아 없어지는 듯

이제 당나라 국운 다시 흥하니, 평생 즐기던 술을 마시네

즐겁게 어울린 술자리에서 깊이 생각하노라니, 혹시나 궁핍하게 홀로 늙을까 겁나네

(語釋) ○去年(거년)－작년, 천보(天寶) 15년, 즉 지덕(至德) 원년(756). ○潼關破(동관파)－동관(潼關)은 섬서성(陝西省) 동쪽에 있는 관문

이다. 천보 15년 6월 이곳을 지키던 가서한(哥舒翰)이 적군에게 패했다. ㅇ妻子隔絶久(처자격절구)—처자와 떨어진 지가 오래다. 그들은 부주(鄜州)에 있었다. 〈월야(月夜)〉 참조. ㅇ今夏(금하)—금년 여름, 지덕 2년의 여름. ㅇ脫身(탈신)—두보는 적에게 잡히어 장안에 연금된 지 10개월만에 탈출에 성공, 숙종(肅宗)이 있는 서쪽 봉상(鳳翔)으로 갔다. ㅇ麻鞋(마혜)—삼으로 엮은 신. ㅇ衣袖見兩肘(의수견양주)—옷소매가 떨어져 양쪽 팔꿈치가 내보였다. ㅇ愍(민)—민(憫)과 같다, 불쌍히 여긴다. ㅇ親故(친고)—친한 벗들. ㅇ傷老醜(상노추)—자신이 늙고 추하게 된 모습을 보고 상심한다. ㅇ涕淚(체루)—눈물을 흘리며. ㅇ拾遺(습유)—관직명. 두보는 숙종의 행궁까지 찾아간 공으로 좌습유(左拾遺)의 벼슬을 받았다. 천자에게 간언(諫言)을 올리는 직책이다. ㅇ流離(유리)—유랑하고 몹시 영락한 때. ㅇ柴門(시문)—사립문, 즉 가족들이 기우하고 있는 부주의 초라한 집이란 뜻. ㅇ未忍(미인)—차마 ~할 수가 없다. ㅇ寄書(기서)—서신을 띄워 보내다. ㅇ三川(삼천)—부주의 현 이름. 그곳 강촌(羌村)에 가족이 있었다. ㅇ比聞(비문)—요사이 듣건대. ㅇ同罹禍(동리화)—우리집도 남들과 같이 전란에 화를 입었다. ㅇ殺戮到鷄狗(살육도계구)—살육이 닭이나 개에게 이르다. 즉 개나 닭까지 마구 죽였다는 뜻. ㅇ漏茅屋(누모옥)—비가 새는 띠풀지붕의 집. ㅇ依戶牖(의호유)—누가 문이나 창에 기대 서 있을까란 뜻. ㅇ摧頹(최퇴)—부서지고 헝클어지다. 가족이 죽어 '푸른 소나무 뿌리[蒼松根]'에 묻혀 썩지나 않았을까라는 뜻. ㅇ朽(후)—썩다. ㅇ全性命(전성명)—생명을 보존하다. ㅇ盡室(진실)—온 집안식구가 다 함께. ㅇ相偶(상우)—서로 늘어 앉다, 마주 앉다, 짝을 짓는다. ㅇ嶔岑(금잠)—산이 높고 험하다. 여기서는 흉악하다는 뜻. ㅇ猛虎場(맹호장)—맹호 같은 역적들이 날뛰는 지방. ㅇ鬱結(울결)—마음이 꽉 엉키고 막히다. ㅇ今已十月後(금이십월후)—적에게 연금되었던 장안에서 서신을 보낸 지 이미 10개월이나 되었다. ㅇ反畏(반외)—도리어 소식이 올까 겁이 난다. ㅇ寸心(촌심)—마음은 사방이 한 치라

한다. 작은 마음에 혹 무슨 일이나 있지 않았나 겁을 먹으니, 마음 자체가 없는 듯하다. 하유(何有)는 없다, 또는 허무하다는 뜻. ㅇ漢運(한운)－당(唐)나라의 국운. ㅇ初中興(초중흥)－숙종이 등극하였으므로 비로소 중흥하게 되었다. ㅇ耽酒(탐주)－술을 즐긴다. ㅇ歡會處(환회처)－모여서 즐기는 자리, 즉 여럿이 모여 술 마시는 자리, 또는 이전에 가족과 함께 즐기던 일. ㅇ窮獨叟(궁독수)－궁핍한 외톨이 늙은이.

(大意) 작년에 동관(潼關)이 함락된 후로 처자들과 떨어진 지 벌써 오랜 세월이 지나고 말았구나.(1)

금년 여름에 풀과 나무가 높이 우거진 틈을 타서 나는 장안(長安)을 빠져나와 서쪽 봉상(鳳翔)으로 탈출할 수가 있었다.(2)

삼으로 짠 신발을 신은 채로 천자를 만나뵈었으며, 그때 나는 옷소매가 떨어져 양쪽 팔꿈치가 드러나 보이기도 했다.(3)

조정에서는 내가 살아 돌아온 것을 불쌍히 여겨주었고, 친한 벗들은 내가 늙고 몰골이 초라해진 것을 가슴아프게 여겨주었다.(4)

눈물을 흘리며 좌습유(左拾遺)의 벼슬을 받고 보니, 유랑한 나에게는 너무나 과중한 은총이었다.(5)

사립문 내 집으로 가족을 찾아갈 수는 있겠으나, 당장 입을 열어 허락을 청하기는 차마 못하겠다.(6)

서신을 보내어 가족이 있을 삼천(三川)의 소식을 알고자 하나, 아직도 우리집이 그대로 있을는지 알 수가 없다.(7)

들리는 말에는 우리집도 다른 집들과 함께 전란의 화를 입었고, 닭이나 개까지 살육에 걸려 전멸했다고 한다.(8)

그렇다면 산중에 있는 빗물 새는 띠풀 지붕 우리집의 문이나 창가에 누가 기대어 섰겠는가?(9)

아마 가족들이 다 죽어 그들의 뼈가 푸른 소나무 뿌리 곁에 썩어 헝클어지지나 않았을까? 아니 땅이 차가워 아직도 뼈가 다 썩지는 않았겠지.(10)

전란통에 생명을 보존한 사람이 몇이나 될까? 또한 온 가족들이 다 함께 짝지어 모여살기도 어려우리라.(11)

내 가족이 있던 곳이 흉악한 호랑이 같은 역적들이 들끓는 싸움터가 되고 말았다니! 나는 답답하게 꽉 메이는 가슴을 안고 고개를 돌려 바라본다.(12)

하기는 적에게 연금되었던 장안에서 서신을 보낸 지 이미 열 달이 되었다.(13)

그러나 무슨 소식이라도 올까봐 도리어 겁이 난다. 이렇듯 조바심을 하느라 나의 작은 마음은 녹아 없어진 듯 허탈할 지경이다.(14)

당(唐)나라의 국운이 이제 다시 이게 되었으므로, 평생 좋아하는 술을 마시노라.(15)

즐겁게 어울려 마시는 술자리에서 깊이 생각을 하니, 이러다가 나는 곤궁과 홀몸으로 늙어 버리지나 않을까?(16)

(解說) 지덕(至德) 2년(757) 정월에 안녹산(安祿山)이 그의 아들 안경서(安慶緖) 일파에게 살해되고, 점차로 역적의 세력이 헝클어지기 시작하였다. 한편 2월 숙종(肅宗)은 행궁을 봉상(鳳翔)으로 옮겼다. 그러자 장안에 연금되어 기회를 엿보고 있던 두보는 4월경에 장안을 탈출하여 험하고 위험한 길을 무사히 봉상에 도착하였고, 떨어진 옷과 삼으로 엮은 신발을 신은 채로 숙종을 뵈올 수가 있었다. 숙종은 두보의 공을 들어 좌습유(左拾遺)에 임명했다.

이 시는 그때 지은 것이다. 안부조차 알 수 없는 가족들, 부주(鄜州)에 남겨둔 지 오래도록 소식이 끊겼던 가족들을 몹시 걱정하고 있다.

42. 玉華宮(옥화궁) 옥화궁

1. 溪廻松風長(계회송풍장) 蒼鼠竄古瓦(창서찬고와)
2. 不知何王殿(부지하왕전) 遺構絶壁下(유구절벽하)
3. 陰房鬼火青(음방귀화청) 壞道哀湍瀉(괴도애단사)
4. 萬籟眞笙竽(만뢰진생우) 秋色正瀟灑(추색정소사)
5. 美人爲黃土(미인위황토) 況乃粉黛假(황내분대가)
6. 當時侍金輿(당시시금여) 故物獨石馬(고물독석마)
7. 憂來藉草坐(우래자초좌) 浩歌淚盈把(호가누영파)
8. 冉冉征途間(염염정도문) 誰是長年者(수시장년자)

〈五言古詩〉

계류가 돌아흐르고 송풍이 끝없이 불새, 창백한 늙은 쥐가 기와 틈에 숨네

어느 임금의 궁전인지 알 수 없으나, 폐허의 뼈 기둥이 절벽 밑에 남았네

음산한 방에는 파란 도깨비불 타고, 부서진 길엔 슬픈 듯 물

흐르네

참다운 생황소리 자연의 바람소리, 가을빛은 더없이 산뜻하게 맑아라

미인도 황토로 변했거늘, 분가루 자국은 더욱 없으리

옛날 황금수레 시종들던 모든 것 중, 오직 석마(石馬)만이 남아 있노라

시름에 겨워 풀을 깔고 앉아, 크게 노래하니 눈물이 손에 차네

가고 또 가는 인생 나그네길, 그 누가 끝없이 산단 말인가?

語釋 ㅇ玉華宮(옥화궁)－당 태종(太宗) 정관(貞觀) 21년에 섬서성(陝西省) 봉황곡(鳳凰谷)에 세운 이궁(離宮)이었다. 원래 검소하게 지었던 것을 고종(高宗) 영휘(永徽) 2년에는 절로 사용했다. 부주(鄜州)에 가던 도중 황폐한 옥화궁을 지나다가 두보가 시를 지었다. ㅇ溪廻(계회)－옥화궁 앞에 푸른 물이 흐르는 계곡이 둘러 있다. ㅇ蒼鼠(창서)－털이 다 빠진 늙은 쥐. ㅇ竄(찬)－숨는다. ㅇ遺構(유구)－부서진 궁전의 뼈대. ㅇ陰房(음방)－음침한 방. ㅇ壞道(괴도)－부서진 길. ㅇ哀湍瀉(애단사)－단(湍)은 빠르게 흐르는 물, 애(哀)는 슬픈 소리를 내다, 사(瀉)는 물이 쏟아져 내리다. ㅇ萬籟(만뢰)－천지간의 모든 자연물의 울리는 소리, 소나무의 바람소리나 흐르는 물소리. ㅇ笙竽(생우)－둘 다 생황. 우(竽)는 큰 생황. ㅇ瀟灑(소사)－산뜻하고 말쑥하다. ㅇ粉黛假(분대가)－분이나 눈썹에 그리는 먹물 같은 화장품. ㅇ金輿(금여)－황금으로 장식한 천자의 수레나 가마. ㅇ故物獨石馬(고물독석마)－옛날 있었던 물건으로는 오직 돌말만이 남았다. ㅇ藉草(자초)－풀을 깔고 앉는다. ㅇ浩歌(호가)－크게 소리 내어 노래한다. ㅇ淚盈把(누영파)－눈물이 손아귀에 가득찬다. ㅇ冉冉(염염)－앞으로 나간다. ㅇ征途(정도)－여행길, 가는 길.

大意 계곡의 물은 돌아흐르고 소나무의 바람이 끝없이 불며, 낡은 지

붕 기와 틈으로 창백한 털의 늙은 쥐가 숨는다.(1)

어느 임금의 궁전이었는지 모르나 낡은 집의 기둥만이 절벽 밑에 남아 있다.(2)

음산한 방에는 파랗게 도깨비불이 타고 부서진 돌길에는 슬픈 듯 소리를 내며 좔좔 물이 흐르고 있다.(3)

자연의 모든 소리가 참다운 생황 소리이며, 가을빛은 산뜻하고 맑기만 하다.(4)

옛날 이 궁전에 살던 미인도 이제는 황토가 되었으며, 더구나 분이나 눈썹화장 같은 가식물은 말할 것도 없이 자국도 없게 되었으리라.(5)

당시 황금의 천자 수레에 시종들던 모든 사람들은 온데 간데 없고, 옛날에 있었던 물건으로는 오직 돌로 만든 말만이 남아 있구나.(6)

시름에 젖어 풀을 깔고 앉아 큰 소리로 노래부르니 눈물이 손에 고인다.(7)

가고 또 가는 나그네 인생길에, 그 누가 끝없이 산단 말인가?(8)

(解說) 지덕(至德) 2년 부주(鄜州)로 가족을 찾아가는 길에 옛날 당 태종(太宗)이 지었다던 옥화궁을 지나다가 지은 시다. 옛날에 임금이 들던 옥화궁이나 시중을 들던 미인들이 시들어 죽어 황토가 되었다. 인생의 허무함, 세상의 변천을 슬퍼하는 감회가 넘치고 있다.

43. 羌村-其一 강촌-제1수

(강촌)

1. 崢嶸赤雲西 日脚下平地
(쟁영적운서 일각하평지)
2. 柴門鳥雀噪 歸客千里至
(시문조작조 귀객천리지)
3. 妻孥怪我在 驚定還拭淚
(처노괴아재 경정환식루)
4. 世亂遭飄蕩 生還偶然遂
(세란조표탕 생환우연수)
5. 隣人滿牆頭 感歎亦歔欷
(인인만장두 감탄역허희)
6. 夜闌更秉燭 相對如夢寐
(야란갱병촉 상대여몽매)

〈五言古詩〉

험준한 붉은 구름이 서쪽에 덮였고, 햇살은 평탄한 땅에 비쳐 내린다

사립문에 참새들 시끄럽게 재잘대고, 돌아온 길손 천리길 타고 왔노라

처자들은 나를 보고도 미심쩍은 듯, 놀라움 가시자 눈물 닦더라

전란시에 사람들 표랑하게 마련이니, 살아 돌아옴은 참으로 우연이런가

이웃사람 울타리에 가득 모여서, 감격하여 함께 흐느껴 울었네

밤이 깊어 촛불 밝히고, 마주 대하니 꿈인가 싶네

(語釋) ㅇ羌村(강촌)―부주(鄜州)에 있는 마을. 이곳에 두보의 가족이 있었다. 좌습유(左拾遺)가 된 두보는 재상(宰相) 방관(房琯)이 역적들에게 패한 일을 관대히 용서하라는 간언을 올렸다가 숙종의 노여움을 사고, 잠시 가족이 있는 부주의 강촌으로 내려가 있게 되었다. ㅇ崢嶸(쟁영)―산이 높고 험하다. 여기서는 구름이 험준한 산봉 같다는 뜻. ㅇ赤雲(적운)―황혼에 붉게 물들은 구름. ㅇ日脚(일각)―햇살, 구름 사이로 비쳐내리는 태양광선. ㅇ下平地(하평지)―평지에 광선이 비쳐내린다. ㅇ柴門(시문)―사립문. ㅇ噪(조)―새들이 시끄럽게 지저귄다. ㅇ千里至(천리지)―천리길 먼 곳에서 왔다. ㅇ妻孥(처노)―처와 자식. ㅇ怪我在(괴아재)―내가 살아 있는 것을 의아하게 여긴다. ㅇ驚定(경정)―놀랐던 마음이 가라앉고 안정되자. ㅇ還(환)―다시. ㅇ拭淚(식루)―눈물을 닦는다. ㅇ遭飄蕩(조표탕)―조(遭)는 욕을 보다, '~한 일을 당하다'. 표탕(飄蕩)은 유랑하고 떠돌다. ㅇ偶然遂(우연수)―우연하게 이룰 수가 있었다. 즉 생환(生還)한 것이 우연이라는 뜻. ㅇ滿牆頭(만장두)―이웃 사람들이 울타리에 가득 모였다. ㅇ歔欷(허희)―흐느껴 운다. ㅇ夜闌(야란)―밤이 깊어졌다. ㅇ更(갱)―다시. ㅇ秉燭(병촉)―촛불을 밝히다. ㅇ如夢寐(여몽매)―마치 꿈 같다, 매(寐)는 잠잔다는 뜻.

(大意) 험준한 산봉우리 같은 저녁의 붉은 구름이 서쪽 하늘에 퍼졌고, 구름 사이로 한 줄기 태양빛이 땅위로 비쳐내렸다.(1)

사립문에는 새들이 지저귀며, 돌아온 나그네는 천리길을 타고 온 것이다.(2)

처자들은 내가 살아 눈앞에 있는 것이 의아스럽다는 듯, 한참만에 놀란 마음을 진정하고는 눈물을 닦는다.(3)

세상이 전란에 휩쓸렸으니 사람들이 떠돌고 표랑하게 마련이려니와, 이렇듯 살아 돌아온 것은 참으로 우연이라 하겠다.(4)

이웃 사람들도 울타리에 가득 모여 감탄하며 다같이 흐느껴 울어 주었다.(5)

밤이 깊자 촛불을 밝히고 서로 대하고 있자니 마치 꿈 같기만 하더라.(6)

(解說) 전란통에 서로 헤어져 생사도 모르던 가족과 오래간만에 만났다. 살아서 눈앞에 나타난 것이 의아스럽다는 처자들, 감격에 젖어 흐느껴 우는 마을 사람들, 밤이 깊도록 촛불 밝히고 마주 앉아 감회를 푸는 가족들, 이들 모두가 꿈속에 있는 것만 같으리라.

44. 羌村(강촌)-其二 강촌-제2수

만세박투생 환가소환취
1. 晩歲迫偸生 還家少歡趣

교아불이슬 외아부각거
2. 嬌兒不離膝 畏我復却去

억석호추량 고요지변수
3. 憶昔好追涼 故繞池邊樹

소소북풍경 무사전백려
4. 蕭蕭北風勁 撫事煎百慮

뇌지화서수 이각조상주
5. 賴知禾黍收 已覺糟牀注

여금족짐작 차용위지모
6. 如今足斟酌 且用慰遲暮

〈五言古詩〉

늙은 나이 쫓기듯 허송세월, 집에 와도 즐거움 거의 없네

개구쟁이 무릎에 매달렸다가, 낯선 애비 두려워 뒷걸음질치네
옛날에는 자주 바람 쏘이고저, 연못 가 숲 사이를 돌았었거늘
쓸쓸한 북풍이 세차게 불어제쳐, 생각할수록 가슴속 걱정에 타네
요행히 곡식 추수 잘 되었으니, 지게미 체에 술방울 떨어지리
우선은 흡족하게 술을 퍼 들고, 늙은이 심정 잠시나마 풀어보세

(語釋) ○晩歲(만세)－만년, 늙은 나이. 두보는 이때 46세였다. 연말이라고 풀기도 하나, 적합하지 않다. ○迫(박)－나이가 자꾸만 쫓기듯이 들어간다는 뜻. ○偸生(투생)－투(偸)는 도둑질하다. 이때 두보는 숙종의 노여움을 사고 집으로 내려왔다. 따라서 보람있게 살지 못하고 삶을 좀먹고 있다고 했다. ○嬌兒(교아)－장난꾸러기 아이들. ○膝(슬)－무릎. ○畏我(외아)－나를 겁내고. ○却去(각거)－물러간다. ○憶昔(억석)－옛날을 생각하다, 돌이켜 생각하다. ○好追凉(호추량)－자주 바람을 쐬었다. 호(好)는 자주, 또는 거리낌없이, 잘. ○故(고)－일부러, 또는 가벼운 뜻으로 '~하고저' '그리하여'. ○繞(요)－주위를 돌다. ○蕭蕭(소소)－쓸쓸히, 소소히. ○勁(경)－바람이 세차게 분다. ○撫事(무사)－여러 가지 일을 생각하다. ○煎百慮(전백려)－백 가지 걱정거리들이 가슴속에서 들끓는다. ○賴(뢰)－부사로 '다행히도'란 뜻으로 풀 수가 있다. ○禾黍(화서)－벼나 기장, 또는 곡식. ○已覺(이각)－지금부터 알 것 같다. ○糟牀(조상)－술지게미를 거르는 체. ○注(주)－술방울이 떨어지다. ○如今(여금)－지금, 현재. ○斟酌(짐작)－술을 국자로 뜬다. ○且用(차용)－그것으로써, 즉 술을 마시고서, 차(且)는 임시로. ○遲暮(지모)－만년, 늙으막.

(大意) 하는 일 없이 삶을 축내는 나에게 늙음의 나이만이 덮쳐오니, 집에 돌아와도 즐거움이나 흥취가 별로 없다.(1)

장난스런 아이들은 애비 무릎에서 떨어지지 않을 듯 재롱을 떨다

가도 갑자기 오래간만에 보는 애비를 두려워하는 듯 뒤로 물러나기도 한다.(2)

옛날을 돌이켜 보니 바람을 쏘일겸 연못가 나무 사이를 돌기도 하였거늘.(3)

이제는 쌀쌀한 북풍이 세차게 불어젖히고, 여러 일들을 생각하니 가슴속이 근심으로 타는 듯 들끓는다.(4)

다행히 곡식 추수가 잘 되었다 하니, 머지않아 체에서 술방울이 떨어지겠지.(5)

우선 당장은 흡족하게 술을 떠 마시고 늙은 심정을 달래고자 하노라.(6)

(解說) 숙종의 노여움을 사고 임시로 집에 돌아온 착잡한 심정이 잘 나타나 있다.

45. 羌村(강촌)-其三 강촌-제3수

1. 群雞正亂叫(군계정난규) 客至雞鬪爭(객지계투쟁)
2. 驅雞上樹木(구계상수목) 始聞叩柴荊(시문구시형)
3. 父老四五人(부노사오인) 問我久遠行(문아구원행)
4. 手中各有携(수중각유휴) 傾榼濁復清(경합탁부청)
5. 莫辭酒味薄(막사주미박) 黍地無人耕(서지무인경)

병 혁 기 미 식　　아 동 진 동 정
6. 兵革旣未息　兒童盡東征
청 위 부 노 가　　간 난 괴 심 정
7. 請爲父老歌　艱難愧深情
가 파 앙 천 탄　　사 좌 체 종 횡
8. 歌罷仰天嘆　四座涕縱橫

〈五言古詩〉

닭들이 한바탕 시끄럽고, 손이 오자 닭들이 싸웠노라
닭을 좇아 나무 위에 몰고, 초라한 사립문에 손을 맞는다
마을의 어른들 4,5명이, 오랜만에 먼길 온 날 위로해 주네
저마다 손에 무엇인가 들었고, 함께 술통 기울여 청탁을 불문하네
술맛 없으나 마냥 드시오, 기장밭에 일군이 없고
전란이 아직도 가시지 않아, 자식들은 동쪽으로 출정갔다오
나는 그들 위해 노래 자청했고, 간난중의 인정에 더욱 감격했노라
노래 끝내고 하늘 보고 탄식하니, 함께 앉은 그들 펑펑 눈물 쏟더라

(語釋) ㅇ正亂叫(정난규)—한참 시끄럽게 소리를 지르고 있다. ㅇ驅雞(구계)—시끄럽게 싸우는 닭들을 좇아 나무 위로 몰았다. ㅇ叩柴荊(고시형)—사립문 두드리는 소리를 들었다. 즉 누가 대문에 왔음을 알았다는 뜻, 시형(柴荊)은 시문(柴門)과 같다, 가난한 내 집. ㅇ父老(부노)—마을의 어른들. ㅇ問我(문아)—나를 위문한다. ㅇ久遠行(구원행)—오래간만에 먼 길에서 왔다고. ㅇ各有携(각유휴)—저마다 무엇인가를 들고 오다. ㅇ傾榼(경합)—합(榼)은 술통, 술통을 기울인

다. ㅇ濁復淸(탁부청)－여러 사람들이 가지고 온 술이라, 탁주도 있고 또 청주도 있다. ㅇ莫辭(막사)－사양하지 마시오. ㅇ酒味薄(주미박)－술맛이 나쁘다. ㅇ黍地(서지)－기장밭. ㅇ無人耕(무인경)－밭갈이할 사람이 없다. ㅇ兵革(병혁)－병(兵)은 무기, 혁(革)은 갑옷. 즉 전란이나 전쟁이란 뜻. ㅇ旣(기)－기왕의 뜻이지만, 여기서는 원래 또는 아직도란 뜻으로 푼다. ㅇ兒童(아동)－마을의 어른들이 자기네 자식들을 부르는 말. ㅇ盡東征(진동정)－모두 동쪽으로 정벌나갔다. 즉 동쪽 낙양(洛陽)에 있는 안녹산 일당을 치러 나갔다. ㅇ艱難(간난)－고생스러운 때일수록 더욱 여러분의 깊은 인정을 고맙고 민망스럽게 여긴다는 뜻. ㅇ愧(괴)－부끄럽다. 두보가 마을 사람들에게 한 말. ㅇ歌罷(가파)－노래를 다 마치고. ㅇ涕(체)－눈물을 흘린다. ㅇ縱橫(종횡)－걷잡을 수 없이.

(大意) 많은 닭들이 한바탕 시끄럽게 울어대고 있다. 마침 손님이 오자 닭들이 싸웠던 것이다.(1)

나는 닭들을 몰아 나무 위로 쫓고 비로소 나의 초라한 집 사립문에 손님들이 찾아온 것을 알았다.(2)

마을의 어른들 4, 5명이 찾아와 나를 보고 오래간만에 먼길에서 오느라고 고생했다고 위로를 한다.(3)

그들은 저마다 손에 무엇인가를 들고 왔으며, 함께 어울려 각자가 가지고 온 탁주와 청주 따위를 술통을 기울여 마셨다.(4)

그들은 말했다. '술맛은 없으나, 사양하지 마십시오. 기장밭에서 일할 사람이 없습니다. 또 전란이 아직도 끝나지 않았고, 자식놈들은 역적을 치러 모두 동쪽으로 갔습니다.(6)

나는 그들에게 말했다. '제가 여러 어른들을 위하여 시를 하나 읊겠습니다. 고생스러운 속에서 여러분의 깊은 정리에 고마움과 부끄러움을 느낄 따름입니다.'(7)

내가 시를 다 읊고 하늘을 우러러보며 탄식을 하자, 주위에 앉아 있던 모든 사람들도 펑펑 걷잡을 수 없이 눈물을 흘리고 울었다.(8)

(解說) 인정의 고마움과 감격은 평범한 생활 속에서도 깊이 느낄 수가 있다. 이름도 지위도 없는 마을의 늙은이들과 함께 어울려 저마다 가지고 온 술을 나누어 마시고, 고생스러운 난세를 한탄하며 서로 눈물을 짓는 이 시는 문자 그대로 가식도 꾸밈도 없는 순수하고 진실한 사실주의적 작품이다.

46. 曲江(곡 강)－其一 곡강－제1수

곡 강 소 조 추 기 고　　능 하 고 절 수 풍 도
1. 曲江蕭條秋氣高　　菱荷枯折隨風濤

유 자 공 차 수 이 모
2. 遊子空嗟垂二毛

백 석 소 사 역 상 탕　　애 홍 독 규 구 기 조
3. 白石素沙亦相蕩　　哀鴻獨叫求其曹

〈七言古詩〉

곡강에 가을바람 소슬하니 불며, 마름·연꽃 시들어 물결따라 흘러가네
떠돌이 신세 하염없이 백발 한탄할새
물가의 흰 돌 흰 모래 또한 같이 술렁이고, 짝 찾는 새 서글피 울고 가네

(語釋) ㅇ曲江(곡강)－장안(長安) 동남쪽에 있는 유원지. 한(漢) 무제(武帝)가 개척했던 것을 당나라 개원(開元) 초에 다시 수축하여 귀족들의 놀이터로 삼았다. 〈여인행(麗人行)〉 참조. ㅇ蕭條(소조)－쓸쓸하다, 소슬하다. ㅇ菱荷(능하)－마름과 연꽃. ㅇ風濤(풍도)－바람과

파도. ㅇ遊子(유자)－방황하는 사람, 두보 자신. ㅇ空嗟(공차)－공연히 탄식을 한다. ㅇ垂二毛(수이모)－검은 머리와 흰 머리가 섞여서 늘어진 것을 한탄한다. ㅇ白石素沙(백석소사)－가을의 강가에 있는 흰 돌과 흰 모래. ㅇ亦相蕩(역상탕)－역시 출렁인다. 앞의 '마름과 연꽃[菱荷]'과 함께 '백석소사(白石素沙)'도 출렁인다. ㅇ哀鴻獨叫(애홍독규)－슬픈 새가 혼자 운다. 홍(鴻)은 큰 새. ㅇ曹(조)－자기의 짝.

(大意) 가을의 기색이 짙어지자 곡강(曲江)도 쓸쓸하게 보이고, 마름이나 연꽃도 시들어 꺾인 채 바람과 물결에 불려 쓸리고 있다.(1)

객지로 방황하는 나는 백발이 섞인 나이에 공연히 한탄만 하고 있노라.(2)

가을의 맑은 강가의 흰 돌과 흰 모래도 역시 물에 출렁이고 있으며, 가을의 높푸른 하늘에는 짝을 찾는 큰 새가 슬프게 외로이 울고 가더라.(3)

(解說) 대략 천보(天寶) 11년에 지은 것이라고 한다. 소조한 가을의 풍경을 보면 떠돌이 나그네는 더욱 감상(感傷)에 젖게 마련이다.

어느덧 머리에는 백발이 섞이기 시작했다. 그러나 하는 일도 지위도 벼슬도 없이 떠도는 두보는 바람과 파도에 불리고 쓸리는 조락한 마름이나 연꽃을 보고 더욱 가슴 아프고 또한 가을 강물에 출렁대는 흰 돌이나 흰 모래같이 가슴속에 더욱 불안과 초조함을 느끼고 있다. 그러면서도 항상 자기를 알아줄 짝을 찾고 있던 두보는 바로 '슬프게 홀로 우는 큰 새'와 같다 하겠다.

이 시는 매 장이 5구로 된 파격적인 고시다.

47. 曲江(곡강) - 其二 곡강 - 제2수

1. 卽事非今亦非古(즉사비금역비고) 長歌激越捎林莽(장가격월소임망)
2. 比屋豪華固難數(비옥호화고난수) 吾人甘作心似灰(오인감작심사회)
3. 弟姪何傷淚如雨(제질하상루여우)

〈七言古詩〉

현실을 노래하니 고금에 없는 시가 되었고, 길게 읊조리는 격렬한 탄식 숲과 풀을 흔들대노라

즐비한 호화주택 따지기조차 어려웁거늘, 차라리 마음을 재같이 만들리라

동생 조카야 비같은 눈물 쏟으며 상심할 게 무언가?

(語釋) o卽事(즉사)—즉흥적으로 눈앞의 현실을 시로 읊는다. o非今亦非古(비금역비고)—근체시(近體詩)도 아니고 또 고체시(古體詩)도 아니다. 곡강 3장이 다 특수하게 5구로 되었다. o長歌(장가)—길게 뽑아 읊는다, 감개가 넘쳐 부른다. o捎(소)—흔들어대다, 움직인다. o林莽(임망)—숲이나 풀밭, 망(莽)은 잡초가 우거진 곳이란 뜻. o比屋(비옥)—즐비한 가옥들. o固難數(고난수)—고(固)는 물론 당연하다, 난수(難數)는 헤아리고 따지기가 어렵다. o甘作(감작)—달게 ~하겠다. o心似灰(심사회)—마음을 타 버린 재같이 지니겠다. 《장자(莊子)》에 있는 말이다. o弟姪(제질)—동생은 두위(杜位)고 조카는 두위의 아들인 듯하다. 당시 두위는 곡강 부근에 살고 있

었다. ㅇ何傷(하상)－무엇을 상심할 것인가? 상심할 것 없다.

(大意) 현실을 대하여 즉흥적으로 시를 읊으니 근체(近體)도 고체(古體)도 아니고 오직 깊게 탄식하여 읊는 격렬한 긴 가락은 숲과 풀밭을 뒤흔들 지경이다.(1)

즐비하게 호화로운 귀족의 집들이 늘어서 있으나 나로서는 알 바가 아니며 우리는 모든 것을 체념하고 오직 마음을 불꺼진 재같이 묻어두고자 한다.(2)

동생이나 조카들이여, 왜 상심을 하고 비오듯 눈물을 흘리는가?(3)

(解說) 고금에 보지 못했던 격심한 현실의 온갖 모순과 부조리를 읊으니 그 시가 고금에 없는 형태로 나타나는 것은 당연하다. 그러나 너무나 한탄스럽고 감정이 격렬하니 숲이나 풀을 흔들고도 남음이 있다. 그러면서도 두보는 체념을 하자고 스스로 마음을 '재[灰]'같이 묻고자 했다. 비장한 감회를 주는 시다. 동시에 두보의 사회적 모순에 굳게 항거할 결의를 보이고 있는 시다.

48. 曲江(곡강)－其三 곡강－제3수

1. 自斷此生休問天(자단차생휴문천)
2. 杜曲幸有桑麻田(두곡행유상마전) 故將移住南山邊(고장이주남산변)
3. 短衣匹馬隨李廣(단의필마수이광) 看射猛虎終殘年(간사맹호종잔년)

〈七言古詩〉

스스로 현실 단절하고 하늘에도 묻지 않으리라

요행히 두곡에 뽕나무 삼밭이 있으니, 장차 종남산 기슭 고향으로 옮아가 농사지으며

짧은 옷에 말타고 이광 장군 따라다니고, 맹호 쏘는 것 보며 여생을 살리라

(語釋) ㅇ自斷此生(자단차생)－스스로 현실생활을 끊고자 한다. 생(生)은 삶이나 생활 또는 현실참여. ㅇ休問天(휴문천)－불행한 자기의 운명을 하늘에 묻는 일도 그만두겠다. ㅇ杜曲(두곡)－장안(長安) 남쪽 교외에 있는 지명. 이곳에 두보의 집이 있었다. ㅇ南山(남산)－종남산(終南山). 장안 남쪽에 있는 산. 남산변(南山邊)은 결국 두곡(杜曲)을 가리킨다. ㅇ短衣匹馬(단의필마)－짧은 옷을 입고 말을 타고, 사냥을 한다는 뜻. ㅇ李廣(이광)－한(漢)의 명장(名將). 무제(武帝) 때 흉노(匈奴)를 잘 격파하여 비장군(飛將軍)이라는 별명을 지녔다. 많은 공을 세웠으나 높이 오르지 못하고 말년에는 죄에 몰려 자결했다. 한때 종남산(終南山)에 은거하여 호랑이 사냥을 한 일이 있었다. 그의 활이 너무나 세어 바위를 호랑이로 오인하여 쏜 화살이 돌에 꽂혔다고 한다. ㅇ看射猛虎(간사맹호)－이광이 호랑이 쏘는 것을 보면서. ㅇ終殘年(종잔년)－여생을 마치고자 한다.

(大意) 별 수 없이 스스로 현실적인 사회생활을 단념하고 하늘에 대해 운명을 묻는 일도 그만두고자 한다.(1)

요행히도 고향인 두곡(杜曲)에는 뽕나무 삼밭이 있으니, 장차 그곳으로 옮아가 남산 기슭 두곡에서 농사나 지면서 살리라.(2)

그리고 그곳에서 짧은 사냥옷을 입고 말을 타고 이광(李廣) 장군을 따라 사냥을 하며, 호랑이 잡는 것을 보며 여생을 마치리라.(3)

(解說) 〈곡강〉 제2수에서 '마음을 재같이 묻겠다(甘作心似灰)'고 한 두

보의 체념은 드디어 분노로 변했다. 그리하여 그는 '스스로 삶을 단절하고, 하늘에도 묻지 않겠다(自斷此生休問天)'고 나섰다. 그리고 자연 속에 유유자적하자고 마음을 달래기도 했다.

그러나 두보의 정의감, 격양하는 기개가 완전히 쓰러질 수는 없었다. 비록 종남산(終南山)에 은퇴한 이광을 따르고자 해도, 역시 통쾌하게 호랑이를 쏘아대고 싶었다. 이광의 억센 화살은 돌까지 꿰뚫었다고 한다. 그와 같이 두보도 자기의 정의의 화살로 사회악(社會惡)을 후련하게 쏘아 꿰뚫고 싶었을 것이다.

〈곡강〉 제3수는 현실의 모순 앞에 한탄하고 체념하고 절망하면서도 역시 의연한 반항정신과 세상을 구제하겠다는 의욕이 넘치는 시라 하겠다.

제 4 장

표랑飄浪과 추억追憶

어디를 보나 서글픈 인생살이
남따라 멀리 뜨고자 하네
滿目悲生事
因人作遠遊

이대로 길바닥에 죽어 쓰러져
덕 높은 사람의 웃음살까 두렵도다
常恐死道路
永爲高人嗤

지난날을 회상하노라, 개원 전성시에는
작은 마을에도 만호의 집들이 찼었노라
憶昔開元全盛日
小邑猶藏萬家室

진주(秦州)를 떠나 굶주림과 추위에 떠는 가족들을 데리고 남행하던 두보는 엄동설한에 기약없는 나그네, 험한 돌길을 터덜거리는 수레를 끌며 깊은 산속을 누비는 신세가 되었다. 어린것들은 밤에는 한결 더 배고프다고 보채지만, 마을이 머니 연기와 불기를 가까이할 희망은 아득할 뿐이다. 그러면서도 그는 그대로 쓰러져 후세에 조소거리가 될까 걱정했었다.

월 야 억 사 제
49. 月夜憶舍弟 달밤에 동생을 생각하며

수 고 단 인 행　변 추 일 안 성
1. 戍鼓斷人行　邊秋一雁聲

노 종 금 야 백　월 시 고 향 명
2. 露從今夜白　月是故鄕明

유 제 개 분 산　무 가 문 사 생
3. 有弟皆分散　無家問死生

기 서 장 부 달　황 내 미 휴 병
4. 寄書長不達　況乃未休兵

〈五言律詩〉

싸움의 북 울리고 행인 발걸음 끊길새, 변경 가을하늘에 외로운 기러기 소리

백로절(白露節) 이 밤부터 이슬도 희다는데, 고향에는 달도 밝게 비치겠구나

동생들 저마다 흩어졌고, 생사를 물을 집도 없노라

보낸 서신에 오래 소식 없고, 더욱 전란도 가라앉지 않았어라

語釋 ㅇ舍弟(사제)－내 동생. 두보에게는 네 명의 동생이 있었다. 영(穎)・관(觀)・점(占)・풍(豊)이다. ㅇ戍鼓(수고)－싸움의 북소리. ㅇ斷人行(단인행)－사람의 걸음이 끊어졌다. ㅇ雁(안)－기러기. ㅇ露從今夜白(노종금야백)－이슬이 오늘밤부터 희다. 즉 백로절(白露節)이 되었다는 뜻. 백로절은 음력 8월 초순에서 보름 사이. ㅇ無家(무가)－생사를 물어볼 고향의 집도 없다.

(大意) 싸움의 북소리가 울리고 행인들의 발걸음도 끊기었다. 가을하늘에는 한 마리의 기러기가 울고 지나간다.(1)

아마 오늘밤부터 이슬도 희게 내린다는 계절이리라. 지금 백로절에는 고향의 달도 유난히 밝으리라.(2)

동생들이 서로 뿔뿔이 흩어졌거늘, 그들의 생사를 물어볼 고향집도 없노라.(3)

서신을 보냈으나 아직 닿지 못한 듯, 더욱이 전란도 아직 끝나지 않았다.(4)

(解說) 백로절(白露節) 달 밝은 가을에 전란에 흩어진 동생들을 걱정하는 시다. 대략 건원(乾元) 2년(759) 가을에 지은 것이리라.

50. 寓目(우목) 눈에 띄는 것들

일현포도숙　추산목숙다
1. 一縣葡萄熟　秋山苜蓿多

관운상대우　새수불성하
2. 關雲常帶雨　塞水不成河

강녀경봉수　호아제낙타
3. 羌女輕烽燧　胡兒掣駱駝

자상지모안　상란포경과
4. 自傷遲暮眼　喪亂飽經過

〈五言律詩〉

현 전체에 포도가 무르익고, 가을 산에는 거여목이 자랐노라

관문 위의 구름은 노상 비를 내렸으나, 변경지대에는 강물지어 흐르질 않네

강족의 소녀는 봉화를 우습게 알고, 호인의 소년은 낙타를 익숙히 모네

늙은이 어두운 눈이 슬프구나, 처참한 전란을 싫도록 겪었으니

(語釋) ㅇ寓目(우목)－눈에 띄는 것들. ㅇ一縣(일현)－현 전체, 천수현(天水縣)을 말함. ㅇ苜蓿(목숙)－거여목. ㅇ關雲(관운)－변경지대 관문, 즉 진주(秦州) 일대의 하늘에 뜬 구름. ㅇ塞水(새수)－요새지대의 강. ㅇ羌女(강녀)－강(羌)은 서쪽의 만족, 녀(女)는 계집아이, 소녀. ㅇ烽燧(봉수)－횃불. ㅇ胡兒(호아)－호(胡)는 북방의 오랑캐, 아(兒)는 사내아이, 소년. ㅇ掣駱駝(제낙타)－낙타를 부린다. ㅇ自傷(자상)－스스로 마음아파한다. ㅇ遲暮(지모)－실망 속에 저물어가는 인생, 늙어가는 자기. ㅇ喪亂(상란)－죽음만을 안겨다 주는 전란, 죽음과 전란. ㅇ飽經過(포경과)－싫도록 겪었다.

(大意) 천수현(天水縣) 전체에 포도가 무르익었으며, 가을 산에는 거여목이 많이 무성하게 자랐다.(1)

관문 위에 뜬 구름은 노상 비를 품고 있어서, 변경지대에는 자주 비가 내리지만 그 쏟아지는 빗물은 이내 흘러가 없어지고 강물을 이루지 않는다.(2)

서방의 오랑캐 강족(羌族)의 소녀는 봉화가 올라도 놀라지 않고, 북쪽 오랑캐인 호인(胡人)의 소년은 낙타를 자유자재로 몰 줄 안다.(3)

실의에 찬 늙은 눈으로 죽음과 전란의 처참한 꼴을 싫도록 보고 겪은 나는 스스로 가슴아프게 여기고 있노라.(4)

(解說) 진주(秦州)에 있을 때 지은 것이다. 전란과 굶주림에 시달려 가족을 이끌고 변경인 이곳에 온 두보에게는 모든 것이 눈에 설었다. 변경 하늘 위에 엉킨 구름은 노상 비를 불러 쏟게 했다. 그러나 빗

물은 쏟아져 흐르면 그만, 이곳 요새 일대에는 강물지어 흐르지도 않았다. 게다가 이곳 오랑캐들의 풍속도 이상했다.

강족의 어린 계집아이는 전쟁을 알리는 봉화를 보고도 무서워하지 않았고, 한편 호인의 어린 사내아이는 낙타를 익숙하게 몰았다. 인생에 낙오하여 실의에 찬 두보, 처참한 전란에 시달려 몹시 피곤한 두보, 늘그막에 이렇듯 기이한 꼴을 보며 스스로의 처지를 상심하는 두보였다.

진 주 잡 시

51. 秦州雜詩－其一　진주잡시－제1수

만 목 비 생 사　인 인 작 원 유
1. 滿目悲生事　因人作遠遊
지 회 도 롱 겁　호 탕 급 관 수
2. 遲廻度隴怯　浩蕩及關愁
수 락 어 룡 야　산 공 조 서 추
3. 水落魚龍夜　山空鳥鼠秋
서 정 문 봉 화　심 절 차 엄 류
4. 西征問烽火　心折此淹留

〈五言律詩〉

어디를 보나 서글픈 인생의 모습, 남따라 멀리 길 뜨고자 한다

농주의 재를 넘기 두려워 머뭇거리다, 관문에 오자 수심 더욱 넓게 퍼지네

물빠진 어룡강에 밤이 깃들고, 허전한 조서산에 가을 들었네

서쪽 향해 봉화 올랐나 묻고 가다가, 실망한 나는 이곳에 머물까 한다

(語釋) ㅇ秦州(진주)-감숙성(甘肅省) 천수시(天水市). 건원(乾元) 2년(759) 7월 장안 일대에 심한 기근이 들었다. 관직에서 물러난 두보는 가족을 데리고 이곳에 와서 생계를 유지하고 있었다. 전 20수의 연작(連作)이나 여기서는 3수만을 추렸다. ㅇ滿目(만목)-눈에 보이는 모든 것. ㅇ悲生事(비생사)-비(悲)는 슬프다, 생사(生事)는 살고자 하는 일. 즉 인간들의 삶의 모습이 슬프게 보인다. ㅇ因人(인인)-남을 의지하여. ㅇ作遠遊(작원유)-멀리 여행길에 올랐다. ㅇ遲廻(지회)-지지부진하다, 망설여져서 걸음이 느리다. ㅇ度隴(도롱)-도(度)는 넘어가다, 경과하다, 지나가다. 롱(隴)은 섬서성(陝西省) 농주(隴州) 서북방에 있는 높은 재, 높이가 2천 미터나 되고 넘으려면 7일이나 걸린다고 한다. ㅇ怯(겁)-겁이 난다. ㅇ浩蕩(호탕)-넓게 술렁인다. 수심이 끝없이 번져 나간다. ㅇ及關(급관)-관문에 이르다. ㅇ水落(수락)-가을이 되어 강물이 줄어들었음을 가리킨다. ㅇ魚龍(어룡)-강의 이름. 위수(渭水)의 지류다. 견수(汧水)라고도 하며, 오색(五色)의 물고기가 있어 이를 용어(龍魚)라 불렀다고 한다. ㅇ鳥鼠(조서)-산 이름. 감숙성(甘肅省) 난주시(蘭州市)에 있다. 새와 쥐가 한 둥우리에서 살고 있다는 고사가 있다. ㅇ西征(서정)-서쪽으로 간다. ㅇ問烽火(문봉화)-싸움의 봉화가 얼마나 올랐는가 묻는다. ㅇ心折(심절)-절망하여 마음이 꺾이다. ㅇ淹留(엄류)-오래 머뭇거리다, 오래 머무른다.

(大意) 눈에 뜨이는 모든 것이 더욱 인생을 서글프게 해주는 것뿐이다. 이번에 나는 사람을 의지하여 멀리 길을 떠나게 되었다.(1)

높은 농주(隴州)의 재를 넘고자 하니 겁이 나 주춤해지고, 관문에 도달하니 더욱 수심이 끝없이 넓게 번진다.(2)

물빠진 어룡강에 밤이 깃들고, 허전한 조서산에는 가을이 접어들었다.(3)

서쪽으로 가면서 전쟁이 일어나 봉화가 올랐는가 물으며, 드디어 절망에 마음 꺾인 나는 이곳 진주에 오래 묵고자 한다.(4)

(解說) 안녹산의 전란으로 쑥대밭이 된 데다가 섬서성(陝西省)에 심한 한발이 들어 민생이 도탄에 빠지게 되었다.

두보는 좌습유(左拾遺)에서 화주사공참군(華州司功參軍)으로 옮겼으나, 건원(乾元) 2년 마침내 벼슬을 사퇴하고 일족의 한 사람인 두좌(杜佐)가 기우하고 있는 진주(秦州)로 가족과 더불어 낙향했다. 정치사회에서 절망한 두보는 경제생활에도 곤궁에 빠졌다. 그러면서도 그는 명철보신(明哲保身)만 하는 도가적 은퇴사상에 만족할 수가 없었다. 역시 입공보국(立功報國)하겠다는 정열과 충성심은 훨훨 타고 있었다. 그럴수록 진주에서의 생활은 그에게 착잡한 심정과 실망을 안겨다 주었을 것이다.

전부 20수가 있으나 여기서는 3수만을 추려서 풀었다.

52. 秦州雜詩(진주잡시) - 其二　진주잡시 - 제2수

1. 秦州城北寺(진주성북사)　勝跡隗囂宮(승적외효궁)
2. 苔蘚山門古(태선산문고)　丹青野殿空(단청야전공)
3. 月明垂葉露(월명수엽로)　雲逐度溪風(운축도계풍)
4. 清渭無情極(청위무정극)　愁時獨向東(수시독향동)

〈五言律詩〉

진주 북쪽의 절, 명승고적 외효궁
이끼낀 절문 헐었고, 단청이 낡은 궁전 허전하도다
명월은 나뭇잎 이슬에 빛나고, 구름은 계곡 넘는 바람을 쫓노라

맑은 위수는 이다지도 무정타니, 나 서러울 때 홀로 동쪽 흐르누나

(語釋) ㅇ勝跡(승적)－명승 고적지. ㅇ隗囂宮(외효궁)－외효는 전한(前漢) 말 사람. 한때는 진주의 패자였으며, 진주 동북쪽에 궁전을 지었다. ㅇ苔蘚(태선)－이끼. ㅇ山門(산문)－절의 대문. ㅇ雲逐(운축)－구름이 바람을 좇는다. 기발한 표현법이다. ㅇ度溪風(도계풍)－계곡을 넘어가는 바람. ㅇ淸渭(청위)－맑은 위수(渭水). ㅇ極(극)－아주, 매우. ㅇ愁時(수시)－나는 시름에 차 있는데.

(大意) 진주성(秦州城) 북쪽에 있는 절인 명승고적은 외효궁이다.(1)

절의 대문은 이끼에 덮여 헐었고, 단청이 퇴색한 들판의 궁전은 지금은 허전하기만 하다.(2)

밝은 달빛은 잎에 맺힌 이슬방울에 반짝이고, 구름은 계곡을 넘는 바람을 따라가노라.(3)

맑은 위수는 너무도 무정하구나, 내가 이렇듯 수심에 잠겨 있거늘 혼자만 동쪽 장안(長安)을 향해 흐르고 있구나.(4)

(解說) 전반에서는 황폐한 외효궁을 허무한 심정으로 바라보았고, 후반에서는 혼자만 장안 쪽으로 흘러가는 위수를 원망하고 있다. 내용은 깊지 않지만 표현의 묘가 있다. 특히 '월명수엽로(月明垂葉露) 운축도계풍(雲逐度溪風)'은 뛰어나다.

진주잡시
53. 秦州雜詩－其三　진주잡시－제3수

고각연변군　천원욕야시
1. 鼓角緣邊郡　川原欲夜時
추청은지발　풍산입운비
2. 秋聽殷地發　風散入雲悲
포엽한선정　귀산독조지
3. 抱葉寒蟬靜　歸山獨鳥遲
만방성일개　오도경하지
4. 萬方聲一概　吾道竟何之

〈五言律詩〉

북소리 피리 소리 울리는 변경지대, 강 흐르는 들판에 어둠이 덮칠새
가을 대지를 뒤흔들며 울리는 소리, 바람타고 구름에 엉키어 더욱 슬프다
매미는 잎에 묻혀 조용하고, 외톨이 새는 늦게 산으로 돌아오네
사방이 온통 싸움소리뿐이니, 나의 갈 길은 어디메인고?

(語釋) ㅇ鼓角(고각)－병사들이 치는 전고(戰鼓)와 각적(角笛). ㅇ緣邊(연변)－변경지대. ㅇ川原(천원)－강이 흐르는 평원. ㅇ殷地(은지)－땅을 뒤흔들다. ㅇ入雲悲(입운비)－전고나 각적 소리가 구름에 엉키어 더욱 슬프게 울려퍼진다. ㅇ抱葉(포엽)－가을이니까 매미가 더욱 잎을 껴안듯이 나무에 매어 달렸다. ㅇ寒蟬(한선)－가을매미. ㅇ聲一概(성일개)－소리가 끝없이 울려퍼진다. ㅇ吾道(오도)－나의 길.

ㅇ竟(경)—결국. ㅇ何之(하지)—어디로 가나.

(大意) 병사들이 치는 전고나 부는 피리 소리가 변경지대 고을에 퍼지고, 강물이 흐르는 넓은 들판에는 바야흐로 밤이 깃들고자 한다.(1)

가을에 듣는 그 소리는 더욱 대지를 뒤흔들고 울려 나오며, 바람에 흩어져 구름에 엉키어들자 더욱 슬프게 울려퍼진다.(2)

가을의 나뭇잎을 부둥켜안고 있는 매미는 소리도 없이 조용하고, 외로운 새는 늦게 산으로 돌아오고 있다.(3)

사방이 온통 한결같이 전고와 각적 소리뿐이니, 내가 갈 길은 어디메인가?(4)

(解說) 말쑥하면서도 침통한 시다. 내용과 표현이 특출하게 조화를 이루었다. 변경지대에 울려퍼지는 전고(戰鼓)와 각적(角笛)이 스산한 가을의 대지를 흔들고 또한 구름에까지 올라 퍼지어 천지를 진동하고 있다. 이에 매미도 소리를 죽이고, 새도 부랴부랴 산으로 돌아간다. 하지만 나는 어디로 가야 하나? 어수선한 상황에서 망연하게 서있는 두보의 모습은 바로 현대의 휴머니스트 그것이라 하겠다.

건 원 중 우 거 동 곡 현 작 가

54. 乾元中寓居同谷縣作歌—其一

동곡현에 우거하며—제1수

유 객 유 객 자 자 미 　 백 두 난 발 수 과 이
1. 有客有客字子美　白頭亂髮垂過耳

세 습 상 율 수 저 공 　 천 한 일 모 산 곡 리
2. 歲拾橡栗隨狙公　天寒日暮山谷裏

중 원 무 서 귀 부 득 　 수 각 동 준 피 육 사
3. 中原無書歸不得　手脚凍皴皮肉死

4. 嗚呼一歌 兮歌已哀　悲風爲我從天來
오호일가 혜가이애　비풍위아종천래

〈七言古詩〉

나그네 있노니 자(字)를 자미라 하고, 헝클어진 흰 머리 귀를 덮었네

늘 도토리 밤 줍고 원숭이 좇아, 날이 차 해저무나 산속을 헤매네

중원에서 소식 없어 돌아갈 수도 없으니, 손발 얼어터지고 살갗 썩노라

아아! 첫 노래를 부르노라! 슬픈 노래를, 바람도 슬피 나를 위해 하늘에서 불어 내리네!

(語釋) ㅇ同谷縣(동곡현)－감숙성(甘肅省) 성현(成縣)이다. 두보는 건원 2년 11월에 이곳에 삶을 찾아왔으나, 역시 고생만 하다가 다시 12월에는 남쪽으로 떠났다. ㅇ有客(유객)－나그네가 있다. 두보 자신을 말했다. ㅇ字子美(자자미)－자미(子美)는 두보의 자(字)다. ㅇ垂過耳(수과이)－흰 머리가 귀를 덮었다. ㅇ歲(세)－해마다, 언제나. ㅇ拾橡栗(습상율)－도토리나 밤을 줍는다. ㅇ狙公(저공)－원숭이를 기르는 사람. ㅇ中原(중원)－낙양(洛陽)을 중심으로 한 일대. 두보의 고향이 중원에 있다. ㅇ無書(무서)－서신이 없다. ㅇ凍皴(동준)－얼어서 터졌다.

(大意) 나그네가 있노니! 나그네가 있노니! 그의 자는 자미(子美)니라. 그의 헝클어진 흰 머리는 늘어져 귀를 덮어 가리웠구나! 언제나 도토리나 밤을 줍고 원숭이 키우는 사람을 좇아 다니면서 날이 차고 해가 저물어도 산골짜기 속을 헤매었노라.(1~2)

고향이 있는 중원에서는 서신도 없고, 또 고향으로 갈 수도 없노

라. 그의 손발은 얼어터졌고, 그의 피부나 살이 마비되어 못쓰게 되었노라.(3)

아아! 첫 번의 노래를 부르노라! 애달픈 노래를! 하늘도 슬픈 듯 바람도 나를 위해 불어 내리고 있노라!(4)

(解說) 동곡(同谷)에서는 불과 한 달밖에 안 있었다. 그러나 두보는 이곳에서 같은 제목으로 7수의 시를 지었다. 동곡에서의 그의 고생스런 모습이 여실히 그려져 있다.

55. 乾元中寓居同谷縣作歌(건원중우거동곡현작가)－其二

동곡현에 우거하며－제2수

1. 長鑱長鑱白木柄(장참장참백목병)　我生託子以爲命(아생탁자이위명)
2. 黃獨無苗山雪盛(황독무묘산설성)　短衣數挽不掩脛(단의삭만불엄경)
3. 此時與子空歸來(차시여자공귀래)　男呻女吟四壁靜(남신여음사벽정)
4. 嗚呼二歌兮歌始放(오호이가혜가시방)　閭里爲我色惆悵(여리위아색추창)

〈七言古詩〉

긴 보습아! 흰 나무 자루야! 우리의 생명 너에게 의지하노라

눈 덮인 산에 흙토란 싹도 없고, 짧은 옷 자주 낭기나 무릎 못가렸네

이번에도 너와 같이 빈손으로 돌아오니, 아이들 신음하고 집안

이 공허하네

아아! 두 번째 노래하니 목이 터지는 듯, 마을 사람도 날 위해 슬픈 낯을 짓더라

(語釋) ㅇ長鑱(장참)－큰 보습. ㅇ白木柄(백목병)－흰 나무 막대기. ㅇ託子(탁자)－보습에 의지해서 내가 산다는 뜻. ㅇ黃獨(황독)－홁토란. ㅇ無苗(무묘)－싹이나 이삭도 없다. ㅇ數挽(삭만)－여러번 잡아당긴다. 삭(數)은 여러번, 자주란 뜻으로 삭이라 읽는다. ㅇ不掩脛(불엄경)－무릎을 가릴 수가 없다. ㅇ與子空歸來(여자공귀래)－토란을 캐지 못하고 보습만 들고 왔다는 뜻. ㅇ男呻女吟(남신여음)－남녀 아이들이 신음을 한다. ㅇ四壁靜(사벽정)－집안에 아무것도 없이 오직 사방의 벽이 조용하게 서 있을 뿐이다. ㅇ放(방)－노래가 마냥 터져 나온다. ㅇ閭里(여리)－마을 사람. 동네 사람. ㅇ色惆悵(색추창)－처량하고 슬픈 안색을 짓는다.

(大意) 긴 보습아, 긴 보습아! 그리고 흰 나무 자루야! 우리 삶을 오직 너에게 의지하고 너를 생명으로 여기고 있노라. 산에 눈이 많이 덮여 흙토란의 싹도 없었으며, 추위에 떨며 짧은 옷을 자주 잡아당겨도 무릎을 가릴 수가 없구나.(1~2)

이번에도 아무것도 캐지 못하고 너와 같이 빈손으로 돌아오니, 집에는 아무것도 없고 오직 사방에 벽만이 서 있는데, 사내아이나 여자아이는 신음하고 있더라.(3)

아아! 두 번째 노래를 부르니 비로소 톡 터진 듯 후련하게 노래가 나오노라! 마을 사람들도 나를 위해 처량하고 슬픈 낯을 짓노라.(4)

(解說) 눈 덮인 산에 흙토란을 캐러 갔다가 빈손으로 돌아온 두보가, 신음하는 아이들을 보며 슬픔에 겨워서 지은 애절한 노래다.

건 원 중 우 거 동 곡 현 작 가
56. 乾元中寓居同谷縣作歌－其七

동곡현에 우거하며－제7수

남 아 생　불 성 명 신 이 노　　삼 년 기 주 황 산 도
1. 男兒生 不成名身已老　三年飢走荒山道

장 안 경 상 다 소 년　　부 귀 응 수 치 신 조
2. 長安卿相多少年　富貴應須致身早

산 중 유 생 구 상 식　　단 화 숙 석 상 회 포
3. 山中儒生舊相識　但話宿昔傷懷抱

오 호　칠 가 혜 초 종 곡　　앙 시 황 천 백 일 속
4. 烏呼 七歌兮悄終曲　仰視皇天白日速

〈七言古詩〉

남아로 태어나 이름도 못내고 몸만 이미 늙어서, 3년을 거친 산길 굶주리며 돌았노라

장안의 공경들 모두 젊은 사람들이니, 부귀는 모름지기 일찍 얻어야지

산중의 유생들 옛 친구들 많으나, 오직 옛말하며 회포 풀기만 하네

아아! 일곱 번째 노래를 초연히 마치고, 넓은 하늘 우러러보니, 해는 더욱 빨리 가는구나!

語釋 ㅇ三年(삼년)－지덕(至德) 2년(757)에서 건원 2년(759)까지. ㅇ長安(장안)－숙종(肅宗)이 천자가 되자 젊은 관료들이 많이 등용되었다. ㅇ宿昔(숙석)－옛. ㅇ傷懷抱(상회포)－감상적으로 회포를 풀

고 있다. ㅇ悄終曲(초종곡)－초연하게 노래를 끝맺는다. ㅇ皇天(황천)－넓은 하늘. ㅇ白日速(백일속)－태양이 빨리 지나간다.

(大意) 사내 대장부로 태어났는데도 이름을 떨치지 못한 채로 이미 몸이 늙어 시들었노라. 그리고 3년을 굶주리며 거친 산길을 헤매었노라.(1)

장안에서 재상 같은 높은 벼슬에 앉은 사람들은 거의가 다 젊은 사람들이다. 그러니 부귀는 모름지기 일찍이 따야 하는 하는 것일까?(2)

산중에 모인 유생들은 나와는 예부터 서로 아는 친구들이지만, 오직 옛 이야기나 하며 감상적으로 회포를 달래고 있을 따름이다.(3)

아아! 일곱 번째의 노래를 초연한 심정으로 읊고서, 우러러 하늘을 쳐다보니, 태양도 유난히 빨리 가는 듯하구나.(4)

(解說) 그날그날의 생활고에 시달린 두보는 다시 눈을 감고 일생을 회고하며, 스스로 자기의 일생의 실패를 자인하고 있다. 이름도 못 내고 몸만 늙었다. 게다가 장안에서는 젊은 사람들이 높이 올랐거늘, 두보와 벗들은 옛 이야기나 하며 타는 속을 달래고 있다. 한숨겨운 노래를 읊조리고 나니, 태양도 더욱 빨리 지나가는 듯하다고 했다.

57. 江(강) 村(촌) 강마을

청강일곡포촌류　장하강촌사사유
1. 清江一曲抱村流　長夏江村事事幽

자거자래양상연　상친상근수중구
2. 自去自來梁上燕　相親相近水中鷗

노처화지위기국　치자고침작조구
3. 老妻畵紙爲棋局　稚子敲針作釣鉤

다 병 소 수 유 약 물　　미 구 차 외 갱 하 구
4. 多病所須唯藥物　微軀此外更何求

〈七言律詩〉

맑은 강물 굽어 마을안고 흐르며, 긴 여름 강마을 만사가 조용하네
들보 위 제비는 오락가락 날고, 강속의 갈매기는 짝지어 노네
늙은 처는 종이에 바둑판 그리고, 어린 자식 바늘 두들겨 낚싯바늘 만드네
병투성이 이몸엔 오직 약뿐이니, 미천한 내게 또 무엇이 필요하리

語釋 ㅇ江村(강촌)－강가에 있는 마을. 두보는 금강(錦江) 곁에 초당(草堂)을 짓고 한동안이나마 소강생활(小康生活)을 할 수가 있었다. ㅇ淸江一曲(청강일곡)－맑은 강물이 한바탕 굽이쳐. ㅇ事事幽(사사유)－모든 일들이 조용하다. ㅇ梁上(양상)－들보 위에 제비들이 집을 지었다. ㅇ棋局(기국)－바둑. 종이에 바둑판을 그렸다. ㅇ敲針(고침)－바늘을 두들기다. ㅇ釣鉤(조구)－낚싯바늘. ㅇ微軀(미구)－미천한 몸.

大意 맑고 푸른 강물이 한번 굽어돌며 마을을 품에 안듯이 흐르고 있다. 긴 여름철의 강가 마을에는 모든 일들이 조용하고 잠잠하기만 하다.(1)

들보 위에 집을 짓는 제비들이 들락날락 날고 있으며, 강물에서는 갈매기들이 서로 다정하게 짝지어 놀고 있다.(2)

늙은 처는 종이에 바둑판을 그리고, 아이들은 바늘 두들겨 낚싯바늘 만든다.(3)

병투성이인 나에게는 오직 약만이 필요할 뿐이다. 미천한 몸인

내게 그밖에 또 무엇이 필요하겠는가?(4)

(解說) 두보는 상원(上元) 원년(760) 봄에 성도에 가까운 완화계(浣花溪)에 초당(草堂)을 짓고 정착하여 여러 사람들의 도움으로 살림장만도 하고 한숨 돌릴 수도 있었다. 이 시에는 잠시 평온을 얻은 두보의 안도감과 이제는 신병만 고쳤으면 하는 초조가 보인다.

58. 聞官軍收河南河北(문관군수하남하북) 관군이 하남·하북을 수복하다

1. 劍外忽傳收薊北(검외홀전수계북) 初聞涕淚滿衣裳(초문체루만의상)
2. 却看妻子愁何在(각간처자수하재) 漫卷詩書喜欲狂(만권시서희욕광)
3. 白首放歌須縱酒(백수방가수종주) 青春作伴好還鄉(청춘작반호환향)
4. 卽從巴峽穿巫峽(즉종파협천무협) 便下襄陽向洛陽(변하양양향낙양)

〈七言律詩〉

홀연히 촉에 하남·하북 수복 소식 전하자, 처음 듣고 눈물 흘리어 옷을 적시노라

처자들도 수심 가신 듯한 표정 지으니, 책 거두어 말며 미친 듯 기뻐하네

백발에 노래하며 마냥 술마시며, 봄에 가족 이끌고 고향으로 돌아가리

즉시 파협에서 무협을 지나, 양양으로 내려가 낙양에 가리라

(語釋) ㅇ收(수)－수복하다. ㅇ劍外(검외)－검문(劍門) 밖, 촉(蜀)을 말한다. ㅇ忽傳(홀전)－홀연히 전해왔다. ㅇ薊北(계북)－계주(薊州：현 河北省 薊縣) 북쪽은 안녹산이나 사사명(史思明) 등 적의 근거지였다. ㅇ涕淚(체루)－눈물을 흘린다. ㅇ妻子(처자)－두보의 처자는 성도(成都)에서 재주(梓州)로 옮겨왔었다. ㅇ愁何在(수하재)－수심도 없는 듯이 보인다는 뜻. 수심 같은 것이 어디에 있는가? ㅇ漫卷詩書(만권시서)－만(漫)은 천천히, 권(卷)은 말다. 시서(詩書)는 책, 시(詩)는 《시경(詩經)》, 서(書)는 《서경(書經)》이란 뜻도 있다. ㅇ白首(백수)－머리가 백발인 두보 자신. ㅇ放歌(방가)－소리 높여 노래를 부른다. ㅇ須縱酒(수종주)－모름지기 술을 마냥 마시리라. ㅇ靑春(청춘)－푸르게 싹트는 봄. ㅇ作伴(작반)－짝을 지어, 가족을 거느리고. ㅇ巴峽(파협)－사천성(四川省) 동쪽에 있는 양자강(揚子江)의 협명(峽名)이다. 촉(蜀)에서 형주(荊州)로 가는 뱃길 중에서 가장 험한 곳. ㅇ巫峽(무협)－위와 같다. ㅇ襄陽(양양)－양양은 두보의 선조가 살았던 곳.

(大意) 검문(劍門) 밖인 촉(蜀)에 역적의 근거지였던 하남(河南)·하북(河北) 지방이 수복되었다는 소식이 홀연 전해졌다. 나는 이 소식을 듣자 눈물로 온통 옷을 적셨다.(1)

한편 처자들을 보아도 전과는 달리 아무런 걱정도 없는 표정이었다. 나는 천천히 책들을 말아 거두며 기쁨에 미칠 듯했다.(2)

늙어 백발이 된 나는 마냥 소리 높여 노래를 부르고 또한 마음껏 술을 마시고자 한다. 그리고 푸르게 싹트는 봄에 가족들을 데리고 고향으로 돌아갈까 한다.(3)

당장에 파협(巴峽)에서 무협(巫峽)을 뚫고 내려가, 양양(襄陽)을 거쳐 다시 낙양(洛陽)으로 가고자 한다.(4)

(解說) 광덕(廣德) 원년(763) 봄에 재주(梓州)에서 지은 시다. 이때에 두보의 나이 52세였다. 건원(乾元) 2년(759) 사사명(史思明)이 반

란하여 그는 줄곧 하남(河南)·하북(河北)을 점거하고 있었다. 그러자 사사명이 그의 아들 사조의(史朝義)에게 죽고, 다시 사조의도 지덕(至德) 원년 정월 관군에게 패하여 죽었다. 이에 하남·하북이 오래간만에 관군에 의해 수복되었다. 두보는 그 소식을 듣고 기뻐하며 책을 거두어 고향으로 가족과 더불어 갈 생각을 하면서 이 시를 지었다.

59. 赤谷(적곡) 적곡

천한상설번 유자유소지
1. 天寒霜雪繁 遊子有所之

기단세월모 중래미유기
2. 豈但歲月暮 重來未有期

신발적곡정 험간방자자
3. 晨發赤谷亭 險艱方自茲

난석무개철 아거이재지
4. 亂石無改轍 我車已載脂

산심고다풍 낙일동치기
5. 山深苦多風 落日童稚飢

초연촌허회 연화하유추
6. 悄然村墟迥 煙火何由追

빈병전영락 고향불가사
7. 貧病轉零落 故鄉不可思

상공사도로 영위고인치
8. 常恐死道路 永爲高人嗤

〈五言古詩〉

하늘이 차고 서리와 눈이 심한데, 나그네는 오직 가고 또 가야 하나

이 해도 저물어 세모인데다, 다시는 기약 못할 길이로구나

새벽에 적곡정을 출발하니, 줄곧 험하고 고생길뿐이로다

오직 흐트러진 돌길을 굴러야 할, 나의 수레바퀴에 기름을 치노라

깊은 산에 세찬 바람 고생스럽고, 해가 지자 어린 자식 허기지노라

아직도 마을 멀어 실망에 젖으니, 인가의 불기를 얻을 길 없네

가난과 병고에 더욱 영락한 몸, 고향 찾을 생각도 못하겠노라

(語釋) ㅇ赤谷(적곡)－진주(秦州) 서남쪽에 있는 마을, 적곡천(赤谷川)이 흐르고 있다. ㅇ遊子(유자)－나그네, 두보 자신. ㅇ有所之(유소지)－떠도는 길밖에 없구나. ㅇ豈但(기단)－어찌 오직 ~뿐이랴. ㅇ赤谷亭(적곡정)－적곡의 역정(驛亭). ㅇ方自茲(방자자)－이곳에서부터 시작된다. ㅇ無改轍(무개철)－다른 길을 잡을 도리가 없다. 어디로 가나 돌이 흐트러진 길이라는 뜻. ㅇ載脂(재지)－기름을 친다. ㅇ悄然(초연)－풀이 죽어 실망한 품. ㅇ村墟迴(촌허회)－마을이 멀다. ㅇ煙火(연화)－인가의 연기와 따뜻한 불. ㅇ故鄉不可思(고향불가사)－전란에 휩쓸려 고향으로 돌아갈 생각도 못하겠다. ㅇ高人(고인)－덕이 높은 사람. ㅇ嗤(치)－조소를 받는다.

(大意) 날씨가 차고 서리와 눈이 심하게 내리는데 나그네는 가고 또 가야 하노라.(1)

연말이 되어서만이 아니다. 다시 올 수도 또 만날 기약도 없이 떠나는 길이기에 더욱 서글프노라.(2)

새벽에 적곡정(赤谷亭)을 떠나서, 그로부터는 내리 험난하고 고

생스러운 길을 가노라.(3)

오직 거친 돌길을 따라 갈 뿐 다른 길이 없으니 수레에 마냥 기름을 친다.(4)

산이 깊은데 더욱 바람이 세차게 불어 고생스럽고, 해가 저물자 어린아이는 더욱 배고프다 하노라.(5)

마을은 아직도 멀리 둘러가야 할 것이니, 인가의 연기나 불을 어떻게 가까이 가서 대하랴?(6)

가난과 병에 시달리어 영락한 늙은 몸은 전란에 휩싸인 고향에는 아예 돌아갈 생각도 못하겠노라.(7)

이대로 길바닥에 쓰러져 죽어 덕이 높은 사람들에게 조소를 당할까 노상 두려운 생각이 드네.(8)

(解說) 진주(秦州)를 떠나 굶주림과 추위에 떠는 가족을 데리고 남행하던 두보는 뛰어난 기행시(紀行詩)를 많이 남겼다. 그리고 그것들은 뼈에 저리도록 스스로 체험한 고난에서 우러난 걸작들이었다. 이 시도 그 중의 하나다. 적곡(赤谷)과 철당협(鐵堂峽) 사이에서 지은 것이리라.

엄동설한에 기약없는 나그네, 험한 돌길을 터덜거리는 수레를 끌며 깊은 산중을 누비는 두보의 일가족들, 더구나 어린것들은 어두운 밤에는 한결 더 허기가 진다고 보챘을 것이다. 그러면서도 아직 마을이 멀고 머니, 연기와 불기를 가까이할 가망이 아득할 뿐이다. 가난과 병에 시달리고 지쳤으면서도 고향을 찾을 생각도 못하는 난세의 나그네, 두보는 이러다가 그대로 길에 쓰러져 죽어, 후세에 조소거리가 될 것이 노상 마음에 걸렸으리라. 심각하게 가슴에 파고드는 실감나는 시다.

60. 夢李白(몽이백) - 其一　꿈에 이백을 보고 - 제1수

1. 死別已呑聲(사별이탄성)　生別長惻惻(생별장측측)
2. 江南瘴癘地(강남장려지)　逐客無消息(축객무소식)
3. 故人入我夢(고인입아몽)　明我長相憶(명아장상억)
4. 恐非平生魂(공비평생혼)　路遠不可測(노원불가측)
5. 魂來楓林青(혼래풍림청)　魂返關塞黑(혼반관새흑)
6. 君今在羅網(군금재라망)　何以有羽翼(하이유우익)
7. 落月滿屋梁(낙월만옥량)　猶疑照顔色(유의조안색)
8. 水深波浪闊(수심파랑활)　無使蛟龍得(무사교룡득)

〈五言古詩〉

사별의 슬픔 목이 메이고, 생이별 슬픔 가슴 쓰리네
강남은 풍토병 염병이 번지는 곳, 쫓겨난 그대 소식 궁금했거늘
그립던 그대가 꿈속에 나타났으니, 분명코 길이 그리던 보람 있어라
허나 평시와 틀리는 꿈속 모습, 서로 떨어져 궁금증 풀 수가

없네

꿈에 푸른 단풍 숲에서 왔다가, 검은 변경 관문으로 돌아갔네
그대 지금 옥에 매여 있겠거늘, 어떻게 날개를 얻었을까?
지는 달 내 집 들보를 비추니, 필시 그대 얼굴도 비춰 주리
그곳은 물 깊고 파도가 심하니, 부디 교룡을 조심하시오!

語釋 ㅇ夢李白(몽이백)—이백이 죄를 짓고 야랑(夜郎)으로 쫓겨갈 즈음해서 두보가 그의 꿈을 꾸고 지은 시다. 건원(乾元) 2년(759), 진주(秦州)에서 지은 것이다. ㅇ死別已呑聲(사별이탄성)—사별이 너무나 서글퍼 소리도 못 내고 목메어 운다. 이(已)를 끝나다[止]로 풀기도 한다. 즉 사별은 절망적이니까 한마디 꿀꺽 소리죽여 울고 말 것이란 뜻. ㅇ長惻惻(장측측)—오래 두고 비통한다. ㅇ江南(강남)—양자강(揚子江) 남쪽. 이백이 옥살이를 한 심양(潯陽)이나 그가 유배된 야랑(夜郎)이나 다 강남이다. ㅇ瘴癘地(장려지)—풍토병이나 열병이 번지고 있는 곳. ㅇ逐客(축객)—대궐에서 쫓겨난 사람, 즉 이백. ㅇ故人(고인)—옛 친구. ㅇ明我長相憶(명아장상억)—내가 두고두고 이백을 생각하고 있음을 분명히 알 수가 있다. ㅇ恐非平生魂(공비평생혼)—꿈에 보인 이백은 아마 평시에 보던 이백의 넋이 아닌 것 같더라. 즉 무슨 이변이 일어난 것 같다는 뜻. ㅇ路遠不可測(노원불가측)—꿈이 이상했으나, 서로 멀리 떨어져 있으므로 알 수가 없다. 측(測)은 헤아린다, 상상한다, 생각하다. ㅇ魂來楓林靑(혼래풍림청)—꿈속의 이백은 푸른 단풍나무 숲에서 나를 찾아왔다가. ㅇ魂返關塞黑(혼반관새흑)—검은 변경지대 관문으로 되돌아가더라. ㅇ在羅網(재라망)—그물에 걸려 있다, 옥에 매여 있다. ㅇ羽翼(우익)—털 날개. ㅇ滿屋梁(만옥량)—달빛이 집안에 비쳐들어 들보까지 훤하게 비추어 주고 있다. ㅇ猶疑(유의)—그 달빛은 이백의 얼굴도 비추고 있겠지? ㅇ波浪闊(파랑활)—높은 파도가 끝없이 넓게 일고 있다. ㅇ蛟龍(교룡)—사람을 해치는 용을 말함. 여기서는

간신들이라고 풀 수도 있다.

(大意) 사별은 너무나 절망적이라 통곡조차 못하고 목이 메일 지경이다. 그러나 생이별 역시 두고두고 가슴이 아프고 쓰리더라.(1)

그대가 있는 강남의 땅은 장기(瘴氣)와 악질(惡疾)이 번지는 곳이거늘 장안에서 쫓겨나 그곳에 간 그대의 소식이 없어 더욱 궁금하더라.(2)

그러자 옛 친구인 그대가 내 꿈에 보이니, 내가 오래 두고 그대를 생각했음을 알 수가 있으리.(3)

그런데 어찌된 노릇인가? 꿈에 보인 그대는 평상시에 보던 그대가 아닌 다른 혼으로 나타났네그려! 허나 피차에 멀리 떨어져 있으니 자세히 알 수도 없네그려!(4)

꿈에 나타난 그대의 혼은 푸른 단풍 숲에서 나왔다가 다시 검은 변방의 관문으로 사라져 갔네.(5)

이제 그대는 옥에 갇혀 있겠거늘, 어떻게 날개를 얻어 그렇듯이 꿈에서 훨훨 떠 다녔는가?(6)

지는 달빛이 온 집안의 들보를 비추고 있으니, 필시 그대의 얼굴도 창백하게 비추고 있겠지.(7)

강남 땅은 물이 깊고 거센 파도가 넓게 일고 있는 곳이니, 조심하여 교룡에게 다치지 않도록 하게나.(8)

(解說) 건원(乾元) 2년(759) 진주(秦州)에서 지은 것이다. 천보(天寶) 3년(744) 두보는 처음으로 자기보다 11세 연장인 이백(李白)을 알게 되었다. 당시 이백은 장안(長安)에서 쫓겨나 낙양(洛陽)에 머물고 있었다. 이들 두 사람은 즉시 의기가 투합했고 짧은 기간의 교유였으나, 후세에 길이 남을 불후(不朽)의 우정을 수립했다. 두보는 이백의 천재(天才)와 호탕한 성격을 몹시 좋아했다. 그리고 평생을 두고 이백을 그리며, 여러 편의 시를 짓기도 했다.

이백은 지덕(至德) 2년(757)에 영왕(永王) 이린(李璘)에 가담했다는 죄로 심양(潯陽)에서 옥살이를 했고, 다시 이듬해 건원(乾元) 원년(758)에는 야랑(夜郞)으로 유적되었다. 하지만 다음해인 건원 2년에 사면되어 돌아왔음은 다행한 일이라 하겠다.

멀리 떨어져 살던 두보는 이러한 이백의 소식을 잘 알 수가 없었다. 그러나 그는 항상 이백을 생각하고 이백을 위해 걱정했을 것이다. 그러다가 이백에 관한 꿈을 꾸고 지은 시가 바로 이것이다. 이때의 두보는 48세, 이백은 59세였다. 변치 않는 우정이 넘치는 흐뭇한 시다.

Seeing Li Po in a Dream－I

There are sobs when death is the cause of parting ;
But life has its partings again and again.
……From the poisonous damps of the southern river
You had sent me not one sign from your exile－
Till you came to me last night in a dream,
Because I am always thinking of you……
I wondered if it were really you,
Venturing so long a journey.
You came to me through the green of a forest,
You disappeared by a shadowy fortress……
Yet out of the midmost mesh of your snare,
How could you lift your wings and use them?
……I woke, and the low moon's glimmer on a rafter
Seemed to be your face, still floating in the air.
……There were waters to cross, they were wild and tossing ;
If you fell, there were dradons and river-monsters.

61. 夢李白(몽이백)-其二 꿈에 이백을 보고-제2수

1. 浮雲終日行 遊子久不至
(부운종일행 유자구부지)
2. 三夜頻夢君 情親見君意
(삼야빈몽군 정친견군의)
3. 告歸常局促 苦道來不易
(고귀상국촉 고도내불이)
4. 江湖多風波 舟楫恐失墜
(강호다풍파 주집공실추)
5. 出門搔白首 若負平生志
(출문소백수 약부평생지)
6. 冠蓋滿京華 斯人獨憔悴
(관개만경화 사인독초췌)
7. 孰云網恢恢 將老身反累
(숙운망회회 장노신반루)
8. 千秋萬歲名 寂寞身後事
(천추만세명 적막신후사)

〈五言古詩〉

뜬구름 종일토록 오락가락하건만, 나그네 그대는 내내 오지 않더라

사흘밤을 계속 그대 꿈에 보이니, 그대의 정애가 두터운 줄 알겠노라

꿈에서 그대는 노상 초조한 낯으로, 오고프나 길이 험하다 하

소연하고

강남 땅의 강물 풍파 심하여, 몸을 실은 배가 뒤집힐까 겁내네

백발 머리 긁으며 문밖으로 나오니, 오직 평생의 뜻 못 이룬 탓이리

화려한 서울에는 고관대작 가득커늘, 오로지 그대만이 초췌한 몰골이군

하늘이 알아준다 누가 말했나? 도리어 늙어서 옥에 매이다니!

그대 이름 천만년 길이 남으리오만, 죽은 후 일이니 허무하기 그지없어라

語釋 ㅇ終日行(종일행)－뜬구름[浮雲]은 하루 종일 떠 가는데. 부운은 나그네를 연상시킨다. ㅇ遊子(유자)－나그네, 즉 이백. ㅇ久不至(구부지)－오래도록 오지 않는다. ㅇ頻(빈)－자주. ㅇ情親(정친)－그대의 우정과 사랑. 정친견군의(情親見君意)는 견군정친의(見君情親意)로 풀면 좋다. ㅇ告(고)－꿈에서 이백이 두보에게 말하다. 고귀(告歸)는 이백이 돌아오겠다고 말하다. ㅇ常局促(상국촉)－언제나 초조하고 불안했다. ㅇ苦道(고도)－괴로운 듯이 말하다, 하소연하다. ㅇ來不易(내불이)－오기가 쉽지 않다. ㅇ江湖多風波(강호다풍파)－이백이 있는 강남(江南)에는 하천이나 호수가 많다. ㅇ舟楫(주집)－배나 노. ㅇ恐失墜(공실추)－노를 놓치고 배가 뒤집힐까봐 겁이 난다. ㅇ搔白首(소백수)－백발의 머리를 긁는다. 실망과 실의에 빠졌다는 뜻. ㅇ若負平生志(약부평생지)－마치 평생의 소망과 어긋난 듯한 태도를 짓고 있다. ㅇ冠蓋(관개)－관(冠)은 고관이 쓴 관모, 개(蓋)는 귀족들의 수레를 덮는 차일. 여기서는 귀족이나 고관이란 뜻으로 쓰였다. ㅇ滿京華(만경화)－귀족들이 번화한 장안에 득실대고 있다. ㅇ斯人(사인)－이 사람, 이백. ㅇ獨憔悴(독초췌)－이백 혼자만이 곤궁에 빠져 초췌하다. ㅇ孰云(숙운)－누가 말했나? 그런 말이 맞지 않다는 뜻. ㅇ網恢恢(망회회)－《노자(老子)》 73장에 '천

리(天理)는 크고 먼 듯하지만 포괄하지 않는 게 없다(天網恢恢疏而不漏)'라고 있다. 그러나 두보는 고생하는 이백을 보고 그 말은 틀린 것이 아니냐 하고 반문하고 있다. ○將老身反累(장노신반루)-늙어서 도리어 화를 입고 있다. 누(累)는 얽히다, 매이다, 옥에 갇히었다는 뜻. ○千秋萬歲名(천추만세명)-천년이나 만년까지 이름이 전하겠지만. ○寂寞身後事(적막신후사)-이름이 후세에 남는다 해도, 그것은 죽은 후의 일이니까 허무한 노릇이라는 뜻.

(大意) 하늘에는 노상 뜬 구름이 오고가는데, 길손인 그대는 아무리 기다려도 오지를 않네.(1)

사흘밤을 계속 그대가 꿈에 나타난 것으로 보아 그대의 우정과 사랑의 뜻을 잘 알 수 있네.(2)

꿈에서 그대는 노상 돌아오겠다고 말하며 몹시 초조하고 불안하게 보였으며, 또 오기가 쉽지 않다고 괴로운 낯으로 말을 했었네.(3)

또한 강남 땅에는 하천이나 호수가 많고 풍파가 심하여 혹시나 타고 오던 배가 노를 잃고 뒤집힐까 겁이 난다고도 했었네.(4)

그리고 그대는 문을 나와 흰 머리를 긁었거늘, 꿈속에서도 그대는 평생의 소원을 이루지 못해 난처한 모습이었네.(5)

지금 화려한 서울에는 관모를 쓰고 차일을 덮은 수레를 탄 귀족들이 많이 득실거리고 있거늘, 어쩌다 그대만이 장안에서 쫓겨나 혼자 곤궁에 빠져 그렇듯 초췌한 몰골을 하고 있는 것일까?(6)

누가 말했나? 하늘의 그물은 모든 것을 포괄하고 착한 것을 버리지 않는다 했거늘 그대는 늙어 도리어 옥에 갇히는 몸이 되었으니 딱하기 그지없네.(7)

하기는 그대의 이름은 천년 만년까지 길이 전하고 빛이 나겠지만, 이미 그때는 그대가 죽은 후일 것이니 역시 허무하고 쓸쓸한 노릇이리라.(8)

(解說) 앞의 시에 이어 두보와 이백의 우정을 깊이 느낄 수 있다. 더구

나 꿈속에서 오고 싶다고 하소연하는 이백을 보고 두보는 더욱 가슴이 아팠으리라! 어쩌다가 장안(長安)에서 쫓겨났을까? 오늘도 장안에는 고관이나 귀족들이 호화롭게 즐기고 있는데, 오직 이백만이 쫓겨나 이렇듯 혼자 초췌한 몰골로 고생을 하고 있는 것일까?

물론 두보는 이백의 이름이 천년 만년 후세에 길이 빛날 것을 확신하고 있었다. 그러나 그때는 이미 이백은 죽어 없으리라!

허무하고 서글픈 노릇이 아닐 수 없다. 착하고 뛰어난 사람이 현실적으로 호강을 못하고 고생을 하다니, 그 누가 '천리(天理)는 크고 멀어 놓치는 것이 없다'고 했는가 하고 반문까지 하며 이백을 위해 노여워하고 있다.

Seeing Lipo in a Dream－II

This cloud, that has drifted all day through the sky,
May, like a wanderer, never come back……
Three nights now I have dreamed of you－
As tender, intimate and real as though I were awake.
And then, abruptly rising to go,
You told me the perils of adventure
By river and lake－the storms, the wrecks
The fears that are borne on a little boat ;
And, here in my doorway, you rubbed your white head
As if there were Something puzzling you.
……Our capital teems with officious people,
While you are alone and helpless and poor.
Who says that the heavenly net never fails?
It has brought you ill fortune, old as you are.
……A thousand year's fame, ten thousand year's fame－
What good, when you are dead and gone?

62. 憶昔(억석) 옛날을 회상하며

억석개원전성일 소읍유장만가실
1. 憶昔開元全盛日 小邑猶藏萬家室
도미유지속미백 공사창름구풍실
2. 稻米流脂粟米白 公私倉廩俱豐實
구주도로무시호 원행불로길일출
3. 九州道路無豺虎 遠行不勞吉日出
제환노호차반반 남경여상불상실
4. 齊紈魯縞車班班 男耕女桑不相失
궁중성인주운문 천하붕우개교칠
5. 宮中聖人奏雲門 天下朋友皆膠漆
백여년간미재변 숙손예악소하율
6. 百餘年間未災變 叔孫禮樂蕭何律
기문일견치만전 유전종곡금유혈
7. 豈聞一絹直萬錢 有田種穀今流血
낙양궁전소분진 종묘신제호토혈
8. 洛陽宮殿燒焚盡 宗廟新除狐兎穴
상심불인문기구 복공초종난리설
9. 傷心不忍問耆舊 復恐初從亂離說
소신노둔무소능 조정기지몽록질
10. 小臣魯鈍無所能 朝廷記識蒙祿秩
주선중흥망아황 쇄루강한신쇠질
11. 周宣中興望我皇 灑淚江漢身衰疾

〈七言古詩〉

개원 전성시대 회상하노니, 작은 마을도 만호의 집들이 찼었노라

벼 쌀은 기름이 흘렀으며 좁쌀도 하얬었고, 나라나 개인의 곡식창고 가득 찼었노라

천하 모든 길에는 도적떼들 없었고, 먼길도 길일 택하지 않고 떠났었노라

제의 명주 노의 비단 수레가 떼지어 갔고, 남자는 경작 여자는 길쌈 때를 지켰노라

궁중에서 황제는 운문곡을 연주했고, 천하의 선비들은 긴밀히 협동했노라

백여년 동안 재난이 없었고, 예악 율령을 제정하여 잘 다스렸노라

명주 한필 값이 만전이라니? 곡식 심던 밭에 피가 흐르고

낙양의 궁전은 불에 타 없어졌고, 종묘 층계엔 토끼와 여우 구멍이라

상심하며 차마 노인에게 묻지 못했네, 다시 처음부터 난리 말할까 두려워

소신은 늙고 둔해 능력 없거늘, 조정에 뽑혀 봉록과 관직을 받고 있노라

주 선왕처럼 대종께서 중흥하시길 빌며, 강한에서 눈물 쏟는 병들어 노쇠한 이몸

語釋 ㅇ憶昔(억석)－옛날을 추억하다, 회상한다. ㅇ開元全盛日(개원전성일)－개원(開元)은 현종(玄宗)의 연호로 29년간이며 이때가 당(唐)나라의 전성시대였다. ㅇ小邑(소읍)－작은 마을, 도읍. ㅇ猶藏萬家室(유장만가실)－작은 마을에도 역시 만호의 집이 있었다. ㅇ稻米(도미)－벼와 쌀. ㅇ流脂(유지)－기름이 흐른다. ㅇ粟米(속미)－좁

쌀, 조. ㅇ公私倉廩(공사창름)－공·사간의 곡식창고. 창(倉)은 곡식창고, 름(廩)은 쌀 창고. ㅇ俱(구)－다, 모두. ㅇ豊實(풍실)－풍성하게 가득차다. ㅇ九州(구주)－온 천하란 뜻. ㅇ豺虎(시호)－승냥이나 호랑이, 즉 그와 같은 도적들. ㅇ不勞吉日出(불로길일출)－고생스럽게 좋은 날을 잡아 출발해야 할 필요가 없었다. 아무 날이고 길 떠날 수가 있었다. ㅇ齊紈(제환)－제(齊 : 현 山東省 臨阜)에서 생산되는 흰 명주. ㅇ魯縞(노호)－노(魯 : 현 山東省 曲阜)에서 생산되는 흰 비단. ㅇ車班班(차반반)－비단을 실은 많은 수레가 줄지어 가다. ㅇ男耕女桑(남경여상)－남자는 밭갈이하고 여자는 뽕을 따 누에를 친다. ㅇ不相失(불상실)－서로 때를 놓치거나 자기의 본분을 잃지 않는다. ㅇ聖人(성인)－천자, 황제. ㅇ奏雲門(주운문)－운문(雲門)은 옛날의 무악(舞樂)이며, 황제(黃帝)가 지었다고 한다. 주(奏)는 연주한다. ㅇ膠漆(교칠)－아교나 옻칠이나 다 잘 붙는 것이다. 여기서는 사이가 좋고 잘 협동한다는 뜻. ㅇ叔孫禮樂(숙손예악)－한(漢) 고조(高祖)는 천하를 평정하자 숙손통(叔孫通)에게 명하여 예악(禮樂)을 제정케 했고, 소하(蕭何)에게는 율령(律令)을 제정케 했다. 이와 같이 현종(玄宗)은 개원 20년에 개원통례(開元通禮)를 만들었고, 또한 개원전격(開元前格)·개원후격(開元後格) 등 격식율령(格式律令)을 제정했다. ㅇ豈聞(기문)－어찌 그런 말을 들었겠느냐? 즉 그런 일이 어찌 있었겠느냐? ㅇ直(치)－치(値)와 같다. 값. ㅇ有田種穀(유전종곡)－곡식을 심던 밭에. ㅇ燒焚盡(소분진)－모조리 불에 타 없어졌다. 안녹산의 난과 사사명의 난 때문이다. ㅇ新除(신제)－새로 만든 층계. ㅇ不忍問(불인문)－차마 물을 수가 없다. ㅇ耆舊(기구)－노인, 기(耆)는 60세, 노인. ㅇ復恐(복공)－또한 두렵다. ㅇ初從(초종)－처음부터. ㅇ小臣(소신)－두보 자신. ㅇ魯鈍(노둔)－어리석고 둔하다. ㅇ記識(기지)－자기 이름이 조정에 기록되다. 지(識)는 지(誌)와 같다. ㅇ蒙祿秩(몽록질)－봉록과 관직을 받는다. 즉 공부원외랑(工部員外郞)의 벼슬을 받았다. ㅇ周宣中興(주선중흥)－주(周)나라 선왕(宣王)은 이적(夷狄)을 물리치고 나라를 중흥시켰다. ㅇ望我皇(망아황)－그렇게 우리 황제 대종(代宗)께서도 중흥하시기를 바란다. ㅇ灑淚(쇄루)－눈물을 뿌린다. ㅇ江漢(강한)－금강(錦江)이나 한수(漢水) 일대.

(大意) 옛날을 회상하노라, 개원 연대 전성시대에는 작은 마을에도 역시 만호(萬戶)의 집들이 들어찼었노라.(1)

쌀은 기름이 흘렀고 좁쌀도 하얬었으며, 공(公)·사(私)간의 곡식 창고는 어디나 다 풍성하고 가득찼었다.(2)

온 천하의 도로에는 승냥이나 호랑이 같은 도적떼들도 없었고, 먼 길을 가는 데도 길일을 택해서 떠나야 하는 번거로운 일을 할 필요도 없었다.(3)

제나라의 흰 명주나 노나라의 흰 비단을 실은 수레들이 떼를 지어 줄지어 갔고, 남자는 경작하고 여자는 양잠을 하고 서로 때를 놓치거나 본분을 잃는 일이 없었다.(4)

궁중에서 황제는 운문의 무악을 연주했고 온 천하의 선비들은 사이좋게 협동을 했다.(5)

백여년간이나 재변이 없었고 한나라의 숙손통(叔孫通)이 예악을 제정하고 소하(蕭何)가 율령(律令)을 작성했듯이 당나라에서도 좋은 격식율령(格式律令)을 만들어 천하가 훌륭하게 다스려졌었다.(6)

옛날에는 오늘같이 명주 한 필에 만전의 값을 받았다는 말을 듣지 못했고 또, 옛날에는 밭에 곡식을 심었거늘 오늘날에는 싸움으로 피가 흐르고 있다.(7)

안녹산과 사사명(史思明)의 난으로 낙양(洛陽)의 궁전이 모두 타 없어졌고, 종묘의 층계가 황폐하여 여우나 토끼의 구멍투성이다.(8)

마음이 언짢으나 차마 노인들에게 물어볼 수가 없노라. 처음부터 난리를 이야기할까 두려운 생각에.(9)

소신은 어리석고 둔하여 아무것도 하지 못하거늘, 송구스럽게도 조정에 이름이 올라서 봉록과 관직을 받고 있노라.(10)

오랑캐를 치고 나라를 중흥시킨 주(周)의 선왕(宣王)같이 우리 대종(代宗) 황제도 나라를 바로잡으시길 바라노라. 그러나 늙고 병들어 쇠약한 나는 오직 강한 일대에서 눈물을 쏟을 뿐이니라.(11)

(解說) 광덕(廣德) 2년(764) 성도에서 지은 것이다. 당시 두보는 엄무(嚴武)의 막하에서 절도참모(節度參謀)·검교공부원외랑(檢校工部員外郎)을 지냈다. 그러나 천하는 불안하고 지방에서는 자주 난이 일었으며 질서가 잡히질 못했다. 이에 두보는 지난날 개원(開元)의 전성시대를 회상하며 아울러 대종(代宗)이 나라를 중흥시키기를 바랐다.

제 5 장

곤궁困窮과 분만憤懣

양반집 자제들은 굶어 죽지 않는데
선비는 모두 처신을 잘못한다
紈袴不餓死
儒冠多誤身

참으로 아들 낳으면 나쁘고
도리어 딸이 좋음을 알았소
여자로 태어나면 이웃 마을에 시집도 가련만
남자로 태어나서 흙에 묻혀 잡초에 엉키네
信知生男惡
反是生女好
生女猶是嫁比隣
生男埋沒隨百草

울분과 고난을 겪고 간신히 집에 도착해 보니, 뜻밖에 어린 자식이 굶어죽었다고 하지 않는가? 하지만 두보는 자기의 슬픔을 일개인의 슬픔으로 묻어두지는 않았다. 자기의 비극을 바로 민중의 비극으로 받아들였다. 그리하여 이렇게 읊고 있다. '조용히 생업을 잃은 여러 사람들의 처지와 먼 곳에 나가 싸우는 병사들의 입장을 생각하니……'

63. 奉贈韋左丞丈 위좌승 어른에게 바치는 시

봉 증 위 좌 승 장

二十二韻

환 고 불 아 사　　유 관 다 오 신
1. 紈袴不餓死　儒冠多誤身

장 인 시 정 청　　천 자 청 구 진
2. 丈人試靜聽　賤子請具陳

보 석 소 년 일　　조 충 관 국 빈
3. 甫昔少年日　早充觀國賓

독 서 파 만 권　　하 필 여 유 신
4. 讀書破萬卷　下筆如有神

부 료 양 웅 적　　시 간 자 건 친
5. 賦料揚雄敵　詩看子建親

이 옹 구 식 면　　왕 한 원 복 린
6. 李邕求識面　王翰願卜鄰

자 위 파 정 출　　입 등 요 로 진
7. 自謂頗挺出　立登要路津

치 군 요 순 상　　재 사 풍 속 순
8. 致君堯舜上　再使風俗淳

차 의 경 소 조　　행 가 비 은 륜
9. 此意竟蕭條　行歌非隱淪

기 려 삼 십 재　　여 식 경 화 춘
10. 騎驢三十載　旅食京華春

조구부아문　　모수비마진
11. 朝扣富兒門　暮隨肥馬塵

잔배여냉적　　도처잠비신
12. 殘杯與冷炙　到處潛悲辛

주상경견징　　훌연욕구신
13. 主上頃見徵　歘然欲求伸

청명각수시　　층등무종린
14. 青冥却垂翅　蹭蹬無縱鱗

심괴장인후　　심지장인진
15. 甚愧丈人厚　甚知丈人眞

매어백료상　　외송가구신
16. 每於百僚上　猥誦佳句新

절효공공희　　난감원헌빈
17. 竊效貢公喜　難甘原憲貧

언능심앙앙　　지시주준준
18. 焉能心怏怏　祇是走踆踆

금욕동입해　　즉장서거진
19. 今欲東入海　卽將西去秦

상련종남산　　회수청위빈
20. 尚憐終南山　廻首清渭濱

상의보일반　　황회사대신
21. 常擬報一飯　況懷辭大臣

백구몰호탕　　만리수능순
22. 白鷗沒浩蕩　萬里誰能馴

〈五言古詩〉

비단 옷 귀공자는 굶어 죽지 않다만은, 유관 쓴 유학자들 노상 삶에 쪼들리네

어르신네 잠시 들어 주십시오, 천한 몸이 삼가 말씀 올리겠소
저는 옛날 어린 나이에, 이미 장안 과거에 뽑혔고
만권 책을 독파하여 통달했고, 마치 신들린 듯한 시를 지었소
부(賦)는 양웅의 적수라 쳤고, 시(詩)는 조식에 가깝다 보았습니다
이옹도 보기를 자청해 왔고, 왕한도 이웃에 살고자 했습니다.
무척 뛰어났다는 자신 품고, 나라 벼슬 요로에 등용되면
상감을 보필하여 요순보다 높이 올리고, 순박한 국민기풍 세우고자 다짐했거늘
끝내 뜻이 꺾이어 외롭고 쓸쓸한 채, 떠돌며 노래하나 은자는 아니라오
나귀 타고 30년간을, 장안 거리 뜨내기 신세
아침에 부잣집 문을 두드리고, 저녁에 고관의 말을 뒤좇으며
찌꺼기 술잔과 식은 안주조각 얻어먹소, 도처에 슬픔과 아픈 가슴 사무쳤거늘
상감께서 선비를 찾는다 하시어, 후련하게 실력을 뻗고자 했으나
도리어 푸른 하늘에 날개 꺾인 듯, 비늘 흔들며 물속에 놀지 못하듯
어르신네 후대(厚待)에 심히 부끄럽고, 어르신네 진정이 심히 고마워라
송구스럽게도 매양 많은 백관 앞에서, 새로 지은 좋은 시 낭송해 주셨거늘
공우를 본따서 웃음짓고서 하오마는, 원헌의 가난을 더는 감당키 어려웁고
공연히 속으로 불평만 할 수도 없어, 바로 떨치고 일어서 달려

나설까 하와

이제 동쪽 바다로 들고저, 즉시 서쪽 장안을 떠날까 합니다

아직도 종남산이 그립고, 뒤돌아 맑은 위수 보일새

항상 밥 한끼에도 고맙게 보답코자 하는 저로서, 어찌 큰 은혜 입은 대신(大臣)을 슬픔없이 떠나리오만

백구가 훨훨 날아 호탕히 하늘에 드니, 만리길에 누가 내 본성 길들여 주리오

(語釋) ㅇ韋左丞(위좌승)－불우하던 30대의 두보(杜甫)를 도와주었던 상서좌승(尙書左丞) 위제(韋濟) 하남윤(河南尹). 즉 하남부의 지방장관으로 있다가 현종(玄宗) 천보(天寶) 7년(748)에 좌승이 되었다. 당(唐)의 관제(官制)로 중서성(中書省)에서는 법령을 기초했고 문하성(門下省)에서는 심의했고, 상서성(尙書省)에서는 실천에 옮겼다. 상서성은 이(吏)·호(戶)·예(禮)·병(兵)·형(刑)·공(工)의 6부가 있어, 장관을 상서령(尙書令)이라 했고, 그 밑에 있는 차관급을 좌(左)·우복야(右僕射)라 하고 다시 차관보로 좌승(左丞)·우승(右丞)이 있었다. 좌승은 정사품상(正四品上)이며 이·호·예부를 통괄했다. 위제의 조부 위사겸(韋思謙), 백부 위승경(韋承慶), 부친 위사립(韋嗣立)이 다 재상을 지냈다. 두보는 천보 10년에 〈삼대예부(三大禮賦)〉를 지어 바쳤다. 그러나 이 시에서는 언급이 없는 것으로 보아 대략 이 시는 천보 7년에서 10년까지, 즉 두보의 나이 37세에서 40세 사이에 지은 것이라 생각된다. 특히 37세에 장안에서 그곳을 떠나기에 앞서 지은 것이리라. ㅇ丈(장)－장인(丈人), 선배를 높여 부르는 말, 혹 두보와 먼 친척간에 있었는지도 모르겠다. 원래는 '자리의 사이를 한 길쯤 띄워 둔다(席間函丈)'에서 온 말이고, 《역(易)》〈사괘(師卦)〉의 주에선 '엄장(嚴莊)'의 뜻이라 했다. 《논어(論語)》〈미자(微子)편〉에도 '장인'이 보이며, 노인이란 뜻이다. 그후 한대(漢代)의 악부(樂府)에서는 며느리가 시아버지를

'장인'이라고 부르기도 했다. ㅇ二十二韻(이십이운)-중국의 시는 두 구[二句]를 합쳐 1련(聯)이라 했고, 연의 끝자는 운(韻)을 맞춘다. 즉 각운(脚韻)이다. 그것이 22개 있다는 뜻이다. ㅇ紈袴(환고)-환(紈)은 흰 명주, 고(袴)는 바지, 즉 귀공자의 옷, 또는 귀족의 자제(子弟)란 뜻. ㅇ不餓死(불아사)-굶어죽지 않는다. 귀족이나 세도가의 자제들이 호화롭게 살며 굶지 않는다고 말한 두보는 일면 그들 귀족의 자제들은 굶어죽더라도 정의나 절개를 지킬 만한 기력이 없다는 뜻을 암시하고 있다. 《사기(史記)》에 백이(伯夷)와 숙제(叔齊)가 적인결행(積仁潔行)하다가 수양산(首陽山)에서 아사(餓死)했다고 하며 또한 한(漢)의 주매신(朱買臣)이 출세하기 전에 그의 아내가 '당신 같은 분은 개천 속에서 굶어죽을 거요(如公等終餓死於溝中耳)'라고 한 말을 연상하면 두보가 은근히 '귀족의 자제는 출발점부터 좋은 자리에 있다'고 암시한 것이라 하겠다. ㅇ儒冠(유관)-옛날의 유가(儒家)는 자기들 학파(學派)의 상징으로 특별한 관을 썼다. 《장자(莊子)》에 '유가 사람들이 둥근 관을 쓰는 것은 하늘의 때를 알기 때문이다(儒者冠圜冠者 知天時)'라 했다. 여기서는 유학자(儒學者)란 뜻. ㅇ多誤身(다오신)-노상 대부분의 학자들이 입신양명(立身揚名)을 못하고 고생을 한다는 뜻. 《한서(漢書)》〈역이기전(酈食其傳)〉에 보면 한 고조(高祖)가 관(冠)을 쓰고 자기를 만나러 온 유학자의 관을 벗기어 그 속에 소변을 보았다는 고사가 있다. 이러한 예가 바로 '유학자가 수난을 받다(儒冠多誤身)'이다. ㅇ丈人試靜聽(장인시정청)-어른께서 잠시 조용히 들어 주십시오. 장인(丈人)은 바로 앞에서 풀었다. 시(試)는 시험삼아, 잠시, 정청(靜聽)은 조용히 듣다. 이 구절은 한대 악부의 '아버지 편히 앉으십시오(丈人且安坐)'와 같다. 두보는 이렇듯이 고대의 민요(民謠)까지 잘 활용했다. ㅇ賤子(천자)-천한 놈, 자기를 비하한 말. ㅇ請具陳(청구진) 자세히 말씀드리겠습니다. 구(具)는 자세히, 진(陳)은 진술. 이 구절은 《문선(文選)》에 있는 포조(鮑照)의 《동무음(東武吟)》의 '주인장 잠시 조용히 하시오. 내가 한마디 노래하리다(主人且勿喧 賤

子歌一言)'를 연상케 한다. 또 《문선》 〈고시(古詩)〉 19수에 '오늘의 좋은 잔치, 즐거움을 말하기조차 어렵다(今日良宴會 歡樂難具陳)' 고 있다. 두보는 시를 지을 때 《문선》을 잘 활용했다. ㅇ甫(보)－두보의 이름. 상대방을 가장 높이기 위해서는 일인칭의 뜻으로 자기의 실명(實名)을 쓴다. ㅇ昔(석)－옛날, 전에. ㅇ少年日(소년일)－젊었을 때, 어렸을 때. 개원(開元) 23년 두보의 24세 때를 가리킨다. ㅇ觀國賓(관국빈)－향리(鄕里)의 추천을 받고 장안(長安)으로 과거를 보러 왔다. 수험생은 국가적으로 초대를 받은 셈이다. 《역(易)》 〈관괘(觀卦)〉에 '나라의 빛을 본다, 임금의 손님되기 좋다(觀國之光 利用賓於王)'라고 있다. 두보는 과거에 낙방했다. ㅇ讀書破萬卷(독서파만권)－만 권의 책을 독파하고 통달했다. 송(宋)의 조언재(趙彦材)는 다음과 같이 주석을 했다. '양(梁) 원제(元帝) 소역(蕭繹)은 적에게 패하고 서울이 함락되자 14만 권의 장서를 불태우고 말했다. "만 권의 책을 읽었는데, 오늘 이런 꼴을 당하니 책을 불태우노라(讀書萬卷 猶有今日 故焚之)."' 두보가 중간에 '파(破)' 자를 넣은 것은 신기하고 힘이 있다. ㅇ下筆(하필)－붓을 대고 글을 쓴다. ㅇ如有神(여유신)－너무나 뛰어나고 신기로워서 마치 신들린 듯하다. '하필(下筆)'이나 '유신(有神)'은 《문선(文選)》에 보인다. 위(魏) 문제(文帝) 조비(曹丕)의 《전론논문(典論論文)》에 '붓을 대면 절대 멈출 줄 모른다(下筆不能休)(52)'라 있고, 또 공융(孔融)이 '성과 도가 맞고 생각이 신들린 듯하다(性與道合 思若有神)(37)'고 했다. ㅇ賦(부)－각운(脚韻)을 맞춘 장편의 서술적 문장. 특히 한(漢)대에 성했으며, 〈한부(漢賦)〉는 중국 문학사에서도 높은 자리를 차지한다. ㅇ料(료)－저울질하다, 헤아리다. ㅇ揚雄(양웅)－전한(前漢) 말의 문학자(B.C. 53~A.D. 18), 부(賦)의 대가로 〈감천부(甘泉賦)〉 〈우렵부(羽獵賦)〉 〈장양부(長楊賦)〉 등이 《문선》에 있다. ㅇ子建(자건)－조식(曹植 : 192~232). 자건(子建)은 자(字). 두보는 '시에 있어서는 조자건의 친척이라 볼 수 있을 만큼 비등하다'고 자신을 피력했다. 당시 부나 시는 다같이 과거의 과목이었다. ㅇ李邕

(이옹)－당시의 문단의 중진이었으며 《문선(文選)》에 주를 달은 이선(李善)의 아들이다. 북해태수(北海太守)를 지냈으며, 많은 학자나 문인들의 뒤를 잘 돌봐주었다. 그러나 천보(天寶) 5년(746) 간악한 이임보(李林甫)의 모함으로 투옥되고 이듬해에 옥사했다. 두보도 어려서부터 그의 지우(知遇)를 받고 있었다. 《신당서(新唐書)》〈두보전(杜甫傳)〉에는 '두보는 어려서 가난했고 잘 알려지지 못했으나 이옹이 그의 재주를 기특하게 여겨 가서 만났다(甫少貧 不自振, ……李邕奇其才 先往見之)'고 있다. 두보는 여러 차례 시에서 그를 읊은 바 있다. ㅇ王翰(왕한)－당(唐)대의 시인으로 후배를 사랑했다. 벼슬은 높지 못했으나 낭만적인 생활과 호탕한 기질 및 뛰어난 재주로 잘 알려졌다. 두보의 선배였다. ㅇ卜鄰(복린)－이웃에 와서 살려고 점을 친다. 이웃이 되고자 한다. 《좌전(左傳)》에 있다. '집을 점칠 것이 아니라, 이웃을 점쳐야 한다(非宅是卜 惟隣是卜)'. ㅇ頗(파)－몹시, 심히. ㅇ挺出(정출)－특출하다, 뛰어나다. ㅇ立登(입등)－당장에 높이 오르다. 입(立)은 현대 중국어 '입각(立刻 : li ké)'으로 당장, 즉시란 뜻. ㅇ要路津(요로진)－높은 벼슬자리, 진(津)은 나루터로 중요한 길목과 같다. 《문선》에 '먼저 요로진에 든다(先據要路津)'고 있다. ㅇ致君堯舜上(치군요순상)－상감을 잘 보필하여 요임금·순임금보다 위에 오르게 해드리겠다. ㅇ再使風俗淳(재사풍속순)－풍속(風俗)은 국민의 기풍과 습속, 순(淳)은 바르고 착하고 순박하게 만든다는 뜻. 덕치(德治)·교화(敎化)로 민풍(民風)을 선량하게 높이는 것이 고대 정치의 이상이었다. 따라서 두보는 '치군요순상(致君堯舜上)'이라 하여 우선 덕치의 바탕을 만들어 놓고, 다음에 '재사풍속순(再使風俗淳)'이라 하여 백성을 잘살게 해주자고 했다. 앞은 수단이고 뒤는 목적이다. ㅇ此意(차의)－자기의 뛰어난 학덕(學德)을 발휘하여 높은 자리에 올라 임금을 보필하고 백성을 잘살게 해주고 싶다는 뜻. 〈13에서 16까지〉. ㅇ竟(경)－결국에 가서는, 끝내. ㅇ蕭條(소조)－뜻을 이루지 못하여 쓸쓸하고 실의에 차 있다는 뜻. ㅇ行歌(행가)－길을 걸으며 노래하다, 방랑하며 노래하

다. 세상을 버린 은자(隱者)의 태도다. 《논어(論語)》〈미자(微子)편〉에 세상을 버리고 은둔한 '초의 미치광이 접여(楚狂接輿)'가 공자 앞을 지나가면서 '봉아, 봉아! 그대의 덕이 심히 떨어졌구나! 지난 일은 탓하지 말지어다. 앞으로 잘 좇으면 될 것이니라. 허나 그만두어라! 이제 정치에 참여하는 것은 위태로우니라(楚狂接輿 歌而過孔子. 曰：鳳兮鳳兮 何德之衰! 往者 不可諫 來者猶可追 已而已而! 今之從政者殆而!)'라고 했다. 《문선(文選)》에는 '접여가행가'한다는 구절이 세 번 나온다. ㅇ非隱淪(비은륜)－은(隱)은 숨는다, 은둔한다. 윤(淪)은 침몰하다, 속에 묻힌다. 은윤(隱淪)을 신선(神仙) 같은 은자(隱者)란 뜻으로 쓰기도 한다. 두보는 과거에 낙방하여 실의 속에 빠져 각지를 떠돌며 노래를 읊었다. 그러나 자기는 어디까지나 '수기치인(修己治人)'하는 유학자이지 결코 세상을 버리고 숨는 운둔자가 아니라는 뜻이다. ㅇ騎驢(기려)－나귀를 타다. 가난한 사람이 주로 탄다. ㅇ三十載(삼십재)－재(載)는 년(年). 30년이란 뜻, 30에 대해서는 설이 많고 구구하다. 도연명(陶淵明)의 시에도 '일거삼십년(一去三十年)'이라 있어 설이 많았다. 두보의 경우 10년 남짓 나귀를 타고 방랑했다로 풀면 좋을 것이다. ㅇ旅食(여식)－떠돌며 얻어먹다. 여(旅)는 나그네, 나그네 신세. 《의례(儀禮)》에서는 정식의 관리가 아니고 임시로 녹을 받아 먹는 뜻으로 쓰였다. ㅇ京華(경화)－서울, 장안(長安). ㅇ扣(구)－부잣집 대문을 두드린다. ㅇ暮隨肥馬塵(모수비마진)－저녁에는 고관(高官)이 탄 살찐 말 뒤를 따라간다. 즉 취직운동을 한다는 뜻. 진(塵)은 먼지. 두보는 벼슬을 찾아 무척 여러 사람을 찾고 또 부탁도 했었다. ㅇ殘杯(잔배)－찌꺼기 술잔. ㅇ冷炙(냉적)－식어빠진 고깃조각. ㅇ到處(도처)－도처에서, 가는 곳마다. ㅇ潛悲辛(잠비신)－가슴 깊이 슬픔과 아픔을 간직하다. ㅇ主上(주상)－당(唐) 현종(玄宗). ㅇ頃(경)－얼마 전에. ㅇ見徵(견징)－부름을 받았다. 견(見)은 피동(被動)의 뜻과 존경의 뜻을 겸했다. 천보(天寶) 6년(747)에 당 현종이 인재를 찾아 등용코자 특별히 과거를 시행시켰다. 이에 두보도 36세에 과거에 응시했다. 그러나 간악한 이임보(李林甫)가 '야에 현명한 사람 없다(野無遺賢)'라 하고 한 사람의 합격자도 내지 않고 모조리 낙방시켰다. ㅇ欻然(훌연)-홀연. ㅇ欲求伸(욕구신)-뻗어 나서고자 했다. 《역(易)》〈계사전(繫辭傳)〉에 '자벌레가 굽히고 있는 것은 뻗기 위해서다(尺蠖之屈 以求伸也)'라 있다. ㅇ靑冥(청명)-푸른 하늘, 태청(太淸). ㅇ却(각)-도리어. ㅇ垂翅(수시)-날갯죽지를 떨구다, 좌절하고 실망하다. ㅇ蹭蹬(층등)-힘을 잃고 맥이 빠져 허청대다. ㅇ縱鱗(종린)-비늘을 멋대로 놀리고 물에서 놀다. 즉 물고기가 자유자재로 놀 듯이 자기도 마음껏 실력 발휘를 한다는 뜻. 그러나 사실은 '무종인(無縱鱗)'이라 그렇게 하지 못했다. ㅇ甚愧丈人厚(심괴장인후)-장인께서 후대해 주신 은혜에 몹시 부끄럽게 되었다. ㅇ甚知丈人眞(심지장인진)-장인의 참되고 성실한 진의(眞意)를 더욱 깊이 알았다. 장인(丈人)은 위제(韋濟)다. ㅇ每於百僚上(매어백료상)-언제나 많은 관리들 앞에서, 어(於)는 '~에서', 백료(百僚)는 백관(百官)이란 뜻. ㅇ猥誦(외송)-외람되게도 내가 새로 지은 좋은 시를 낭송해 주었다는 뜻. 외(猥)는 과분하다는 뜻이며, 높은 사람으로부터 호의나 은혜를 받을 때 쓰는 인사말이기도 하다. ㅇ竊效(절효)-속으로 흉내를 내고자 생각했다. 절(竊)은 겸손하는 말투로 '생각하다' '~할 생각이다'. ㅇ貢公(공공)-전한(前漢)의 공우(貢禹). 자기의 친구 왕길(王吉)이 벼슬에 오르자 기뻐하면서 나도 장차 관청에 들겠지 하고 관(冠)을 꺼내어 먼지를 털었다고 한다. 두보는 장인, 즉 위제(韋濟)의 덕으로 자기도 벼슬에 오르기를 은근히 희망하고 있다. ㅇ難甘(난감)-달게 받음이 견디기 어렵다, 못견디겠다. ㅇ原憲(원헌)-공자의 제자 중 가장 가난했던 사람. 돈 많은 자공(子貢)이 가난에 쪼들린 원헌을 보고 "당신은 병(病)이시오?" 하고 묻자, 원헌이 "재물 없음을 빈이라 하고, 도를 배우고도 행하지 못함을 병이라 하오. 나는 빈이지 병이 아니오.(吾聞之 無財謂之貧 學道而不能行 謂之病若憲貧也 非病也)"라고 했다. 《장자》 및 《사기》에 보인다. ㅇ焉(언)-'어찌 ~하겠느냐'. ㅇ怏怏(앙앙)-

불평하다. ㅇ祇是(지시)－오직, 또는 바로. ㅇ踆踆(준준)－앞으로 뛰어나가다. ㅇ東入海(동입해)－동쪽 바다에 들고자 한다. 동해(東海)는 자유(自由)와 광대(廣大)의 상징으로 자주 쓰인다. ㅇ秦(진)－여기서는 장안(長安)을 가리킨다. 옛날의 진은 현 섬서성(陝西省)을 중심으로 하여 있었고, 함곡관(函谷關) 서쪽이었다. 따라서 범휴(范睢)나 장의(張儀)도 동쪽에서 서쪽인 진으로 가서 크게 공명을 세웠다. 그런데 이제 두보는 반대로 장안에서 떨어져 멀리 동쪽으로 가고자 하고 있다. ㅇ尙憐(상련)－여전히 가슴아프다. ㅇ終南山(종남산)－장안(長安) 남쪽에 있는 산. ㅇ淸渭(청위)－맑은 위수(渭水). 위수도 장안에 있다. ㅇ擬(의)－'～하고자 한다'. ㅇ報一飯(보일반)－한 끼의 밥을 준 은혜에도 보답하겠다. 《사기(史記)》 〈범휴전(范睢傳)〉에 '밥 한 끼의 은혜도 빌린 듯이 갚는다(一飯之恩必償)'라고 있다. 한신(韓信)이 밥을 준 빨래하는 부인에게 보답한 일도 있다. ㅇ況(황)－하물며. ㅇ懷辭(회사)－그리워하면서도 어쩔 수 없이 하직을 하고 떠나야 한다는 뜻. ㅇ白鷗(백구)－흰 갈매기. 두보는 백구를 푸른 하늘을 훨훨 나는 자유의 상징으로 잘 사용했다. ㅇ沒浩蕩(몰호탕)－끝없이 넓고 아득한 바다나 공간 속으로 들어가 버린다. 즉 완전한 자유의 공간 속에 파묻혀 버리겠다는 뜻. ㅇ誰能馴(수능순)－누가 능히 길들이겠는가? 《문선》 21에 안연지(顏延之)가 자유인의 대표라 할 수 있는 혜강(嵇康)을 읊은 속에서 '용의 본성을 누가 길들일 수 있으랴?(龍性誰能馴) 《五君詠》'라고 했다. 두보가 끝에서 '만리수능순(萬里誰能馴)'이라 한 뜻은 매우 복잡하고 다단하다. 자기의 탈속정신(脫俗精神)을 높이는 뜻과 아울러, 위제를 떠나 멀리 가면 누가 자기의 참뜻을 알아줄까 하는 뜻이 엉켰다고 보겠다.

(大意) 비단 바지를 입은 귀공자들은 굶어죽는 일이 없으나, 우리네같이 유가의 관을 쓴 유학자들은 노상 이 세상에서 입신출세를 못하고 있습니다.(1)

어르신네, 잠시 조용히 들어 주십시오. 천한 제가 삼가 말씀드리겠습니다.(2)

두보 저는 예전 소년 시절에 이미 지방의 추천을 받은 과거의 수험생으로 장안에서 국가적 대접을 받은 바 있습니다.(3)

이미 만 권의 책을 독파했으며 글을 쓰면 신들린 듯 신묘했습니다.(4)

부(賦)에 있어서는 한(漢)의 양웅(揚雄)에 맞선다고 여겨졌고, 시(詩)에 있어서는 위(魏)의 조식(曹植)과 비등하다고 인정받았습니다.(5)

오늘에는 이옹(李邕) 같은 분이 저를 사귀고자 했고, 또 왕한(王翰)이 저의 이웃에 와서 살기를 바라고 있었습니다.(6)

저는 스스로 남보다 각별히 뛰어났으므로 이내 높은 벼슬길에 오르리라고 믿었습니다.(7)

그리고 상감을 보필하여 요(堯)임금이나 순(舜)임금보다 더 높이도록 모시고, 한편으로는 백성들의 민풍을 바르고 착하게 교화 향상시키고자 했습니다.(8)

그러나 저의 포부는 결국은 좌절되어 쓸쓸하고도 허전한 심정으로 떠돌며 노래나 읊는 신세가 되었습니다. 그러나 저는 결코 은둔자는 아닙니다.(9)

저는 이미 10여년을 두고 초라하게 나귀를 타고 화려한 장안에 뜨내기 신세로 얻어먹고 있습니다.(10)

아침에는 부잣집의 문을 두드리고 저녁에는 고관대작이 탄 살찐 말의 뒷 먼지를 쫓았습니다.(11)

찌꺼기 술잔이나 차디찬 안주 조각이나 얻어먹는 신세로 어디에 가나 가슴 깊이 슬픔과 아픔을 지녀야 했었습니다.(12)

그러자 얼마 전에 상감께서 특별히 과거를 시행하시어 인재를 구하시게 되어, 저도 홀연히 나서서 한바탕 실력을 발휘하고 높이 뻗어 오르고자 했습니다.(13)

그러나 도리어 간악한 이임보(李林甫) 때문에 저는 마치 새가 푸른 하늘에서 날갯죽지를 꺾이고 떨어지듯, 또는 고기가 맥빠져 마냥 물에 놀지 못하듯 좌절되고 말았습니다.(14)

몹시 어른의 후대에 부끄럽고, 어른의 참된 성의에 감격할 따름입니다.(15)

어른께서는 노상 제가 새로 시를 지으면, 송구스럽게도 그것을 모든 관리들 앞에서 낭송해 주셨습니다.(16)

공우(貢禹)가 벼슬에 오른 친구 왕길(王吉)을 반기듯, 저도 높은 자리에 계신 어른을 고맙게 여기고자 합니다만, 저로서는 공자의 제자 원헌(原憲) 같은 혹심한 가난을 감당하기가 어렵습니다.(17)

하기는 저로서 어찌 속으로 불평불만만을 품고 멍하니 있을 수만 있겠습니까? 바로 앞으로 뛰어 나가고자 합니다.(18)

이제 저는 동쪽 바다로 들기 위해 서쪽 진(秦)을 떠나려 합니다.(19)

그러면서도 역시 장안의 종남산(終南山)이 그립고 맑은 위수(渭水)를 뒤돌아보게 되는군요.(20)

저는 항상 밥 한 끼의 신세에도 보답하고자 생각하고 있습니다. 그렇거늘 하물며 크게 은혜를 입은 대신 어른 앞을 떠나려 하니 오죽하겠습니까.(21)

백구같이 넓고 큰 바다 끝으로 날아가야 할 저입니다. 만리나 떨어진 그곳에서 저의 본성을 알고 잘 길들여 줄 사람이 누가 있겠습니까?(22)

(解說) 이 시는 두보가 천보(天寶) 6년(747)에 제2차로 과거에 실패하고 장안을 떠나려고 하던 천보 7년 37세 때에 지은 것일 거다.

두보는 20세부터 강남(江南)을 만유했고, 24세에는 낙양(洛陽)으로 돌아와 제1차로 과거에 응시했다가 낙방했다. 그리고 다시 자유로운 방랑을 했다. 주로 제(齊 : 山東)와 조(趙 : 河北) 일대를 약 8년 남짓 떠돌았다. '제와 조 일대를 방탕하게 돌았고, 가죽옷 입고 비마타고 마냥 미친듯이 놀았다(放蕩齊趙間 裘馬頗淸狂) 〈장유(壯

遊)〉. 그간 두보는 많은 사람들과 사귀었다. 특히 장안에서 쫓겨난 11세 연장의 이백(李白)과의 교유는 두보의 시에 많은 영향을 주었다. 고적(高適)도 이들과 어울려 감음고가(酣飮高歌)했다. 또한 30세나 연장자이고 당시의 문단(文壇)의 원로이자 북해태수(北海太守)인 이옹(李邕)을 알게 된 것은 더없는 기쁨이었다. 이옹은 두보의 조부 두심언(杜審言)의 시를 높이 쳐 주었고, 또《문선(文選)》의 주를 단 이선(李善)의 아들이었다. 따라서 이옹은 젊은 나이에《문선》에 정통한 시인 두보를 보고 마냥 격려를 해주었다. 이렇게 하여 두보는 더욱 자신만만해가지고 36세에 장안에 올라와 과거를 보았던 것이다.

그러나 당(唐)의 조정은 쇠퇴하기 시작했다. 50이 넘은 현종(玄宗)은 정사를 소홀히 했고, 사랑하던 무혜비(武惠妃)의 뒤를 메꾸기 위해 왕자 수왕(壽王)의 처였던 양옥환(楊玉環)을 도사(道士)로 만들어 빼돌렸다가 다시 정식으로 책립해 들여앉힌 양귀비(楊貴妃)에 빠져 유연(遊宴)만을 일삼고 있었다. 한편 학자 출신인 장구령(張九齡)을 추방한 간악한 이임보(李林甫)가 나라의 권세를 휘어잡고 있었다. 천보 5년(746)에는 이옹도 이임보의 손에 걸려 투옥당했고 마침내는 비명에 죽고 말았다.

이러한 비극은 두보에게는 큰 타격이었을 것이다. 결국 과거 출신이 아닌 이임보는 현종의 말을 듣고 과거를 보이기는 했으나, '야에는 현명한 자가 없다(野無遺賢)'고 한명도 합격자를 내지 않고 다 떨어뜨렸다. 이에 두보도 제2차 과거에서 좌절하고 말았던 것이다. 그리고 실망하고 장안을 떠나기에 앞서 평소에 자기를 후원해 주었던 위제(韋濟)에게 자기의 심중을 털어 써 올린 것이 바로 이 시다.

특히 두보의 시 창작활동이 이때를 계기로 활발해졌으며, 이 시는 그 중에서도 가장 먼저 지어진 것으로 생각되는 힘찬 시라 하겠다.

두보는 우선 '귀족의 자식은 굶주리지 않고 잘 사는데, 학자들은 사회적으로 대우를 못 받는다(紈袴不餓死 儒冠多誤身)'고 현실적 모순을 격한 어조로 지적하고 나섰다.

그리고 어려서부터 '글을 많이 읽고 뛰어난 재주를 지녔으며(讀書破萬卷 下筆如有神)' 많은 사람에게 인정을 받고 또 원대한 포부를 가졌건만 10여년 동안을 사회적 냉대 속에서 온갖 '슬픔과 아픔[悲辛]'을 겪어야 했다. 그러자 좋은 기회, 즉 제2차의 과거가 있었으나 역시 실패하였으니 나는 어른에게 감사하고 한편으로는 장안에 미련이 있지만 어쩔 수 없이 떠나야 하겠다. 그러면서 두보는 끝에서 다시 힘차게 자기의 본성을 높이 내세웠다. '백구몰호탕(白鷗沒浩蕩) 만리수능순(萬里誰能馴)' 즉 끝없는 자유의 공간 속으로 훨훨 나는 백구같이 묻히겠다. 그 아무도 나의 본성인 탈속정신(脫俗精神)을 꺾지는 못하리라 했다.

결국 앞에서 '환고불아사(紈袴不餓死) 유관다오신(儒冠多誤身)'이라 사회모순을 지적하고 격했던 두보가 마지막으로 자기의 본 길을 찾고자 한 것이다.

병거행
64. 兵車行 병거행

차린린 마소소
1. 車轔轔 馬蕭蕭

행인궁전각재요 야랑처자주상송
2. 行人弓箭各在腰 耶娘妻子走相送

진애불견함양교
3. 塵埃不見咸陽橋

견의둔족난도곡 곡성직상간운소
4. 牽衣頓足攔道哭 哭聲直上干雲宵

도방과자문행인 행인단운점행빈
5. 道旁過者問行人 行人但云點行頻

혹 종 십 오 북 방 하　　변 지 사 십 서 영 전
6. 或從十五北防河　便至四十西營田

거 시 이 정 여 과 두　　귀 래 두 백 환 수 변
7. 去時里正與裹頭　歸來頭白還戍邊

변 정 유 혈 성 해 수　　무 황 개 변 의 미 이
8. 邊庭流血成海水　武皇開邊意未已

군 불 문　　한 가 산 동 이 백 주　　천 촌 만 락 생 형 기
9. 君不聞　漢家山東二百州　千村萬落生荊杞

종 유 건 부 파 조 려　　화 생 농 무 무 동 서
10. 縱有健婦把鋤犁　禾生隴畝無東西

황 복 진 병 내 고 전　　피 구 불 이 견 여 계
11. 况復秦兵耐苦戰　被驅不異犬與鷄

장 자 수 유 문　　역 부 감 신 한
12. 長者雖有問　役夫敢申恨

차 여 금 년 동　　미 휴 관 서 졸
13. 且如今年冬　未休關西卒

현 관 급 색 조　　조 세 종 하 출
14. 縣官急索租　租稅從何出

신 지 생 남 악　　반 시 생 녀 호
15. 信知生男惡　反是生女好

생 녀 유 시 가 비 린　　생 남 매 몰 수 백 초
16. 生女猶是嫁比隣　生男埋沒隨百草

군 불 견　　청 해 두　　고 내 백 골 무 인 수
17. 君不見　青海頭　古來白骨無人收

신 귀 번 원 구 귀 곡　　천 음 우 습 성 추 추
18. 新鬼煩寃舊鬼哭　天陰雨濕聲啾啾

〈樂府體古詩〉

수레는 삐걱삐걱, 말은 씩씩대며

출정하는 장병마다 활과 살을 허리에 찼고, 부모처자 총총걸음 뒤쫓으며 전송하네

먼지 날려 함양교 안보이는데

옷잡고 발굴며 길막고 통곡하니, 곡성은 막바로 하늘 구름 뚫어오른다

길가던 내가 장병에게 물으니, 장병은 징발 잦다며 말하길

어떤 사람 열다섯에 북쪽 황하 수비에 나가, 나이 사십 오늘까지 서쪽 둔전(屯田) 병영에 있소

떠날 때 촌장께서 머리 싸주었거늘, 돌아와 백발에도 여전히 변경 지키오

변경에 흘린 피 바다 이루나, 상감의 정벌의욕 가시지 아니했노라

그대 못들었나? 산동 2백주, 모든 촌락 가시덤불 잡초투성이라

설혹 젊은 아낙이 호미 괭이 잡았건만, 곡식 마구 키우니 농사 엉망되었네

더욱이 관서의 장병은 싸움에 익숙타 하여, 개나 닭과 다를바 없이 마구 몰아붙이네

그대 비록 묻는다 해도, 나의 원한 풀 길이 없소

또한 금년 겨울에도, 계속 징발이 심했다오

관리는 세금내라 성화 떨지만, 어디서 세금 낼 돈 만들어 내리

참으로 아들 낳으면 나쁘고, 도리어 딸이 좋음을 알았소

여자로 태어나면 이웃 마을에 시집도 가련만, 남자로 태어나서 흙에 묻혀 잡초에 엉키네

그대 못 보았소! 청해벌판에, 예부터 백골 거두는 이 없어

새 귀신 원통해 몸부림치며 옛 귀신 통곡하여, 날 흐려 비오는 축축한 날엔 훌쩍훌쩍 우는 소리 들린다오

(語釋) ㅇ兵車(병거)－전차(戰車). ㅇ轔轔(린린)－많은 수레가 지나가는 소리, 삐걱삐걱. ㅇ蕭蕭(소소)－지친 말이 씩씩대며 가는 품. ㅇ行人(행인)－출정하는 병사. ㅇ弓箭(궁전)－활과 살. ㅇ在腰(재요)－허리에 차고 있다. ㅇ耶(야)－야(爺), 아버지. ㅇ娘(랑)－양(孃), 어머니. ㅇ塵埃(진애)－먼지. ㅇ咸陽橋(함양교)－장안(長安) 북쪽 위수(渭水)를 건너 함양(咸陽)에 이르는 다리로, 운남(雲南)으로 갈 때는 이 다리를 지났다. ㅇ牽衣(견의)－옷자락을 잡아당긴다. ㅇ頓足(둔족)－동동 발을 구른다. ㅇ攔道哭(난도곡)－길을 막고 통곡한다. ㅇ干雲霄(간운소)－구름과 하늘을 뚫고 높이 치솟는다. 간(干)은 범(犯)한다는 뜻. ㅇ道旁過者(도방과자)－길 옆을 지나는 사람, 즉 두보 자신을 가리킨다. ㅇ點行(점행)－강제 소집. ㅇ頻(빈)－빈번하다, 잦다. ㅇ從十五(종십오)－열다섯 살 때부터. 《신당서(新唐書)》〈식화지(食貨志)〉에 보면 21세를 정(丁)이라 하고, 18세부터 1경(頃)의 토지를 받으며 조세와 병역의 의무를 지게 되어 있다. 15세면 너무나 이르다. 또 《논어(論語)》에 '열다섯 살에 글에 뜻을 두었다(十有五而志于學)'라고 한 말이 있다. 두보는 필경 이것을 생각했을 것이다. ㅇ北防河(북방하)－북쪽에서 황하(黃河)의 방비를 했다. 즉 토번(吐蕃)의 침입을 막았다. ㅇ西營田(서영전)－서쪽에서 둔전(屯田)에 종사하고 있다. 둔전제(屯田制)는 한(漢)나라 때부터 있었다. 변경지대에 배치되어 있으며 평소에는 농사를 짓고, 전란이 일어나면 전투에 종사한다. ㅇ里正(이정)－촌장(村長). 당(唐)대에는 백호(百戶)를 묶어 이(里)라 했다. ㅇ裹頭(과두)－머리를 검은 두건(頭巾)으로 싼다. 즉 출진(出陣)에 앞서 이장이 어린 전사의 머리를 싸주었다. ㅇ還(환)－아직도, 역시. ㅇ戍邊(수변)－변경을 수비하고 있다. 즉 영전(營田)과 같은 뜻이다. ㅇ邊庭(변정)－변경지대. ㅇ流血成海水(유혈성해수)－흘린 피가 바닷물을 이루다. 과장된 표현일 거

다. 하지만 천보(天寶) 8년(749) 당의 장군 가서한(哥舒翰)이 토번의 석보성(石堡城)을 공략할 때 수만의 병사를 희생시킨 일이 있다. 또 천보 10년 선우중통(鮮于仲通)은 남조정벌(南詔征伐)에서 6만의 전사자를 냈다. ㅇ武皇(무황)－한 무제(武帝). 그도 서역(西域)으로 확장정책을 썼다. 여기서는 당 현종(玄宗)을 암시하고 있다. ㅇ漢家(한가)－한나라. 실은 당나라를 비유한 말이다. 당대의 시인은 직접 당나라나 당의 황실을 내세우지 않고 한을 가지고 풍자적으로 대체했다. ㅇ山東二百州(산동이백주)－태행산(太行山) 동쪽, 약 7도(道) 2백주(州)가 있다. ㅇ千村萬落(천촌만락)－많은 촌락(村落). ㅇ生荊杞(생형기)－가시덤불이나 잡초가 무성하다. 즉 황폐했다는 뜻. ㅇ縱有(종유)－설령 있다고 하더라도. ㅇ健婦(건부)－건장한 부인. 남편을 전지에 보낸 젊은 아낙. ㅇ把(파)－손에 잡는다. ㅇ鋤犁(조려)－조(鋤)는 호미, 여(犁)는 보습. ㅇ禾(화)－벼나 보리 등 모든 곡식. ㅇ隴畝(농무)－밭두덩이나 밭이랑. ㅇ無東西(무동서)－동서가 없다. 농사를 짓는데 제대로 관리가 되지 못했다는 뜻. ㅇ況復(황복)－하물며, 더욱. ㅇ秦兵(진병)－장안(長安)을 중심한 섬서성(陝西省) 일대에서 자란 병사들. ㅇ耐苦戰(내고전)－옛날의 진나라 지방 출신의 병사들은 어려운 싸움에도 잘 견딘다고 한다. ㅇ被驅(피구)－쫓기고 몰린다. ㅇ長者(장자)－어른. 여기서는 상대방이 두보를 보고 한 말. ㅇ役夫(역부)－행역(行役)하는 나란 뜻, 즉 두보에게 대답하는 출정병사. ㅇ申恨(신한)－한을 푼다. ㅇ且如(차여)－또한, 더욱, 더군다나. ㅇ未休關西卒(미휴관서졸)－미휴(未休)는 아직도 휴가를 주지 않았다. 관서졸(關西卒)은 함곡관 서쪽, 즉 장안 일대에서 징발된 병사들. 한편 '관서지방에서 병사들의 징발이 아직도 안 그친다'로도 푼다. 소척비(蕭滌非)의 설. ㅇ縣官(현관)－중앙정부의 관리, 국가를 대표하는 관리란 뜻. ㅇ急索租(급색조)－성급하게 곡물세(穀物稅)를 독촉한다. ㅇ稅(세)－당(唐)대의 세제(稅制)는 조(租)·조(調)·용(庸)의 셋이다. 조(租)는 곡물세, 용(庸)은 병역이나 노동 복무, 조(調)는 필목이나 비단을 바친다. ㅇ信知(신지)－참으로 알겠다.

ㅇ反是(반시)－도리어. ㅇ猶是(유시)－오히려, 그런대로. ㅇ嫁比隣(가비린)－이웃 마을에 시집보내다. ㅇ隨(수)－마음대로, 제멋대로. ㅇ青海頭(청해두)－청해(青海)는 현 감숙성(甘肅省) 서쪽의 청해성(青海省), 옛날에는 이곳에서 가장 많이 토번과 싸웠다. ㅇ白骨(백골)－전사한 병사들의 백골. ㅇ新鬼(신귀)－사람이 죽으면 귀신이 된다고 한다. 신귀(新鬼)는 새로 전사한 귀신이란 뜻. ㅇ煩寃(번원)－번민하고 원통하게 여긴다. ㅇ啾啾(추추)－흐느껴 우는 소리.

(大意) 싸움터로 가는 수레 소리가 삐걱삐걱 요란하게 울리고, 풀죽은 듯 군마(軍馬)가 헉헉대며 지나간다.(1)

대열을 짓고 싸움터로 출정하는 전사들은 저마다 허리에 활과 화살을 찼고, 각자의 부모처자가 총총걸음으로 뒤쫓으며 전송하고 있다.(2)

심한 먼지에 함양교(咸陽橋)도 잘 보이지를 않는구나.(3)

가족들은 병사의 옷을 잡고 발을 구르며 길을 막고 통곡을 한다. 그 통곡 소리는 막바로 구름과 하늘을 뚫고 높이 울려 퍼진다.(4)

길가던 내가 병사들에게 물으니, 병사들은 한결같이 징발 너무 잦다네.(5)

어떤 이는 열다섯 살에 북쪽으로 끌려가 황하(黃河)를 방비하기 시작하여 그대로 나이 사십이 되도록 서쪽 둔전병으로 붙들려 있습니다.(6)

어려서 출정할 때 촌장이 검은 두건으로 머리를 싸주었거늘, 그 싸움터에 여전히 백발이 되도록 변경을 지키고 있습니다.(7)

변경 지방에서는 혹심한 싸움으로 흘린 피가 바닷물같이 넘치고 있으나, 한무제(漢武帝) 격인 현종(玄宗)은 아직도 무력적인 변경확장의 뜻을 버리지 않고 있군요.(8)

그대는 듣지 못했나요? 중국의 동쪽 2백여 주의 모든 마을이 황폐하여 가시덤불투성이가 되었다는 것을!(9)

설사 젊은 아낙네들이 호미나 보습을 잡고 밭에 나가서 농사를

짓는다 해도 잘될 리가 없고 곡식들이 밭이랑이나 논두렁에 아무렇게나 자라나 농사가 엉망입니다.(10)

게다가 장안 일대에서 출생한 병사들은 예부터 어려운 싸움에도 잘 견딘다 하여 마구 끌려가 개나 닭과도 다를 바 없이 쫓기고 몰리고 있습니다.(11)

하기는 어른께서 우리네 사정을 물어주시기는 하시되, 끌려가는 우리들은 어찌 사무친 원한을 다 풀 수가 있겠습니까?(12)

더구나 금년 겨울에도 여전히 관서지방의 장성을 징발했습니다.(13)

관청의 나리들은 성급하게 조세를 내라고 성화를 떨지만, 나라에 바칠 조세를 어디서 마련해 내겠습니까?(14)

참으로 이제야 아들을 낳는 것이 나쁘고, 오히려 딸을 낳는 것이 좋다는 말의 뜻을 알겠습니다.(15)

여자로 태어나면 그런대로 이웃 마을에 시집이라도 갈 수가 있지만, 남자로 태어나면 싸움터에 묻히어 온갖 잡초가 제멋대로 자라나게 마련입니다.(16)

그대는 못 보셨나요? 청해 일대에 예부터 싸움터에서 죽은 사람의 백골들이 흩어진 채 아무도 거두지 않았으며, 새로 죽은 사람의 귀신이 번민하고 원성을 올리는가 하면 묵은 귀신들이 통곡을 하고 있습니다. 그리하여 날이 흐리고 비가 축축히 내리는 날에는 더욱 그들의 서글픈 울음소리가 훌쩍훌쩍 들립니다.(17~18)

(解說) 이 시는 천보(天寶) 10년(751)경에 지은 것이다. 그해 4월에는 선우중통(鮮于仲通)이 운남(雲南)으로 정벌나갔다가 크게 패하고 약 6만명의 병졸을 잃었다. 한편 고선지(高仙芝)는 대식국(大食國)를 쳤고, 안녹산(安祿山)은 거란(契丹)을 치느라고 많은 희생자를 내었다. 그러자 위정자들은 그 손실을 보충하기 위하여 더욱 징발을 강화했고, 조세를 혹독하게 거두어들였다. 《자치통감(資治通鑑)》에 보면 양국충(楊國忠)이 어사를 각도에 보내어 사람을 마구 잡아 족

쇄를 채워 강제로 운남에 보냈다고 한다.

타고난 성품이 휴머니스트이자 평화주의자였던 두보였다. 바로 수년 전에는 간악무도한 이임보(李林甫)의 농간에 의해 과거에서 고배를 맛보고, 사회의 모순을 직접 체험한 바 있었다. 당시의 당(唐)나라 통치계급은 무능하면서도 썩었었다. 그것을 간악한 술책으로 은폐하면서 죄 없는 백성들을 괴롭히고 있었다.

이러한 현실을 목격한 두보는 그들을 증오하지 않을 수가 없었다. 한편 무고한 백성들에게는 끝없는 동정을 했던 것이다. 더욱이 당의 통치계급들은 무모한 변경개척을 위해 귀중한 인명과 재물을 축내고 있었다.

두보는 전지에 끌려가는 한 병사의 입을 빌어 현실을 고발하고 있다. 우선 그는 장안(長安) 교외의 함양교(咸陽橋) 앞에서 출정 병사의 옷을 잡고 땅을 치고 통곡을 하는 가족들이 연출하는 비극적 장면을 에누리없이 착실한 필치로 그렸다. '진애불견함양교(塵埃不見咸陽橋)', '곡성직상간운소(哭聲直上干雲霄)'라고 했다. 하늘과 땅이 슬픔·통곡·혼잡·먼지로 뒤범벅이 되었다.

왜 그럴까? 두보는 한 병사에게 묻고 비로소 알았다. 즉 한 번 가면 다시는 돌아오지 못하는 싸움터로 끌려가는 사람들과 그 가족의 슬픔을 말이다. 그뿐만이 아니었다. 개인적인 욕망을 채우기 위한 임금의 무모한 무력적 영토확장정책은 국내적으로도 생활의 불안과 경제적 파탄을 가져오고 있다는 것을.

두보는 5에서 7까지에서 끌려가는 사람의 숙명을 그렸고, 9에서 11까지는 후방생활의 파탄을 그렸다. 그 모두가 8를 피크로 하고 있다. 즉 '변정유혈성해수(邊庭流血成海水) 무황개변의미이(武皇開邊意未已)'. 그리고 다시 두보는 파괴된 사회 속에, 고단하게 지친 인간들의 체념(諦念)과 풀릴 날이 없는 슬픔을 읊고 있다.

두보는 특히 혁신적인 시형(詩形)을 가지고 통렬한 정치비평, 현실고발을 과감하게 해냈다. 이 시는 일종의 악부시체(樂府詩體)다. 그러나 두보는 옛날의 악부제(樂府題)를 잘 활용하여 새로운 경지에까지 끌어올렸다. 이러한 점에서도 두보의 철저한 창작정신을 엿볼 수가 있다.

65. 前出塞(출출새)-其一 싸움터 나가며-제1수

1. 戚戚去故里(척척거고리) 悠悠赴交河(유유부교하)
2. 公家有程期(공가유정기) 亡命嬰禍羅(망명영화라)
3. 君已富土境(군이부통경) 開邊一何多(개변일하다)
4. 棄絶父母恩(기절부모은) 呑聲行負戈(탄성행부과)

〈樂府體古詩〉

서글피 고향을 떠나, 아득히 교하로 가네

기한(期限) 정하고 관가에선 독촉 심해, 명을 어겨 도망가면 법망에 걸리네

상감의 국가영토 한없이 넓거늘, 어째서 정벌전쟁 끝없이 벌이는지?

부모 사랑 떼어 버리고, 말없이 창을 지고 가노라

(語釋) ㅇ前出塞(전출새)−출새(出塞)는 악부제로 출정병사를 테마로 한 것이다. 변경의 요새를 넘어 싸움터로 나간다는 뜻. ㅇ戚戚(척척)−풀이 죽고 우울하게. ㅇ去故里(거고리)−고향을 떠나간다. ㅇ悠悠(유유)−아득하게 멀리. ㅇ赴交河(부교하)−교하(交河)로 간다. 교

하는 현 신강성(新疆省) 토로번현(吐魯番縣)으로 당시의 토번(吐蕃)과의 교전터였다. ㅇ公家(공가)－나라, 관가. ㅇ程期(정기)－일정과 기한, 어느 지점에 어느 날까지 도착해야 한다는 기한. ㅇ亡命(망명)－명령을 어기고 도망가다. ㅇ嬰禍羅(영화라)－영(嬰)은 걸린다, 라(羅)는 그물, 즉 법망(法網), 전체의 뜻은 형벌에 걸린다. ㅇ富土境(부토경)－영토를 많이 가지고 있다. ㅇ開邊(개변)－변경을 무력적으로 개척한다, 확대한다. ㅇ棄絶(기절)－버리고 끊다. ㅇ父母恩(부모은)－부모의 은혜, 사랑하는 부모 앞을 떠난다는 뜻. ㅇ呑聲(탄성)－말 못하고. ㅇ行負戈(행부과)－창을 지고 싸움터로 간다.

(大意) 서글피 고향을 떠나 아득히 먼 교하로 간다.(1)

나라에서는 일정과 기한을 정하여 독촉을 하고 있으며, 싫다 하고 도망을 가면 법망과 형벌에 걸리게 마련이다.(2)

임금은 이미 넓은 국토를 지니고 있거늘 왜 이렇듯이 무력적 변경확대 정책을 빈번히 쓰고 있는가?(3)

부모의 사랑과 은혜를 버리고, 떨어져 말도 못하고 창을 지고 멀고도 낯선 싸움터로 가노라.(4)

(解說) 앞에 보인 〈병거행(兵車行)〉과 같은 시기에 지은 시일 것이다. 두보는 이 시에서 국토 확장을 위한 무력정책에 시달리는 무고한 대중을 끝없이 동정하고 있다.

특히 두보는 아홉 수의 연작시(連作詩)를 통해 한 사람의 종군(從軍) 과정을 1인칭을 써서 묘사하고 있다.

이 시도 역시 강렬한 현실비판의 시다. 이밖에도 〈후출새(後出塞)〉 다섯 수가 있다.

66. 前出塞(전출새)-其二　싸움터 나가며-제2수

1. 出門日已遠(출문일이원)　不受徒旅欺(불수도려기)
2. 骨肉恩豈斷(골육은기단)　男兒死無時(남아사무시)
3. 走馬脫轡頭(주마탈비두)　手中挑靑絲(수중조청사)
4. 捷下萬仞岡(첩하만인강)　俯身試搴旗(부신시건기)

〈樂府體古詩〉

집 떠난 지 이미 오래라, 다른 병사들 놀림도 이젠 받지 않네
부모형제 골육지정 어찌 잊으랴만, 사내 대장부 언제라도 죽을 각오라
말 달리며 고삐머리 벗기고, 손 안에는 푸른 고삐끈
만길 언덕 날쌔게 달려 내리며, 몸을 숙여 깃발을 뽑아 버리네

(語釋) ㅇ出門(출문)—집은 떠나온 지. ㅇ徒旅(도려)—도(徒)는 병졸, 여(旅)는 무리. 여러 병사들이란 뜻. ㅇ欺(기)—모욕, 즉 군에 입대한 지 오래되어 다른 병사들로부터 기합이나 모욕을 받지 않게 되었다는 뜻. ㅇ骨肉恩(골육은)—부모형제의 골육지정이란 뜻. 은의(恩誼). ㅇ豈斷(기단)—어찌 끊겠느냐? 즉 부모형제를 잊은 것은 아니지만, 군대생활에 익숙해져 간다는 뜻. ㅇ脫轡頭(탈비두)—말의 고삐머리를 벗기어 버린다. ㅇ挑靑絲(조청사)—푸른 말고삐를 자유자재로 놀

린다. ㅇ捷下(첩하)－날쌔게 뛰어내린다. ㅇ萬仞岡(만인강)－만길이 나 되는 언덕. ㅇ俯身(부신)－몸을 굽혀. ㅇ試搴旗(시건기)－말을 탄 채 몸을 숙여 깃발을 뽑는 연습을 한다.

(大意) 집을 떠난 지 이미 세월도 오래 지났고, 군대생활도 익숙해져서 이제는 다른 병졸들로부터 놀림도 받지 않게 되었다.(1)

부모형제의 골육지정을 끊고 잊은 것은 아니지만, 사나이란 언제 죽을지 모른다.(일단 군에 들어온 이상 죽을 각오를 하고 훈련에 열중하게 마련이다)(2)

말을 달리면서 말머리에서 고삐머리를 벗기고, 손에는 푸른 오라의 말고삐를 잡아 자유자재로 말을 몬다.(3)

만길이나 되는 언덕을 날쌔게 말을 몰아 뛰어내리고, 말 위에서 몸을 숙여 깃발을 뽑는 훈련도 한다.(4)

(解說) 제2수에서는 죽을 각오를 하고 훈련을 받는 모습을 그렸다. 제1수에서 '탄성행부과(呑聲行負戈)'라고 하던 주인공은 체념하고 말았다.

63. 前出塞(전출새)－其三 싸움터 나가며－제3수

1. 磨刀嗚咽水(마도오연수) 水赤刃傷手(수적인상수)
2. 欲輕腸斷聲(욕경장단성) 心緒亂已久(심서난이구)
3. 丈夫誓許國(장부서허국) 憤惋復何有(분완복하유)

4. 功名圖麒麟(공명도기린)　戰骨當速朽(전골당속후)

〈樂府體古詩〉

흐느껴 우는 용두강에 칼을 갈다가, 칼날에 손을 베고 붉은 피를 흘렸네

단장의 설움 강물소리 모른 척하나, 어느덧 마음 산란한 지 오래되었노라

장부라 나라에 몸을 바치고, 분통과 원망을 다시 안하리

공세워 기린각에 화상을 걸면, 전사한 백골들은 더 빨리 썩지

(語釋) ㅇ磨刀(마도)－칼을 갈다. ㅇ嗚咽水(오연수)－농두수(隴頭水). 현 섬서성(陝西省) 봉상부(鳳翔府)의 농산(隴山)에서 흐른다.《삼진기(三秦紀)》에 '용두수는 흐느껴 울며 흐르고 멀리 진천(秦川)을 바라보며 간장이 찢어지는 듯하고 있다(隴頭流水 嗚聲嗚咽 遙望秦川 肝腸斷絶)'라는 속가(俗歌)가 있다. 두보는 이것을 활용했으리라. ㅇ刃傷手(인상수)－칼날에 손을 베다. ㅇ欲輕(욕경)－가볍게 여기고자 하나. ㅇ腸斷聲(장단성)－진천(秦川)을 멀리 바라보고 간장이 찢는 듯하는 흐르는 농수의 물소리. ㅇ心緖(심서)－마음, 마음의 줄기. ㅇ亂已久(난이구)－흐트러진 지가 이미 오래다. ㅇ誓許國(서허국)－마음과 생명을 나라에 바치고자 맹세를 했다. ㅇ憤惋(분완)－분통하고 원통해하다. ㅇ圖(도)－그림으로 그려진다. ㅇ麒麟(기린)－기린각. 한(漢)의 선제(宣帝)가 곽광(霍光)·소무(蘇武) 등 18명의 공신의 화상을 기린각에 걸었다. ㅇ戰骨(전골)－싸움에서 죽은 시체의 뼈.

(大意) 흐느껴 우는 농두수(隴頭水)에서 칼을 갈며, 칼날에 손을 베고 붉은 피를 물에 흘린다.(1)

간장을 찢는 듯하다는 농두수 물소리에 정신을 잃지 말자고 하면

서도 나도 모르게 벌써 오래 전부터 고향 생각에 마음을 건잡지 못하고 헝클어뜨리고 있다.(그러므로 칼을 갈다가 손을 다친 것이리라)(2)

허나 어차피 몸을 나라에 바치기로 서약한 몸, 다시 분통해하고 원통해할 것이 없느니라.(3)

공명을 세워 기린각에 화상을 그려 붙이는 날에는 싸우다 죽은 시체의 뼈는 더욱 빨리 썩고 말 것이다.(4)

(解說) 표면으로는 체념을 하고 국가를 위해 공을 세우겠다는 듯하지만, 실은 역시 비꼬는 투로 무가치하게 변경에서 죽는 것을 반대하고 있다. 특히 '공명도기린(功名圖麒麟)'과 '전골당속후(戰骨當速朽)'는 '싸우다가 죽어 빨리 썩는 대가로 기린각에 공신의 화상이 걸리겠지' 하는 투로 풀 수도 있고, 또 한편으로는 '졸개들은 싸움터에서 죽어 썩게 마련이고, 기린각에 화상이 걸릴 사람은 장군 같은 딴 사람들일 거다'라고 새길 수도 있다. 어찌했던 '공명(功名)'은 허무한 것, 그것과 '전골(戰骨)'을 헐값으로 바꾸는 일에 두보는 은근히 반대하고 있다.

68. 前出塞(전출새) - 其四 싸움터 나가며 - 제4수

1. 送徒旣有長(송도기유장) 遠戍亦有身(원수역유신)
2. 生死向前去(생사향전거) 不勞吏怒嗔(불로이노진)
3. 路逢相識人(노봉상식인) 附書與六親(부서여육친)

4. 哀哉兩決絶　不復同苦辛
애재양결절　불복동고신

〈樂府體古詩〉

비록 지휘관에 딸린 졸병일지라도, 변경 싸움엔 오직 내 몸 있을 뿐

사나 죽으나 앞으로 나갈 뿐이니, 높은 사람 성내고 성화댈 필요 없노라

길에서 아는 사람 만났기에, 서신을 가족에게 부탁했네

슬프도다 피차 떨어진 채, 고생조차 함께 못할지고!

(語釋) ㅇ送徒(송도)－군대를 보낸다. ㅇ旣(기)－미리, 원래. ㅇ有長(유장)－지휘관이 있다. ㅇ遠戍(원수)－멀리 변경지대에 와서 싸우는 병사. ㅇ亦有身(역유신)－역시 나의 몸, 즉 삶이 있다. 자아의식(自我意識)의 표현이다. ㅇ生死向前去(생사향전거)－죽으나 사나 오직 앞으로 갈 수밖에 없다. 극한상황(極限狀況)에 몰렸으니, 지휘관의 독촉도 필요 없다는 뜻. ㅇ不勞(불로)－수고롭게 ~할 필요가 없다. ㅇ吏(이)－관리, 지휘관. ㅇ怒瞋(노진)－화를 내고 고함을 치거나 눈을 부라린다. ㅇ路逢(노봉)－길에서 만나다. ㅇ相識人(상식인)－서로 아는 사람. ㅇ附書(부서)－편지를 부탁해 고향에 보낸다. ㅇ與六親(여육친)－여(與)는 주다, 육친(六親)은 부모형제처자(父母兄弟妻子). ㅇ哀哉(애재)－슬프도다! ㅇ兩決絶(양결절)－가족과 자기가 서로 갈라져 떨어지다. ㅇ同苦辛(동고신)－고생을 같이 겪는다.

(大意) 원래 두목이나 인솔자에 매여가지고 병사들이 먼 곳 싸움터로 끌려오게 마련이지만, 일단 변경지대 싸움터에 온 병사에게는 오직 자기의 몸을 자기가 지켜야 한다.(1)

죽으나 사나 앞으로 갈 수밖에 없는 극한상황이라 지휘관이 굳이 노하고 야단치지 않아도 된다.(2)

길에서 평소에 알던 사람을 만나, 내 가족에게 편지를 부탁해 보냈다.(3)

그러나 가족과 내가 서로 갈라져 떨어졌으니 더욱 서글프고, 이제는 다시 고생이라도 같이 하고자 해도 할 수가 없게 되었노라.(4)

(解說) 극한상황(極限狀況)에 놓인 한 병사는 자아의식(自我意識)을 높이게 마련이다. '제일선에서는 오직 내가 있을 따름이다.(遠戍亦有身)' '사나 죽으나 앞으로 가야 할 몸, 지휘관이 야단치고 성화를 부릴 필요가 없다(生死向前去 不勞吏怒瞋)'고 한 것은 국가에 대한 충성심을 읊은 것이 아니다. 더구나 면식 있는 사람에게 고향에 두고 온 가족에게 마지막 글을 띄워 보내고, 싸움에 나가 죽음을 각오한 병사는 앞으로는 다시 고생을 함께 나누려 해도 나눌 수가 없을 것이라고 슬퍼하고 있다.

나의 삶을 의식하면서 다시는 가족과 만날 길이 없다고 슬퍼하는 병사의 마음은 처절하리라. 삶을 갈구하면서 절망의 구렁텅이로 끌려드는 느낌이리라.

69. 前出塞(전출새)－其五 싸움터 나가며－제5수

1. 迢迢萬里餘(초초만리여) 領我赴三軍(영아부삼군)
2. 軍中異苦樂(군중이고락) 主將寧盡聞(주장영진문)
3. 隔河見胡騎(격하견호기) 倏忽數百羣(숙홀수백군)

4. 我始爲奴僕(아시위노복)　幾時樹功勳(기시수공훈)

〈樂府體古詩〉

멀고 멀리 3만리 너머, 나를 끌어 삼군에 둔다

군대는 저마다 고락 같지 않거늘, 주장(主將)이 졸병 사정 어찌 알건가

강너머 오랑캐 기마병 나타나, 홀연히 수백의 무리로 늘었네

고작 종 같은 졸병이니, 공훈 나타날 때 언제이리오?

(語釋) ㅇ迢迢(초초)-멀리. ㅇ領我(영아)-나를 인솔하다. ㅇ赴三軍(부삼군)-전·중·후의 3군(軍)을 주장(主將)이 지휘한다. 따라서 주장이 있는 본대(本隊)란 뜻이기도 하다. ㅇ異苦樂(이고락)-군대에서는 소속된 부대나 또는 각자의 계급에 따라 고락이 같지 않다. 여기서는 지휘관을 잘못 만나 더 고생한다는 뜻으로 썼다. ㅇ寧(영)-어찌 ~하겠느냐? ㅇ盡聞(진문)-병사들의 어려운 사정을 다 들어주지 않는다는 뜻. ㅇ隔河(격하)-교하(交河)를 건너. ㅇ胡騎(호기)-오랑캐의 기마병, 토번(吐蕃)의 기마병. ㅇ倏忽(숙홀)-갑자기, 순식간에. ㅇ羣(군)-무리, 떼. ㅇ始(시)-비로소, 여기서는 아직도, 또는 고작의 뜻으로 풀 수가 있다. ㅇ爲奴僕(위노복)-졸병은 싸우다 죽어도 공은 장군이 다 독차지한다, 따라서 종이나 같다. ㅇ樹功勳(수공훈)-공훈을 세울까? 공을 이루다.

(大意) 멀고 먼 3만리 떨어진 곳으로 나를 끌고 와 삼군(三軍)에 배속시켰다.(1)

원래 군대는 소속이나 신분에 따라 저마다 겪는 고락이 같지 않거늘, 나 같은 졸병의 사정을 주장(主將)이 어찌 다 알아주고 들어주겠는가?(2)

교하(交河) 너머로 토번(吐蕃)의 기마병이 나타나더니, 삽시간에 수백으로 떼를 지었다.(3)

나는 고작해야 일개 졸병에 지나지 않으니, 언제 나의 공훈이 나타날 것이냐?(4)

(解說) 일개 졸병으로서 삼군(三軍), 즉 본대에 배치되어 보았자 존재가 있을 수 없다. 졸병에게는 오직 고생이 있을 뿐이다. 그리고 그 고생을 윗사람이 일일이 알아주는 것도 아니다. 원래 군대는 졸병의 희생으로 전과를 올려도 그 공적이나 영광은 다 지휘관인 장군이 독차지하게 마련이다.

두보는 부드러운 필치지만 이러한 억울한 병사의 위치를 대변하고 있다. 따라서 끝의 '아시위노복(我始爲奴僕) 기시수공훈(幾時樹功勳)'에 대한 해석도 무조건 충군애국(忠君愛國)의 정이 넘치는 뜻으로 풀어서는 불충분하다고 생각된다.

70. 前出塞(전출새) - 其六 싸움터 나가며 - 제6수

1. 挽弓當挽强(만궁당만강) 用箭當用長(용전당용장)
2. 射人先射馬(사인선사마) 擒敵先擒王(금적선금왕)
3. 殺人亦有限(살인역유한) 立國自有疆(입국자유강)
4. 苟能制侵陵(구능제침릉) 豈在多殺傷(기재다살상)

〈樂府體古詩〉

활은 강한 것을 당기고, 살은 긴 것을 재어라
사람보다 말을 먼저 쏘고, 적병들의 왕을 먼저 잡아라
전쟁에도 살인에는 한도가 있고, 나라마다 국경선은 지켜야 한다
최소한 침략을 제어하되, 수많은 살상을 말지어라

(語釋) ㅇ挽弓(만궁)－활을 재다. ㅇ當挽强(당만강)－마땅히 강한 활을 재어야 한다. ㅇ用箭(용전)－화살을 쓴다. ㅇ擒敵(금적)－적을 잡는다. ㅇ苟能(구능)－최소한 ～할 수 있다면. ㅇ制侵陵(제침릉)－적의 침략을 저지하다. ㅇ豈在(기재)－어찌 ～할 필요가 있겠는가? ㅇ多殺傷(다살상)－많이 죽이고 다친다.

(大意) 활을 당기려면 마땅히 강한 활을 당기고, 화살을 쓸 때에는 의당히 긴 화살을 써야 한다.(1)

사람을 쏘기에 앞서 말을 먼저 쏘고 적군을 사로잡으려면 우선 적의 왕을 먼저 사로잡아라.(2)

아무리 싸움이라 하더라도 살인에는 한계가 있고, 또 나라를 세워 나가는 데도 국경의 한계가 있게 마련이다.(3)

최소한 적의 침략을 제어할 수만 있다면야 굳이 많이 죽이고 다치게 할 필요가 있겠는가?(4)

(解說) 두보의 평화사상(平和思想)을 잘 알 수가 있다. 전쟁은 침략을 막기 위해서 인정되어야 하며, 나라도 자기의 국경을 지키는 안에서 권력을 행사해야 한다. 이 테두리를 넘어서면 남에 대한 침략전쟁을 일삼게 된다. 또 방비를 위한 싸움이라 할지라도 침략을 막는 것을 목적으로 해야 하며 인명의 피해를 최소한으로 막아야 한다.

'살인역유한(殺人亦有限)', '입국자유강(立國自有疆)', '구능제침릉(苟能制侵陵)', '기재다살상(豈在多殺傷)'은 오늘의 세계에 높이 내걸고 싶은 말이다.

이 시의 앞의 4구는 당시의 당나라 군대 안에서 유행했던 군가의 한 토막일 거다.

당(唐)대에 변경을 무력으로 개척하기 위하여 많은 인명을 제물로 바쳤으며 국민과 사회생활을 도탄에 빠뜨렸음은 여러 곳에서 지적했다. 이 시에서 두보는 실제로 무의미한 전쟁에 끌려 나간 졸병의 입을 통해 그 처참하고 무모한 침략전쟁을 고발하고 있다.

전 출 새

71. 前出塞－其七　싸움터 나가며－제7수

구 마 천 우 설　군 행 입 고 산
1. 驅馬天雨雪　軍行入高山
경 위 포 한 석　지 락 증 빙 간
2. 逕危抱寒石　指落曾氷間
이 거 한 월 원　하 시 축 성 환
3. 已去漢月遠　何時築城還
부 운 모 남 정　가 망 불 가 반
4. 浮雲暮南征　可望不可攀

〈樂府體古詩〉

눈보라 치는 속 말을 몰아붙여, 높은 산중으로 진격해 간다
산길 위태로워 찬 바위 껴안으니, 겹겹 얼음 틈에 손가락 떨어질 듯
고향달 이별한 지 오래이거늘, 어느날 성을 쌓고 돌아가리오
뜬 구름 날저물어 남으로 갈새, 저 위에 올라타지 못하는 설움

語釋 ㅇ驅馬天雨雪(구마천우설)－말을 달리자 하늘에서는 비와 눈이 내

린다. 또는 비와 눈을 무릅쓰고 말을 달린다는 뜻. 우(雨)를 동사 내린다로 풀기도 한다. ㅇ軍行(군행)－군대가 행진해 나간다. ㅇ逕(경)－길, 작은 길. ㅇ抱寒石(포한석)－위험한 산길을 타다가 넘어질 듯해서 차가운 바위를 잡는다는 뜻. ㅇ指落(지락)－손가락이 얼어서 떨어질 듯하다. ㅇ曾氷間(증빈간)－겹겹이 쌓인 얼음의 틈, 증(曾)은 층(層). ㅇ已去漢月遠(이거한월원)－이미 한나라 달을 멀리 떨어져 왔다. 한월(漢月)은 당나라의 달, 즉 고향의 달, 또는 고국. ㅇ築城(축성)－성을 쌓는다. 방비를 굳게 다지고. ㅇ還(환)－귀향하다. ㅇ浮雲暮南征(부운모남정)－하늘의 뜬 구름은 날이 저물자 남쪽으로 간다. ㅇ不可攀(불가반)－구름을 타고 남쪽 내 고향으로 갈 수가 없다.

(大意) 말을 달리자 눈이 쏟아져 내리고, 군대는 높은 산속으로 진격해 들어간다.(1)

산길이 위태로워 차가운 바윗돌을 잡으니, 겹겹이 얼어붙은 얼음 틈에 손가락이 떨어져 나갈 듯하다.(2)

고향의 달을 너무나 멀리 떨어져 이렇듯 변경에 온 지도 오래다. 언제 방비의 성을 다 쌓고 돌아갈 수 있을까?(3)

하늘의 뜬 구름은 날 저물자 유유히 남쪽으로 가고 있다. 나는 오직 쳐다만 볼 뿐 저 구름 타고 고향으로 갈 수는 없구나!(4)

(解說) 한설(寒雪)이 휘몰아치는 높은 산중으로 말을 몰고 진격하는 병사들의 고생을 그렸다. 특히 (2)에서는 얼어붙은 바위를 잡은 병사의 손가락이 떨어져 나가는 듯한 고통을 리얼하게 그렸다. 그리고 다시 간신히 위험한 산길에서 떨어지지 않고 살아난 병사가 고향 남쪽으로 유유히 떠가는 구름을 보고, 함께 구름 위에 올라타고 갔으면 하고 한숨짓는 모습을 그렸다. 더욱이 날이 저물 무렵이다. 그 병사는 얼마나 고향이 그립겠는가? 난리에 시달리는 한 병사에게 두보는 마냥 동정하고 있다.

72. 前出塞(전출새)－其八 싸움터 나가며－제8수

1. 單于寇我壘(선우구아루) 百里風塵昏(백리풍진혼)
2. 雄劍四五動(웅검사오동) 彼軍爲我奔(피군위아분)
3. 虜其名王歸(노기명왕귀) 繫頸授轅門(계경수원문)
4. 潛身備行列(잠신비행렬) 一勝何足論(일승하족론)

〈樂府體古詩〉

오랑캐 추장이 아군진지 쳐들어오고, 백리사방에 싸움터 풍진 쌓여 어둡네

장검 마구 휘두르니, 적군 모두 도망치네

오랑캐 장군 사로잡아, 목 매어 군문에 넘겨준다

그러나 존재도 없이 대열에 낄뿐, 한번의 공훈을 누가 알아줄 건가

(語釋) ㅇ單于(선우)－흉노(匈奴)의 추장을 선우라 한다. 여기서는 토번의 군장(君長)을 가리킨다. ㅇ寇(구)－침략해 들어온다. ㅇ我壘(아루)－아군의 진지. ㅇ昏(혼)－어둡다. ㅇ雄劍(웅검)－옛날 오(吳)나라 임금 합려(闔閭)가 명장 간장(干將)을 시켜서 두 개의 칼을 만들었다. 하나는 웅검(雄劍)으로 간장이라 했고, 다른 하나는 자검(雌劍)으로 막야(莫邪)라 했다. 웅검은 장검(長劍)이다. ㅇ四五動(사오동)－긴

칼을 힘들여 마구 휘두른다. ㅇ爲我奔(위아분)－아군에게 쫓기어 달아난다. ㅇ虜(노)－사로잡는다. ㅇ繫頸(계경)－적의 목을 줄로 묶어 끌고 오다. ㅇ授(수)－넘겨주다. ㅇ轅門(원문)－군문(軍門), 옛날에는 군문에 멍에를 세웠다. ㅇ潛身(잠신)－몸을 숨기다. ㅇ備行列(비행렬)－행렬 속에 끼어든다.

(大意) 오랑캐의 추장이 아군의 진지로 습격해 온다. 싸움터에는 풍진이 일어 사방 백리 일대가 어둠침침할 지경이다.(1)

내가 장검을 뽑아 세차게 휘두르며 적을 무찌르자, 적은 패하여 도망을 간다.(2)

나는 오랑캐의 이름난 장수를 사로잡아, 그의 목을 줄로 묶어 돌아와 아군에 넘겨주었다.(3)

그러나 일개 졸병에 지나지 않는 나는 높이 이름을 낼 도리가 없다. 다시 몸을 숨기고 행렬 속에 끼고 말 뿐이다. 하기는 한 번쯤 싸워 이겼다 한들 논할 가치도 없으리라!(4)

(解說) 제4수에서 '사나 죽으나 오직 앞으로 갈 뿐(生死向前去)'이라고 했던 병사는 드디어 오랑캐의 침공을 맞아 격투를 했다. 그는 용감하게 장검을 휘둘러 적을 쫓고, 적의 이름난 장군을 생포하여 아군에게 넘겨주었다. 그러나 일개 졸병인 그는 이름을 높이 낼 도리가 없다. 결국 대열에 돌아가 묻히고 말아야만 했다. 바로 제5수에서 '고작 머슴이나 종 같은 내가 언제라 공명을 세울 건가?(我始爲奴僕 幾時樹功勳)'라고 한 그대로다. 부당하게 권리가 유린되는 한 병사의 모습을 그린 것이다.

73. 前出塞(전출새)－其九 싸움터 나가며－제9수

1. 從軍十年餘(종군십년여) 能無分寸功(능무분촌공)
2. 衆人貴苟得(중인귀구득) 欲語羞雷同(욕어수뇌동)
3. 中原有鬪爭(중원유투쟁) 況在狄與戎(황재적여융)
4. 丈夫四方志(장부사방지) 安可辭固窮(안가사고궁)

〈樂府體古詩〉

종군한 지 10년이 넘었으니, 터럭만한 공훈이야 없으랴만
모두들 이득만 얻고자 하니, 덩달아 나서기 부끄럽도다
중원에도 투쟁이 노상 있거늘, 변경에야 싸움 의당 있으리
장부는 천하에 뜻을 품어야 하거늘, 싸움의 괴로움 어찌 사퇴할 건가

語釋 ㅇ能無(능무)－없을 수가 있겠는가? ㅇ分寸功(분촌공)－작은 공로. ㅇ貴苟得(귀구득)－작은 이득이라도 귀중히 여긴다. ㅇ欲語(욕어)－자기의 공을 내세우고 말하고자 하나. ㅇ羞雷同(수뇌동)－속인들과 같이 부화뇌동하기가 부끄럽다. 남같이 자기의 공을 내세우고 이득을 얻는 짓 하기가 부끄럽다. ㅇ狄與戎(적여융)－서방의 이민족을 융(戎), 북방의 오랑캐를 적(狄)이라 했고, 동방은 이(夷), 남쪽은 만(蠻)이라 했다. ㅇ四方志(사방지)－남자는 사방으로 뻗어나가서

일하겠다고 하는 생각을 가져야 한다. ㅇ安可辭(안가사)-어찌 마다 할 수가 있겠는가?

(大意) 10년 이상을 종군했으니, 난들 작으나마 공로가 없을 수 있겠는가?(1)

그러나 모든 사람들이 자질구레한 이득을 얻고자 야단을 치고 있으니, 나도 그들을 따라 창피하게 스스로 나의 공을 내세우고 이득을 얻겠다고 함께 어울려서 떠들 수는 없는 노릇이다.(2)

하기는 중원(中原)에서도 전쟁은 있는 법, 하물며 오랑캐의 땅인 적(狄)이나 융(戎) 같은 변경에 싸움이 없겠는가.(3)

그러니까 사방으로 뻗겠다는 대장부의 뜻을 지녀야 할 남아로서 어찌 괴롭다 하고 종군을 마다할 수야 있겠는가.(4)

(解說) 두보는 한 병사의 위치에서 무력적 변경확대정책을 비판했고, 아울러 반전적 평화사상을 고취했다. 특히 전쟁에서는 졸병은 자기의 공적조차 제값대로 보답받기 어렵다는 점까지 지적하면서, 병사들을 옹호하고 나섰다.

그러나 두보는 무조건하고 전쟁을 반대하지는 않았다. 그는 적의 침략을 분쇄해야 하고, 그러기 위한 방비전쟁은 최소한 인정하고 있는 것이다. 제6수에서 '최소한 침략을 막을 정도로 하되, 많은 살상은 하지 말라(苟能制侵陵 豈在多殺傷)'고 타일렀다. 이러한 견지에서 두보는 제9수 끝에서 '사방으로 뻗어야 할 남아로서 오랑캐의 침략을 막는 고된 일을 사퇴할 수야 없다(丈夫四方志 安可辭固窮)'고 매듭을 지었다.

그러나 전편에 넘치는 두보의 휴머니즘과 평화사상을 우리는 높이 사고, 또 깊이 음미해야 할 것이다. 하기는 두보가 이 시를 지을 때에 그는 한 실재 인물을 모델로 했을 것이라고 믿어진다. 따라서 두보는 전쟁으로 한평생을 유린당한 한 병사에게 이러한 말로 위안을 할 수밖에 다른 말이 없었을지도 모른다.

여인행

74. 麗人行　미인의 노래

삼월삼일천기신　장안수변다여인
1. 三月三日天氣新　長安水邊多麗人

태농의원숙차진　기리세니골육균
2. 態濃意遠淑且眞　肌理細膩骨肉均

수라의상조막춘　축금공작은기린
3. 繡羅衣裳照莫春　蹙金孔雀銀麒麟

두상하소유　취미압엽수빈순
4. 頭上何所有　翠微㔩葉垂鬢脣

배후하소견　주압요겁온칭신
5. 背後何所見　珠壓腰衱穩稱身

취중운막초방친　사명대국괵여진
6. 就中雲幕椒房親　賜名大國虢與秦

자타지봉출취부　수정지반행소린
7. 紫駝之峯出翠釜　水精之盤行素鱗

서저염어구미하　난도누절공분륜
8. 犀筯厭飫久未下　鸞刀縷切空紛綸

황문비공부동진　어주낙역송팔진
9. 黃門飛鞚不動塵　御厨絡繹送八珍

소고애음감귀신　빈종잡답실요진
10. 簫鼓哀吟感鬼神　賓從雜遝實要津

후래안마하준순　당헌하마입금인
11. 後來鞍馬何逡巡　當軒下馬入錦茵

양화설락복백빈 청조비거함홍건
12. 楊花雪落覆白蘋 青鳥飛去銜紅巾

적수가열세절륜 신막근전승상진
13. 炙手可熱勢絶倫 愼莫近前丞相瞋

〈七言古詩〉

3월 3일 상사절 날씨도 맑고, 장안 곡강 물가엔 미인도 많다

농염한 자태 우아한 신기 순진 정숙한 품에, 피부 살결 비단결 같고 균형잡힌 몸매 곱기도 하다

수놓은 비단옷 늦봄에 눈부셔, 금은의 공작 기린 무늬 번쩍이네

머리 위에는 무엇이 있나? 비취 흔들대는 족두리 귀밑머리 덮었네

등 뒤에는 무엇이 보이나? 치마허리 눌러덮은 진주알이 잘 어울리네

구름장막 속의 양귀비 일가, 대국 호칭 괵국부인 진국부인이라 받았네

낙타등 요리 푸른 솥 속에서 꺼내고, 수정 쟁반에 생선 안주 나눈다

배불러 물소뿔 젓가락 대지도 않으니, 방울칼 공연스레 고기 저민다

내시는 먼지 안나게 말 달리고, 대궐 주방은 계속 진미 나르네

피리북 노랫소리 귀신도 감동할 듯, 손과 종 빈번히 권좌로 몰리네

느지막히 말타고 거드름 피며, 장막 앞에 말내려 비단방 드네

버들개지 흰눈 날리듯 하얀 꽃에 덮이고, 파란 새 날아들어

붉은 수건 물더라

손을 델만큼 혁혁하고 비할 바 없는 세도니, 아예 가까이 가지 말고 승상의 역정 피해라

語釋 ㅇ三月三日(삼월삼일)－음력으로 이 날을 상사절(上巳節)이라 하여 강에서 푸닥거리(굿)를 하며 주연을 베풀었다. ㅇ長安水邊(장안수변)－장안 동남쪽에 있는 유원지 곡강(曲江)을 가리킨다. 그 남쪽으로는 별궁 부용원(芙蓉苑)이 있고, 서쪽에는 행원(杏園), 대자은사(大慈恩寺) 등의 명소가 있다. ㅇ態濃(태농)－요염(妖艶)한 자태. ㅇ意遠(의원)－고답한 신기(神氣). ㅇ淑且眞(숙차진)－정숙하고 진실하다. 우아단정하다. ㅇ肌理(기리)－살결. ㅇ細膩(세니)－곱고 빛나다. 니(膩)는 기름기가 있고 윤이 나다. ㅇ均(균)－균형이 잡히다. ㅇ繡羅衣裳(수라의상)－수놓은 엷은 비단옷. 금은실로 공작이나 봉황 또는 기린의 수를 놓았다. 의(衣)는 저고리, 상(裳)은 치마. ㅇ照莫春(조막춘)－막(莫)은 모(暮), 비단옷이 늦봄에 눈부시게 번쩍인다는 뜻. ㅇ蹙金(축금)－금을 가늘게 비틀어 뽑은 수실. 이것으로 공작이나 기린의 수를 놓았다. ㅇ何所有(하소유)－소유(所有)는 있는 바 물건, 하(何)는 무엇, 즉 무엇이 있을까란 뜻. ㅇ翠微(취미)－비취가 흔들거린다. 다른 판본에는 '미(微)'가 '위(爲)'로 되어 있다. ㅇ匐(압)－족두리, 압엽(匐葉)은 나뭇잎 모양의 족두리, 또는 족두리에 달린 나뭇잎 모양의 장식품. ㅇ垂鬢脣(수빈순)－살쩍, 귀밑머리. ㅇ珠(주)－진주. ㅇ腰衱(요겁)－치마의 허리. '주압요겁(珠壓腰衱)'은 치마허리를 바람에 날리지 않게 구슬 장식품으로 눌렀다. ㅇ穩稱身(온칭신)－몸에 잘 어울린다. 온(穩)은 온전하다. ㅇ就中(취중)－그 중에서도, 많은 미인들 중에서도. ㅇ雲幕(운막)－구름 같은 장막. ㅇ椒房親(초방친)－양귀비(楊貴妃)의 친척들. 황후의 방은 고춧가루를 흙에 섞어 담칠을 했으므로 초방(椒房)이라고 했다. ㅇ賜名(사명)－이름을 내린다, 국호(國號)를 내린다. ㅇ大國(대국)－다음에 있는 큰 나라의 호칭을 부르게 했다. ㅇ虢與秦(괵여진)－양귀비의

큰언니는 한국부인(韓國夫人)이라 했고, 셋째는 괵국부인(虢國夫人)이라 했고 여덟째는 진국부인(秦國夫人)이라 했다. 특히 괵국부인은 양국충(楊國忠)과의 추문이 퍼졌던 여자로, 두보의 시에 〈괵국부인(虢國夫人)〉이 있다. ㅇ紫駝之峯(자타지봉)－붉은 털의 낙타의 등(혹). 이것으로 고급요리를 만들었다. 당(唐)대의 귀족들은 타봉적(駝峯炙)을 즐겨 먹었다고 한다. ㅇ出翠釜(출취부)－파란 빛의 솥에서 나온다. ㅇ水精之盤(수정지반)－수정(水晶)으로 만든 쟁반이나 접시. ㅇ行素鱗(행소린)－행(行)은 손님에게 음식을 나누어 준다. 소린(素鱗)은 흰 비늘의 생선 요리, 흰 생선 요리. ㅇ犀筯(서저)－물소의 뿔로 만든 젓가락. ㅇ厭飫(염어)－물리도록 배불리 먹었다. ㅇ久未下(구미하)－한참 동안 수저를 음식에 대지 않는다. ㅇ鸞刀(난도)－요리된 고기를 짜르는 방울 달린 칼. ㅇ縷切(누절)－실같이 가늘게 쓸어 저미다. ㅇ空紛綸(공분륜)－공연히 부산하고 시끄럽다. 즉 손님들은 배가 불러 먹지도 않는데, 요리사가 공연히 방울 달린 칼로 요란하게 고기를 잘게 쓸어 놓는다는 뜻. ㅇ黃門(황문)－환관(宦官), 내시. ㅇ飛鞚(비공)－공(鞚)은 재갈, 늑(勒). 즉 다급하게 말을 몰고 뛰어온다는 뜻. ㅇ不動塵(부동진)－먼지를 내지 않는다. ㅇ御厨(어주)－대궐의 주방. ㅇ絡繹(낙역)－계속하여, 쉬지 않고. ㅇ送八珍(송팔진)－여덟 가지 진미(珍味). ㅇ簫鼓(소고)－피리와 북, 음악 소리. ㅇ哀吟(애음)－애(哀)는 애절한, 또는 격렬한, 음(吟)은 노랫소리. ㅇ感鬼神(감귀신)－귀신을 감동시킨다. 《시경(詩經)》〈대서(大序)〉에 있다. '천지와 귀신을 감동시킨다(動天地 感鬼神)'. ㅇ賓從(빈종)－손님이나 그 수행원들. ㅇ雜遝(잡답)－혼잡을 이룬다. 답(遝)은 답(踏). ㅇ實(실)－가득차다. ㅇ要津(요진)－중요한 자리, 즉 권력자 양국충(楊國忠)이 있는 곳을 가리킨다. ㅇ鞍馬(안마)－말을 타다. ㅇ何逡巡(하준순)－하(何)는 몹시, 심히, 대단히란 뜻. 준순(逡巡)은 유연하게, 느릿느릿 온다, 몹시 거드름을 피며 온다. ㅇ當軒(당헌)－헌(軒)은 추녀 끝, 여기서는 양국충이 자기 별장 또는 장막 앞에 이르렀다는 뜻. ㅇ錦茵(금인)－비단 자리. ㅇ楊花

(양화)―버들개지. ㅇ雪落(설락)―흰 눈같이 떨어진다. ㅇ覆白蘋(복백빈)―백빈(白蘋)은 흰꽃이 피는 부초(浮草 : 개구리밥). 두보는 '버들개지가 떨어져 흰 개구리밥을 덮는다(楊花雪落覆白蘋)'라는 구절로 양국충과 괵국부인의 추악한 간음을 비유했다. 《광아(廣雅)》에 '버들개지가 물에 들어와 마름이 된다(楊花入水化爲萍)'고 있으며, 마름〔萍 : 평〕이 커지면 바로 개구리밥〔蘋 : 빈〕이 된다. 떨어지는 버들개지가 백빈(白蘋) 위를 덮는다는 것은 실제의 봄 광경이었다. 그러나 두보는 이것을 가지고 양국충이 한 집안인 괵국부인과 밀통한다는 뜻을 암시한 것이라 보겠다. ㅇ靑鳥(청조)―선녀(仙女). 서왕모(西王母)의 시종을 드는 파란 새로, 하늘의 사자(使者)이다. ㅇ銜紅巾(함홍건)―붉은 수건을 입에 물고 놀다. ㅇ炙手可熱(적수가열)―당시의 속담이다. 세도가의 위세가 너무나 혁혁(爀爀)하여 손을 대면 뜨근뜨근할 것이라는 뜻. ㅇ勢絶倫(세절륜)―세도가 절대적이며 맞설 게 없다. ㅇ愼(신)―삼가라. ㅇ丞相瞋(승상진)―승상은 양국충, 진(瞋)은 화를 내고 눈흘긴다. 양국충이 이종누이 괵국부인과 음란을 저지르고 있으니까 가까이 가지 말라고 한 것이다.

(大意) 3월 3일 상사절(上巳節)의 날씨가 맑고 청신하며, 장안 교외 곡강(曲江) 부근에는 많은 미녀들이 모여들었다.(1)

그들 미녀들은 자태가 농염하고 우아하며, 어디까지나 정숙하고 참되게 보인다. 또한 그들의 살결은 곱게 윤기가 흐르며 골육이 고르게 조화를 이루고 있다.(2)

그들의 수놓은 비단옷에는 금은의 수실로 뜬 공작이나 기린의 무늬가 늦봄에 반사되어 더욱 눈부시게 반짝인다.(3)

머리 위에는 무엇을 얹었을까? 비취 장신구가 흔들거리는 족두리에 장식들이 귀밑머리에 드리워져 있네.(4)

또 등 뒤로는 무엇이 보이는가? 치마허리를 지긋이 눌러 덮은 진주 장식품이 몸에 아주 잘 어울린다.(5)

많은 귀족부인들 중에서도 가장 뛰어난 자들은 높이 구름같이 쳐진 장막 속에 자리를 잡은 양귀비(楊貴妃)의 일가들이다. 저마다 큰 나라의 호칭으로 괵국부인 또는 진국부인이란 칭호를 받고 있다.(6)

이들이 벌이는 잔치에서는 붉은 털의 낙타등으로 만든 고급요리 타봉적(駝峯炙)이 파란 솥에서 꺼내어지고, 수정쟁반 위에는 흰 생선 요리가 나누어진다.(7)

귀족들은 물소뿔의 저를 들고는 있으나 평소에 잘 먹고 음식에 물린 탓으로 귀중한 요리를 앞에 보고도 수저를 대지 않는다. 따라서 요리사들은 방울 달린 칼을 짤랑짤랑 울리면서 수선스럽게 고기를 썰고 토막을 치지만 결국은 공연스레 야단법석을 떠는 것이라 하겠다.(8)

한편 환관이 말을 타고 먼지도 안나게 날듯이 뛰어오고, 대궐의 주방에서는 계속 여덟 가지 진귀한 요리를 보내오고 있다.(9)

피리와 북소리에 맞추어 격렬한 노랫소리는 귀신마저도 감동시킬 듯하다. 손님이나 추종자들은 더욱 혼잡을 이루면서 가장 긴요한 자리, 즉 양국충의 처소로 모여들고 있다.(10)

한편 장본인 양국충은 느지막히 나타나 말 위에 앉아 거드름을 펴고 느릿느릿 다가와서 자기 처소 앞에서 말을 내리자 비단 자리 속으로 들어간다.(11)

버들개지는 눈같이 펄펄 떨어져 물 위에 뜬 개구리밥을 덮고, 사랑의 사신인 파랑새는 날아와 여인의 붉은 수건을 입에 물고 희롱을 한다.(양국충과 괵국부인이 정을 통하는 것을 암시한 것)(12)

그러나 양국충의 권세는 대단하여 손을 대면 데일 것이고, 아무도 비길 사람이 없으니, 절대로 그들 앞에 가까이 가지 않도록 조심해야 한다. 잘못하다가는 승상인 양국충에게 야단을 맞는다.(13)

(解說) 이 시는 천보(天寶) 12년(753)에 지은 것이다. 양귀비(楊貴妃)는 미모로 해서 현종(玄宗)의 사랑을 독차지하게 되었고, 그의 일가 친척들까지 온갖 세도를 누리게 되었다. 즉 큰언니는 한국부인(韓國夫人), 두 동생은 괵국부인(虢國夫人) 및 진국부인(秦國夫人)이 되었

다. 그리고 그들은 마냥 호화로운 생활을 했으며, 온갖 낭비를 서슴지 않았다. 특히 천보 11년에 우승상(右丞相)에 오른 양국충(楊國忠)은 같은 집안인 괵국부인과 간통을 하여 세상 만인의 빈축을 샀다. 두보는 이러한 그들의 황음무도한 생활의 일면을 3월 3일 상사절(上巳節) 놀이에 초점을 맞추어 예리하게 묘사했다.

취 시 가
75. 醉時歌〔贈廣文舘博士鄭虔〕 취중의 노래(정건박사께 올림)

제 공 곤 곤 등 대 성　　광 문 선 생 관 독 랭
1. 諸公衮衮登臺省　廣文先生官獨冷

갑 제 분 분 염 양 육　　광 문 선 생 반 부 족
2. 甲第紛紛厭粱肉　廣文先生飯不足

선 생 유 도 출 희 황　　선 생 유 재 과 굴 송
3. 先生有道出羲皇　先生有才過屈宋

덕 존 일 대 상 감 가　　명 수 만 고 지 하 용
4. 德尊一代常坎軻　名垂萬古知何用

두 릉 야 객 인 갱 치　　피 갈 단 책 빈 여 사
5. 杜陵野客人更嗤　被褐短窄鬢如絲

일 적 태 창 오 승 미　　시 부 정 로 동 금 기
6. 日糴太倉五升米　時赴鄭老同襟期

득 전 즉 상 멱　　고 주 불 복 의
7. 得錢卽相覓　沽酒不復疑

망 형 도 이 여　　통 음 진 오 사
8. 忘形到爾汝　痛飮眞吾師

청 야 침 침 동 춘 작　　등 전 세 우 첨 화 락
9. 清夜沈沈動春酌　燈前細雨簷花落

단 각 고 가 유 귀 신　　언 지 아 사 전 구 학
10. 但覺高歌有鬼神　　焉知餓死塡溝壑

상 여 일 재 친 척 기　　자 운 식 자 종 투 각
11. 相如逸才親滌器　　子雲識字終投閣

선 생 조 부 귀 거 래　　석 전 모 옥 황 창 태
12. 先生早賦歸去來　　石田茅屋荒蒼苔

유 술 어 아 하 유 재　　공 구 도 척 구 진 애
13. 儒術於我何有哉　　孔丘盜跖俱塵埃

불 수 문 차 의 참 창　　생 전 상 우 차 함 배
14. 不須聞此意慘愴　　生前相遇且銜盃

〈七言古詩〉

고관들 줄지어 높이 오르는데, 박사께선 홀로 서리를 맞네

갑부들 기름진 음식 물렸는데, 박사께선 끼니도 모자랄 지경

선생께선 복희씨의 도의를 지키시고, 굴원이나 송옥보다 재주가 뛰어났거늘

언제나 높은 덕행자 고생하니, 후세에 이름 남긴들 무엇하리

두릉의 야인인 나는 더욱 웃음거리, 옷 짧고 좁고 머리 백발이네

하루하루 정부미 다섯되 사먹으며, 이따금 정선생 찾아 흉금 터네

돈푼 생기면 이내 찾아가, 술 받아 흠뻑 마시고

허물없이 너나하며, 마냥 취해 함께 어울리노라

맑은 봄 깊은 밤 술잔을 드니, 등불 앞엔 가는 비 처마끝엔 지는 꽃

오직 고답한 노래에 귀신 깃든다면, 굶어죽어 구덩이에 묻혀도 좋으리

천재 시인 사마상여는 일찍이 그릇 닦았고, 학식 높은 양자운은 종내 몸을 던졌네

선생께선 일찌감치 귀거래사 읊으시오, 돌밭 초가집 더욱 황폐했다오

학문이 내게 무슨 소용 있을까, 공자나 도척이 함께 흙으로 화했노라

그렇다고 처량하게 실망하지 마시고, 살아서 서로 만나 술이나 듭시다

語釋 ㅇ廣文館(광문관)－현종(玄宗)이 천보(天寶) 9년 국자감(國子監)의 부속기관으로 세운 정부기관. 국자감은 국립대학이라 하겠고 광문관은 종합예술관과 같은 것으로 현종이 특히 정건(鄭虔)을 위해 세웠다고 한다. 정건은 시(詩)·서(書)·화(畵)에 뛰어난 인재로 광문관의 초대 박사(博士), 즉 교수에 임명되었다. 두보는 정건과 교유가 깊었으며, 그에 대한 시가 몇 수 있다. ㅇ諸公(제공)－벼슬에 오른 선비들. ㅇ袞袞(곤곤)－줄지어, 계속하여. ㅇ臺省(대성)－대(臺)는 검찰청격인 어사대(御史臺), 성(省)은 입법과 행정기관격인 중서(中書)·문하(門下)·상서(尙書)의 3성, 즉 정부를 말함. ㅇ廣文先生(광문선생)－광문관(廣文館)의 박사(博士)인 정건(鄭虔)을 말한다. ㅇ官獨冷(관독냉)－오직 선생의 벼슬만은 한직(閑職)이라는 뜻. ㅇ甲第(갑제)－고급 주택, 즉 다른 고관들의 호화로운 집. ㅇ紛紛(분분)－많다, 풍성하다. ㅇ厭(염)－너무 많아서 물린다, 싫증을 낸다. ㅇ粱肉(양육)－양(粱)은 좋은 쌀, 육(肉)은 고기. ㅇ有道(유도)－몸에 도의(道義)를 지니고 있다, 도를 지키고 실천한다. ㅇ出羲皇(출희황)－복희씨(伏羲氏)에서 비롯한 것이다. ㅇ有才過屈宋(유재과굴송)－선생의 재주는 굴원(屈原)이나 송옥(宋玉)보다 뛰어났다. ㅇ德尊一代(덕존일대)－그 시대에 있어 덕이 가장 높다. ㅇ坎軻(감가)－불우하다. ㅇ名垂萬古(명수만고)－이름을 만고(萬古)에

남긴다. 만고는 영원한 시간. ㅇ知何用(지하용)－무엇에 쓸 것이냐? ㅇ杜陵(두릉)－장안(長安) 남쪽 50리에 있는 지명으로 두보의 집과 전답이 있었다. 또 그곳에는 한(漢) 선제(宣帝)의 능이 있으며, 그 부근에 있는 황후의 능을 소릉(少陵)이라 했다. 그리고 두보의 구택(舊宅)이 소릉 서쪽에 있었으므로 두소릉(杜少陵)이라고도 했다. ㅇ野客(야객)－야인(野人), 두보 자신을 말한다. ㅇ人更嗤(인갱치)－남이 더욱 얕잡아보고 조소한다. ㅇ被褐(피갈)－걸치고 있는 갈옷. 갈(褐)은 굵은 베, 또는 삼베옷. ㅇ短窄(단책)－옷이 짧고 좁다. ㅇ鬢(빈)－양쪽의 귀밑털이 흰 명주실 같다, 즉 머리가 희다는 뜻. ㅇ日糴(일적)－하루하루 쌀을 사먹는다. ㅇ太倉(태창)－나라에서 직영하는 쌀창고. 이곳의 쌀은 값이 쌌다. ㅇ五升米(오승미)－두보의 가족은 처와 두 아들 및 자기 합해서 4명이다. 다섯 되의 쌀은 하루치의 분량이다. 주(註)에 보면 천보(天寶) 12년에 홍수가 나 쌀이 귀하고 쌀값이 비싸서 태창미(太倉米)를 풀었으나, 매일 한 집에 다섯 되씩 한정해 팔았다고도 한다. 가마쌀은 엄두도 못내고 됫박으로밖에 사먹지 못하는 처량한 신세라고 풀면 된다. ㅇ時赴(시부)－이따금 간다, 찾는다. ㅇ鄭老(정로)－정건(鄭虔) 어른. ㅇ同襟期(동금기)－금(襟)은 마음, 기(期)는 기대, 즉 흉금을 털어놓는다는 뜻. ㅇ相覓(상멱)－서로 상대를 찾는다. 두보가 정건을 찾는다로만 푸는 사람도 있다. ㅇ沽酒(고주)－술을 사다. ㅇ不復疑(불복의)－망설이지 않는다. ㅇ忘形(망형)－형(形)은 육신(肉身), 또는 외형적(外形的) 생활. 《장자(莊子)》 〈양왕편(讓王篇)〉에 '뜻을 키우는 사람은 형식을 잊는다(養志者忘形)'라고 있다. ㅇ到爾汝(도이여)－이여(爾汝)의 경지에 도달한다. 이여(爾汝)는 《맹자(孟子)》에 있는 말인데 허물없이 '자네'라고 부른다는 뜻. ㅇ痛飮(통음)－술을 마구 마신다. ㅇ眞吾師(진오사)－참으로 나의 스승이다. 설이 두 가지 있다. 정건(鄭虔)의 통음하는 품이 참으로 나의 스승이라 하겠다. 또 하나는 통음하여 취한 경지가 바로 조화된 세계라는 견해다. 《장자(莊子)》 〈대종사(大宗師)〉에 완전한 조화세계(調和世界)를 '나의 스승[吾師]'이라고 한 말이 있다. 양쪽의 설이 다 일리가 있다. ㅇ淸夜沈沈(청야침침)－맑은 봄밤이 깊어 조용하다. ㅇ動春酌(동춘작)－봄의 술잔을 든다. ㅇ簷花(첨화)－처마 앞에 핀 꽃나무. ㅇ但覺(단각)－오직 느낀다. ㅇ高歌有鬼神(고가유귀신)－고귀한 노래를 설사 사람이 몰라 준다 하더라도 귀신은 알아줄 것이라는 뜻. ㅇ焉知(언지)－어찌 알겠느냐? ㅇ塡溝壑(전구학)－불행하게 죽어 시체가 도랑이나 골짜기에 묻힌다. ㅇ相如(상여)－한대(漢代)의 부가(賦家) 사마상여(司馬相如), 후에는 한 무제(武帝)의 측근에 올랐으나, 처음에는 탁문군(卓文君)과 객지에서 주점을 경영했고 그릇을 닦기도 했다. ㅇ滌器(척기)－그릇을 씻는다. ㅇ子雲(자운)－한대의 학자 양웅(揚雄), 자가 자운이었다. 그는 특히 고문자(古文子)에 통달했다. 왕망(王莽)에게 쫓기어 천록각(天祿閣)에서 몸을 던지어 중상을 입었다. ㅇ早賦(조부)－일찌감치 시를 지으시오, 즉 도연명(陶淵明)이 〈귀거래사(歸去來辭)〉를 짓고 돌아가듯이 당신도 은퇴하라는 뜻. ㅇ石田(석전)－돌밭, 나쁜 밭. ㅇ茅屋(모옥)－초가집, 띠풀로 이은 집. ㅇ荒蒼苔(황창태)－황폐하여 푸른 이끼가 덮인다. ㅇ儒術(유술)－유학을 바탕으로 이 세계를 구현하자는 경세제민(經世濟民)의 실천. ㅇ於我何有哉(어아하유재)－나에게 무엇이 있느냐? 아무런 소용도 없다는 뜻. ㅇ孔丘(공구)－공자(孔子). ㅇ盜跖(도척)－고대의 대도적으로 악한의 대명사같이 쓰이기도 한다. ㅇ俱塵埃(구진애)－둘이 다 죽어 흙이나 먼지가 되었다. ㅇ不須(불수)－'~할 필요는 없다' '~하지 마시오'. ㅇ意慘愴(의참창)－처참한 생각에 젖지는 마시오. 처참하게 실망하지 말라는 뜻. ㅇ生前相遇(생전상우)－살아서 서로 만나 지기(知己)가 되어. ㅇ且銜盃(차함배)－우선 술잔이나 듭시다.

(大意) 여러 고관들은 줄이어 어사대(御史臺)다, 또는 삼성(三省)에 등청하고 있으나, 이름만의 광문관(廣文館) 박사인 정건(鄭虔)의 관직은 찬바람부는 한직이다.(1)

모든 고관들의 고급주택에는 좋은 쌀과 고기가 물리도록 많이 있으나, 광문관 박사인 선생께서는 끼니조차 잇지 못할 지경이다.(2)

허나 정건 선생의 높은 도의(道義)는 복희씨(伏羲氏)를 이어받은 것이며, 선생의 재주는 굴원(屈原)이나 송옥(宋玉)을 뛰어넘을 만큼 뛰어난 것이다.(3)

한 시대를 대표할 만큼 뛰어난 유덕지사(有德之士)는 노상 불행하게 마련이니, 후세에 영원히 이름이 남는다 한들 무슨 소용이 있겠는가?(4)

두릉(杜陵)의 야인인 나는 더욱 남들의 멸시나 웃음을 받을 뿐이고, 나쁘고 짧고 비좁은 옷을 걸친 나의 머리는 흰 명주실같이 하얗다.(5)

그날그날 태창미(太倉米) 다섯 되를 사다가 간신히 연명하는 처지이기는 하지만, 때로 정선생을 찾아가 흉금을 털어놓고 포부를 같이하는 것이 보람이라 하겠다.(6)

어쩌다가 돈이 생기면 나는 즉시 정선생을 찾아가 술을 사다가 망설일 사이도 없이 의기투합하고(7)

서로 현세적인 형식을 잊고 너나하고 통음했으니, 참으로 나의 스승이라 하겠노라.(8)

봄날 밤이 어둡고 깊어 침침할 무렵 조용히 봄술의 잔을 들고 마시자니 등불 앞에 가는 비가 내리고 처마 앞의 꽃잎이 떨어지고 있더라.(9)

오직 우리는 고답한 노래를 지어 귀신들과 더불어 감동할 뿐, 이 세상에 굶어죽어 시체가 도랑에 묻힌다 해도 그런 것은 알 바가 아니다.(10)

사마상여(司馬相如) 같은 수재도 일찍이 몸소 그릇을 닦았고, 또 양웅(揚雄) 같은 대학자도 나중에는 몰리어 천록각(天祿閣)에서 몸을 던지어 떨어지지 않았던가?(11)

정선생도 이름만의 벼슬을 그만두고 일찌감치 귀거래사나 읊조리고 고향으로 은퇴하는 것이 좋겠소. 나쁜 밭과 초가집마저 더욱 황

폐하고 푸른 이끼가 낄 것이다.(12)

유학의 이상도 나에게는 아무것도 아닌가 싶소. 공자와 도척도 결국은 다같이 죽어 흙이나 먼지로 화하고 말았구려.(13)

그렇다고 저의 말에 너무 실망하고 처참해지지는 마십시오. 이렇게 우리 둘이 생전에 만나서 잠시나마 서로 술잔을 드니 얼마나 기쁜 일이오.(14)

(解說) 이 시는 대략 천보(天寶) 13년 또는 14년 봄에 지은 것이라고 본다. 당시 두보는 장안(長安) 일대에서 근 10년을 고생했다. 게다가 당시의 사회는 날로 모순과 부조리가 두드러지게 나타나기 시작했고, 국민의 생활이 점차로 도탄에 빠지게 된 때였다. 따라서 두보는 울분을 술로써 해소시키는 한편, 술취해 격앙된 감정은 나쁜 현실에 대하여 더욱 분통을 터뜨리게 마련이었다.

두보는 광문관(廣文館) 박사(博士)라는 허울좋은 한직을 받고 곤궁에 시달리는 정건을 조소(嘲笑)하는 투로 시를 읊기 시작했다. 그리고는 '언제나 덕 있는 사람은 고생하게 마련이다. 이름이 후세에 남은들 무엇에 쓸 것이냐?(德尊一代常坎軻 名垂萬古知何用)'하고 일반적인 명제를 내걸고 실망한 그는 다시 이번에는 자신을 자조(自嘲)하고 나섰다. '두릉의 야인을 남들이 비웃고 있으며, 나는 하루하루 다섯 되의 쌀을 사먹으며, 누추하고 군색한 살림살이에 시달리다 머리가 희어지고 말았다(杜陵野客人更嗤 被褐短窄鬢如絲 日糴太倉五升米)'고.

이러한 감가불우(坎軻不遇)한 문인들은 그러나 의기투합할 수 있었다. 더욱이 가난한 속에서 얻어지는 몇푼의 돈으로 마련한 술을 마시고 나면 '망형(忘形)'하게 된다. 육신과 현세적인 외형세계를 잊고 오직 고답한 정신과 이상세계에서 살 수가 있는 그들이있다.

따라서 두보는 '귀신을 감동시킬 좋은 시만이 문제였다. 육신이 굶어죽고 구덩이에 묻혀도 알 바 없다(但覺高歌有鬼神 焉知餓死塡溝壑)'라고 문인으로서의 고답한 정신과 굳은 결의를 피력했다. 다시 현실세계는 공자와 도척을 혼돈하는 부조리 속에 빠져 있음을 지적하고 거듭 '이렇게 살아서 서로 만나 술잔을 드니 얼마나 좋은가'하고 통음고가(痛飮高歌)하고 있다. 술취한 두보의 울분이 잘 엿보인다.

76. 秋雨嘆(추우탄)-其一 가을장마-제1수

우중백초추난사 계하결명안색선
1. 雨中百草秋爛死 階下決明顔色鮮

착엽만지취우개 개화무수황금전
2. 著葉滿枝翠羽蓋 開花無數黃金錢

양풍소소취여급 공여후시난독립
3. 凉風蕭蕭吹汝急 恐汝後時難獨立

당상서생공백두 임풍삼후형향읍
4. 堂上書生空白頭 臨風三嗅馨香泣

〈七言古詩〉

가을장마에 모든 풀 썩어 죽으나, 층계 아래 결명만은 생생하도다
무성한 잎 비취날개 차일 같고, 무수한 꽃들 황금 돈닢 같건만
찬바람 소소히 너를 몰아대니, 얼마 후엔 너도 서 있기 어려울까 두렵구나
당상에서 하염없이 백발 서생인 나는, 바람따라 너의 향기 맡으며 눈물짓노라

(語釋) ㅇ爛死(난사)-장마비에 젖어 썩어 죽다. ㅇ決明(결명)-풀 이름,

열매는 차(茶)로 쓰인다. ㅇ著葉滿枝(착엽만지)-가지에 잎이 가득히 붙어 있다. ㅇ翠羽蓋(취우개)-비취(翡翠)의 날개로 만든 수레의 차일덮개. ㅇ臨風(임풍)-바람을 향해. ㅇ嗅(후)-냄새를 맡는다. ㅇ馨香(형향)-향기.

(大意) 길게 쏟아지는 장마비에 젖어 모든 풀들이 이번 가을에 썩어 죽었으나, 오직 층계 밑에 피어 있는 결명화 너만은 빛이 생생하구나.(1)

가지에 가득 붙은 잎들은 마치 비취새의 날개로 만든 수레의 차일덮개 같고 무수히 피어난 꽃들은 마치 황금의 돈 같기도 하다.(2)

그러나 차가운 바람이 소소히 불어 너를 몰아내니, 아마 너도 앞으로는 우뚝하니 서 있기가 어려울 것이니라.(3)

당상에 있는 서생인 나도 하염없이 머리가 희었으니, 바람따라 너의 향기 자주 맡으면서 눈물짓고 있노라.(4)

(解說) 천보(天寶) 13년(754) 가을, 장안(長安) 일대에 60일 이상의 장마비가 내려, 모든 농작물이 혹심한 피해를 받았고, 장안에서는 곡물값이 폭등하여, 국민들은 말할 수 없는 고초를 겪어야만 했다.

두보도 그 해에 생활고에 시달리다 못해 가족들을 시골로 소개시켰다. 이러한 고생스런 때에 지은 시가 바로 이 〈추우탄(秋雨嘆)〉 3수이다. 이 시 속에서 두보는 자기의 괴로움과 민중의 괴로움을 일치시키고 또한 무한한 인간애(人間愛)의 심정을 내보이고 있다.

77. 秋雨嘆(추우탄)－其二　가을장마－제2수

　난 풍 복 우 추 분 분　　사 해 팔 황 동 일 운
1. 闌風伏雨秋紛紛　四海八荒同一雲

　거 마 내 우 불 부 변　　탁 경 청 위 하 당 분
2. 去馬來牛不復辯　濁涇淸渭何當分

　화 두 생 이 서 수 흑　　농 부 전 부 무 소 식
3. 禾頭生耳黍穗黑　農夫田父無消息

　성 중 두 미 환 금 주　　상 허 영 론 양 상 치
4. 城中斗米換衾裯　相許寧論兩相直

〈七言古詩〉

궂은 비 축축한 바람 가을 젖어 어지럽고, 사해 팔방 끝까지 온통 구름에 덮였노라

가는 말 오는 소 가릴 수 없고, 탁한 경수와 맑은 위수 분간키 어렵더라

벼이삭에 귀가 돋고 기장은 검게 썩었으며, 농부나 밭 가는 사람의 자취 찾을 수 없어라

성안에서는 한말 쌀을 이불과 바꿔 먹고, 바꿀 수만 있다면 값의 고하는 따지지 않더라

(語釋) ㅇ闌風(난풍)－마냥 부는 축축한 바람. ㅇ伏雨(복우)－오래 개일 줄 모르고 축 처진 듯 쏟아져 내리는 비. ㅇ四海(사해)－세상의 끝 사방으로 바다가 있다. ㅇ八荒(팔황)－팔방의 끝. ㅇ不復辯(불부변)－변(辯)은 변(辨), 분간할 수가 없다. ㅇ濁涇淸渭(탁경청위)－장안

(長安)의 북쪽에는 맑은 위수(渭水)가 흐르고, 동쪽에 흐르는 경수(涇水)는 탁했다. ㅇ何當分(하당분)－어떻게 분별할 수가 있겠느냐? ㅇ禾頭生耳(화두생이)－벼이삭 끝에 새로 싹이 돋아 마치 귀가 달린 것 같다. ㅇ黍穗黑(서수흑)－기장의 이삭이 검게 썩었다. ㅇ換衾裯(환금주)－이부자리와 바꾼다. 쌀 한 말의 값이 그렇듯 비싸고 쌀 구하기가 어렵다는 뜻. ㅇ相許(상허)－서로 허락되다. 즉 쌀과 이불을 맞바꿀 수만 있다면이란 뜻. ㅇ寧論(영론)－어찌 따지겠느냐? ㅇ兩相直(양상치)－양쪽의 값이 맞는지 안맞는지에 대해서는 따지지 않는다.

(大意) 축축한 바람이 끝없이 불고 궂은비가 줄곧 내려 금년 가을은 건잡을 수 없이 어지럽고, 온 세상 사방팔방의 끝이 한결같이 비구름에 덮여 있다.(1)

오가는 말고 소가 비바람에 엉기어 분별할 수가 없고, 또한 본래가 탁한 경수(涇水)와 맑은 위수(渭水)조차 구분할 수가 없다.(2)

벼이삭 끝에는 귀가 솟아난 듯 싹이 돋았고 기장은 꺼멓게 썩었으며, 농부나 밭갈이를 하는 사람들의 모습도 찾아볼 수가 없다.(3)

도시 안에서는 쌀이 귀해 쌀 한 말과 이부자리를 바꾸기도 하며, 그것도 쌀과 바꿀 수만 있다면 값이 맞는지 안 맞는지는 논하지도 않는다.(4)

추 우 탄

78. 秋雨嘆－其三 가을장마－제3수

장 안 포 의 수 비 수 　 반 쇄 형 문 수 환 도
1. 長安布衣誰比數 反鎖衡門守環堵

노 부 불 출 장 봉 호 　 치 자 무 우 주 풍 우
2. 老夫不出長蓬蒿 稚子無憂走風雨

우성수수최조한 호안시습고비난
3. 雨聲颼颼催早寒 胡雁翅濕高飛難

추래미증견백일 니오후토하시건
4. 秋來未曾見白日 泥汚后土何時乾

〈七言古詩〉

장안의 베옷 입은 나를 누가 알아주리오, 오히려 일각문 닫고 울타리 지킨다

늙은이 안 나가니 다북쑥이 논밭에 무성커늘, 어린 놈은 겁 없이 빗속을 뛰네

비는 쫙쫙 쏟아져 겨울 재촉하고, 기러기 날개 젖어 높이 날지 못하네

올가을 들어 햇빛 못보았으니, 진흙에 엉킨 땅이 언제 마르고

(語釋) ㅇ布衣(포의)-베옷을 입은 벼슬에 오르지를 못한 평민. ㅇ比數(비수)-견주고 헤아린다. ㅇ反(반)-도리어. 내가 문을 잠근다는 뜻. ㅇ鎖(쇄)-잠그다. ㅇ衡門(형문)-일각 대문. 양쪽 문기둥 위에 옆으로 나무를 가로지른 문. ㅇ環堵(환도)-도(堵)는 사방 한길이 되는 울타리, 즉 가난하고 좁은 내 집 울타리. ㅇ長蓬蒿(장봉호)-다북쑥이 자랐다, 밭이 황폐했다는 뜻. ㅇ颼颼(수수)-비가 쫙쫙 쏟아져 내린다. ㅇ翅(시)-날개. ㅇ泥汚后土(니오후토)-진흙에 더럽혀진 대지. 후토(后土)는 대지(大地).

(大意) 장안(長安)에 묻혀 있는 일개 평민인 나를 누가 알아줄 것인가? 따라서 나는 안으로 일각 대문의 문을 잠그고 가난하고 좁은 내 집을 지키고 있을 뿐이다.(1)

늙은 애비가 줄곧 집에 틀어박혀만 있고 밖에 나가지 않으니 길이나 밭에는 다북쑥이 무성하게 자랐다. 그러나 어린아이는 겁도 근

심도 없이 비바람 속을 마구 뛰어다니는구나.(2)

빗소리는 좔좔 소리내며 내리고 한층 추위가 빨리 오기를 재촉하고 있으며, 북쪽에서 날아 남으로 가는 기러기는 날개가 젖어 높이 날기가 힘겨운 듯하다.(3)

금년 가을들어 아직도 햇빛을 한 번도 못보았으니 진흙에 더럽혀진 대지는 언제 마를 것인가?(4)

(解說) 이 〈추우탄〉 3수는 754년 장안에 60일간의 큰 장마로 인해 모든 생활의 질서가 흐트러지고, 국민들이 도탄에 빠진 것을 보고 지은 것이다.

제1수에서는 지루한 장마에 어쩔 줄 모르고 마루에 서 있는 시인 앞에 맑은 향기를 풍기는 결명화의 고고함을 그렸고, 제2수에서는 추수기의 장마로 인한 곡식값의 폭등으로 서민생활의 어려움을, 제3수에서는 너무나 지루한 장마에 마냥 짜증을 내고 있다.

자 경 부 봉 선 현 영 회

79. 自京赴奉先縣詠懷〔五百字〕 서울에서 봉선현으로 가며 지은 노래

두 릉 유 포 의 노 대 의 전 졸
1. 杜陵有布衣 老大意轉拙

허 신 일 하 우 절 비 직 여 설
2. 許身一何愚 竊比稷與契

거 연 성 확 락 백 수 감 결 활
3. 居然成濩落 白首甘契闊

개 관 사 즉 이 차 지 상 기 활
4. 蓋棺事則已 此志常覬豁

궁 년 우 여 원 　 탄 식 장 내 열
5. 窮年憂黎元 　 嘆息腸內熱

취 소 동 학 옹 　 호 가 미 격 렬
6. 取笑同學翁 　 浩歌彌激烈

비 무 강 해 지 　 소 사 송 일 월
7. 非無江海志 　 蕭洒送日月

생 봉 요 순 군 　 불 인 변 영 결
8. 生逢堯舜君 　 不忍便永訣

당 금 낭 묘 구 　 구 하 기 운 결
9. 當今廊廟具 　 構廈豈云缺

규 곽 경 태 양 　 물 성 고 난 탈
10. 葵藿傾太陽 　 物性固難奪

고 유 누 의 배 　 단 자 구 기 혈
11. 顧惟螻蟻輩 　 但自求其穴

호 위 모 대 경 　 첩 의 언 명 발
12. 胡爲慕大鯨 　 輒擬偃溟渤

이 자 오 생 리 　 독 치 사 간 알
13. 以茲悟生理 　 獨恥事干謁

올 올 수 지 금 　 인 위 진 애 몰
14. 兀兀遂至今 　 忍爲塵埃沒

종 괴 소 여 유 　 미 능 역 기 절
15. 終愧巢與由 　 未能易其節

침 음 요 자 견 　 방 가 파 수 절
16. 沈飮聊自遣 　 放歌破愁絶

세 모 백 초 령 　 질 풍 고 강 렬
17. 歲暮百草零 　 疾風高岡裂

천 구 음 쟁 영 　 객 자 중 야 발
18. 天衢陰崢嶸 　 客子中夜發

상 엄 의 대 단　　지 직 부 득 결
19. 霜嚴衣帶斷　指直不得結

능 신 과 여 산　　어 탑 재 질 얼
20. 凌晨過驪山　御榻在嵽嵲

치 우 새 한 공　　축 답 애 곡 활
21. 蚩尤塞寒空　蹴踏崖谷滑

요 지 기 울 율　　우 림 상 마 알
22. 瑤池氣鬱律　羽林相摩戞

군 신 유 환 오　　악 동 은 교 갈
23. 君臣留歡娛　樂動殷膠嶱

사 욕 개 장 영　　여 연 비 단 갈
24. 賜浴皆長纓　與宴非短褐

동 정 소 분 백　　본 자 한 여 출
25. 彤庭所分帛　本自寒女出

편 달 기 부 가　　취 렴 공 성 궐
26. 鞭撻其夫家　聚斂貢城闕

성 인 광 비 은　　실 원 방 국 활
27. 聖人筐篚恩　實願邦國活

신 여 홀 지 리　　군 기 기 차 물
28. 臣如忽至理　君豈棄此物

다 사 영 조 정　　인 자 의 전 율
29. 多士盈朝廷　仁者宜戰慄

황 문 내 금 반　　진 재 위 곽 실
30. 況聞內金盤　盡在衛霍室

중 당 무 신 선　　연 무 몽 옥 질
31. 中堂舞神仙　煙霧蒙玉質

난 객 초 서 구　　비 관 축 청 슬
32. 煖客貂鼠裘　悲管逐清瑟

권 객 타 제 갱　　상 등 압 향 귤
33. 勸客駝蹄羹　霜橙壓香橘

주 문 주 육 취　　노 유 동 사 골
34. 朱門酒肉臭　路有凍死骨

영 고 지 척 이　　추 창 난 재 술
35. 榮枯咫尺異　惆悵難再述

북 원 취 경 위　　관 도 우 개 철
36. 北轅就涇渭　官渡又改轍

군 빙 종 서 하　　극 목 고 줄 올
37. 羣氷從西下　極目高崒兀

의 시 공 동 래　　공 촉 천 주 절
38. 疑是崆峒來　恐觸天柱折

하 양 행 미 탁　　지 탱 성 실 솔
39. 河梁幸未拆　枝撐聲窸窣

행 려 상 반 원　　천 광 불 가 월
40. 行旅相攀援　川廣不可越

노 처 기 이 현　　십 구 격 풍 설
41. 老妻寄異縣　十口隔風雪

수 능 구 불 고　　서 왕 공 기 갈
42. 誰能久不顧　庶往共飢渴

입 문 문 호 도　　유 자 기 이 졸
43. 入門聞號咷　幼子飢已卒

오 녕 사 일 애　　이 항 역 오 연
44. 吾寧捨一哀　里巷亦嗚咽

소 괴 위 인 부　　무 식 치 요 절
45. 所愧爲人父　無食致夭折

기 지 추 화 등　　빈 루 유 창 졸
46. 豈知秋禾登　貧窶有倉卒

생 상 면 조 세　명 불 예 정 벌
47. 生常免租稅　名不隷征伐

무 적 유 산 신　평 인 고 소 설
48. 撫跡猶酸辛　平人固騷屑

묵 사 실 업 도　인 념 원 수 졸
49. 默思失業徒　因念遠戍卒

우 단 제 종 남　홍 동 불 가 철
50. 憂端齊終南　澒洞不可掇

〈五言古詩〉

두릉에 살고 있는 벼슬 없는 야인은, 늙을수록 더욱 처세에 어둡거늘

어리석게도 자부심만 강해가지고, 순의 현신 직과 설에 비기네

허나 허무하게 영락(零落)만 하고, 백발까지 고생을 감수했네

무릇 관뚜껑 덮으면 만사가 끝나리, 허나 충성심만은 달성하고 싶어라

1년 내내 백성들 걱정하고, 속태우며 몹시 한탄하니

동문들은 나를 비웃기도 하지만, 더욱 격렬한 정열로 크게 노래하네

강호에 은퇴할 생각 없지도 않고, 맑고 조용히 세월 보내고도 싶으나

요순 같은 태평성대에 태어난 보람을, 내가 어찌 영원히 버릴 수 있으리요

오늘 나라에는 인재들 고루 모였고, 나라 정치에 부족함이 없겠지만

해바라기 태양에 기울고 쏠리듯, 타고난 충성심은 변함없어라

땅강아지나 개미 같은 소인배들은, 오직 자기 구멍만을 찾아 마땅하련만

어찌 큰 고래 되어 가지고, 넓은 바다에 엎드리려고 하나

그들을 보고 새삼 터득한 바 있어, 나만은 아부하기 창피함을 느끼고

지금까지 고생을 겪으면서도, 속세에 묻힌 채 참아왔노라

결국은 소부나 허유에는 부끄러우나, 평소의 절개는 바꿀 수가 없어라

흠뻑 마시고 스스로 마음달래며, 노래 불러 설움을 쫓고자 하네

때는 세모라 모든 풀이 시들고, 세찬 바람은 높은 산을 찢을 듯

장안 하늘에는 어둠이 음산할새, 길손인 나는 한밤중에 출발했네

모진 서리에 옷 띠가 끊겼으나, 손가락 굳어 매지를 못하겠노라

새벽녘에 여산 모퉁이를 지나는데, 높은 산속에 임금 계시다 하네

깃발들이 찬 하늘 메우고 있는 산길, 얼음차며 미끄러운 언덕 골짜기를 가노라

요지 같은 온천에는 더욱 기가 서리고, 금위군의 병갑들 쩔렁 쩔렁 부닥뜨리네

군신들이 함께 머물며 즐기고 노니, 음악소리 은은히 하늘에 울려퍼지네

성은의 혜택은 긴 갓끈 맨 귀족들뿐, 짧은 옷 평민들은 잔치에 끼지도 못해

붉은 흙 깔린 대궐에서 나눠주는 비단은, 본래 가난한 여인들이 짰었거늘

그들의 남편들을 채찍질하여, 강징(强徵)하여 대궐에 바치게

했노라

천자가 대광주리에 담아 하사함은, 실은 나라가 잘살기를 바람이니

신하가 바른 정치를 소홀히 하면, 임금의 귀한 하사물 버리는 꼴이리

많은 선비들 조정에 차 있겠으나, 특히 어진 자는 두려워할지어다

듣건대 궁중의 금쟁반이 모두, 위씨와 곽씨 집에 있다 하고

안방에서 신선 같은 여자들이 춤추고, 옥 같은 살에 안개 같은 옷을 걸쳤으며

마음편한 손들은 돈피 가죽옷 입고, 슬픈 피리와 맑은 거문고 소리 울리네

손[客]에게 낙타 요리 권하고, 서리맞은 유자와 향귤이 쌓였다지

대궐 문안에는 술 고기 썩어 풍기나, 길에는 얼어죽은 시체가 딩구네

영화와 빈곤이 지척 사이에 있으니, 처량한 마음 이루 말할 수 없네

수레를 북으로 돌려 경수 위수로 들어, 관의 나루터에서 다시 바꾸어 타네

많은 얼음덩이 서쪽에서 흘러내려, 사방에 우뚝우뚝 높이 솟아 흐르네

공동산에서 흘러내리는 것일까, 공공이 산에 부딪쳐 하늘기둥 꺾었나

다행히 다리는 아직 파손되지 않았으나, 받침대가 삐걱삐걱 소

리를 내네

나그네들 서로 잡고 끌어당기나, 강이 넓어 건너기 쉽지 않더라

늙은 처를 타 고장에 소개시키고, 열식구가 바람과 눈에 가려 살았으니

누군들 오래 안 돌볼 수 있겠는가, 원컨대 가서 기갈 함께 나누고자 하네

문에 들어서자 우짖는 소리 들리니, 어린놈이 굶어죽었다 하네

내 어찌 슬퍼하지 않으리요, 이웃 사람도 같이 흐느껴 우네

창피하도다 남의 애비된 주제에, 밥 없어 자식 일찍 죽였으니

가을에는 곡식을 거둘 줄 알았거늘, 가난이 창졸하게 변을 저질렀구나

평생 조세의 부담도 없고, 병역에 이름 빠진 나이건만

돌아보아 이렇듯 고생스러우니, 평민들은 얼마나 어수선하리

묵묵히 생업 없는 사람들이나, 변경에 멀리 있는 병졸을 생각하니

걱정이 종남산 높이만큼 쌓이고, 끝없이 흐트러져 건잡을 수 없어라

(語釋) ㅇ奉先縣(봉선현)－장안(長安) 동북쪽에 있다. 천보(天寶) 13년 가을에 장마가 들어 장안 일대는 심한 기근에 시달렸다. 이에 43세로 직업을 얻지 못했던 두보는 가족을 봉선현(현 陝西省 蒲城縣)에 데리고 가서 양씨(楊氏)에게 맡기고 혼자 장안에 돌아왔다. 그러자 다음해 천보 14년(755)에 우위솔부병조참군(右衛率府兵曹參軍 : 병기고의 과장급)의 벼슬을 얻어 호구지책(糊口之策)이 해결되었으므로 장안(長安)에서 가족이 있는 봉선현으로 갔다. 이 시는 천보 14년 11월 안녹산(安祿山)의 난이 일어나기 바로 직전에 지은 것이다.

ㅇ杜陵(두릉)－장안 남쪽 30km에 있다. 그곳에 두보의 농토가 있었다. 두릉은 전한(前漢) 선제(宣帝)의 능이며, 두보의 선조가 살던 곳이다. 따라서 두보는 자신을 두릉 또는 소릉(少陵)이라 불렀다. 〈취시가(醉時歌)〉 참조. ㅇ布衣(포의)－벼슬없는 야인, 평민. 관리는 무명이나 베옷이 아닌 비단옷을 입는다. ㅇ老大(노대)－늙어빠졌다. 이때의 두보의 나이는 44세였다. ㅇ意轉拙(의전졸)－생각이나 뜻하는 바가 더욱 어리석기만 하다. 즉, 속세의 처세면에서 볼 때 바보 같다는 뜻. 전(轉)은 더욱, 갈수록. ㅇ許身(허신)－스스로 자처하는 바. ㅇ一何愚(일하우)－한결같이 그렇게도 어리석을까? ㅇ竊比(절비)－외람되게도 자기를 ~에게 비유한다. ㅇ稷與契(직여설)－순(舜)임금의 현신(賢臣). 직(稷)은 농사를 관장했고, 설(契)은 교육을 맡았다. 《상서(尙書)》 〈순전(舜典)〉에 보인다. ㅇ居然(거연)－정말로, 아니나 다를까, 그러하려니 했더니 과연, 또는 별수 없이 그렇게 되었다는 뜻. ㅇ成濩落(성확락)－호락(濩落)은 곽락(郭落), 속이 텅 비고 못쓰게 되었다. 영락(零落)해 버렸다. ㅇ白首(백수)－머리가 흰 늙은 몸으로. ㅇ甘契闊(감계활)－감(甘)은 감수하다, 계활(契闊)은 애쓰고 고생하다. ㅇ蓋棺事則已(개관사칙이)－인생은 관뚜껑을 덮는 날로 모든 것이 끝난다. 《송서(宋書)》에 유의(劉毅)의 말이라 하여 '대장부는 관을 덮고 난 후에야 비로소 업적을 정할 수 있다(大丈夫蓋棺 事乃定矣)'라고 있다. 즉, 죽은 다음에 참다운 가치가 결정된다. 또는 인생의 현실적인 고생 같은 것은 죽으면 그만일 거라는 뜻으로 풀기도 한다. ㅇ此志(차지)－언제나 자신을 직(稷)이나 설(契)에 비기고 임금을 도와 경세제민(經世濟民)하겠다는 생각. ㅇ覬豁(기활)－기(覬)는 희망하다, 바란다. 활(豁)은 달성하다. ㅇ窮年(궁년)－1년 내내. ㅇ黎元(여원)－선량한 민중. ㅇ取笑(취소)－웃음거리가 된다. ㅇ同學翁(동학옹)－같이 글공부를 했던 사람들. 그들도 다 늙었다. ㅇ浩歌(호가)－큰 소리로 노래를 부르다. ㅇ彌(미)－더욱. ㅇ非無(비무)－없지 않다, 있다. ㅇ江海志(강해지)－은둔하겠다는 생각. 강호지(江湖志)라고도 한다. ㅇ蕭洒(소

사)－말쑥하고 깨끗하게. 즉, 속세에 매이거나 영리에 엉키지 않고란 뜻. ㅇ生逢堯舜君(생봉요순군)－요·순 같은 성군이신 현종(玄宗)이 다스리는 때에 태어났다는 뜻. ㅇ不忍(불인)－차마 ~할 수가 없다. ㅇ便永訣(변영결)－그대로 영원히 떠나다. ㅇ當今(당금)－현재, 지금. ㅇ廊廟具(낭묘구)－정부의 인재. 낭묘(廊廟)는 조정(朝廷), 구(具)는 인재가 다 갖추어졌다는 뜻. ㅇ構厦(구하)－큰 집을 짓는다, 좋은 정치를 한다는 뜻. ㅇ豈云缺(기운결)－어찌 인재가 부족하다고 말하겠는가? 인재는 충분하다. 또 큰 집을 짓는데 어찌 내가 빠질 수 있겠는가로 풀 수도 있다. 소조비(蕭滌非)의 설. ㅇ葵藿(규곽)－해바라기. 해바라기의 본성이 태양을 바라듯 나의 충성애국심도 타고난 성품에서 우러난 것이란 뜻. ㅇ顧(고)－돌이켜 생각하다. ㅇ螻蟻輩(누의배)－땅강아지나 개미들. ㅇ但自求其穴(단자구기혈)－오직 자기 구멍만을 찾는다. 이기적이고 사적인 이득만을 찾는 소인배에 비유한 말이다. ㅇ胡爲(호위)－하위(何爲)와 같다. 어찌하여 그러는가? ㅇ大鯨(대경)－큰 고래, 안녹산 같은 악한. 그같은 소인배는 스스로 제 구멍에만 있으면 될 것을 왜 바다에 뛰어들어 물흐리고 엎드리려고 하느냐? 또는 모든 소인배들이 큰 악한놈, 즉 큰 고래를 찾아다니고 바다에 엎드리고자 한다는 뜻도 있다. 양쪽의 뜻을 겸해서 풀 수가 있다. ㅇ輒(첩)－즉시, 서슴지 않고. ㅇ擬(의)－하고자 한다. ㅇ偃溟渤(언명발)－넓고 험한 바다에 엎드린다. 이백(李白)은 안녹산(安祿山)이 난을 일으키자 '바닷물이 끓어 용솟음치며 고래 날뛰고, 안녹산이 반란하여 백성을 괴롭힌다(海水渤潏人罹鯨鯢) 〈萬憤詞·投魏郎 중〉'고 했다. 당시의 타락한 황실이나 귀족 및 권력층을 보고 두보는 당나라의 위기를 직감하고 있었을 것이다. ㅇ以茲悟生理(이자오생리)－소인배들이 나쁜 간신배를 찾아다니며 거친 바다(즉 혼탁한 사회)에서 놀고자 하는 꼴을 보고 비로소 사회나 속세에서 사는 도리나 방법을 알았다는 뜻. ㅇ獨恥(독치)－남들은 다 나쁜 권력자를 찾아다니지만, 자기만은 부끄러워 그런 짓을 못하겠다는 뜻. ㅇ事干謁(사간알)－간(干)은 구하다, 알

(謁)은 만나보다, 방문, 면회, 사(事)는 권력자를 찾아다니는 일을 하다. ㅇ兀兀(올올)－우뚝하니 홀로 고답한 자세로 고생을 참는다는 뜻. ㅇ塵埃沒(진애몰)－먼지 구덩이에 묻혀 있었다. ㅇ終愧(종괴)－결국은 창피하고 부끄럽다. ㅇ巢與由(소여유)－소부(巢父)와 허유(許由). 옛날의 은둔자. 요(堯)임금으로부터 천하를 물려주겠다는 말을 들은 허유가 더러운 이야기를 들었다고 자기 귀를 씻었다. 그리고 이 이야기를 들은 소부는 귀 씻은 물이 더럽혀졌다고 소를 영수(潁水)의 상류로 가서 물을 먹였다. ㅇ易其節(역기절)－나의 충군애국(忠君愛國)하겠다는 본래의 충성심은 변할 수 없다. 자기의 학문과 덕행을 높이고 닦아서 나라를 위해 이바지한다는 것은 유가(儒家)의 이상이다. 즉, 수기치인(修己治人)하는 것이 군자(君子)의 본분이다. ㅇ沈飮(침음)－마냥 술에 취하다. ㅇ聊(요)－잠시나마. ㅇ自遣(자견)－스스로 달랜다. ㅇ放歌(방가)－노래를 부르며. ㅇ破愁絶(파수절)－더없는 시름을 푼다. 수절(愁絶)은 심한 수심, 우울. 여기까지는 자신의 불우와 불평을 호소했고, 다음에서는 여행에 대한 서술을 했다. ㅇ歲暮(세모)－천보(天寶) 14년 11월경. 세모는 한층 인생에 대한 촉박한 느낌을 돋아준다. ㅇ百草零(백초령)－모든 풀이 시든다, 영(零)은 낙(落)과 같다. ㅇ疾風(질풍)－세찬 바람. ㅇ高岡裂(고강렬)－높은 산도 갈라질 지경이다. ㅇ天衢(천구)－천(天)은 하늘, 구(衢)는 사방으로 통하는 거리. 여기서는 장안(長安)의 거리를 상징한다고도 풀 수가 있다. ㅇ陰崢嶸(음쟁영)－음(陰)은 밤의 어둠과 음산한 기운, 쟁영(崢嶸)은 산이 높이 비쭉비쭉 솟았다. 장안의 하늘에도 어둠과 음산한 기운이 높이 감돌고 있어 불안하다는 뜻. 포조(鮑照)의 〈무학부(舞鶴賦)〉에 '해가 쟁영하여 저무는 것이 서글프고 마음이 추창하고 이별이 서글프다(歲崢嶸而愁暮 心惆悵而哀離)'고 있다. ㅇ客子(객자)－외로운 나그네. ㅇ中夜發(중야발)－깊은 밤중에 길을 떠난다. ㅇ霜嚴(상엄)－서리가 매섭도록 차다. ㅇ衣帶(의대)－옷의 띠. ㅇ指直(지직)－손가락이 얼어 굳었다. ㅇ다음에서는 여산(驪山)을 지나며 느낀 바를 읊었다. ㅇ淩晨

(능신)—새벽. ㅇ驪山(여산)—장안(長安) 동쪽에 있는 산, 기슭에는 온천이 있다. 현종(玄宗)이 화청궁(華淸宮)을 지어 양귀비(楊貴妃)와 같이 호탕하게 놀았다. ㅇ御榻(어탑)—옥좌(玉座), 탑(榻)은 긴 의자. ㅇ嵽嵲(질얼)—산이 험하고 높다, 즉 임금이 높은 산속에 있다는 뜻. ㅇ蚩尤(치우)—옛날 황제(黃帝)와 싸워 패배했다는 전설적 존재의 임금, 후에는 별 이름 또는 군기(軍旗)의 뜻으로 대용하기도 한다. 그는 난폭하고 무력이 세었다. 여기서는 안녹산의 반란 직전의 불안한 전란(戰亂) 기운이란 뜻도 된다. 《중국신화(中國神話)》에서 황제와 치우의 전쟁을 자세히 다루었다. ㅇ蹴踏(축답)—험하고 얼어붙은 길을 걷어차고 간다. ㅇ崖谷滑(애곡활)—애(崖)는 낭떠러지, 언덕. 곡(谷)은 골짜기, 활(滑)은 미끄럽다. ㅇ瑤池(요지)—선녀 서왕모(西王母)가 있던 곳으로 곤륜산(崑崙山)에 있다. 여기서는 여산(驪山)의 온천을 가리킨다. ㅇ鬱律(울율)—온천의 포근한 김이 오른다. ㅇ羽林(우림)—천자(天子)의 금위군(禁衛軍). ㅇ相摩戛(상마알)—금위군의 많은 병사들의 무기가 서로 맞부딪혀 창! 창! 소리를 내다. ㅇ留歡娛(유환오)—머물러 환락하고 즐기고 있다. ㅇ樂動(악동)—음악이 울려퍼지다. ㅇ殷(은)—은은하게. ㅇ膠葛(교갈)—광대(廣大)하다. 넓은 하늘 끝까지 음악이 은은하게 울려퍼지다. ㅇ賜浴(사욕)—현종으로부터 온천할 혜택을 받는다. ㅇ長纓(장영)—긴 갓끈, 즉 귀족이나 고관들. ㅇ與宴(여연)—잔치에 끼다, 여(與)는 참가하다. ㅇ短褐(단갈)—짧은 삼베옷, 즉 천민이나 평민. ㅇ彤庭(동정)—붉은 흙으로 다진 마당, 즉 조정(朝廷). ㅇ所分帛(소분백)—나누어 주는 비단. ㅇ本自寒女出(본자한여출)—본래 가난한 여자들이 짜서 올린 것이다. ㅇ鞭撻(편달)—채찍으로 치다. ㅇ聚斂(취렴)—혹독하게 긁어모았다. ㅇ貢城闕(공성궐)—대궐에 바쳤다. ㅇ聖人(성인)—천자(天子). ㅇ筐篚(광비)—대광주리. 임금이 신하에게 폐백(幣帛)을 내릴 때 여기다 넣어 주었다. ㅇ恩(은)—은혜. ㅇ實願邦國活(실원방국활)—임금이 신하에게 예물을 내려주는 것은 실은 나라가 잘 되기를 바라는 마음에서다. ㅇ忽至理(홀지리)—홀

(忽)은 소홀히 한다, 지리(至理)는 지극한 도리, 또는 최선의 정치. 고종황제(高宗皇帝)의 이름이 이치(李治)라 지치(至治)라고 할 것을 지리(至理)라고 했다고도 한다. ㅇ君豈棄此物(군기기차물)－임금이 이들 하사물을 낭비한 꼴이 되지 않겠느냐? ㅇ盈(영)－가득찼다. ㅇ仁者宜戰慄(인자의전율)－인자(仁者)는 지(知)・인(仁)・용(勇)의 삼달덕(三達德)을 갖춘 선비. 그는 마땅히 잘못을 저지르지나 않을까 항상 조심하고 경계해야 한다. 전율(戰慄)은 겁내고 떨다. 《논어(論語)》〈팔일(八佾)편〉에 있는 뜻을 인용해서 썼다. ㅇ況聞(황문)－하물며 듣건대. ㅇ內(내)－대궐 안. ㅇ金盤(금반)－금으로 만든 쟁반. ㅇ盡(진)－모두, 전부. ㅇ衛霍室(위곽실)－한(漢) 무제(武帝)의 총신(寵臣)이자 외척(外戚)인 위청(衛靑)과 곽거병(霍去病). 위청은 무제의 황후이고, 곽거병은 위청의 동생이었다. 여기서는 양귀비(楊貴妃)와 그의 종형(從兄) 양국충(楊國忠)에 비유했다. ㅇ中堂(중당)－대궐 속의 방, 안방. ㅇ舞神仙(무신선)－신선같이 예쁜 여자들이 춤을 춘다. ㅇ煙霧蒙玉質(연무몽옥질)－연기나 안개같이 얇은 옷을 아리따운 미녀가 몸에 걸치고 있다. 몽(蒙)이 산(散)으로 된 판본도 있다. 옥질(玉質)은 옥같이 흰 살결. ㅇ煖客(난객)－따뜻하게 잘 사는 귀족들. ㅇ貂鼠裘(초서구)－돈피 가죽옷. ㅇ悲管(비관)－서글픈 피리 소리. ㅇ逐(축)－뒤쫓는다. ㅇ淸瑟(청슬)－맑은 거문고 소리. ㅇ駝蹄羹(타제갱)－낙타의 발굽으로 끓인 국. ㅇ霜橙(상증)－서리맞은 큰 유자. ㅇ壓(압)－압도한다, 또는 유자와 귤이 한 그릇에 담겨져 있다는 뜻. ㅇ香橘(향귤)－귤, 남쪽의 특산물이다. 북쪽 지방에서는 귀족이나 왕가에서만 맛볼 수 있다. ㅇ朱門(주문)－귀족이나 부호들의 집 문, 붉은 칠을 했다. ㅇ酒肉臭(주육취)－술과 고기가 남아돌아 나중에는 썩어 냄새를 풍기고 있다. ㅇ路有凍死骨(노유동사골)－길에는 얼어죽은 시체의 뼈가 있다. 《맹자(孟子)》에 있다. '귀족들의 푸주간에는 기름진 고기가 있고, 마구간에는 살찐 말이 있다. 그러나 백성들은 굶주린 기색이 보이고, 들에는 굶어죽은 사람이 있다. 이러한 현상은 귀족들이 짐승

에게 사람을 먹이는 거나 다름이 없다(庖有肥肉 廐有肥馬 民有飢色 野有餓莩 此率獸而食人也)'. ㅇ榮枯(영고)－영화와 쇠퇴(衰退). ㅇ咫尺異(지척이)－지척을 사이에 두고 다르다. 지(咫)는 8척. ㅇ惆悵(추창)－처량하고 서글프다. ㅇ難再述(난재술)－더 말하기조차 어렵다. ㅇ北轅(북원)－원(轅)은 멍에, 멍에를 북으로 돌린다, 즉, 북쪽으로 방향을 바꾸어 간다는 뜻. ㅇ就涇渭(취경위)－경수(涇水)와 위수(渭水)로 향했다. 실제로는 두 강의 합류점(合流點)에서 북행했다는 뜻. ㅇ官渡(관도)－관에서 마련한 나루터. ㅇ又改轍(우개철)－다시 길을 바꾸다. ㅇ羣氷從西下(군빙종서하)－강물 위에 많은 얼음덩이가 서쪽에서 흘러내렸다. ㅇ極目(극목)－끝없이, 사방 어디에나 다 보인다는 뜻. ㅇ崒兀(줄올)－험하고 높다. ㅇ崆峒(공동)－감숙성(甘肅省)에 있는 산. 경수(涇水)·위수(渭水)는 공동산에서 흘러내린다. ㅇ天柱折(천주절)－《열자(列子)》에 있다. 옛날 공공(共工)이 전욱(顓頊)에게 패하여 제위를 빼앗기자 화가 나서 부주산(不周山)에 머리를 부딪쳤다. 이에 하늘의 기둥[天柱]이 꺾이어 중국 대륙이 서북쪽으로 기울어졌다고 한다. 《중국신화》 참조. ㅇ河梁(하량)－다리. ㅇ未坼(미탁)－아직도 무너지지 않고 그대로 있다. ㅇ枝撑(지탱)－받침대, 지주(支柱). ㅇ聲窸窣(성실솔)－삐걱삐걱 소리를 낸다. ㅇ行旅(행려)－나그네, 길손. ㅇ相攀援(상반원)－서로 손을 잡고 매달려 부축해 올라간다. ㅇ川廣(천광)－강이 넓다. ㅇ不可越(불가월)－건널 수 없다. ㅇ이하는 가족이 있는 봉선현(奉先縣)에 도착한 후의 감회를 읊은 것이다. ㅇ寄(기)－기우하고 있다. ㅇ十口隔風雪(십구격풍설)－열 식구는 풍설을 격한 곳에 살고 있다. ㅇ庶(서)－원한다, 바란다. ㅇ共飢渴(공기갈)－기갈을 같이하고자 한다. 가족애의 극치다. ㅇ號咷(호도)－큰 소리로 울다. ㅇ飢已卒(기이졸)－굶어서 이미 죽었다. ㅇ寧(영)－어찌. ㅇ捨(사)－버리다, 않는다. ㅇ一哀(일애)－한바탕 슬퍼하다. ㅇ里巷(이항)－마을 사람들. ㅇ嗚咽(오연)－흐느껴 울다. ㅇ所愧(소괴)－부끄럽게 여기는 바. ㅇ致夭折(치요절)－치(致)는 지경에 이르다, 요절(夭折)은 어려서 죽다, 즉 자식을 굶겨 죽였다는 뜻. ㅇ秋禾登(추화등)－가을 추수가 잘 되었다. ㅇ貧窶(빈루)－가난하고 쪼들린다. ㅇ倉卒(창졸)－다급한 일, 즉 자식을 굶겨죽였다는 일. ㅇ生常免租稅(생상면조세)－두보는 선비로서 평소에도 조세와 병역을 면제받았다. ㅇ隷(예)－속한다. ㅇ撫跡(무적)－자기의 지난 인생의 자취를 돌이켜보다. ㅇ猶酸辛(유산신)－자기같이 조세와 병역이 면제된 자도 이렇듯이 쓰리도록 고생을 했다. ㅇ騷屑(소설)－안정되지 못하고 불안하다. ㅇ默思(묵사)－묵묵히 생각한다. ㅇ失業徒(실업도)－실업자들. ㅇ因念(인념)－또한 생각한다. ㅇ遠戍卒(원수졸)－멀리 변경에 나가 있는 병졸. ㅇ憂端(우단)－걱정의 갈래, 단(端)은 실마리. ㅇ終南(종남)－장안 동남쪽에 있는 종남산. ㅇ鴻洞(홍동)－구름이 뭉게뭉게 일다. ㅇ不可掇(불가철)－걷잡을 수가 없다, 철(掇)은 손으로 줍는다.

(大意) 두릉(杜陵)에서 태어나 베옷을 걸치고 있는 야인인 나는 늙어 갈수록 더욱 졸렬한 생각에 젖는다.(1)

또한 너무나 어리석게 스스로 자신을 옛날의 현신인 직(稷)과 설(契)에 비유하며 자부해 왔다.(2)

그러는 동안에 세상에서 버림을 받게 되었고 백발이 된 노경에 이렇듯 고생을 감수하고 있다.(3)

죽어 관 뚜껑을 덮으면 별수가 없겠지만, 그래도 아직까지는 나의 평소의 뜻(나라를 돕겠다는 뜻)을 달성하고 싶다.(4)

1년내내 언제나 백성들을 위해 걱정을 했고, 또 배 속이 뜨거워질 지경으로 탄식도 했다.(5)

함께 글을 배운 벗들로부터 조소를 받기도 했으나, 나는 더욱 격렬한 충군애국의 지성으로 고답한 노래를 크게 불렀다.(6)

강호에 물러나 조용히 세월을 보내려는 은둔의 뜻이 없는 것도 아니다.(7)

그러나 요(堯)임금이나 순(舜)임금 같은 성군지세(聖君之世)에 태어났으므로 그대로 영영 떠나갈 수가 없다.(8)

현재 조정에는 인재들이 고루 있어 큰 집(즉 좋은 정치)을 짓기에 부족함이 없을 것이다.(9)

그러나 나의 충군애국하겠다는 정열은 마치 해바라기가 태양을 바라듯 내가 본성으로 지니고 태어난 성품이라 버릴 수가 없다.(10)

돌이켜보건대 땅강아지나 개미들은 오직 자기 구멍만을 찾고 제 분수에 맞게 살면 될 것이다.(11)

그런데 이기적이고 자질구레한 소인배들은 엉뚱하게 고래 같은 악한을 따르고 그에게 붙어 큰 바다에 눕고 사회를 혼탁하게 만들려고 한다.(12)

이러한 것을 보고 나는 더욱 나의 처세할 도리에 각성했고, 오직 벼슬아치들을 찾고 부탁하러 다니는 짓을 창피하게 여겼다.(13)

그리하여 나는 고생을 참으며 태연한 자세로 오늘에 이르도록 먼지투성이 같은 야인생활을 견디어 왔다.(14)

결국 소부(巢父)나 허유(許由) 같은 철저한 은둔자 앞에는 부끄럽다 하겠으나, 본성으로 타고난 나의 충절을 바꿀 수는 없는 노릇이다.(15)

이따금 흠뻑 마시며 스스로 시름을 풀고, 크게 소리내어 읊으며 심한 우울증을 털어 버리곤 했다.(16)

때는 세모라 모든 풀이 시들어 떨어졌고 세찬 바람은 높은 산언덕을 찢어낼 듯이 불어댄다.(17)

장안(長安)의 하늘에는 음산한 기가 험악하게 감돌거늘, 나그네의 몸인 나는 한밤중에 길을 떠난다.(18)

서리가 매섭게 차며 옷띠가 끊어졌지만 손가락이 얼어붙어 뻣뻣해져서 다시 이어 맬 수가 없다.(19)

새벽녘에 여산(驪山)을 지났는데 천자의 옥좌가 산 높이 마련되어 있구나.(20)

치우(蚩尤)를 연상시키는 군기들이 찬 하늘에 가득찼다. 얼어붙은 험한 길을 걷어차듯이 갈 때 언덕과 골짜기가 몹시 미끄럽다.(21)

서왕모(西王母)가 놀던 요지(瑤池) 같은 이곳 온천에는 뜨거운 김이 무럭무럭 뻗쳐 오르고, 천자를 지키는 근위군의 병갑(兵甲) 맞부딪치는 소리가 찌렁찌렁하고 울린다.(22)

바야흐로 군신(君臣)이 체류하여 즐거운 놀이를 벌이고 있는 듯 마침내 은은한 음악이 끝없는 하늘에 울려퍼진다.(23)

천자로부터 온천에 목욕할 수 있는 혜택을 받은 사람들은 모두가 갓끈이 긴 귀족들뿐이고, 짧은 옷을 입은 평민들은 그런 잔치에 참여할 수가 없다.(24)

조정에서 나누어 주는 비단은 원래가 가난한 집의 아낙네가 짠 것이다.(25)

그런데 그들의 남편을 채찍질하여 혹독하게 조세로 거두어들여가지고 대궐에 바쳐 올리게 한 것이다.(26)

하기는 임금이 대광주리에 하사품을 담아서 내려주시는 은혜도 실은 나라를 잘되게 하고자 원하기 때문이니라.(27)

그런데 만약에 신하들이 바른 도리나 정치를 못하고 소홀히 한다면 그것은 귀중한 국록을 임금으로 하여금 버리게 하는 꼴이 아니겠는가?(28)

조정에는 선비들이 가득차 있을 것이니, 참다운 인자(仁者)는 항시 자기의 소임을 다하기 위해 삼가고 충성을 다해야 할 것이다.(29)

하물며 듣건대 대궐 안에 있는 귀중한 금쟁반 같은 보물이 모조리 한(漢)나라의 위청(衛青)이나 곽거병(霍去病) 같은 존재인 양귀비(楊貴妃)와 양국충(楊國忠)의 집에 있다고 하더라.(30)

대궐 안 깊은 방에서는 신선 같은 미녀들이 춤을 추고 있으며 그들의 옥같이 아름다운 살결에는 연기나 안개 같은 엷은 옷을 걸치고 있다.(양귀비 일족과 권력자들의 방탕한 생활을 그린 것임)(31)

포근한 몸을 녹인 손[客]들은 모두가 돈피 가죽옷을 걸쳤고, 서글픈 피리 소리와 맑은 거문고 소리가 엉키어 번지고 있다.(32)

손님들에게는 타제갱(駝蹄羹)을 권했으며, 서리 맞은 유자나 향

귤들도 그릇 가득히 쌓여있다.(33)

이렇듯 귀족들의 대문 안에는 술과 고기가 넘치고 썩어 냄새가 날 지경인데, 길에는 굶주려 얼어죽은 시체가 널려 있다.(34)

영고성쇠(榮枯盛衰)가 이렇듯 지척지간을 두고 판이하게 나타나고 있으니, 처량한 마음은 이루 다 말할 수가 없더라.(35)

수레를 북쪽으로 돌려 경수(涇水)와 위수(渭水)로 길을 잡고, 관에서 마련한 나루터에서 다시 길을 고쳐 들었다.(36)

강물 위에는 많은 얼음덩어리가 서쪽에서 흘러내렸고, 어디를 보나 우뚝우뚝 높다란 얼음덩어리뿐이었다.(37)

저들 어마어마한 얼음덩어리는 모두가 공동산(崆峒山)에서 내려오는 것이 아닐까? 아마도 공공(共工)이 부주산(不周山)을 들이받아 천주(天柱)가 부러진 때문이 아닐까?(38)

다행히도 다리는 아직 부서지지 않았으며, 받침대가 불안하게도 삐걱삐걱 소리내고 있다.(39)

길가는 사람들은 서로 손을 잡아 부축하며 강을 건너나, 강이 워낙 넓어서 쉽사리 건널 수가 없다.(40)

오래 전부터 늙은 아내를 타향에 살게 했고, 또 열 식구들과도 풍설을 격하여 지냈다.(41)

누군들 오래 돌보지 않을 수가 있겠는가? 가서 함께 굶거나 함께 갈증에 시달리겠네.(42)

내 집의 문을 들어서니 울부짖는 소리가 들려온다. 어린 자식이 굶어서 죽었다는 것이다.(43)

내 어찌 울지 않을 수 있겠느냐? 이웃 사람들도 역시 흐느껴 울었노라.(44)

남의 애비된 주제에 먹을 것이 없어 어린 자식을 요절케 하다니 너무나 부끄럽구나!(45)

가을이면 곡식도 거두어들이겠지 했거늘, 이렇듯 가난으로 인해 창졸한 꼴을 당할 줄이야!(46)

나는 평생 동안을 조세도 면제받았고 또 병역에도 이름이 오르지

않는 선비의 몸이다.(47)

그런 나로서 한평생을 그렇듯이 쓰라리게 고생을 하고 지내왔으니, 일반 평민들은 더욱 어수선하고 야단스러웠을 것이다.(48)

또한 나는 생업이 없는 사람들의 처지를 묵묵히 생각도 했고, 한편으로는 멀리 변경에 나가 있는 병졸들의 입장도 염려했다.(49)

모든 우울한 걱정거리들이 종남산 높이만큼 쌓이고 또한 뭉게뭉게 안개같이 걷잡을 수가 없더라.(50)

(解說) 두보는 천보(天寶) 6년에 장안에서 과거를 보았으나 이임보(李林甫)의 음흉한 농간에 말리어 낙방하고 말았다. 그후 장안과 낙양(洛陽) 사이로 고생스러운 방랑을 하던 그는 천보 10년(751), 조정에서 큰 전례(典禮)를 올리게 되자 현종(玄宗)에게 〈삼대예부(三大禮賦)〉를 지어 올리어, 마침내 집현전(集賢殿)에 대기하라는 명을 받게 되었다. 그러나 이임보에 의해 계속 등용을 방해받았으므로, 나이 40세에 처자를 거느린 두보는 천식까지 앓는 몸으로 심한 고생을 겪어야 했다. 그간 두보는 몹시 초조한 심정으로 힘이 될 만한 사람에게 시문을 지어 자기의 불우를 호소하는 한편, 출세의 길을 터 줄 것을 애원했었다. 그러자 이임보가 죽고 뒤를 양국충(楊國忠)이 이었다. 그러나 두보의 고생은 여전했다. 드디어 천보 13년 그는 가족을 장안 동북쪽 160km 떨어진 봉선현(奉先縣)으로 낙향시켜 그곳의 현감인 양씨(楊氏)의 호의로 기숙을 하게 되었다. 그리고 두보만은 다시 장안으로 돌아왔다.

이듬해인 천보 14년에는 장안에서 얕으나마 벼슬을 얻었다. 우위솔부(右衛率府) 주조참군(冑曹參軍)이라고 하는 일종의 병기과장(兵器課長)격인 자리였다. 하기는 그에 앞서 두보는 하서위(河西尉)라는 지방의 벼슬자리를 사퇴한 바 있었다. 그러나 천보 13년 가을에는 심한 장마로 흉년이 들고 또 가족마저 시골에 기우시킨 두보로서는 비록 얕은 자리라도 달게 받았던 것이다. 그리하여 두보는 11월경 당장에 봉선현으로 자기 가족들을 맞이하러 갔던 것이다.

이 시는 그때에 지은 것이다.

그 당시는 안녹산(安祿山)이 반란을 일으키기 바로 직전이었다. 따라서 두보는 심상치 않은 사회불안을 예민하게 느끼면서 여행을 했을 것이다. 그러나 노쇠한 당의 현종은 아무것도 모르는 듯 여산(驪山)에서 양귀비 일족과 같이 온천을 즐기며 유연(遊宴)에 넋을 잃고 있었다. 파국 직전의 국가의 위기를 직감한 두보는 새벽녘에 여산을 지나며 몹시 분만(憤懣)했다.

울분과 고난을 참고 간신히 집에 도착해 보니, 뜻밖에 어린 자식이 굶어죽었다는 것이다. 두보는 이웃과 함께 울었다. 이 얼마나 비통한 노릇일까?

그러나 두보는 자기의 슬픔을 일개인의 슬픔으로 묻어두지 않았다. 자기의 비극은 바로 모든 민중의 비극이라 자각했다. '조용히 생업을 잃은 여러 사람들의 처지와 먼 곳에 나가 싸우는 병사들의 입장을 생각하니(默思失業徒 因念遠戍卒)' '슬픔이 종남산(終南山) 만큼이나 높이 쌓이고 끝없이 번져 걷잡을 도리가 없다(憂端齊終南 澒洞不可掇)'고 맺고 있다.

이 시는 두보의 시 중에서도 〈북정(北征)〉과 더불어 대표적인 장편시다. 성실하고 진지한 묘사와 모든 민중을 사랑하는 휴머니즘이 넘치고, 아울러 충군애국의 유가적 사상으로 일관되고 있다.

80. 北征(북정) 북정

황제이재추 윤팔월초길
1. 皇帝二載秋 閏八月初吉

두자장북정 창망문가실
2. 杜子將北征 蒼茫問家室

유시조간우　조야소하일
3. 維時遭艱虞　朝野少暇日

고참은사피　조허귀봉필
4. 顧慙恩私被　詔許歸蓬蓽

배사예궐하　출척구미출
5. 拜辭詣闕下　怵惕久未出

수핍간쟁자　공군유유실
6. 雖乏諫諍姿　恐君有遺失

군성중흥주　경위고밀물
7. 君誠中興主　經緯固密勿

동호반미이　신보분소절
8. 東胡反未已　臣甫憤所切

휘체연행재　도도유황홀
9. 揮涕戀行在　道途猶恍惚

건곤함창이　우우하시필
10. 乾坤含瘡痍　憂虞何時畢

미미유천맥　인연묘소슬
11. 靡靡踰阡陌　人煙眇蕭瑟

소우다피상　신음갱유혈
12. 所遇多被傷　呻吟更流血

회수봉상현　정기만명멸
13. 回首鳳翔縣　旌旗晚明滅

전등한산중　누득음마굴
14. 前登寒山重　屢得飮馬窟

빈교입지저　경수중탕율
15. 邠郊入地底　涇水中蕩潏

맹 호 입 아 전　　창 애 후 시 열
16. 猛虎立我前　蒼崖吼時裂

국 수 금 추 화　　석 대 고 차 철
17. 菊垂今秋花　石戴古車轍

청 운 동 고 흥　　유 사 역 가 열
18. 青雲動高興　幽事亦可悅

산 과 다 쇄 세　　나 생 잡 상 율
19. 山果多瑣細　羅生雜橡栗

혹 홍 여 단 사　　혹 흑 여 점 칠
20. 或紅如丹砂　或黑如點漆

우 로 지 소 유　　감 고 제 결 실
21. 雨露之所濡　甘苦齊結實

면 사 도 원 내　　익 탄 신 세 졸
22. 緬思桃源內　益歎身世拙

파 타 망 부 치　　암 곡 호 출 몰
23. 坡陀望鄜畤　巖谷互出沒

아 행 이 수 빈　　아 복 유 목 말
24. 我行已水濱　我僕猶木末

치 조 명 황 상　　야 서 공 란 혈
25. 鴟鳥鳴黃桑　野鼠拱亂穴

야 심 경 전 장　　한 월 조 백 골
26. 夜深經戰場　寒月照白骨

동 관 백 만 사　　왕 자 산 하 졸
27. 潼關百萬師　往者散何卒

수 령 반 진 민　　잔 해 위 이 물
28. 遂令半秦民　殘害爲異物

황아타호진　급귀진화발
29. 況我墮胡塵　及歸盡華髮

경년지모옥　처자의백결
30. 經年至茅屋　妻子衣百結

통곡송성회　비천공유열
31. 慟哭松聲廻　悲泉共幽咽

평생소교아　안색백승설
32. 平生所嬌我　顔色白勝雪

견야배면제　구니각불말
33. 見耶背面啼　垢膩脚不襪

상전양소녀　보철재과슬
34. 牀前兩小女　補綴才過膝

해도탁파도　구수이곡절
35. 海圖拆波濤　舊繡移曲折

천오급자봉　전도재수갈
36. 天吳及紫鳳　顚倒在裋褐

노부정회오　구설와수일
37. 老夫情懷惡　嘔泄臥數日

나무낭중백　구여한늠율
38. 那無囊中帛　救汝寒凜慄

분대역해포　금주소나열
39. 粉黛亦解苞　衾裯稍羅列

수처면복광　치녀두자절
40. 瘦妻面復光　癡女頭自櫛

학모무불위　효장수수말
41. 學母無不爲　曉妝隨手抹

이시시주연　낭자화미활
42. 移時施朱鉛　狼藉畵眉闊

생 환 대 동 치　　사 욕 망 기 갈
43. 生還對童稚　似欲忘饑渴

문 사 경 만 수　　수 능 즉 진 갈
44. 問事競挽鬚　誰能卽嗔喝

번 사 재 적 수　　감 수 잡 난 괄
45. 翻思在賊愁　甘受雜亂聒

신 귀 차 위 의　　생 리 언 득 설
46. 新歸且慰意　生理焉得說

지 존 상 몽 진　　기 일 휴 연 졸
47. 至尊尚蒙塵　幾日休練卒

앙 관 천 색 개　　좌 각 요 분 활
48. 仰觀天色改　坐覺妖氛豁

음 풍 서 북 래　　참 담 수 회 흘
49. 陰風西北來　慘澹隨回紇

기 왕 원 조 순　　기 속 선 치 돌
50. 其王願助順　其俗善馳突

송 병 오 천 인　　구 마 일 만 필
51. 送兵五千人　驅馬一萬匹

차 배 소 위 귀　　사 방 복 용 결
52. 此輩少爲貴　四方服勇決

소 용 개 응 등　　파 적 과 전 질
53. 所用皆鷹騰　破敵過箭疾

성 심 파 허 저　　시 의 기 욕 탈
54. 聖心頗虛佇　時議氣欲奪

이 락 지 장 수　　서 경 부 족 발
55. 伊洛指掌收　西京不足拔

　　관 군 청 심 입　　축 예 가 구 발
56. 官軍請深入　蓄銳可俱發

　　차 거 개 청 서　　선 첨 약 항 갈
57. 此擧開青徐　旋瞻略恒碣

　　호 천 적 상 로　　정 기 유 숙 살
58. 昊天積霜露　正氣有肅殺

　　화 전 망 호 세　　세 성 금 호 월
59. 禍轉亡胡歲　勢成擒胡月

　　호 명 기 능 구　　황 강 미 의 절
60. 胡命其能久　皇綱未宜絶

　　억 작 낭 패 초　　사 여 고 선 별
61. 憶昨狼狽初　事與古先別

　　간 신 경 저 해　　동 악 수 탕 석
62. 姦臣竟菹醢　同惡隨蕩析

　　불 문 하 은 쇠　　중 자 주 포 달
63. 不聞夏殷衰　中自誅褒妲

　　주 한 획 재 흥　　선 광 과 명 철
64. 周漢獲再興　宣光果明哲

　　환 환 진 장 군　　장 월 분 충 열
65. 桓桓陳將軍　仗鉞奮忠烈

　　미 이 인 진 비　　어 금 국 유 활
66. 微爾人盡非　於今國猶活

　　처 량 대 동 전　　적 막 백 수 달
67. 凄凉大同殿　寂寞白獸闥

　　도 인 망 취 화　　가 기 향 금 궐
68. 都人望翠華　佳氣向金闕

원 릉 고 유 신　　소 새 수 불 결
69. 園陵固有神　掃灑數不缺
황 황 태 종 업　　수 립 심 굉 달
70. 煌煌太宗業　樹立甚宏達

〈五言古詩〉

숙종황제 지덕 2년 가을, 윤 8월 초하루에
두보는 바야흐로 북쪽을 향해 가서, 아득한 심정으로 가족을 보고자 한다

나라에 고난과 걱정이 쌓인 때라, 조야가 다같이 한가롭지 못한데
황공하옵게 나만이 은덕을 입어, 가족을 돌보라는 조칙을 받았노라
대궐 밑에 이르러 하직인사 드리고, 송구스러운 마음에 떠나지 못했노라
나는 비록 간언드릴 자질 부족하나, 황제에게 실책 있을까 걱정되어라
황제는 참으로 중흥의 군주이시며, 나라 다스리심에 매우 정려하시나
동쪽 오랑캐 반란 끝나지 않음이, 신하인 두보가 절실히 분개하는바
눈물 훌쳐닦고 황제를 그리며, 길을 가니 오직 망연할 따름
천지가 전란의 상처투성이니, 근심 걱정 언제나 가실 것인가?

터덜터덜 논밭길 걸어갈새, 쓸쓸한 인가엔 연기 없어라

만나는 사람 모두 상처를 입고, 피흘리며 또한 신음을 하네
황제 계신 봉상 쪽을 돌아보니, 황혼에 깃발들 번뜩이고 있어라
싸늘한 첩첩산중 올라가니, 군마에 물먹이던 굴 많아라
빈주평야는 움푹 파져들었고, 경수가 복판을 출렁대며 흐른다
사나운 호랑이가 내 앞을 가로막고, 울창한 절벽도 갈라질 듯 울부짖네
금년 가을 국화꽃 피어 처졌고, 돌길에는 옛 수레 지나간 자국
푸른 하늘 흰 구름은 흥을 돋우고, 깊은 산중 모든 것이 즐거웁구나
산나무 열매들은 모두가 잘잘하고, 도토리 밤도 함께 수두룩 영글었네
단사같이 붉은 열매도 있고, 점칠같이 검은 열매도 있네
이슬비에 흠뻑 젖어, 달고 쓴 열매 함께 맺었네
멀리 도화원 선경 그리며, 처신 못하는 내 팔자 한탄하노라
높고 평퍼짐한 부주 제단 바라보니, 암산과 계곡이 엉키어 보이어라
나는 이미 물가를 지났으나, 머슴놈 아직도 산길목에 있어라
누렇게 메마른 뽕나무에 부엉이 울고, 들쥐 파헤친 구멍에서 앞발 비빈다
밤 깊어 싸움터 지날새, 싸늘한 달빛에 백골이 유난하다
동관에선 백만대군 패하여, 지난날 창졸하게 흐트러졌지
명령받은 진지방 백성 태반이, 처참히 죽어 귀신되게 하였지

더욱이 나는 오랑캐에게 잡혔다가, 온통 백발이 되어 돌아왔노라
1년만에 초가집에 돌아오니, 처자들은 누더기를 입고 있어라

통곡 소리 솔바람에 맴돌고, 샘물도 슬퍼서 소리죽여 울어라
평소에 개구쟁이 힘센 자식이, 눈보다도 안색이 창백하게 되었네
애비 보고 뒤돌아 울며, 때투성이 발에는 버선도 없네
침상 앞의 두 계집아이는 간신히, 꿰맨 옷으로 무릎을 가리웠어라
옷조각의 바다 그림 파도가 짤리고, 수놓은 낡은 무늬 줄들이 뒤틀렸네
천오신 그림과 수놓은 봉황새가, 조각댄 조끼에 거꾸로 달렸어라
늙은 이몸은 기분이 언짢아, 구토와 설사로 며칠을 누웠노라
행낭 속에 비단이 없지도 않아, 추워 떠는 그대들을 감싸줘야지
또한 보따리 속의 화장품 풀어, 이부자리 위에 하나하나 늘어놓으니
야윈 처의 얼굴에 빛이 되돌고, 철부지 딸은 덩달아 머리 빗네
어미를 본따 못하는 게 없고, 아침 화장이라 닥치는대로 바르네
한동안 연지다 분이다 법석 떨더니, 굵직한 눈썹을 야단스레 그렸노라
살아 돌아와 어린아이 마주하니, 기갈조차 모조리 잊은 듯하네
지껄이며 서로들 수염 당기나, 누가 아이들 꾸짖고 야단치리
한편 적에게 감금됐을 때 생각하면, 이렇듯 떠들썩 법썩은 즐거운 일
집에 돌아와 처자들을 위로하니, 살림 걱정 어찌 따지겠는가?

지존하신 천자는 아직도 피난중, 언제나 병졸들 훈련을 그만두리
우러러보면 하늘빛도 바로잡히고, 요망한 병란의 징조 가실 것 같은데

음산한 바람이 서북에서 불어와, 위구르족 따라 암담하게 몰려 온다

그들의 왕이 돕겠다 자청했으니, 그들 기질 잘 뛰고 잘 싸우노라

병졸 5천명을 보내왔고, 말 만필을 달려 보냈노라

그들은 젊은 사람을 높이나니, 주변의 부족도 용맹에 굴복하여라

전사들은 누구나 매같이 날쌔고, 쏜 살보다 더 빨리 적을 격파한다

황제는 허심탄회 그들을 기대하시나, 세론은 그들을 의심하여 아찔해하네

이수 낙수 일대는 손짚듯 거둘 것이고, 낙양도 힘들이지 않고 탈환하리니

모름지기 관군들 깊이 쳐들어가, 축적된 예기로써 공동으로 진격하리

이번에는 청주 서주 해방시키고, 순간에 항산 갈석산을 공략하리라

넓은 하늘에 서리 이슬 쌓이고, 역적을 벌주는 엄숙한 정기 찼노라

올해는 화를 돌려 오랑캐 치고, 이달은 세력 돋아 역적 잡으리

역적의 명(命)이 얼마 갈거냐, 당나라 기강은 끊기지 않으리라

작년에 난리일어 처음 낭패했을 때도, 모든 일이 전과는 달랐었노라

간신들은 결국 엄한 벌에 처형되고, 악한 동조자들 모조리 소탕되었네

옛날 하(夏)나 은나라 망할 때에는, 임금이 친히 포사 달기 못

죽였다지

주와 한나라가 다시 일어났음은, 선왕과 광무제가 명철한 결과

빛나고 용맹한 진현례 장군, 큰 도끼 의지하고 충성을 떨쳤도다

그대 아니면 사람들 오늘이 없었으리, 지금의 국운은 더욱 생기 돋아 있네

장안의 대동전은 처량하고, 백수문도 적막하겠지

사람은 비취날개 천자 깃발 바라고, 반가운 기운 황금대궐 향하고 있네

당나라 선조 능에 신령이 깃들고, 물뿌리고 쓸고서 제사 절차 갖추리

빛나는 당 태종의 건국업적이, 더욱 크고 영원히 높게 이룩되리라

(語釋) ㅇ北征(북정)－지덕(至德) 2년, 봉상(鳳翔)에서 가족이 있는 부주(鄜州)로 갔다가 북향해서 갔으므로 북정이라 했다. 정(征)은 간다. ㅇ皇帝(황제)－숙종(肅宗) 황제. ㅇ二載(이재)－재(載)는 년, 즉 지덕 2년. ㅇ閏八月(윤팔월)－윤달인 8월. ㅇ初吉(초길)－초하루. ㅇ杜子(두자)－두보 자신. ㅇ將北征(장북정)－장차 북쪽으로 가고자 한다. ㅇ蒼茫(창망)－불안하고 궁금한 심정으로. ㅇ問家室(문가실)－가족의 안부를 알아본다. ㅇ維時(유시)－바로 지금, 이 시절. 유(維)는 뜻을 강조하는 조사. ㅇ遭艱虞(조간우)－고난과 걱정을 당하다. ㅇ朝野(조야)－조정이나 민간. ㅇ慙(참)－송구스럽다, 외람되다. ㅇ恩私(은사)－천자의 은총을 개인적으로 받다. ㅇ被(피)－은혜를 받다, 입는다. ㅇ詔許(조허)－칙명으로 허락을 받다. 사실은 재상(宰相) 방관(房琯)이 역적에게 패했을 때 좌습유(左拾遺)로 있던 두보가 관대하게 용서하라는 간언을 올렸다가 숙종(肅宗)의 노여움을 사, 잠시 부주로 내려가 있으라는 명을 받은 것이다. ㅇ蓬蓽(봉

필)—쑥대풀이나 가시나무의 문, 가난하고 누추한 자기 집. ㅇ拜辭(배사)—천자에게 배알하고 하직인사를 드린다. ㅇ詣闕下(예궐하)—대궐 밑에 가다, 예(詣)는 이르다, 가다. 실제로는 대궐 문턱에 가서 멀리 천자에게 인사를 드린다. 직접 천자를 배알한 것이 아니다. ㅇ怵惕(출척)—두렵고 겁이 나다. ㅇ諫諍(간쟁)—극구 간언하다. ㅇ姿(자)—자질(資質). ㅇ遺失(유실)—잘못이나 실책. ㅇ中興主(중흥주)—나라를 중흥시킨 임금. 현종(玄宗)이 안녹산이 난을 피해 촉(蜀)으로 몽진(蒙塵)하자, 숙종이 영무(靈武)에서 천자가 되었다. ㅇ經緯(경위)—상하 좌우의 실. 국가를 다스린다는 뜻, 경륜(經綸)과 같다. ㅇ密勿(밀물)—열심히 하다, 노력하다. ㅇ東胡(동호)—동쪽 오랑캐. 안녹산과 그의 아들 안경서(安慶緖). 그해에 안경서 일당은 안녹산을 죽이고 낙양(洛陽)에서 제(帝)라 칭했다. ㅇ臣甫(신보)—신하 두보, 저는. ㅇ憤所切(분소절)—통절하게 분개하는 바이다. ㅇ揮涕(휘체)—눈물을 훌쳐 버린다. ㅇ戀行在(연행재)—임금이 계신 행궁을 우러러 그리워하다. ㅇ道途(도도)—도중에서도, 길을 가면서도. ㅇ猶(유)—여전히. ㅇ恍惚(황홀)—어찌해야 좋을지 모른다, 임금을 걱정하는 나머지 망연해진다. ㅇ乾坤(건곤)—천지, 하늘과 땅. ㅇ含(함)—품는다, 지니고 있다. ㅇ瘡痍(창이)—전란의 상처. ㅇ憂虞(우우)—근심과 걱정. ㅇ畢(필)—끝나다. ㅇ靡靡(미미)—터덜터덜 느리게, 지지부진한 걸음으로. ㅇ踰(유)—넘어가다. ㅇ阡陌(천맥)—밭두덩길. 남북을 천(阡), 동서를 맥(陌)이라 한다. ㅇ人煙(인연)—사람들이 사는 마을에서 올라오는 연기, 인가(人家)의 연기. ㅇ眇(묘)—아득히 멀고 몹시 작다, 희소하다. ㅇ蕭瑟(소슬)—쓸쓸하다. ㅇ所遇(소우)—길에서 마주치는 사람들. ㅇ多被傷(다피상)—대다수가 상처를 입었다. ㅇ呻吟(신음)—부상자들이 신음 소리를 내다. ㅇ更流血(갱유혈)—또 피를 흘리고 있다. ㅇ回首(회수)—뒤돌아보다. ㅇ鳳翔縣(봉상현)—숙종의 행궁이 있었다. ㅇ旌旗(정기)—정과 기, 깃발. ㅇ晩明滅(만명멸)—저녁의 햇빛을 받고 명멸한다. ㅇ寒山重(한산중)—싸늘한 산이 중첩해 있다. ㅇ屢得(누득)—자주 마주친다. ㅇ飮馬窟(음마굴)—군마에 물먹이던 굴. 옛날 악부(樂府)에 〈장성음마굴행(長城飮馬窟行)〉이 있다. ㅇ邠郊(빈교)—빈주(邠州)의 평야. ㅇ入地底(입지저)—땅이 얕게 패여 있다, 즉 분지를 이루고 있다. ㅇ涇水(경수)—감숙성(甘肅省) 경주(涇州)에서 흘러나와 빈주 평야를 지나 장안 동쪽에서 위수(渭水)와 합류한다. ㅇ蕩潏(탕율)—물이 출렁대고 흐른다. ㅇ蒼崖(창애)—나무가 울창한 낭떠러지. ㅇ吼時裂(후시열)—호랑이가 울 때는 낭떠러지가 갈라질 듯하다. ㅇ菊垂(국수)—금년 가을의 국화꽃이 피어 처졌다. ㅇ石戴(석대)—돌길 위에 옛날 지나갔던 수레바퀴 자국이 났다. ㅇ動高興(동고흥)—크게 흥을 돋는다. ㅇ幽事(유사)—깊은 산중의 풍물이나 정취. ㅇ可悅(가열)—즐길 만하다, 즐겁다. ㅇ山果(산과)—산에 있는 나무 열매. ㅇ多瑣細(다쇄세)—잘잘한 열매들이 많다. ㅇ羅生(나생)—줄지어 자라고 있다. ㅇ雜橡栗(잡상율)—도토리나 밤나무가 섞여서 자라나고 있다. ㅇ丹砂(단사)—빨간색의 작은 알약으로 선약(仙藥)이다. ㅇ點漆(점칠)—둥글고 자그마한 검은 열매를 방울진 옻 같다고 했다. 어떤 사람은 '점칠'을 검고 작은 열매의 이름으로 보았다(蕭滌非의 설). ㅇ雨露之所濡(우로지소유)—유(濡)는 축축히 젖는다, 비나 이슬에 젖어서. 두보는 은근히 자기가 임금의 은택(恩澤)에 흠뻑 젖지 못함을 한탄하고 있다. ㅇ齊(제)—다같이, 함께. ㅇ緬思(면사)—우두커니 멀리 생각한다. ㅇ桃源(도원)—속세와 단절된 이상적인 별천지. 도연명(陶淵明)이 〈도화원기(桃花源記)〉에서 그린 곳이다. ㅇ益歎(익탄)—더욱 탄식한다. ㅇ身世拙(신세졸)—내 몸의 처세가 졸렬하다. ㅇ坡陀(파타)—땅이 높고 넓다. ㅇ鄜畤(부치)—부주(鄜州)의 제단. 진(秦) 문공(文公)이 꿈에 노란 뱀이 하늘에서 부주에 내려온 것을 보고, 그곳에 제단을 만들었다. 치(畤)는 땅을 높이 돋아올린 제단(祭壇). ㅇ水濱(수빈)—골짜기의 물가. ㅇ我僕(아복)—나의 종, 종복. ㅇ猶木末(유목말)—아직도 산에 있는 나뭇가지 곁을 지나고 있다. ㅇ鴟鳥(치조)—부엉이. ㅇ黃桑(황상)—노랗게 시들은 뽕나무. ㅇ拱(공)—두 손을 가슴 앞에 모아 잡는다. 여기서는 들쥐가 사람을 보고 놀라서 앞발을 마주 비비는 시늉. 진천(秦川 : 甘肅省·陝西省) 일대에 공서(拱鼠)라고 불리는 들쥐가 있다. ㅇ亂穴(난혈)—마구 파놓은 쥐구멍에서. ㅇ經戰場(경전장)—싸움이 있었던 곳을 지나가다. ㅇ潼關(동관)—섬서성 동쪽에 있는 관문. 천보 15년 6월 9일 가서한(哥舒翰)은 20만 관군을 지휘하고 동관을 나와 영보(靈寶)의 벌판에서 반란군과 싸우다가 크게 패했고, 많은 병졸들이 황하에 몰려 익사했다고 한다. ㅇ往者(왕자)—전에, 지난날에. ㅇ散(산)—흐트러졌다. ㅇ卒(졸)—창졸하게. ㅇ令(영)—시킨다. ㅇ半秦民(반진민)—대부분의 진(秦) 지방 사람들. 섬서성 일대를 진이라 부른다. ㅇ殘害(잔해)—처참하게 살해되다. ㅇ爲異物(위이물)—다른 것이 되었다, 즉 죽어 귀신이 되었다는 뜻. ㅇ墮胡塵(타호진)—두보가 적에게 잡히어 장안에 연금되었다. ㅇ及歸(급귀)—탈출하여 돌아왔을 때에는. ㅇ盡華髮(진화발)—온통 백발이 되었다. ㅇ經年(경년)—1년이 지나, 1년만에. ㅇ至茅屋(지모옥)—띠풀로 덮은 초라한 자기의 집으로 왔다. ㅇ衣百結(의백결)—떨어진 옷을 더덕더덕 기워 입다. ㅇ松聲廻(송성회)—소나무 바람소리도 통곡 소리와 함께 맴돈다. ㅇ幽咽(유열)—소리 죽여 흐느껴 울다. ㅇ平生(평생)—여기서는 평소란 뜻. ㅇ所嬌兒(소교아)—개구쟁이였던 자식. ㅇ白勝雪(백승설)—창백하기가 눈보다 더하다, 영양실조로 창백해졌다. 일설로는 평소에는 눈보다 더 희게 예뻤다로 풀기도 하나 여기서는 적합하지 않다. ㅇ見耶(견야)—아버지를 보고. ㅇ垢膩(구니)—때에 더럽혀졌다. ㅇ牀前(상전)—침상 앞. ㅇ補綴(보철)—떨어진 옷을 기워 꿰맸다. ㅇ才過膝(재과슬)—간신히 무릎을 가렸다. ㅇ海圖(해도)—옷에 그려진 바다 그림. ㅇ拆波濤(탁파도)—탁(拆)은 찢어지다, 옷이 낡아 찢어졌으므로 그림의 파도도 끊기었다. ㅇ舊繡(구수)—천에 수놓은 낡은 수. ㅇ移曲折(이곡절)—수놓은 그림 부분이 뒤틀렸다. ㅇ天吳(천오)—《산해경(山海經)》에 나오는 해신(海神)으로 몸은 호랑이 같고 얼굴은 사람 같으며, 머리·발·꼬리가 여덟이다. ㅇ紫鳳(자봉)—보랏빛의 봉황새. 옷에 놓여진 수의 그림. ㅇ顚

倒(전도)－아래위가 거꾸로 되었다. ㅇ裋褐(수갈)－나쁜 털조각으로 만든 조끼. ㅇ情懷惡(정회오)－기분이 나쁘다. ㅇ嘔泄(구설)－토하고 설사를 했다. ㅇ那無(나무)－어찌 없느냐? 있다는 뜻. ㅇ囊中帛(낭중백)－여행 가방 속에 가지고 온 비단 옷감. ㅇ凜慄(늠율)－추워서 떨다. ㅇ粉黛(분대)－화장품, 분이나 눈썹 그리는 먹. ㅇ解苞(해포)－보따리를 풀다. ㅇ衾裯(금주)－이불, 또는 금(衾)을 금(衿)으로 보고 겉에 입는 긴 옷, 주(裯)를 자리옷으로 풀기도 한다. ㅇ稍(소)－약간 몇 가지. ㅇ瘦妻(수처)－병들어 야윈 처. ㅇ癡女(치녀)－아무 것도 모르는 어린 딸, 철부지 딸. ㅇ櫛(절)－빗질을 한다. ㅇ學母(학모)－어머니 흉내를 내다. ㅇ無不爲(무불위)－하지 않는 게 없다. ㅇ曉妝(효장)－아침 화장. ㅇ隨手抹(수수말)－닥치는 대로 분이나 연지를 바른다. 말(抹)은 칠을 한다. ㅇ移時(이시)－시간을 보낸다, 즉 잠시 동안 흰 분과 붉은 연지를 발랐다(施朱鉛). ㅇ狼藉(낭자)－엉망으로, 어수선하게. ㅇ畫眉闊(화미활)－넓다랗게 눈썹을 그렸다. ㅇ童稚(동치)－어린아이. ㅇ饑渴(기갈)－굶주림과 목마름. ㅇ問事(문사)－아이들이 이것저것을 묻는다. ㅇ挽鬚(만수)－수염을 잡아당긴다. ㅇ嗔喝(진갈)－야단친다. 진(嗔)은 성내다, 갈(喝)은 호통친다. ㅇ翻思(번사)－돌이켜 생각하다. ㅇ在賊愁(재적수)－적에 연금되었을 때의 괴로움. ㅇ聒(괄)－시끄럽다. ㅇ新歸(신귀)－갓 집에 돌아오다. ㅇ且(차)－잠시, 또는 그런대로. ㅇ慰意(위의)－위안으로 삼는다, 속을 푼다. ㅇ生理(생리)－사는 방법, 생활에 얽힌 문제 또는 처세술. ㅇ焉得說(언득설)－어찌 말하겠느냐? ㅇ至尊(지존)－지극히 존엄하신 숙종(肅宗) 황제. ㅇ尙(상)－아직도. ㅇ蒙塵(몽진)－먼지를 뒤집어쓰다. 즉 피난중에 있다는 뜻. ㅇ休練卒(휴연졸)－휴(休)는 쉬다, 그만둔다. 연졸(練卒)은 병졸을 훈련하다. ㅇ仰觀(앙관)－우러러보다. ㅇ坐覺(좌각)－조금씩 느껴진다. ㅇ妖氛(요분)－요기(妖氣), 전란의 나쁜 기운. ㅇ豁(활)－밝고 맑게 개인다. ㅇ陰風(음풍)－음산하고 살벌한 바람. ㅇ慘澹(참담)－가슴아프고 참담하다. ㅇ隨回紇(수회흘)－회흘(回紇)은 위구르(Uighur)족. 지덕

(至德) 2년(757) 9월에 위구르의 군졸 5천이 당조(唐朝)를 돕겠다고 나섰다. 그러므로 음산하고 암담한 바람이 위구르를 따라 서북쪽에서 불어왔다고 한 것이다. ㅇ願助順(원조순)－위구르족의 왕이 당나라에 귀순해서 돕겠다고 청했다. 실제로는 당의 장수 곽자의(郭子儀)의 요청에 의한 것이었다. 그러므로 위구르의 병사들은 숙종이 있는 봉상(鳳翔)에 와서 몹시 무질서하게 굴었다. ㅇ善馳突(선치돌)－위구르족의 기질이 말을 달리고 적에게 부닥뜨리기를 잘했다. ㅇ驅馬(구마)－말을 몰고 왔다는 뜻. ㅇ少爲貴(소위귀)－위구르족들은 연소한 사람을 높인다. ㅇ四方(사방)－위구르 주위의 다름 부족들. ㅇ服勇決(복용결)－복(服)은 순복하다, 용결(勇決)은 위구르족의 용감과 결단력. ㅇ所用(소용)－위구르족이 쓰는 병사들. ㅇ鷹騰(응등)－매같이 용감하게 뛰어오른다. ㅇ過箭疾(과전질)－화살이 날아가는 것보다 더 빠르다. ㅇ聖心(성심)－ 숙종의 생각. ㅇ頗(파)－몹시. ㅇ虛佇(허저)－허(虛)는 허심(虛心), 저(佇)는 기대하다, 별반 걱정하지 않고 기대를 걸고 있다. ㅇ時議(시의)－여러 사람들의 의론・공론・의견. ㅇ氣欲奪(기욕탈)－걱정이 되어 정신이나 기(氣)가 아찔해진다, 기를 잃을 지경이다. ㅇ伊洛(이락)－이수(伊水)와 낙수(洛水), 둘 다 낙양(洛陽) 부근을 흐르고 있다. 여기서는 낙양 일대란 뜻. ㅇ指掌(지장)－손바닥을 가리키듯 쉽게. ㅇ西京(서경)－장안(長安)과 낙양(洛陽)을 동도라고 한다. ㅇ不足拔(부족발)－문제없이 공략해 떨어뜨릴 수 있다는 뜻. ㅇ請(청)－청하다, '~했으면 좋겠다, 바란다'. ㅇ蓄銳(축예)－예기(銳氣)를 쌓아 가지고. 또는 정예부대를 많이 동원하여. ㅇ俱發(구발)－위구르족과 같이 출동하는 것이 좋겠다. ㅇ此擧(차거)－이번의 군사행동, 거사. ㅇ靑徐(청서)－산동성(山東省)에 있는 청주(靑州)와 서주(徐州) 일대. ㅇ旋(선)－즉시, 순간적으로. ㅇ瞻(첨)－보다. ㅇ略(약)－공략하다. ㅇ恒碣(항갈)－항산(恒山)과 갈석산(碣石山). 항산은 산동성 동북에 있고, 갈석산은 하북성에 있다. ㅇ昊天(호천)－큰 하늘, 대공(大空). ㅇ正氣(정기)－공명정대한 기운, 하늘의 올바른 기운. ㅇ肅殺(숙살)－가을의 기운은

모든 초목을 엄하게 다스려 말라 죽게 한다. 추기(秋氣)는 형벌(刑罰)의 기운이다. 여기서는 하늘의 정기를 받은 숙종 황제가 역적들을 엄하게 처형할 것이라는 뜻. ㅇ禍轉(화전)－화가 바뀌어. ㅇ亡胡歲(망호세)－금년은 오랑캐를 멸망시키는 해가 된다. ㅇ勢成(세성)－관군의 세력이 굳어져 가지고. ㅇ擒胡月(금호월)－ 오랑캐를 사로잡는 달이 될 것이다. ㅇ胡命(호명)－오랑캐 역적의 운명이 오래 갈 수 없다는 뜻. ㅇ皇綱(황강)－황제가 천하를 다스리는 큰 줄기, 즉 당나라의 기강. ㅇ未宜絶(미의절)－끊어질 수가 없다. ㅇ憶(억)－뒤돌아 생각하다. ㅇ狼狽(낭패)－천보 15년 6월 안녹산이 반군을 일으키자 현종이 당황하여 장안을 버리고 촉으로 피난했다. ㅇ事(사)－조정에서 취한 조치. ㅇ與古先別(여고선별)－옛날의 선례와 다르다. ㅇ姦臣(간신)－간악한 신하, 양국충(楊國忠)을 가리킨다. 〈여인행(麗人行)〉 등 참조. ㅇ竟(경)－결국, 마침내. ㅇ菹醢(저해)－ 소금에 절이다. 천보 15년 6월 현종은 촉으로 피난가는 도중, 마외(馬嵬)에서 양귀비를 스스로 목매어 죽게 했고 또 양국충은 부하 장병에게 살해되어 그의 시체가 여덟 조각이 났다. ㅇ同惡(동악)－함께 악을 저지른 사람. ㅇ隨(수)－양국충을 따라. ㅇ蕩析(탕석)－탕(蕩)은 쓸어버리다, 석(析)은 쪼개 버리다. ㅇ夏殷(하은)－하는 우왕(禹王)이 세우고, 은은 탕왕(湯王)이 세웠다. ㅇ中(중)－궁중에서. ㅇ自誅(자주)－스스로 벌 주어 죽이다. ㅇ褒(포)－포사(褒姒), 주(周) 유왕(幽王)의 총비. ㅇ妲(달)－달기(妲己), 은(殷) 주왕(紂王)의 애첩이다. 이들 두 여성은 다 주왕조나 은왕조를 망친 장본인이다. 앞에서 하(夏)·은(殷)을 들고 뒤에서는 포사와 달기를 들어 왕조가 같지 않으므로 이에 대한 설이 구구하다. 그러나 하·은을 대략 은·주(周)의 뜻으로 보면 좋을 것이다. 그러나 두보는 철저한 유가(儒家)의 신봉자다. 따라서 공자(孔子) 이하 모든 유가가 높이는 주(周)나라가 멸망했다는 말을 표면에 쓰고 싶지 않았으므로, 그는 고의로 하은(夏殷)이라 했을 것이다. ㅇ獲(획)－얻다, '~하게 되었다'. ㅇ宣光(선광)－주(周) 선왕(宣王), 후한(後漢)의 광무제(光武帝). 이들은 쇠퇴한 국운을 다시 일으킨 명군이었다. 여기서는 숙종(肅宗)을 암시했다. ㅇ果(과)-과연. ㅇ明哲(명철)-총명하고 사리에 통달하다. ㅇ桓桓(환환)-용맹하고 빛난다. ㅇ陳將軍(진장군)- 현종을 모시고 촉으로 간 진현례(陳玄禮) 장군. ㅇ仗鉞(장월)-장(仗)은 짚고, 의지하고, 손에 들고, 월(鉞)은 큰 도끼. 천자가 장군에게 정벌의 명을 내릴 때 주었다. 장월(仗鉞)은 바로 천자의 명을 받들고란 뜻도 된다. 진장군이 마외(馬嵬)에서 병사들의 요청을 대표해서 현종에게 상주하여 양씨 일족을 죽이게 했다. ㅇ奮忠烈(분충열)-충열을 떨쳤다. ㅇ微爾(미이)-당신이 없었더라면. ㅇ人盡非(인진비)-사람들이 모두 지금과 같이 잘살지 못했을 것이다. 진현례(陳玄禮)의 덕택으로 오늘도 살고 있다는 뜻. ㅇ大同殿(대동전)- 당(唐) 흥경궁(興慶宮) 안에 있는 궁의 이름. ㅇ白獸闥(백수달)-한(漢) 미앙궁(未央宮)에 백호문(白虎門)이 있었다. 당나라에서는 '호(虎)'자를 당 고조(高祖)를 뜻한다고 해서 쓰기를 꺼렸으므로 '백수달'이라고 고쳐 불렀다. ㅇ翠華(취화)-비취날개로 장식된 천자의 깃발. ㅇ金闕(금궐)-황금으로 장식한 대궐의 문. ㅇ園陵(원릉)- 당나라 선조의 능. ㅇ有神(유신)-용한 신이 깃들고 있다, 신령의 가호가 있을 것이다. ㅇ掃灑(소새)-물뿌리고 쓸다. ㅇ數不缺(수불결)-제사의 여러 가지 격식도 빠짐이 없다. ㅇ煌煌(황황)-찬란하게 빛나다. ㅇ太宗業(태종업)-당 태종의 업적. 당 고조(高祖)를 도와 천하를 통일하여 당을 건국했다. ㅇ宏達(굉달)-규모가 크고 영원히 뻗어나갈 업적을 세웠다.

(大意) 숙종(肅宗) 황제 지덕(至德) 2년 가을, 윤달 8월 초하루.(1)

두보는 북쪽으로 가서 불안한 심정으로 아득하게 알길이 없는 가족들의 안부를 묻고자 한다.(2)

고난과 걱정에 휩싸인 현 시점에서 볼 때 조정이나 일반이나 한가한 날이 적을 것이다.(3)

그럼에도 불구하고 나는 외람되게도 개인적으로 천자의 은총을

받고, 조칙에 의해 가난한 내 집에 돌아가도 좋다는 허락을 받았다.(4)

대궐 아래에 가서 멀리 천자를 배알하고 하직 인사를 올렸으나, 어쩐지 마음이 두려움과 불안에 싸여 이내 나올 수가 없었다.(즉 길을 뜰 수가 없었다)(5)

나는 비록 천자에게 충성껏 간해 올릴 만한 자질을 갖추지 못하고 있지만, 혹시나 황제에게 실수라도 있지나 않을까 두렵기만 하다.(6)

숙종 황제는 바로 중흥의 군주이시며 나라를 다스림에 있어 물론 열성과 애를 쏟고 계시다.(7)

한편 동쪽에 있는 역적들은 아직도 완전히 평정되지 않았으며, 이 점에서 신하인 두보는 절실하게 분개하고 있는 바이다.(8)

눈물을 훔쳐내고 황제가 계신 행궁을 그리면서 길을 가거늘, 역시 나의 마음은 망연하여 어찌할 바를 모르겠다.(9)

바야흐로 천지는 전란의 상처를 속에 지니고 있으니, 걱정과 근심은 언제나 말끔히 가실 것인가?(10)

터덜터덜 맥빠진 걸음으로 논밭길을 넘어가면서 보니, 인가에서 오르는 연기가 적으니 쓸쓸하기 그지없다.(밥지을 쌀이 없어서)(11)

길을 가면서 만난 사람들은 대다수가 부상을 입었으며, 그들은 또한 피를 흘리고 있었다.(12)

숙종이 계신 봉상현(鳳翔縣) 쪽을 돌아보니, 정기들이 저녁 햇빛을 받고 명멸하고 있다.(13)

다시 앞으로 나가 싸늘한 산이 중첩한 곳으로 올랐으며, 산에서는 말에게 물먹이는 웅덩이를 자주 보았다.(14)

빈주평야(邠州平野)가 얕게 패여 분지를 이루었고, 그 속에 경수(涇水)가 출렁대며 흐르고 있다.(15)

맹호가 내 앞에 우뚝 섰고 큰 소리로 울 때는, 나무가 울창한 낭떠러지도 갈라질 듯했다.(16)

금년 가을에도 국화꽃이 피어 처졌고, 돌길에는 낡은 수레의 바

퀴 자국이 나 있다.(17)

높고 푸른 하늘에 뜬 구름을 보니 더욱 흥이 돋아나고, 깊은 산중의 풍정 역시 즐길 만했다.(18)

산에 있는 과목들은 대부분이 잘잘한 열매들이고 그 중에는 도토리나 밤 같은 나무도 섞이어 줄짓듯이 자라고 있다.(19)

어떤 열매는 붉어 마치 단사(丹砂) 같고, 또 어떤 열매는 방울진 옻나무의 진 같기도 했다.(20)

과수목들은 비나 이슬에 젖어, 쓰거나 달거나 다같이 열매를 맺는다.(21)

아득하게 도화원의 선경을 생각하니 나의 처신의 졸렬함에 탄식했다.(22)

어느덧 부주(鄜州)의 높고 넓은 제단이 멀리 바라보이고, 앞으로는 암산과 계곡이 서로 오르락내리락 엉켜 있다.(23)

나는 이미 계곡의 물가를 지나고 있는데 나의 머슴은 아직도 산 위에 있는 나뭇가지 곁을 걷고 있었다.(24)

부엉이는 노랗게 말라 시들은 뽕나무에 앉아 울고, 들쥐는 마구 판 쥐구멍 앞에서 앞발을 비벼대고 있다.(25)

밤이 깊어 싸움이 벌어졌던 곳을 지나니, 차가운 달빛이 전사자의 백골을 비치고 있다.(26)

동관(潼關)을 나가 역적을 치러 나갔던 백만대군이 전에 어떻게 하다가 그다지도 창졸간에 패하고 흐트러졌을까?(27)

어이하여 진(秦) 일대의 많은 사람들이 무참하게 살해되어 귀신으로 만들어졌단 말인가.(28)

더욱 내가 역적들에게 잡히었다가 간신히 탈출해 돌아왔을 때에는 나의 머리는 온통 백발이 되고 말았다.(29)

1년만에 초라한 띠풀 집에 돌아와 보니, 처자들은 더덕더덕 기워댄 옷을 걸치고 있다.(30)

내가 목놓아 통곡하니 솔바람 소리도 함께 어울려 맴돌고, 흐르는 샘물도 슬픈 듯 소리죽여 흐느껴 울었다.(31)

평소에 개구쟁이였던 자식도 영양실조로 안색이 눈보다도 더 창백하게 되어 있구나.(32)

애비인 나를 보고 도리어 낯을 뒤로 돌리고 우는데, 온통 때에 더럽혀졌고 발에는 버선도 신지 않았다.(33)

침상 머리에 있는 두 명의 어린 딸들은 기워 입은 누더기옷으로 간신히 무릎을 가리고 있다.(34)

바다의 그림이 있는 옷조각이 찢어져 파도가 짤려나갔고, 낡은 수놓은 무늬도 뒤틀렸다.(35)

옷조각에 그려진 괴상한 천오신이나 푸른 봉황새의 무늬가 거꾸로 나쁜 털조끼에 걸렸다.(무늬가 그려진 조각을 거꾸로 기워 댔기 때문이다)(36)

늙은 애비 된 몸으로 속이 언짢어, 토하고 설사를 하며 수일간을 누웠다.(37)

나의 짐보따리 속에 비단이 있으니 그것으로 너희들이 추워 떠는 것을 막아 주리라.(38)

또한 보따리를 풀어 분이나 눈썹 그리는 먹 같은 화장품을 꺼내어 몇 가지를 이불 위에 늘어놓으니.(39)

병들어 야윈 처의 얼굴에 다시 생기가 돌고, 철부지 딸은 재빨리 머리에 빗질을 한다.(40)

어미 흉내를 내어 못하는 것이 없고, 아침 화장을 한다고 닥치는 대로 주워 바른다.(41)

한동안 흰 분이다 붉은 연지다 하고 마구 바르고 이번에는 어수선하게 넓게 눈썹을 그렸다.(42)

살아서 돌아와 아이들을 대하니, 굶주림과 목마름도 잊을 듯하다.(43)

아이들이 이것저것 물으며 서로 다투듯이 수염을 잡아당겼으나, 그렇다고 성내고 야단칠 사람이 누가 있겠느냐?(44)

한편 돌이켜 전에 역적들에게 잡혔을 때를 생각하면, 지금 이렇듯 어수선하고 야단법석하는 일쯤은 감수할 만하다.(45)

집에 갓 돌아온 나는 이럭저럭 마음을 달래어 풀고 지내노라니 살림 따위는 어찌 따질까 보냐?(46)

지존하신 황제는 아직도 피난하고 계시니, 어느 날에나 적을 평정하여 병졸 훈련을 끝낼 것인가?(47)

조용히 우러러 살피니 하늘빛도 차츰 바꾸어지고, 또한 요망한 전란의 나쁜 기운도 차츰 밝게 개일 것같이 느껴진다.(48)

음산하고 살벌한 바람이 서북쪽에서 불어온다. 그것은 가슴아프고 참담하게도 위구르족을 따라온 것이다.(49)

위구르족의 왕이 당나라에 귀순하여 돕겠다고 청원해 왔고, 그들의 기질은 말을 잘 달리고 또 적을 잘 돌파했다.(50)

위구르족이 5천 명의 병졸을 보내왔고, 또 1만 필의 말을 몰고 왔다.(51)

위구르족은 나이 어린 자를 높이고, 그들 주위의 다른 부족은 위구르족의 용감성과 결단력에 복종하고 있다.(52)

그들이 쓰는 병졸들은 매가 하늘에 치솟듯이 용감하고, 적을 돌파할 때는 화살이 나는 것보다 더 날쌔다.(53)

황제께서는 허심탄회 그들에게 기대를 하고 계시지만, 일반의 공론은 그와는 반대이고 모두들 그들에 대한 의구심 때문에 기절할 지경이다.(54)

하기는 오늘의 형세로 보아 낙양(洛陽) 일대는 손바닥 들여다보듯 쉽게 수복할 수 있을 것이며, 또 장안(長安)도 쉽게 공략해 떨어뜨릴 수 있을 것이다.(55)

그러므로 관군은 깊이 진격해 들어가고, 정예부대를 많이 동원하여 위구르족과 함께 발동하는 것이 좋겠다.(56)

이번의 출동으로 청주(青州)와 서주(徐州)를 해방시켜 줄 것이며, 또 눈깜짝할 사이에 항산(恒山)과 갈석산(碣石山)도 공략할 수 있을 것이다.(57)

넓은 하늘에는 서리나 이슬이 쌓였고, 하늘의 정기는 역적을 엄하게 처형할 기운이 넘치고 있다.(58)

이제야 화를 돌려 금년에는 오랑캐를 멸망시킬 것이며, 또한 관군의 세력을 정비하여 이달에는 오랑캐를 사로잡을 것이다.(59)

오랑캐의 운명은 오래 가지 못할 것이고, 황제의 기강은 절대로 끊어질 리가 없노라.(60)

돌이켜 지난날을 생각하면 난이 일어 현종(玄宗)께서 촉으로 피난가셨을 때에 취한 모든 처사는 전례와 같지 않은 훌륭한 것이었다.(61)

간신 양국충(楊國忠)은 마침내 살해되어 시체가 여덟 조각이 나고 또 소금에 절여졌고, 그와 같은 악한 무리들도 그와 더불어 처형되어 말끔히 없어졌다.(62)

나는 전에 하(夏)나라와 은(殷)나라가 멸망했을 때도 그 나라의 임금들이 스스로 쇠망의 근원인 포사(褒姒)나 달기(妲己)를 벌주어 죽였다는 말을 못 들었다.(그러나 당 현종은 양귀비나 양국충 일당을 스스로 처형했으니까, 옛날과는 다른 일을 하셨고, 따라서 영명한 군주라는 뜻)(63)

주나라와 한나라가 다시 일어나게 된 것은 선왕(宣王)과 광무제(光武帝)가 과연 명석하고 사리에 통달했기 때문이다.(64)

용맹하고 빛나는 진현례(陳玄禮) 장군, 그는 천자로부터 내려받은 큰 도끼를 잡고 충성을 다 바치어 크게 이름을 떨쳤다.(65)

만약 그대가 아니었다면 모든 사람들도 오늘같이 살지 못했을 것이다. 그리고 지금은 나라가 더욱 활기에 차 있다.(66)

지금은 장안에 있는 대동전(大同殿)도 처량하고, 백수달(白獸闥)도 적막하겠지.(67)

장안 사람들은 비취로 장식된 천자의 기가 되돌아오기를 갈망하고 있으며, 반가운 기운이 황금으로 장식된 대궐 문에 뻗어오르고 있다.(68)

당나라 선조들의 능에는 의당히 신령이 깃들어 나라를 가호해 줄 것이며, 천자께서 장안에 돌아오시면 더욱 능을 말끔히 쓸고 물뿌리고 또 모든 제사의 격식도 빠짐없이 올릴 것이다.(69)

그리고 당나라를 세운 태종(太宗)의 건국업적은 찬란하게 빛나는 것이므로, 앞으로도 웅대한 규모로 영원히 뻗어나갈 나라를 수립하고야 말 것이다.(70)

(解說) 이 시는 두보의 작품 중에서도 가장 길고 또 뛰어난 걸작이다. 총 700자 140구로 된 오언고시다.

지덕(至德) 2년(757) 8월에 봉상(鳳翔)에서 부주(鄜州)로 돌아가서 지은 것이다. 그에 앞서 역적에게 잡히어 장안에 감금되었던 두보는 안녹산이 죽고 적이 혼란해진 틈을 타 탈출하여 숙종이 있는 봉상으로 달려갔다. 그곳에서 좌습유(左拾遺)의 벼슬을 받았는데, 문하성(門下省)에 속하는 종팔품(從八品)의 직위로 지체는 높지 않으나 천자에 시종하고 간언을 올릴 수 있는 직책이었다. 〈술회(述懷)〉 참조.

두보는 고지식한 성품이었다. 그는 요령있게 정치적으로 농간을 부리거나 타협을 할 줄 몰랐다. 오직 소신껏 자기의 충성을 바치고자 했다. 때마침 두보는 장안 서쪽 진도사(陳陶斜)에서 역적과 싸우다가 패한 재상 방관(房琯)을 두둔하는 상소를 올렸다가 숙종의 역린(逆鱗)에 걸렸다. 요행히 새로 재상에 오른 장호(張鎬)의 주선으로 벌은 면했으나, 그대신 두보는 조칙(詔勅)을 받고 가족이 있는 부주로 내려가게 되었다.

〈북정(北征)〉은 '지덕 2년 가을, 윤 8월 초하루'로 시작된다. 때는 간난에 쫓기어서 조야가 분망한 때다. 두보는 나라를 걱정하는 몹시 초조한 심정으로 눈물을 머금고 북쪽으로 길을 떠났다.

가는 도중 그는 처참한 전란의 상처를 생생하게 그렸다. 앞길을 가로막는 사나운 호랑이를 피해, 깊은 산을 뚫고 부주가 바라보이는 평야로 나오니, 그곳은 전란이 휩쓸고 간 듯, 백골(白骨)들이 창백한 달빛에 모습을 드러내고 많은 주민들이 죽어 귀신이 되었다고 한다.

마침내 두보는 가족이 기우하고 있는 오막살이에 당도했다. 무사히 살아 있기는 했으나 다 찢어지고 떨어진 옷에 더덕더덕 조각을 기워 댄 옷을 걸친 가족들은 너무나 처참했다. 늙은 두보는 기분이 언짢아 병들어 눕고 말았다.

며칠 후 두보와 가족은 평온(平穩)을 되찾았다. 두보가 가지고 온 옷이나 화장품을 처자에게 주자, 창백한 아내의 낯에도 생기가 다시 돌았고, 철부지 아이들은 화장품을 마구 얼굴에 그려 붙이고 아버지의 수염을 잡아당기며 재롱을 떨었다.

그러나 두보는 가족의 안전만으로 만족할 수가 없었다. 나라에 대한 걱정과 당나라 중흥을 위한 희망을 진지하고 성심껏 피력해 올렸다.

두보는 개인생활에 성실했고, 동시에 국가에 대해서도 충군애국하는 충신이었다. 그러한 진지하고 성실한 인간상이 특히 〈북정〉에서 잘 나타났다. 특히 사실주의적 시인으로서의 표현과 정확하고 신선한 맛이나 또 휴머니스트로서의 인간애도 이 시에는 잘 나타나 있다.

제 6 장

승화昇華된 휴머니즘

아아! 큰집 우뚝 내 눈으로 본다면
나의 초당 부서지고 내 얼어죽어도 족하리
嗚呼! 何時眼前突兀見此屋
吾廬獨破受凍死亦足

서로 만나기 어렵다 하며
연거푸 열잔의 술을 드나
열잔 술에도 취하지 않고
오직 그대의 뜻에 자명할뿐
主稱會面難
一擧累十觴
十觴亦不醉
感子故意長

'출정병사에게 시집보냄은 길에 버림만 못하다'고 전쟁을 미워한 두보였다. 그리고 임을 싸움터로 보내는 새댁을 동정하여 '침통함이 창자 속에 파고든다'고 한 두보였다. 그러나 두보는 경중(輕重)을 가릴 줄 알았다. 역적을 치고 나라를 안녕케 하기 위해서는 사(私)를 버려야 한다고 믿었다. 그러기에 그는 휴머니스트임과 동시에 참다운 애국자였다.

다음에 소개하는 삼리(三吏), 즉 〈신안리(新案吏)〉 〈동관리(潼關吏)〉 〈석호리(石壕吏)〉와 삼별(三別), 즉 〈신혼별(新婚別)〉 〈수노별(垂老別)〉 〈무가별(無家別)〉의 여섯 수의 시는 리얼리즘의 극치로서, 두보가 지닌 서민에 대한 연민(憐憫)의 정, 끊임없는 전쟁에 의한 백성들의 고통 등을 나타내어 시성(詩聖) 두보의 진가(眞價)를 여실히 보여주는 작품이다.

81. 新安吏(신안리) 신안의 관리

1. 客行新安道(객행신안도) 喧呼聞點兵(훤호문점병)
2. 借問新安吏(차문신안리) 縣小更無丁(현소갱무정)
3. 府帖昨夜下(부첩작야하) 次選中男行(차선중남행)
4. 中男絶短小(중남절단소) 何以守王城(하이수왕성)
5. 肥男有母送(비남유모송) 瘦男獨伶俜(수남독영빙)
6. 白水暮東流(백수모동류) 青山猶哭聲(청산유곡성)
7. 莫自使眼枯(막자사안고) 收汝淚縱橫(수여루종횡)
8. 眼枯卽見骨(안고즉견골) 天地終無情(천지종무정)

아 군 취 상 주　　일 석 망 기 평
9. 我軍取相州　日夕望其平

기 억 적 난 료　　귀 군 성 산 영
10. 豈憶賊難料　歸軍星散營

취 량 근 고 루　　연 졸 의 구 경
11. 就糧近故壘　練卒依舊京

굴 호 부 도 수　　목 마 역 역 경
12. 堀壕不到水　牧馬役亦輕

황 내 왕 사 순　　무 양 심 분 명
13. 況乃王師順　撫養甚分明

송 행 물 읍 혈　　복 야 여 부 형
14. 送行勿泣血　僕射如父兄

〈五言古詩〉

신안의 길을 나그네 가자니, 시끄럽게 점호하는 소리 들리어

신안의 관리에게 잠시 물었노라, 고을이 작아 남은 장정이 없거늘

군부에서 징집영장 간밤에 내리어, 제2차로 뽑아 보낸다 하네

중남은 어리고 작을 것이니, 어떻게 왕성을 지킬 수 있으리오!

살찐 장정은 어머니 전송왔으나, 야윈 장정 홀로 외로이 서 있어라

황혼에 희멀건 강물 동쪽으로 흐르니, 푸른 산은 마치 통곡하고 있는 듯

스스로 울어 눈물 말리지 마시오, 마구 쏟아지는 눈물을 거두시오

눈물 다 마르고 뼈가 나온다 해도, 종내 세상은 무정할 거요

아군이 적이 있는 상주를 친다기에, 조석으로 평정되기 바랐었거늘

뜻밖에도 적군 동태 헤아리기 어려워, 관군 패하고 별같이 흩어져 귀영했노라

옛 보루에 돌아와 양식 보급받고, 낙양 가까이서 훈련을 쌓고 있노라

참호를 판다 해도 깊이 파지 않으며, 말사육 별반 힘들지 않도다

더구나 관군은 정의의 군대이며, 보살피고 보양함도 지극할 것이니

보내면서 피눈물 내어 울지를 마오, 사령관도 부형같이 인자한 분이라오

語釋 ㅇ新安吏(신안리)－신안(新案)은 현 하남성(河南省) 신안현(新安縣)이며, 리(吏)는 말단관리이다. ㅇ客(객)－두보 자신. ㅇ喧呼(훤호)－시끄럽게 떠든다, 시끄럽게 소리내어서 부른다. ㅇ點兵(점병)－병사를 점검한다, 병적부와 대조하고 한 사람씩 호명하여 조사한다. ㅇ借問(차문)－잠간 물어본다. ㅇ無丁(무정)－장정(壯丁)이 더는 없다. ㅇ府帖(부첩)－군부의 소집영장. 당(唐)은 전국을 6백여 개의 군부(軍府)로 나누어 다스렸다. ㅇ次選(차선)－제2차적으로 선발한다. ㅇ中男(중남)－당(唐)의 제도로 모든 백성을 황(黃)·소(小)·중(中)·정(丁)·노(老)로 나누었으며, 18세 이상이 중이고, 23세 이상이 정이다. 중남(中男)은 18세 이상 22세까지다. ㅇ絶(절)－몹시, 절대적으로. ㅇ短小(단소)－몸집이 작다. ㅇ王城(왕성)－낙양(洛陽)성, 당시 곽자의(郭子儀)가 지키고 있었다. ㅇ瘦男(수남)－마른 장정. ㅇ伶俜(영빙)－령(伶)은 홀로 외롭다, 빙(俜)은 비틀거린다. ㅇ白水(백수)－희게 반사하는 강물, 뽑히어 싸움에 나가는 병사에 비유했다. ㅇ青山(청산)－푸른 산, 보내는 가족에 비유. ㅇ莫

(막)－'～하지 말라'. ㅇ自使眼枯(자사안고)－스스로 눈을 메마르게 하지 말라. 안고(眼枯)는 너무 울어서 눈물이 메마르다. ㅇ縱横(종횡)－눈물이 걷잡을 수 없이 막 쏟아지는 품. ㅇ卽(즉)－설사 ～하더라도. ㅇ見骨(견골)－눈물이 다 흘러 메마르고, 끝에 가서 설사 뼈가 나타나 보일 만큼 운다 한들. ㅇ相州(상주)－업성(鄴城), 반란을 일으켰던 안경서(安慶緖)가 이곳에 있었다. ㅇ豈憶(기억)－어찌 생각했으랴? 뜻밖에도. ㅇ賊難料(적난료)－적의 힘을 예측하기가 어렵다. ㅇ歸軍(귀군)－곽자의(郭子儀)가 상주에 있는 안경서를 포위했으나, 사사명(史思明)이 원군을 파견하여 안경서를 도왔으므로 도리어 당나라 관군이 패하고 낙양으로 퇴각해 왔다. 패하여 돌아온 군대. ㅇ星散營(성산영)－별같이 흩어져 각자의 진영으로 갔다는 뜻. ㅇ就糧(취량)－식량이 있는 곳을 찾아가다. ㅇ故壘(고루)－옛날의 성루. ㅇ舊京(구경)－옛날의 서울, 낙양. ㅇ掘壕(굴호)－참호를 판다. ㅇ不到水(부도수)－물이 나오도록 깊게 파는 것이 아니란 뜻. ㅇ牧馬(목마)－말을 사육한다. ㅇ王師順(왕사순)－관군은 천리(天理)에 어긋나지 않는 군대니까 모든 일이 순조롭게 될 거라는 뜻. ㅇ撫養(무양)－병사를 사랑하고 잘 보양한다. ㅇ僕射(복야)－관명. 곽자의(郭子儀)를 가리킨다. 야(射)는 벼슬 이름을 말한다.

(大意) 길손이 신안(新安)을 가자니 병졸을 점검하는 소리가 시끄럽게 들려오고 있다.(1)

신안의 관리에게 잠시 물으니, 그가 말하길 이 현은 작은 곳이라 더는 장정이 없소. 하지만 어제밤 부(府)에서 영장이 내려 제2차로 추려 중치 장정들을 보내고 있소.(2～3)

중치 장정들은 아직 체격이 작다. 그러니 어떻게 그들이 낙양성을 지킬 수 있겠느냐?(4)

살이 찐 중남은 어머니가 전송해 주고 있으나, 야윈 중남은 홀로 비실비실 외롭게 서있다.(5)

황혼에 희멀겋게 반사하는 강물은 동쪽으로 흐르고, 검푸른 산은

우뚝 서서 마치 곡성을 내고 울고 있는 듯하다.(6)

그대들이여, 스스로 너무 울어 눈을 메마르게 하지 말고, 걷잡을 수 없이 쏟아지는 눈물을 거두시오.(7)

눈물이 메마르고 설사 뼈가 나와 보일 만큼 운다 해도, 결국 세상은 무정한 것 그대를 도와주지는 않을 것이다.(8)

아군이 상주(相州)를 탈환한다기에 아침저녁으로 역적들이 평정되기를 기다렸다.(9)

그러나 뜻밖에도 적군의 군사가 예상외로 불어나, 도리어 관군이 패하여 돌아왔고 패배한 관군은 별같이 흩어져 각자의 진영으로 갔다.(10)

돌아온 병사들은 옛날 보루 가까운 곳에서 양식을 보급받고, 또한 옛 서울 낙양에 의지하여 훈련을 쌓는다.(11)

참호를 파도 물이 나올 만큼 깊이 파는 것이 아니고 말을 먹여도 힘이 별로 들지 않는다.(12)

하물며 황제를 위해 싸우는 관군은 정의의 군대라 천리(天理)에도 순조로울 것이며, 병사들에 대한 대우도 틀림없이 잘 해줄 것이다.(13)

전송하면서 피눈물 흘리며 울지를 마시오, 복야 곽자의 장군은 부모같이 잘봐 줄 것이오.(14)

(解說) 건원(乾元) 원년(758) 두보는 장안 동쪽에 있는 시골 화주(華州)의 사공참군(司功參軍)이라고 하는 자리로 좌천되었다. 전에 그가 두둔했던 재상 방관(房琯)이 대궐에서 쫓겨남에 따른 것이었다. 화주에서의 생활은 너무나 고뇌에 찬 것이었다. 그러나 이러한 고뇌의 생활을 통하여 두보는 더욱 그의 눈을 국민이 겪는 고뇌 속에 돌릴 수 있었고, 따라서 그의 시도 전보다 더욱 격렬하게 대중을 위한 휴머니즘의 꽃을 피우게끔 되었다. 특히 이때를 전후해서 지은 '삼리삼별(三吏三別)'은 두보의 시작(詩作) 활동의 꽃이 만개한 것들이라 하겠다.

한편 당나라에 충성하는 관군들은 지덕 2년(757) 장안과 낙양을 탈환하고 현종과 숙종도 장안에 돌아왔다. 그리고 계속 역적 안경서(安慶緖)들의 본거지인 상주(相州) 업성(鄴城)을 공격했다. 특히 곽자의(郭子儀)를 위시한 9절도사(節度使)들이 20만 대군을 이끌고 업성을 포위하고 공략했다. 그런데 뜻밖에도 전에 관군에게 투항했던 사사명(史思明)이 돌변하여 안경서를 돕게 되자 관군은 대패하고 낙양으로 후퇴했다.

때마침 두보는 낙양에서 화주로 가던 길에 이러한 긴박한 사태를 목격했고, 신안이란 마을에서 보충병을 뽑아 출정시키는 광경을 목도하고 이 시를 지었다.

두보는 물론 관군의 승리를 바라고 역적의 토벌을 희구했다. 그러나 어찌됐던 전란에 시달리는 백성들의 처참한 모습에 그는 함께 피눈물을 흘리지 않을 수가 없었다. 사회성이 짙은 리얼리즘의 극치로서 두보의 진가를 이 '삼리삼별'에서 잘 알 수가 있을 것이다.

82. 潼關吏(동관리) 동관의 관리

1. 士卒何草草(사졸하초초) 築城潼關道(축성동관도)
2. 大城鐵不如(대성철불여) 小城萬丈餘(소성만장여)
3. 借問潼關吏(차문동관리) 修關還備胡(수관환비호)
4. 要我下馬行(요아하마행) 爲我指山隅(위아지산우)
5. 連雲列戰格(연운열전격) 飛鳥不能踰(비조불능유)

호 래 단 자 수 기 복 우 서 도
6. 胡來但自守 豈復憂西都

장 인 시 요 처 책 협 용 단 거
7. 丈人視要處 窄狹容單車

간 난 분 장 극 만 고 용 일 부
8. 艱難奮長戟 萬古用一夫

애 재 도 림 전 백 만 화 위 어
9. 哀哉桃林戰 百萬化爲魚

청 촉 방 관 장 신 물 학 가 서
10. 請囑防關將 愼勿學哥舒

〈五言古詩〉

병사들은 왜 저렇게 애를 쓰고 있나, 동관 길목의 성들 보수하고 있는지

큰 성은 쇠보다도 견고하고, 작은 성은 만장이나 높이 있어라

동관의 관리에게 물으니, 관문을 보수하여 역적을 막노라 한다

나로 하여금 말을 내리게 하며, 내게 산 모퉁이를 손으로 가리킨다

방어의 철책이 구름에 이어졌고, 나는 새도 넘지 못하겠더라

적이 쳐들어와도 이곳만 지키면, 다시는 장안을 걱정할 것 없느니

어른 보시오, 저 요해처를! 좁고 험난해 수레 하나 겨우 지날 수 있을 뿐

난리가 나도 이곳에서 긴 창 휘두르면, 단 한 사람이면 영원히 지킬 수 있소

슬프도다 전에 도림의 싸움에선, 패하여 백만대군이 물고기로

화했지

동관 지키는 장군에게 부탁하노니, 절대로 가서한처럼 패전하지 마시오

語釋 ㅇ潼關(동관)－섬서성(陝西省) 동쪽에 있으며 낙양에서 장안으로 통하는 요지이다. 상주(相州), 즉 업성(鄴城)에서 패한 관군은 동관을 보수하여 대비하고 있었다. ㅇ草草(초초)－쩔쩔매며 고생한다. 《시경(詩經)》〈소아(小雅)〉 항백(巷伯)에 '노인초초(老人草草)'라고 있다. ㅇ鐵不如(철불여)－철보다도 더 견고하다. ㅇ萬丈餘(만장여)－만장보다도 더 높은 곳에 있다. ㅇ還(환)－다시. ㅇ要我下馬行(요아하마행)－나로 하여금 말에서 내리게 하다. 요(要)는 '반드시 ~하게 하다'. ㅇ山隅(산우)－산 모퉁이. ㅇ連雲(연운)－하늘의 구름과 이어졌다. ㅇ戰格(전격)－적을 방어하는 철책(鐵柵). ㅇ踰(유)－넘어가다. ㅇ但自守(단자수)－다만 이쪽에서 스스로 지키기만 하면 된다. ㅇ豈復憂(기복우)－또 걱정할 필요가 없다. ㅇ西都(서도)－장안. ㅇ丈人(장인)－연장자를 높여 부르는 말. ㅇ要處(요처)－요충지. ㅇ窄狹(책협)－길폭이 좁다. ㅇ容單車(용단거)－한 대의 수레가 지나갈 수 있다는 뜻. 용(容)은 허락한다, 단(單)은 오직 하나. ㅇ艱難(간난)－유사시, 나라에 전란이 일어났을 때, 즉 역적이 전란을 일으키고 쳐들어올 때. ㅇ奮長戟(분장극)－긴 창을 휘두른다. ㅇ萬古(만고)－언제나, 영구히. ㅇ用一夫(용일부)－한 사람을 쓰면 된다. ㅇ桃林戰(도림전)－도림(桃林)은 하남성(河南省) 영보현(靈寶縣), 주(周) 무왕(武王)이 소를 방목했다고 하는 곳. 천보(天寶) 15년(756) 6월 가서한(哥舒翰)이 안녹산의 적군과 싸워 크게 패한 곳이다. ㅇ百萬化爲魚(백만화위어)－가서한의 20만 대군이 패하여 황하(黃河)에 빠져 익사한 병사가 수만이 넘었다고 한다. 즉 수많은 병사들이 물고기가 되었다. ㅇ請囑(청촉)－부디 부탁한다. ㅇ防關將(방관장)－관문을 지키는 장군. ㅇ愼勿學(신물학)－제발 본따지 마라. ㅇ哥舒(가서)－가서한(哥舒翰) 같은 실패.

(大意) 병사들은 왜 저렇게 쩔쩔매며 고생들을 하고 있을까? 아마도 동관(潼關)의 길목에서 성을 보수하고 있기 때문일 것이다.(1)

큰 성은 철보다도 더 견고하고, 작은 성은 만장이나 높은 곳에 있다.(2)

동관의 관리에게 물으니, 그는 '동관을 보수하여 오랑캐에 대비하고자 한다'고 대답한다.(3)

나로 하여금 말에서 내려 가라 하며, 나에게 산 한 구석을 손으로 가리켰다.(4)

적을 방어하는 철책(鐵柵)이 하늘의 구름과 연이었고, 날새도 넘어갈 수가 없을 정도였다.(5)

오랑캐가 쳐들어와도 이쪽에서는 오직 막기만 하면 된다. 다시는 장안에 대한 걱정을 할 필요가 없다.(6)

어른이시여, 저 요해처를 좀 보십시오. 고작 한 대의 수레가 지날 수 있을 만큼 좁고 험합니다.(7)

전란이 일어나 적이 쳐들어올 때 이곳에서 긴 창을 휘두르고 방비를 하면, 영원히 한 사람으로서도 막을 수 있습니다.(8)

그러나 슬프게도 가서한(哥舒翰)의 20만 대군이 도림에서 적에게 패했고, 수만의 병사들이 황하(黃河)에 빠져 익사하여 물고기로 화했노라.(9)

부디 동관을 지키는 장군에게 부탁하고자 하노니 제발 가서한(哥舒翰)의 실패를 되풀이하지 마십시오!(10)

(解說) 역적 안경서(安慶緖)를 업성에서 공략하다가 사사명(史思明)의 배반으로 인해서 당의 관군이 도리어 패하고 낙양으로 후퇴했다. 그리고 낙양과 장안의 요지인 동관의 성들을 수축하여 만일에 대비했다. 이 모습을 본 두보가 전에 가서한(哥舒翰)의 실패를 회상하며 다시는 적에게 패하지 않기를 기원하며 지은 것이다.

석 호 리
83. 石壕吏 석호의 관리

모 투 석 호 촌 유 리 야 착 인
1. 暮投石壕邨 有吏夜捉人

노 옹 유 장 주 노 부 출 문 간
2. 老翁踰墻走 老婦出門看

이 호 일 하 노 부 제 일 하 고
3. 吏呼一何怒 婦啼一何苦

청 부 전 치 사 삼 남 업 성 수
4. 聽婦前致詞 三男鄴城戍

일 남 부 서 지 이 남 신 전 사
5. 一男附書至 二男新戰死

존 자 차 투 생 사 자 장 이 의
6. 存者且偸生 死者長已矣

실 중 갱 무 인 유 유 유 하 손
7. 室中更無人 惟有乳下孫

손 유 모 미 거 출 입 무 완 군
8. 孫有母未去 出入無完裙

노 구 역 수 쇠 청 종 리 야 귀
9. 老嫗力雖衰 請從吏夜歸

급 응 하 양 역 유 득 비 신 취
10. 急應河陽役 猶得備晨炊

야 구 어 성 절 여 문 읍 유 열
11. 夜久語聲絕 如聞泣幽咽

천 명 등 전 도 독 여 노 옹 별
12. 天明登前途 獨與老翁別

〈五言古詩〉

날 저물어 석호촌에 묵으니, 밤에 관리가 사람 잡더라
할아범 담 넘어 도망가자, 늙은 부인 문 열고 나와보네
관리는 호통치며 화를 내고, 할머니 애통하게 눈물 흘리네
할머니 나서서 하는 말을 듣노라, 세 아들이 업성 싸움에 출정하여
한 아들 서신보내 소식 있으나, 두 아들 새 싸움에 전사했다오
살아 있는 몸 잠시 삶을 누리나, 죽은 자는 영영 끝나고 말 것이리
집안에는 남자라곤 없고, 오직 젖먹이 손자가 있을 뿐
손자 에미 아직 내 집에 있으나, 출입할 치마조차 성한 게 없다오
늙은 할멈 비록 몸은 쇠약하나, 나리 따라 이밤으로 갈까 하오
급한대로 하양 부역에 응하여, 새벽 취사 거둘 수 있을 것이오
밤이 깊자 말소리 끊기고, 숨 죽여 흐느껴 우는 소리만 들리네
날이 밝아 다시 길을 떠날새, 오직 할아범만이 작별을 하네

(語釋) ㅇ石壕(석호)－하남성(河南省) 섬현(陜縣)에 있는 마을. ㅇ暮投(모투)－날 저물어 투숙하다. ㅇ邨(촌)－마을, 촌(村)과 같다. ㅇ夜捉人(야착인)－밤에 사람을 잡는다. ㅇ踰墻走(유장주)－담을 넘어 도망가다. ㅇ呼(호)－고함을 친다. ㅇ一何怒(일하노)－어찌나 그다지도 화를 내는 것일까? 또는 너무나 몹시 화를 낸다는 뜻. ㅇ致詞(치사)－말을 한다. ㅇ鄴城戍(업성수)－역적 안경서(安慶緖)를 치기 위해 업성 싸움에 나갔다. ㅇ附書至(부서지)－보내온 서신이 왔다. ㅇ存者(존자)－살아 있는 사람. ㅇ且(차)－그런대로, 이럭저럭. ㅇ偸生(투생)－마땅히 죽었어야 할 것을 죽지 않고 잠시 삶을 도적질하듯 살아 있다는 뜻. ㅇ長已矣(장이의)－영원히 그만이다, 끝이다.

ㅇ室中(실중)－집 안. ㅇ惟有(유유)－오직 있을 따름이다. ㅇ乳下孫(유하손)－젖먹이 손자. ㅇ孫有母(손유모)－손자의 에미가 있다. 즉 할머니에게는 며느리가 된다. ㅇ未去(미거)－며느리가 딴 데로 가지 않고 그대로 있다는 뜻. ㅇ完裙(완군)－완전한 치마, 성한 옷. ㅇ老嫗(노구)－늙은 할멈. ㅇ從吏夜歸(종리야귀)－관리를 따라서 이밤에라도 가겠다. ㅇ急應(급응)－급한 대로 징용에 응한다. ㅇ河陽役(하양역)－하양의 징용일. 하양은 현 하남성(河南省) 맹현(孟縣). 역(役)은 노역, 역사, 징용. ㅇ猶得(유득)－아직은 ~할 수 있다. ㅇ備晨炊(비신취)－아침 밥짓는 일에 종사하다. ㅇ夜久(야구)－밤도 한참 지나서. ㅇ如聞(여문)－들리는 듯하다. ㅇ泣幽咽(읍유열)－소리 죽여 울며 흐느끼다. 열(咽)은 목메다, 막히다란 뜻. ㅇ登前途(등전도)－앞길에 오른다, 여행길에 나선다. ㅇ獨與老翁別(독여노옹별)－오직 할아버지에게만 작별을 했다, 즉 할머니는 징발되어 끌려갔다는 뜻.

(大意) 날 저물어 석호촌에 투숙하였더니, 그곳에서 관리가 밤에 사람을 잡고 있었다.(1)

그러자 늙은 할아버지가 담을 넘어 도망을 가고, 늙은 할머니가 문을 열고 나와서 보더라.(2)

관리는 왜 저렇게 심하게 화를 내며 호통을 치고, 할머니는 왜 저렇게도 애처롭게 울고 있는 것일까?(3)

할머니가 나서서 하는 말을 들으니 다음과 같다. 세명의 아이들이 다 업성 싸움에 출정을 했습니다.(4)

한 아들은 살아 있다는 서신이 왔는데, 두 아들 아이가 최근의 전투에서 전사했다고 합니다.(5)

아직 생존해 있는 사람들은 잠시 이럭저럭 삶을 누린다고 하겠으나, 일단 죽은 사람은 영원히 끝나고 말 것입니다.(6)

집 안에 남자라고는 더 없습니다. 오직 젖먹이 손자가 있을 뿐입니다.(7)

손자의 에미가 그대로 내 집에 살고는 있으나, 출입하여 해도 온전한 치마조차 없습니다.(8)

늙은 할멈인 제가 비록 노쇠하여 힘은 없지만, 오늘밤에라도 나리를 따라 징용에 응해 가겠습니다.(9)

다급한 대로 하양의 역사에 응하여 아침 밥하는 일에는 도움이 될 수 있을 것입니다.(10)

밤도 깊어 말소리도 끊어지고 들리지 않자, 숨 죽여 흐느끼는 신음 소리가 들리는 듯했다.(11)

이튿날 날이 밝아 내가 길을 나서니, 오직 할아버지 한 사람이 작별인사를 하더라.(12)

(解說) 하양(河陽)의 역사(役事)를 위해 인력동원을 나온 한 관리가 밤에 사람들을 강제로 잡아간다. 그러나 이 할머니는 이미 아들 셋을 전선에 보냈고, 그 중 둘은 전사를 했다고 한다. 집에는 젖먹이 손자와, 성한 치마 하나 없는 며느리가 있다. 그러기에 할아버지가 관리를 피해 담을 넘어 도망을 갔고, 대신 할머니가 징발에 끌려 갔다고 한다. 전란으로 여지없이 파괴된 한 집안의 슬픔을 사실적으로, 그러나 예리하게 그려냈다.

두보는 이 시에서 누구를 원망하거나 욕하고 있지를 않다. 오직 담담한 심정으로 사실 그대로만을 그렸을 뿐이다. 그러나 비참한 전란에 시달리는 민중에 무한한 사랑과 동정을 하고 있는 것이다.

84. 新婚別(신혼별) 신혼의 이별

토사부봉마 인만고부장
1. 兎絲附蓬麻 引蔓故不長

가녀여정부 불여기로방
2. 嫁女與征夫 不如棄路傍

결발위군처 석불난군상
3. 結髮爲君妻 席不煖君牀

모혼신고별 무내태총망
4. 暮婚晨告別 無乃太忽忙

군행수불원 수변부하양
5. 君行雖不遠 守邊赴河陽

첩신미분명 하이배고장
6. 妾身未分明 何以拜姑嫜

부모양아시 일야영아장
7. 父母養我時 日夜令我藏

생녀유소귀 계구역득장
8. 生女有所歸 雞狗亦得將

군금왕사지 침통박중장
9. 君今往死地 沈痛迫中腸

서욕수군거 형세반창황
10. 誓欲隨君去 形勢反蒼黃

물위신혼념 노력사융행
11. 勿爲新婚念 努力事戎行

부인재군중 병기공부양
12. 婦人在軍中 兵氣恐不揚

자 차 빈 가 녀 구 치 나 유 상
13. 自嗟貧家女 久致羅襦裳
나 유 불 복 시 대 군 세 홍 장
14. 羅襦不復施 對君洗紅粧
앙 시 백 조 비 대 소 필 쌍 상
15. 仰視百鳥飛 大小必雙翔
인 사 다 착 오 여 군 영 상 망
16. 人事多錯迕 與君永相望

〈五言古詩〉

다북쑥 삼나무 엉킨 덩굴은, 덩굴을 당겼자 길지 못하리

출정병사에게 여식 출가시킴은, 길바닥에 내어 버림보다 못하리

머리 얹고 임의 처가 되었으나, 임의 잠자리 녹힐 사이도 없이

밤에 결혼하고 새벽에 이별함은, 너무나 총망하지 않은가요!

임께서 비록 멀리 가시지 않고, 하양으로 부임하여 수비하시나

저 며느리 됨 아직 분명치 못하온데, 어떻게 시부모님에게 절을 올릴까요

전에 부모님이 저를 키우실 적에, 낮이나 밤이나 잘되기를 바라셨고

우리 딸 시집보낼 때는, 백년해로 어울리는 짝 얻고자 하셨지요

이제 임께서 죽음의 싸움터 가시니, 침통한 느낌 창자 속에 스며들어

한사코 임을 따라가고자 하나, 형세가 도리어 창황하군요

부디 신혼 염려 마시고, 나라 지키는 일에 진력하세요

아녀자가 군대에 들어 있으면, 병사의 사기가 오르지 못할 거

예요

한스럽게도 가난한 저로서, 간신히 비단옷 장만했으나

비단옷 다시는 입지 않겠고, 임 바라 붉은 화장 씻겠습니다

하늘 우러러 뭇새들 나는 것 보니, 크나 작으나 쌍쌍히 짝지어 날건만

인간 세상사만은 이렇듯 뒤틀리어, 임과 떨어져 오래 두고 바라만 보네!

(語釋) ㅇ新婚別(신혼별)－갓 결혼한 부부가 이별한다. 남편이 징집되어 가기 때문이다. ㅇ兎絲(토사)－덩굴나무. ㅇ蓬麻(봉마)－다북쑥이나 삼나무. 덩굴나무가 다북쑥이나 삼나무같이 작은 나무에 붙어 있다고 한 뜻은 병사와 결혼한 신부가 엉킴이 약하기 때문에 이내 이별하게 될 거라는 뜻을 암시하고자 한 것이다. ㅇ引蔓(인만)－덩굴을 잡아당기다. ㅇ故(고)－물론, 당연히란 뜻. ㅇ嫁女(가녀)－딸을 시집보내다. ㅇ與征夫(여정부)－출정하는 병사에게. ㅇ不如(불여)－'~하느니만 못하다'. ㅇ棄路旁(기로방)－길가에 버리다. ㅇ結髮(결발)－머리를 얹는다. 남자는 20세, 여자는 15세, 여자는 15세면 머리를 얹었다. ㅇ席(석)－자리. ㅇ不煖(불난)－따뜻하지 않다. ㅇ暮婚(모혼)－저녁에 결혼하고. ㅇ晨告別(신고별)－이튿날 아침에 이별하다. ㅇ無乃(무내)－'즉 ~가 아니냐?' ㅇ怱忙(총망)－다급하고 허무하다. ㅇ赴河陽(부하양)－하양으로 가다. 하양은 하남성 맹현. ㅇ未分明(미분명)－시집오자마자 남편이 없으니, 시집에서의 신분이 분명하지 못하다. ㅇ姑嫜(고장)－시어머니와 시아버지. ㅇ臧(장)－선(善)과 같다. ㅇ有所歸(유소귀)－귀(歸)는 시집가다. ㅇ雞狗亦得將(계구역득장)－설이 많고 분분하나, 여기서는 짝을 맞게 시집보낸다란 뜻으로 푼다. 즉 닭이나 개도 다 짝을 얻듯이 좋은 배필을 맞는다는 뜻이다. ㅇ迫中腸(박중장)－창자 속까지 아픔이 밀어닥친다. ㅇ反(반)－도리어. ㅇ蒼黃(창황)－창황(倉皇)과 같다. 어수선하고

혼란스럽다. ㅇ勿爲新婚念(물위신혼념)－신혼의 걱정을 하지 마시고. ㅇ事戎行(사융행)－군무를 수행하시오. ㅇ自嗟(자차)－스스로 한탄스럽다. ㅇ久致(구치)－오랜 시간을 들여 만들었다. ㅇ羅襦(나유)－엷은 비단으로 된 소매 없는 웃옷. ㅇ裳(상)－치마. ㅇ仰視(앙시)－우러러 하늘을 본다. ㅇ雙翔(쌍상)－짝지어 날다. ㅇ錯迕(착오)－뒤틀리고 어긋나고 잘못되다.

(大意) 토사덩굴이 다북쑥이나 삼나무에 엉키어 붙어 자랐으니, 그 덩굴은 잡아당기어 봤자 얼마 길지 못할 것이다.(1)

딸을 출정하는 병사에게 시집보낼 바에는 차라리 길가에 버리는 게 나으리라.(2)

머리를 얹고 이제 임의 처가 되었으나, 그대 침대 자리를 따뜻하게 해드릴 사이도 없었습니다.(3)

저녁에 결혼을 하고 이튿날 아침에 헤어지다니 너무나 총망하지 않습니까?(4)

비록 그대로 멀리 변방지대 싸움에 가는 것이 아니고, 하양(河陽)에 가서 수비에 임하신다지만.(5)

저의 며느리 된 신분이 아직 분명하게 자리를 잡지 못했으니, 어떻게 시부모를 모셔야 합니까?(6)

저의 친부모님이 저를 키우실 때에는 낮이나 밤이나 제가 잘되도록만 바라셨습니다.(7)

여자로 태어나면 의당히 시집을 가야 하며, 개나 닭들도 제짝을 찾듯이 저도 저에게 어울리는 낭군을 얻어 시집을 왔습니다.(8)

그런데 이제 그대가 싸움터의 죽을 고장으로 가시니, 그 침통함이 창자 속에까지 밀어닥칩니다.(9)

맹세코 그대를 좇아가고 싶으나, 오늘의 형세는 오히려 어수선하고 창황하기만 합니다.(10)

신혼의 걱정은 하지 마시고 오직 군무에 충실하도록 노력하세요.(11)

저도 따라가고 싶지만 여자가 군대 안에 있으면 병사의 사기도 아마 높이 오르지를 못할 것입니다.(12)

스스로 한탄스럽게도 가난한 집의 딸인 저는 처음으로 엷은 비단으로 된 웃옷과 치마를 만들었습니다.(13)

그러나 비단옷을 다시는 걸치지 않겠고 또 지금 그대 앞에서 붉은 화장도 지워 버리겠습니다.(14)

하늘을 우러러 보니 많은 새들이 날고, 새들은 크나 작으나 모두 짝지어 날고 있습니다.(15)

사람의 일들은 모두가 뒤틀리고 어긋나게 마련, 임과도 앞으로는 떨어져서 긴 세월을 두고 바라만 보게 되었습니다.(16)

(解說) 신혼부부의 이별을 신부의 입을 빌어 읊었다. 결혼한 이튿날 신랑은 하양(河陽)의 수비를 위해 출정했다. '출정병사에게 시집보냄은 길에 버림만 못하다(嫁女與征夫 不如棄路傍)'고 전쟁을 미워한 두보다. 그리고 임을 보내는 아낙을 '침통함이 창자 속에 파고든다(沈痛迫中腸)'고 동정한 두보다. 그러나 두보는 무조건 전란을 미워하고 오직 개인의 생활만을 두둔하지는 않았다. 두보는 경중(輕重)을 가릴 줄 알았다. 역적을 치고 나라를 안녕케 하기 위해서 신부는 단념을 해야 한다고 믿었다. 그러기에 두보는 '신혼걱정은 말고 싸움에 전념하시오(勿爲新婚念 努力事戎行)'라고 출정하는 신랑을 독려했던 것이다. 휴머니즘과 애국심이 잘 조화된 시라 하겠다.

85. 垂老別(수노별) 늘그막 이별

1. 四郊未寧靜(사교미영정) 垂老不得安(수노부득안)
2. 子孫陣亡盡(자손진망진) 焉用身獨完(언용신독완)
3. 投杖出門去(투장출문거) 同行爲辛酸(동행위신산)
4. 幸有牙齒存(행유아치존) 所悲骨髓乾(소비골수간)
5. 男兒旣介冑(남아기개주) 長揖別上官(장읍별상관)
6. 老妻臥路啼(노처와로제) 歲暮衣裳單(세모의상단)
7. 孰知是死別(숙지시사별) 且復傷其寒(차복상기한)
8. 此去必不歸(차거필불귀) 還聞勸加餐(환문권가찬)
9. 土門壁甚堅(토문벽심견) 杏園度亦難(행원도역난)
10. 勢異鄴城下(세이업성하) 縱死時猶寬(종사시유관)
11. 人生有離合(인생유이합) 豈擇衰盛端(기택쇠성단)
12. 憶昔少壯日(억석소장일) 遲迴竟長嘆(지회경장탄)

만 국 진 정 수　봉 화 피 강 만
13. 萬國盡征戍　烽火被岡巒

적 시 초 목 성　유 혈 천 원 단
14. 積屍草木腥　流血川原丹

하 향 위 낙 토　안 감 상 반 환
15. 何鄉爲樂土　安敢尚盤桓

기 절 봉 실 거　탑 연 최 패 간
16. 棄絶蓬室居　塌然摧肺肝

〈五言古詩〉

사방이 아직도 안정되지 못하니, 늘그막 이몸도 편하지가 못하다
자손들 모조리 전몰했거늘, 어찌 이몸만이 홀로 살아 남으리
지팡이 버리고 집 나와 싸움터 갈새, 동행자도 나를 위해 가슴 쓰려 하네
아직도 이빨 성해 다행이나, 슬프게도 골수가 메말랐노라
사나이 일단 갑옷 투구 무장했거늘, 두손 모아 절하고 상관과 헤어지리
길에 누워 울고 있는 늙은 처, 세모인데 여전히 홑겹 옷일세
이번이 사별일지 모르겠거늘, 추워 떨 것 생각하니 마음 아파라
이번에 가면 필경 돌아오지 못하리, 부디 음식 잘 들라 거듭 말하네
토문관 성이 무척 견고하고, 행원 나루터 건너기 어려우리
형세가 업성 때와 다르니, 설사 죽는다 해도 나중 일이리
인생에는 이별과 만남이 있고, 노년 장년을 가리지 않으리
옛날 어리고 젊었을 때 회상하며, 머뭇머뭇 주저하며 길게 탄식하노라

나라가 온통 싸움에 휩싸였고, 횃불이 모든 산들 뒤덮었네
시체가 쌓여 초목도 비릿하고, 흐르는 피에 강바닥이 붉어라
어디 간들 안락한 곳이 있으리오만, 어찌 아직도 맴돌고 못 떠나는가?
오막살이 살림이나마 막상 버리자니, 흙더미 무너지듯 속이 털썩하여라!

(語釋) ㅇ垂老(수노)－늙으려 한다, 노경에 가까워진다. ㅇ四郊(사교)－왕도(王都) 밖의 사방, 교(郊)는 교외. ㅇ寧靜(영정)－편안하고 조용하다. ㅇ不得安(부득안)－늘그막에도 편안치 못하다. ㅇ陣亡(진망)－전사, 전몰했다. ㅇ焉用(언용)－'어찌 ~하겠느냐?' ㅇ投杖(투장)－지팡이를 내던지다, 즉 싸우러 나간다. ㅇ同行(동행)－같이 가는 사람, 동행자. ㅇ爲(위)－나를 위하여. ㅇ辛酸(신산)－가슴아프게 여긴다. ㅇ牙齒(아치)－어금니와 앞니. ㅇ所悲(소비)－슬퍼하는 바, 슬프게도. ㅇ介冑(개주)－갑옷과 투구. ㅇ旣(기)－일단 무장한 이상이란 뜻. ㅇ長揖(장읍)－군대식 경례. 두 손을 앞에 맞잡고 위에서 아래로 내린다. ㅇ衣裳單(의상단)－옷이 홑겹이다. ㅇ孰知(숙지)－누가 알겠느냐? 알 수가 없다. ㅇ且復(차복)－거듭, 또한. ㅇ傷其寒(상기한)－늙은 처가 추위에 떨 것이 또한 가슴아프게 느껴진다. ㅇ還聞(환문)－그렇거늘 늙은 처는 나에게 말을 한다, 처의 말을 듣는다. ㅇ勸加餐(권가찬)－부디 식사를 많이 드시오. ㅇ土門(토문)－하북성(河北省) 정경현(井陘縣)에 있는 정경관(井陘關). 이설(異說)도 있다. ㅇ杏園(행원)－하남성(河南省) 급현(汲縣) 행원진(杏園鎭)을 말한다. ㅇ度(도)－나루터. 여기서는 강을 건너다. ㅇ勢異(세이)－형세가 다르다. ㅇ鄴城下(업성하)－업성에서 싸울 때와는 다르다. 〈석호리(石壕吏)〉 참조. ㅇ縱死(종사)－설사 죽는다 해도. ㅇ時猶寬(시유관)－시간적으로 아직 여유가 있다. ㅇ豈擇(기택)－어찌 택하랴? ㅇ衰盛端(쇠성단)－쇠(衰)는 노년(老年), 성(盛)은 장

년(壯年), 단(端)은 끝, 여기서는 차별. 즉 인생의 이합(離合)은 늙은이 젊은이를 가리지 않는다는 뜻. ㅇ憶昔(억석)－옛날을 생각한다. ㅇ遲廻(지회)－머뭇거리고 주저한다. ㅇ征戍(정수)－멀리 나가서 방비한다. 여기서는 싸움한다란 뜻. ㅇ岡巒(강만)－언덕이나 산, 만(巒)은 작지만 높이 솟은 산. ㅇ積屍(적시)－시체가 쌓였다. ㅇ腥(성)－피비린내가 난다. ㅇ川原丹(천원단)－강바닥이 붉게 물들었다. ㅇ何鄕(하향)－어디엔들 안락한 땅이 있겠느냐? ㅇ安敢(안감)－어찌 감히 그대로 빙빙 돌 수가 있겠느냐! 어서 싸움터로 가자. ㅇ盤桓(반환)－맴돈다, 빙빙 돌며 망설인다. ㅇ棄絶(기절)－딱 끊다, 단호히 떠난다. ㅇ蓬室居(봉실거)－초가집 살림. ㅇ塌然(탑연)－흙더미가 무너져 내리듯, 마음이 털썩 내려앉는다. ㅇ摧(최)－무너져 내리다.

(大意) 장안(長安) 주변이 아직도 평정되지 못해, 늙어가는 이몸도 편치가 못하다.(1)

자식들은 싸움에 나가 모조리 전사했으니, 어찌 이몸만이 홀로 끝까지 살 수가 있을까 보냐?(2)

지팡이를 내던지고 문을 나오니, 동행하는 사람도 나를 위해 안쓰럽게 여겨준다.(3)

다행히 아직도 치아는 남아 있으나, 슬프게도 골수가 메말라 버렸다.(4)

남자로서 일단 갑옷과 투구로 무장을 한 이상, 어찌 경례를 하고 상관에게 하직을 하리.(5)

늙은 처는 길에 누워 울고 있으며, 연말인데도 그의 옷은 홑겹옷이었다.(6)

이것이 마지막 사별이 될지도 모르겠거늘, 저렇듯 추위에 떨고 있을 처가 더욱 불쌍하여라.(7)

이번에 가면 필경 못 돌아오겠지만, 부디 식사를 많이 들라고 처는 거듭 당부하여 말하네.(8)

토문관(土門關)의 성이 무척 견고하고, 또 행원진(杏園鎭)의 나루터를 건너기가 어려우니, 역적들이 쉽게 올 수가 없을 것이다.(9)

오늘의 형세는 전날 업성을 공략할 때와는 다르다. 그러므로 설사 죽는다 해도 아직 시간적으로 여유가 있을 것이다.(10)

인생에는 반드시 이별과 만남이 있는 법이다. 그리고 그것은 늙은이 젊은이를 가리지 않는 법이다.(11)

옛날 청소년 시절을 회상하고, 머뭇거리고 주저하며 길 떠나지 못하고 길게 탄식을 한다.(12)

지금 나라는 온통 전란에 휩싸였고, 침략을 알리는 봉화가 모든 산과 언덕을 뒤덮고 있다.(13)

시체들이 쌓여 초목들도 피비린내가 나고, 물같이 흐르는 피에 강바닥도 붉게 물들었다.(14)

어디에 간들 안락한 곳이 있겠는가? 그런데 어째서 아직도 맴돌며 머뭇거리나?(15)

허나 막상 오막살이 초가집의 살림일지라도 단호히 버리고 떠나려 하니, 흙더미가 무너져 내리듯 가슴과 창자 속까지 털썩 내려앉노라.(16)

(解說) 늙은 몸으로 징발되어 싸움터로 가는 이의 설움을 읊은 시다. 이미 자식들은 싸움터에서 다 죽었다. 뒤에 처진 늙은 처는 동지섣달 찬 겨울인데도 홑옷바람으로 떨고 있다. 그러면서도 할머니는 늙은 영감 몸조심하라고 빌고 있다. 이번에 가면 영영 돌아오지 못하는 이별, 죽음의 이별인 줄 알면서.

그러나 역적이 일어나 나라가 온통 전란에 휩싸였으니 사나이로서 무장하고 나서지 않을 수도 없지 않겠는가? 두보는 이 시에서 늙은이를 등장시켜 전쟁의 비참한 상황을 극한적으로 고발하고 있다.

86. 無家別(무가별) 집 없는 자의 이별

적막천보후 원려단호려
1. 寂寞天寶後 園廬但蒿藜
아리백여가 세란각동서
2. 我里百餘家 世亂各東西
존자무소식 사자위진니
3. 存者無消息 死者爲塵泥
천자인진패 귀래심구혜
4. 賤子因陣敗 歸來尋舊蹊
구행견공항 일수기참처
5. 久行見空巷 日瘦氣慘悽
단대호여리 수모노아제
6. 但對狐與狸 豎毛怒我啼
사린하소유 일이노과처
7. 四隣何所有 一二老寡妻
숙조연본지 안사차궁서
8. 宿鳥戀本枝 安辭且窮棲
방춘독하서 일모환관휴
9. 方春獨荷鋤 日暮還灌畦
현리지아지 소령습고비
10. 縣吏知我至 召令習鼓鞞
수종본주역 내고무소휴
11. 雖從本州役 內顧無所携
근행지일신 원거종전미
12. 近行止一身 遠去終轉迷

가 향 기 탕 진　　원 근 리 역 제
13. 家鄕旣盪盡　遠近理亦齊
영 통 장 병 모　　오 년 위 구 계
14. 永痛長病母　五年委溝谿
생 아 부 득 력　　종 신 양 산 시
15. 生我不得力　終身兩酸嘶
인 생 무 가 별　　하 이 위 증 려
16. 人生無家別　何以爲蒸黎
〈五言古詩〉

천보의 난 후로 쓸쓸하게 황폐하여, 밭과 오막살이 잡초만 우거졌어라
우리 마을 백여 가구나 있었으나, 전란 일자 동서로 뿔뿔이 흩어져
산 사람 소식 없고, 죽은 자는 흙으로 화했노라
미천한 몸 싸움에 패하고, 돌아와 옛날 샛길 찾았으나
오랜만에 와보니 마을은 텅빈 듯, 햇빛도 시들고 대기도 처참하여라
오직 여우와 살쾡이만이, 털을 곤두세우고 짖을 뿐이네
사방으로 사람을 찾아보니, 늙은 과부 할멈 한둘뿐이라
새도 옛 가지에 묵는다 하니, 궁색하나 내 고향에 살리로다
마침 봄이라 호미 메고 나갔고, 저물어도 밭에 물을 대었노라
현의 관리 내가 온 줄 알자, 다시 불러 전고를 치게 하네
비록 고을 안으로 일하러 가지만, 집안에 작별할 가족이 없네
가까운 곳에 가도 내 한몸뿐이니, 먼 곳에 가면 더욱 떠돌이라
집과 고향도 이미 다 흩어졌으니, 머나 가까우나 다같이 부질

없네

가슴아파라! 병들어 돌아가신 어머님, 5년간이나 진구렁에 내 맡겼으니

날 낳으시고 도움도 못 얻으시고, 평생 우리 둘은 쓴 눈물로 지냈노라

세상에 살면서 이별할 가족 없으니, 어찌 평범한 백성이라 말할 수 있나?

(語釋) ㅇ寂莫(적막)－황폐하고 쓸쓸하다. ㅇ天寶後(천보후)－천보 14년(755) 안녹산이 난을 일으킨 후. ㅇ園廬(원려)－밭과 밭 옆에 있는 오두막집. 려(廬)는 초가집, 농막. ㅇ蒿(호)－다북쑥. ㅇ藜(려)－명아주. ㅇ塵泥(진니)－먼지와 진흙, 진토(塵土)와 같다. ㅇ賤子(천자)－미천한 나. ㅇ因陣敗(인진패)－전쟁에 졌으므로 해서. 건원(乾元) 2년(759) 3월 당나라 관군이 상주(相州 : 鄴城)에서 패했다. ㅇ尋(심)－찾는다. ㅇ舊蹊(구혜)－옛날의 작은 길. ㅇ久行(구행)－오래 객지에 있었으므로. ㅇ空巷(공항)－빈 마을. ㅇ日瘦(일수)－태양의 빛도 야윈 듯 흐릿하다. ㅇ氣慘悽(기참처)－대기의 기색도 처참하다. ㅇ但(단)－오직, 다만. ㅇ對(대)－마주친다. ㅇ狐(호)－여우. ㅇ狸(이)－살쾡이. ㅇ豎毛(수모)－털을 세우다. ㅇ四隣(사린)－사방에 있는 이웃, 즉 사방 일대. ㅇ何所有(하소유)－무엇이 있을까? ㅇ宿鳥(숙조)－나무에 와서 묵는 새. ㅇ戀本枝(연본지)－옛날에 묵던 가지를 그리워한다, 같은 가지에 묵고자 한다. ㅇ安辭(안사)－어떻게 마다하겠는가. ㅇ且(차)－그런대로, 임시로. ㅇ窮棲(궁서)－궁색한 대로 깃들어 살다. ㅇ方春(방춘)－마침 봄철이라. ㅇ荷鋤(하서)－호미를 메고. ㅇ灌畦(관휴)－밭두렁에 물을 뿌린다, 또는 물을 대다. ㅇ召令(소령)－불러 시킨다. ㅇ鼓鞞(고비)－전고(戰鼓). 비(鞞)는 말에 매달은 전고. ㅇ從(종)－종사하다. ㅇ本州役(본주역)－자기의 주(州) 안의 일. ㅇ內顧(내고)－집안을 생각해 본다. ㅇ所携

(소휴)—처자권속(妻子眷屬). 이별의 인사를 할 가족이 없다는 뜻. ㅇ近行(근행)—가까운 곳에 가서 일에 종사한다. ㅇ止一身(지일신)—내 한몸으로 끝난다, 즉 나 혼자라는 뜻. ㅇ終轉迷(종전미)—결국 건잡을 수 없는 떠돌이로 방황할 것이다. ㅇ家鄕(가향)—내 집이나 내 고향. ㅇ蕩盡(탕진)—온통 없어지다. ㅇ理亦齊(이역제)—이치가 같다. 즉 집도 고향도 없으니 가까이 가나 멀리 가나 외롭고 알아주는 사람이 없기는 마찬가지라는 뜻. ㅇ永痛(영통)—언제까지나 가슴아프게 여기는 것. ㅇ長病母(장병모)—오래 병을 앓다가 돌아가신 어머니. ㅇ委溝谿(위구계)—돌아가신 어머님 장사를 잘 지내드리지 못하고 시체를 구렁이에 내버려두었다. ㅇ不得力(부득력)—힘이 되지 못하다. ㅇ兩酸嘶(양산시)—둘이서 시큼하게 고생만 하고 울기만 했다. ㅇ無家別(무가별)—이별할 가족도 없다. ㅇ何以(하이)—무엇으로써. ㅇ爲蒸黎(위증려)—백성이라 하겠느냐. 증(蒸)은 대중(大衆), 려(黎)는 일반 백성.

(大意) 천보(天寶)의 난리가 일어난 후로 모든 것이 쓸쓸하게 황폐했고, 밭이나 초가집에는 오직 다북쑥과 명아주 같은 잡초가 우거졌다.(1)

우리 마을에는 백여 가구가 있었으나, 세상이 어지럽게 되자 모두 동서로 뿔뿔이 흩어지고 말았다.(2)

산 사람들은 소식이 없고, 죽은 사람들은 진토가 되었다.(3)

미천한 나는 지난번 전쟁에 패하고 퇴각했으므로, 고향 마을에 돌아와 옛날의 샛길을 찾았다.(4)

오래 객지에 있다가 돌아와 보니 마을은 텅 비었고, 태양조차 야윈 듯 흐렸으며 대기의 기색조차 처참하게 느껴졌다.(5)

오직 대하는 것은 여우와 살쾡이뿐이며, 그들이 털을 곤두세우고 성이 나서 나를 보고 짖는다.(6)

사방 주위를 혹 누가 있을까 하고 찾으니 오직 늙은 할머니 과부 한두 명이 있을 뿐이었다.(7)

나무에 사는 새도 전에 묵었던 가지를 그린다고 한다. 황폐해도

내 고향이니 어찌 마다하겠는가. 그런대로 궁색하게 이곳에서 살고자 하노라.(8)

마침 봄철이라 홀로 호미를 메고 밭에 나갔고, 날이 저물자 역시 밭두렁에 물을 대었다.(9)

그런데 현의 관리가 내가 왔다는 것을 알자, 다시 소집하여 나에게 전고 치는 일을 하게 한다.(10)

비록 내가 사는 주 안에서 노역에 종사를 하기 위해서 떠나는 것이나, 집안을 보아도 이별을 할 처자권속이 없다.(11)

가까운 고장 안으로 가서 일을 해도 이렇듯 내 한몸 외로운 신세이니, 멀리 타고장으로 가면 결국 나는 걷잡을 수 없는 떠돌이로 알 수 없이 되고 말 것이다.(12)

허나 이제는 집도 고향도 다 없어졌으니까, 이몸은 멀리 가나 가까이 가나 외롭고 알아줄 사람 없기는 마찬가지니라.(13)

언제까지나 가슴아프게 여기는 일은 오래 병을 앓으시다가 돌아가신 어머님을 제대로 장사지내 드리지 못하고 5년간이나 도랑에 그냥 놔두었던 일이다.(14)

어머님은 나를 낳으시고도 아무런 도움을 얻지 못하시었고, 우리 모자는 죽을 때까지 죽도록 고생만 하고 울기만 하였노라.(15)

이 세상에 살면서 이별할 가족도 없으니, 이런 미천한 몸을 어떻게 백성이라 할 수가 있겠는가?(16)

(解說) 전란에 가족을 다 잃은 외톨이가 패전으로 낙오하여 고향에 돌아왔으나 집도 없고 아는 사람도 없었다. 혼자 밭이라도 갈까 하니 다시 현의 관리가 와서 징발해 갔다.

내 한몸 어디서 죽은들 어떠랴마는, 아들된 몸으로 병들어 돌아가신 어머님의 장례도 제대로 못올려 드린 것이 언제까지나 가슴아프게 느껴진다. 앞에 나온 시 〈수노별(垂老別)〉에서는 충성(忠誠)을 가지고 끝을 맺었고, 이 〈무가별(無家別)〉에서는 효(孝)를 가지고 결론을 맺었다.

가 인
87. 佳 人 가 인

절대유가인　유거재공곡
1. 絶代有佳人　幽居在空谷

자운양가자　영락의초목
2. 自云良家子　零落依草木

관중석상란　형제조살육
3. 關中昔喪亂　兄弟遭殺戮

관고하족론　부득수골육
4. 官高何足論　不得收骨肉

세정오쇠헐　만사수전촉
5. 世情惡衰歇　萬事隨轉燭

부서경박아　신인미여옥
6. 夫壻輕薄兒　新人美如玉

합혼상지시　원앙부독숙
7. 合昏尚知時　鴛鴦不獨宿

단견신인소　나문구인곡
8. 但見新人笑　那聞舊人哭

재산천수청　출산천수탁
9. 在山泉水清　出山泉水濁

시비매주회　견라보모옥
10. 侍婢賣珠廻　牽蘿補茅屋

적화불삽발　채백동영국
11. 摘花不插髮　采柏動盈掬

천한취수박　일모의수죽
12. 天寒翠袖薄　日暮倚修竹

〈五言古詩〉

절세에 미인이, 빈 골짜기에 숨어 있어라
스스로 양가집 딸이었으나, 영락하여 초목에 의지한다 말하네
옛날 장안에 전란이 일자, 형제들 살육되었으며
고관이었으나 별 수 없이, 육친의 골육도 거두지 못했노라
시들면 물리는 게 세상의 인정, 깜빡이는 촛불따라 변하는 만사
낭군이 경박한 건달이라, 옥같이 예쁜 새 첩을 맞는구나
합환꽃도 때를 알아 짝을 짓고, 원앙새도 혼자 묵지 않는데
새사람 웃는 낯만 쳐다볼 뿐, 옛사람 우는 소리 못들은 척
샘물도 산에서는 맑으나, 산을 나와 흐르면 탁하더라
시녀 구슬 팔아 돌아오고, 덩굴 당겨 초가집 고치네
꽃을 따도 머리에 꽂지 않고, 잣을 따니 이내 손아귀에 차더라
날이 차니 푸른 옷소매 더욱 차고, 날 저물자 긴 대나무에 의지하네

(語釋) ㅇ佳人(가인)－미인, 정숙한 여자. ㅇ絶代(절대)－절세(絶世)와 같다. 세상에서 으뜸가다. 한(漢)대 이연년(李延年)의 시에 '북방에 미인이 있다. 세상에서 뛰어나고 비길 바 없다(北方有佳人 絶世而獨立)'고 있다. ㅇ幽居(유거)－숨어 살다. ㅇ空谷(공곡)－사람이 없는 골짜기. ㅇ零落(영락)－시들어 떨어지다. 풀이 시드는 것을 령(零)이라 하고, 나뭇잎이 지는 것을 락(落)이라 한다. 여기서는 집안이 쇠망했다는 뜻. ㅇ依草木(의초목)－집안이 망해 오직 초목을 의지하여 살고 있다. ㅇ關中(관중)－함곡관(函谷關) 안, 즉 장안(長安) 일대. ㅇ喪亂(상란)－상(喪)은 사람이 죽다, 란(亂)은 전란. 천보(天寶) 14년(755)에 안녹산(安祿山)이 반란하여 이듬해에는 장안이 함락되었다. ㅇ遭殺戮(조살육)－살육되었다. ㅇ世情惡衰歇(세정오쇠헐)－세상 사람들의 정이란 게 시들고 쇠퇴한 것을 싫어한다. 쇠(衰)는 노쇠, 헐(歇)은 향기가 가시다. ㅇ隨轉燭(수전촉)－바람에

깜빡이는 촛불을 따라 변한다. ㅇ夫壻(부서)－남편. ㅇ輕薄兒(경박아)－경박한 사나이, 바람둥이, 건달. ㅇ新人(신인)－새로 맞은 여자. ㅇ美如玉(미여옥)－옥같이 아름답다. ㅇ合昏(합혼)－꽃 이름, 합환(合歡)이라고도 한다. 붉은 꽃이 아침에 피고 밤에는 두 잎이 합친다. ㅇ鴛鴦(원앙)－원앙새는 늘 암수가 짝을 짓고 함께 있다. ㅇ那聞(나문)－어찌 들을 것이냐? 듣지 않는다는 뜻. ㅇ侍婢(시비)－시종드는 종. ㅇ賣珠廻(매주회)－생활비를 마련하고자 구슬을 팔고 돌아왔다. ㅇ牽蘿(견라)－덩굴을 끌어다가 지붕을 고친다. ㅇ茅屋(모옥)－띠풀을 덮은 초가집. ㅇ插髮(삽발)－머리에 꽂다. ㅇ采柏(채백)－백실(柏實)을 따는. 백실은 잣. ㅇ動盈掬(동영국)－금새 두 손아귀에 가득찬다. ㅇ翠袖(취수)－푸른 옷소매. ㅇ倚修竹(의수죽)－긴 대나무를 의지해 선다, 굳게 절개를 지킨다는 뜻.

(大意) 아무도 찾아들지 않는 깊은 골짜기에 절세의 미인이 숨어 살고 있다.(1)

그녀는 스스로 말했다. 자기는 본래 양가집 딸이었으나 영락하여 이렇게 깊은 산중에서 초목을 의지하여 살고 있노라고.(2)

옛날에 장안 일대에 난리가 일어나 사람이 죽었으며, 그때에 자기 형제도 살육되었다고 한다.(3)

벼슬이 높았으나, 전란시라 아무 소용이 없었고, 육친의 시체조차 거두어 장사도 못지냈노라고 한다.(4)

세상 사람들의 인정이란 본시 시들고 쇠퇴함을 싫어하는 법이며, 세상 만사도 바람에 껌뻑이는 촛불따라 걷잡을 수 없이 변하게 마련이니라.(5)

그녀의 남편은 경박한 건달이라, 그녀의 집이 몰락하고 그녀가 나이들자, 이내 새로 계집을 얻었고 구슬같이 예뻐하여 그녀를 버렸노라.(6)

합환화도 스스로 때를 알아 밤이 되면 잎이 맞붙고, 원앙새도 노상 짝을 지어 혼자 자는 법이 없노라.(7)

사람은 새로 맞은 신부의 웃는 낯만을 볼 줄 알고 옛날 부인의 우는 소리는 듣지도 않는다.(8)

맑은 샘물도 산에서는 맑으나, 일단 산에서 나와 멀리 흐르면 탁해지게 마련이다.(9)

그렇듯이 오랜 고생에 지쳐 노비를 시켜 구슬을 팔아 오라고 한 일도 있었고, 또 띠풀의 초가집을 보수하느라고 덩굴을 끌어당긴 일도 있었다.(10)

이제는 꽃을 따서 머리에 꽂는 일도 없고, 오직 양식을 보충하느라 잣을 따 이내 두 손아귀에 가득 채워 돌아오곤 한다.(11)

날이 추워지니 푸른 옷소매가 더욱 엷게 느껴지며, 날 저물자 긴 대나무에 외로이 기대어 섰노라.(그렇게 하여 끝까지 깊은 산중에서 깨끗하게 절개를 지키고 살고 있노라)(12)

(解說) 인적이 드문 깊은 산골에 묻혀, 굳고 맑게 절개를 지키며 살고 있는 절세의 미인을 그렸다. 더구나 그녀는 안녹산(安祿山)의 전란에 의해 일가가 몰락했고 또한 얄팍한 사나이의 변덕에 의해 버림을 받았다. 예나 지금이나 여인의 운명의 비참함은 바로 전란과 변심(變心)에서 싹이 트느니라. 그러나 그녀는 끝까지 깊은 산중에서 초목을 의지해 살면서 청고(淸高)하게 절개를 지키고 있다. 그러기에 그녀는 참으로 가인(佳人)이리라. 두보는 그녀를 담담하게 사실적으로 그렸다. 그러나 독자는 더없이 숭고(崇高)한 느낌에 젖어들 것이다.

이 시에는 대구가 잘 활용되어 있다. '세정오쇠헐(世情惡衰歇) 만사수전촉(萬事隨轉燭)' '합혼상지시(合昏尙知時) 원앙부독숙(鴛鴦不獨宿)' '단견신인소(但見新人笑) 나문구인곡(那聞舊人哭)' '재산천수청(在山泉水淸) 출산천수탁(出山泉水濁)' 등이다.

건원(乾元) 2년(759) 진주(秦州)에서 지은 것이다.

88. 贈衛八處士(증위팔처사) 위처사에게

1. 人生不相見(인생불상견) 動如參與商(동여삼여상)
2. 今夕復何夕(금석복하석) 共此燈燭光(공차등촉광)
3. 少壯能幾時(소장능기시) 鬢髮各已蒼(빈발각이창)
4. 訪舊半爲鬼(방구반위귀) 驚呼熱中腸(경호열중장)
5. 焉知二十載(언지이십재) 重上君子堂(중상군자당)
6. 昔別君未婚(석별군미혼) 兒女忽成行(아녀홀성행)
7. 怡然敬父執(이연경부집) 問我來何方(문아래하방)
8. 問答乃未已(문답내미이) 驅兒羅酒漿(구아나주장)
9. 夜雨剪春韭(야우전춘구) 新炊間黃粱(신취간황량)
10. 主稱會面難(주칭회면난) 一擧累十觴(일거루십상)
11. 十觴亦不醉(십상역불취) 感子故意長(감자고의장)
12. 明日隔山岳(명일격산악) 世事兩茫茫(세사양망망)

〈五言古詩〉

함께 살며 서로 못 만남이, 동쪽 별과 서쪽 별 같네
오늘 밤은 무슨 밤일까?, 둘이서 등불을 마주했으니
젊은 시절 홀연 지나고, 서로가 벌써 백발 되었구나
옛 친구 태반이 죽었음에, 놀라 배 속 뜨거워지네
뜻밖에 20년만에, 다시 그대 집에 왔노라
헤어질 때 미혼이던 그대, 이제는 아이들이 줄을 지었네
애비의 친구라 나를 반기며, 어디서 왔는가 내게 묻거늘
미처 나의 대답 마치기도 전에, 그대 아이 시켜 주안상 차리며
밤새 봄비에 싱싱한 부추 자르고, 노란 기장 잡곡밥을 새로 짓고서
서로 만나기 어렵다 하며, 연거푸 열잔의 술을 드나
열잔의 술에도 취하지 않고, 오직 그대 호의에 감명할 뿐
내일 헤어져 산을 격하면, 서로가 사정 몰라 망망하리!

(語釋) ㅇ衛八處士(위팔처사)－위(衛)는 성, 팔(八)은 형제의 항렬이 여덟째라는 뜻, 처사(處士)는 출사하지 않고 은둔해 있는 사람. 상세히는 알 수 없으나 아마 두보의 벗이었을 것이다. ㅇ人生(인생)－인간생활, 또는 사람이 살고 있으면서. ㅇ不相見(불상견)－서로 만나지 못한다. ㅇ動(동)－흔히, 자칫, 어쩌다가. ㅇ參與商(삼여상)－삼(參)은 동쪽에 있으며 저녁에 나타나고, 상(商)은 서쪽에 있으며, 새벽에 나타난다. 둘 다 성좌(星座)의 이름. 이들은 절대로 만날 수가 없다. ㅇ燈燭(등촉)－촉(燭)은 촛불. 여기서는 등불 앞에 둘이 마주 앉았다는 뜻. ㅇ少壯(소장)－어리고 젊은 시절. ㅇ能幾時(능기시)－오래일 수 없다는 뜻. ㅇ鬢髮(빈발)－구레나룻과 머리털. ㅇ蒼(창)－창백하다, 머리가 희었다. ㅇ訪舊(방구)－옛 친구를 방문하다. ㅇ鬼(귀)－사람은 죽어서 귀신이 된다. ㅇ驚呼(경호)－놀라 소리를 지른다. ㅇ熱中腸(열중장)－배 속이 뜨끈해진다. ㅇ焉知(언지)－어찌 알

았을까? 생각지도 않게, 뜻밖에. ㅇ二十載(이십재)－20년. ㅇ重上君子堂(중상군자당)－또다시 그대의 집에 들렀다. ㅇ兒女忽成行(아녀홀성행)－아(兒)는 사내아이, 여(女)는 여자아이, 홀(忽)은 이내, 금새, 성행(成行)은 줄을 짓는다. ㅇ怡然(이연)－부드럽고 즐거운 듯. ㅇ驚父執(경부집)－아버지의 벗을 공경한다. 집(執)은 《예기(禮記)》에 보인다. 뜻을 같이하는 벗. ㅇ來何方(내하방)－어디서 왔느냐? ㅇ乃未已(내미이)－미처 끝나지 않았다. '미급이(未及已)'로 된 판본도 있다. ㅇ驅兒(구아)－아이를 보내어. ㅇ羅酒漿(나주장)－라(羅)는 벌여 놓다, 장(漿)은 찌개나 국물. ㅇ剪春韭(전춘구)－봄철에 난 부추를 자른다. ㅇ新炊(신취)－새로 밥을 짓는다. ㅇ間黃粱(간황량)－노란 기장을 섞었다. ㅇ主稱(주칭)－주인이 말하다. ㅇ觴(상)－술잔. ㅇ感子故意長(감자고의장)－그대의 고마움에 길게 감동한다. 고의(故意)는 친절하고 고마운 정, 호의. ㅇ隔山岳(격산악)－산을 사이에 두고 서로 떨어져 살다. ㅇ世事(세사)－세상을 사는 서로의 소식, 사정. ㅇ茫茫(망망)－아득하다.

(大意) 이 세상에 살아 있으면서도 서로 만나지 못함이 마치 동쪽의 삼성(參星)과 서쪽의 상성(商星) 같았노라.(1)

오늘 밤은 어찌된 영문인지 이렇듯 그대와 같이 등불을 마주하게 되었군.(2)

젊은 시절은 오래가지 못하는 법, 그대나 나나 이미 구레나룻이 나고 머리털이 창백하게 희어졌네그려.(3)

그간 이곳저곳으로 옛 친구를 찾았으나 태반은 이미 고인이 되어 나는 놀라고 탄식하며 가슴속이 뜨거워짐을 느꼈었네.(4)

이렇듯 뜻밖에 20년만에 다시 그대의 집을 찾아들 줄이야 누가 알았겠나?(5)

전에 헤어질 때 그대는 아직 장가도 들지 않았거늘, 어느듯 아이들이 줄을 이을 만큼 되었군.(6)

그대의 아이들은 아버지의 벗인 나를 즐거운 낯으로 공경해 주며,

어디에서 왔는가 묻고 있네.(7)

미처 나의 대답도 끝나기 전에, 그대는 아이들을 뛰어 보내어 술과 안주를 마련해 차려 놓았군.(8)

밤비 축축히 내리는데 그대는 봄에 싹돋은 부추를 잘라 왔고, 노란 기장을 섞어 새로 밥을 지어 대접을 했네.(9)

그리고 주인인 그대는 서로 만나기가 어렵다 하며 단숨에 열 잔의 술을 거듭해 들었네.(10)

하기는 열 잔의 술에도 서로 취하지 않는군, 오직 그대의 호의에 나는 길게 감격할 뿐일세.(11)

내일 날이 밝아 헤어지고 다시 산을 사이에 두고 떨어져 살면, 서로의 사정을 아득히 모를 것이리라.(12)

(解說) 건원(乾元) 2년(759) 두보의 나이 48세에 화주(華州)에서 지은 것이라 한다. 담담하고도 알기 쉬운 필치로 소박한 우정을 그렸다. 그러면서 20년만에 만난 벗이나 자기 및 다른 옛 친구들의 변천에 대한 탄식이 속깊이 엮어져 있다. 이렇듯 평범한 생활 속에서 주고받는 우정의 고마움이 진짜 우정이라 하겠다.

To My Retired Friend Wei

It is almost as hard for friends to meet
As for the morning and evening stars.
Tonight then is a rare event.
Joining, in the candlelight,
Two men who were young not long age
But now are turning grey at the temples,
……To find that half our friends are dead
Shocks us, burns our hearts with grief.
We little guessed it would be twenty years
Before I could visit you again.

When I went away, you were still unmarried ;
But now these boys and girls in a row
Are very kind to their father's old friend.
They ask me where I have been on my journey ;
And then, when we have talked awhile,
They bring and show me wines and dishes,
Spring chives cut in the night-rain.
And brown rice cooked freshly a special way.
……My host prodaims it a festival,
He urges me to drink ten cups−
But what ten cups could make me as drunk
As I always am with your love in my heart?
……Tomorrow the mountains will separate us ;
After tomorrow− who can say?

모 옥 위 추 풍 소 파 가
89. 茅屋爲秋風所破歌 가을바람에 지붕 날리고

팔 월 추 고 풍 노 호　　권 아 옥 상 삼 중 모
1. 八月秋高風怒號　卷我屋上三重茅

모 비 도 강 새 강 교　　고 자 괘 견 장 림 소
2. 茅飛渡江灑江郊　高者挂罥長林梢

하 자 표 전 침 당 요
3. 下者飄轉沈塘坳

남 촌 군 동　기 아 노 무 력　　인 능 대 면 위 도 적
4. 南村群童 欺我老無力　忍能對面爲盜賊

공 연 포 모 입 죽 거
5. 公然抱茅入竹去

순 초 구 조 호 부 득　　귀 래 의 장 자 탄 식
6. 脣焦口燥呼不得　歸來倚杖自嘆息

아 경 풍 정 운 묵 색　　추 천 막 막 향 혼 흑
7. 俄頃風定雲墨色　秋天漠漠向昏黑

포 금 다 년 냉 사 철　　교 아 악 와 답 리 열
8. 布衾多年冷似鐵　嬌兒惡臥踏裏裂

상 두 옥 루 무 건 처　　우 각 여 마 미 단 절
9. 牀頭屋漏無乾處　雨脚如麻未斷絶

자 경 상 란 소 수 면　　장 야 점 습 하 유 철
10. 自經喪亂少睡眠　長夜沾濕何由徹

안 득 광 하 천 만 간　　대 비　천 하 한 사 구 환 안
11. 安得廣厦千萬間　大庇 天下寒士俱歡顔

풍 우 부 동 안 여 산
12. 風雨不動安如山

오 호　하 시 안 전　돌 올 견 차 옥
13. 嗚呼! 何時眼前 突兀見此屋

오 려 독 파　수 동 사 역 족
14. 吾廬獨破 受凍死亦足

〈七言古詩〉

음력 8월 가을바람 호통치듯 불어오니, 세겹 띠지붕 말아 날려 버렸네

띠는 날아 강 넘어 물가에 흐트러졌고, 높이 나무 숲 가지에 얽히여 걸리며

낮게 굴러 웅덩이에 빠졌노라

남쪽 마을 아이들이 늙어 힘없는 나를 얕잡아보고, 내 눈앞에서 도적질하여

공공연히 띠를 안고 대숲으로 도망치네

입술 타고 목마르게 외쳐도 듣지 않아, 돌아와 지팡이 잡고 한탄할 뿐

이내 바람 자고 구름은 먹물 뿌린 듯, 가을하늘 아득하니 어둠에 잠기더라

오래 쓴 무명이불 쇠같이 차고, 개구쟁이 발에 채여 속이 찢어졌네

지붕 새어 침상머리 마른 곳 없고, 빗방울 어수선히 끝없이 내리노라

난리 후엔 잠도 모자란데, 비에 젖어 긴밤 어이 새리오

어찌하면 천만간 큰 집 지어, 천하의 가난뱅이 모조리 보호하여 서로 즐겁게 마주보며

폭풍우에도 산같이 태연할 수 있으리

아아! 언제나 눈앞에 우뚝 그런 집 지어 세울까?

그때는 내 오두막 부서지고 내 한몸 얼어죽어도 좋으리

(語釋) ㅇ茅屋(모옥)－띠로 지붕을 얹은 집. ㅇ爲秋風所破(위추풍소파)－가을바람에 불리어 망가졌다. '위(爲)～소(所)…'는 '～에게 …당하다'. ㅇ八月(팔월)－음력 8월. 양력으로는 9월경. ㅇ秋高(추고)－가을이 깊어지다. ㅇ風怒號(풍노호)－바람이 노한 듯 소리를 내며 세차게 분다. ㅇ卷(권)－바람이 지붕을 불어 말린다, 권(捲)과 같다. ㅇ三重茅(삼중모)－세겹으로 된 띠 지붕. ㅇ灑江郊(새강교)－강가에 흩어진다. ㅇ高者(고자)－바람에 높이 날아간 띠. ㅇ挂罥(괘견)－얽히어 걸리다. ㅇ長林梢(장림소)－높은 숲 나무 끝. ㅇ下者(하자)－땅 위로 날아간 띠풀. ㅇ飄轉(표전)－바람에 불리어 구른다. ㅇ沈塘坳(침당요)－띠가 물이 고이고 움푹 파진 곳에 빠져 버린다. ㅇ欺我老無力(기아노무력)－내가 늙어 힘없음을 깔보고. ㅇ忍

(인)－여기서는 몰인정하게, 뻔뻔스럽게. ㅇ對面(대면)－내가 뻔히 보는 앞에서. ㅇ抱茅(포모)－띠를 안고. ㅇ入竹去(입죽거)－대나무 숲속으로 도망간다. ㅇ脣焦(순초)－입술이 타다. ㅇ口燥(구조)－목이 마르다. ㅇ呼不得(호부득)－소리를 지를 수 없다. 소리내어 야단쳐도 별도리가 없다는 뜻으로 풀기도 한다. ㅇ倚杖(의장)－지팡이를 짚고, 지팡이에 몸을 실리고. ㅇ俄頃(아경)－얼마 후, 그러자 갑자기. ㅇ漠漠(막막)－아득하다, 막막하다. ㅇ向(향)－향한다, 이내 ~하려 한다. ㅇ昏黑(혼흑)－저녁 어둠. ㅇ布衾(포금)－무명 이불. ㅇ冷似鐵(냉사철)－이불이 오래되어 쇠같이 차다. ㅇ嬌兒(교아)－장난꾸러기 아들아이. ㅇ惡臥(악와)－잠버릇이 나쁘다는 뜻. ㅇ踏裏裂(답리열)－이불 안을 걷어차서 속이 다 찢어졌다. ㅇ牀頭(상두)－침상 머리맡. ㅇ屋漏(옥루)－집이 샌다. ㅇ雨脚如麻(우각여마)－빗물이 어수선하게 마구 떨어진다. ㅇ自經喪亂(자경상란)－전란을 치르고 난 후로는. ㅇ少睡眠(소수면)－잠을 이루지 못해 수면이 부족하다. ㅇ長夜(장야)－가을밤은 길다. ㅇ沾濕(점습)－비에 젖어 축축하다. ㅇ何由徹(하유철)－어떻게 밤을 새리오? ㅇ安得(안득)－어찌하면 얻으리. ㅇ廣厦(광하)－넓고 큰 집. 하(厦)는 오늘날의 말로 빌딩 같은 집. ㅇ千萬間(천만간)－옛날 집은 한 칸마다 기둥이 있었다. 천만의 기둥이 있는 큰 집이란 뜻이다. ㅇ大庇(대비)－모두 비호하다. ㅇ寒士(한사)－가난한 선비, 빈한한 사람들. ㅇ俱歡顔(구환안)－서로 즐거운 낯을 짓는다. 서로 즐겁게 마주본다. ㅇ安如山(안여산)－산같이 끄떡도 않는다. ㅇ突兀(돌올)－우뚝 솟은 품. ㅇ吾廬(오려)－나의 오두막. ㅇ受凍死(수동사)－얼어죽다.

(大意) 음력 8월 가을이 깊어지자 바람이 노해서 고함을 치듯 세차게 불어대고, 내집의 세 겹으로 된 띠 지붕을 말아 날렸다.(1)

띠는 바람에 날려 강 너머로 흩어졌고 강가에 떨어지기도 했다. 높이 날린 띠는 높은 숲 나무끝에 걸리기도 했다.(2)

낮게 날린 띠는 바람에 데굴데굴 굴러 날리다가 물이 고인 웅덩이에 빠지기도 했다. 남쪽 마을의 아이들이 늙어 힘없는 나를 깔보고 뻔뻔스럽게도 내 눈앞에서 도적질을 자행하고 공공연하게 띠를 안아가지고 대숲 속으로 도망갔다.(3~5)

입술이 타고 목이 마르도록 소리를 치고 야단을 했으나 별 도리가 없었으며, 돌아와서 지팡이에 몸을 실리고 혼자 탄식을 했다.(6)

그러자 이내 바람이 자고 구름이 꺼멓게 물들며 가을하늘이 온통 망망하니 칠흑 같은 저녁 어둠 속으로 차츰 빠져들었다.(7)

무명 이불은 여러 해를 쓴 것이라 쇠같이 차디찬데, 개구쟁이 아이의 잠버릇이 고약하여 발로 걷어차 속이 온통 찢어지고 말았다.(8)

침상 머리맡으로 지붕에서 비가 새어 마른 곳이 없으며, 빗물이 어수선하게 끝없이 쏟아져 내린다.(9)

그러지 않아도 난리가 난 후로는 수면을 제대로 못 취했거늘 추야장 기나긴 밤을 이렇듯 축축히 젖어 어떻게 샐 것인지?(10)

어떻게 하면 천만간의 넓고 큰 집을 지어 가지고 온 천하의 빈한한 사람들을 다 모아 감싸주고 서로 즐거운 낯으로 마주보게 하고 또한 바람이나 비에도 끄떡도 않고 태산같이 안전하게 지낼 수 있게 해줄까?(11~12)

아아! 언제나 나의 꿈이 실현되어 눈앞에 그런 큰 집이 세워질 것인지! 그렇게만 된다면 내 띠풀집이야 부서지고 내 한몸 얼어죽어도 흡족하겠노라!(13~14)

(解說) 상원(上元) 2년 가을, 성도(成都) 교외 완화계(浣花溪)의 초당(草堂) 지붕이 폭풍우에 불리어 날아갔을 때 지은 것이다. 바람에 띠 지붕이 날아간 것을 마을의 아이들은 속타는 늙은이의 고함 소리도 못들은 척 한아름씩 띠를 안고는 대숲 속으로 도망을 갔다. 그러자 날이 저물고 비가 새어 들어오니 기나긴 가을밤을 어떻게 샐 것인가?

오래 덮어 갈기갈기 찢어진 이부자리는 쇠같이 차다. 어수선하게 침상 머리맡에 새어 떨어지는 빗물에 젖어 뜬눈으로 밤을 새는 두보의 우수(憂愁)는 이루 다 표현할 수가 없으리라. 그러나 두보는 자기의 설움을 이내 모든 사람의 슬픔으로 바꾸어 그들의 설움을 어떻게 덜어 주고, 그들에게 어떻게 즐거움을 줄까를 생각했다.

천만간의 넓고 큰 집을 지어 천하의 모든 가난한 사람들에게 비나 바람에도 걱정없이 안전하게 지낼 수 있게 해주었으면 했다. 더구나 모든 사람들이 잘살 수만 있다면, 내집이 망가지고 나 하나 얼어죽어도 좋다고 다짐했다. 어디까지나 선의(善意)에 찬 휴머니스트 두보의 눈물겹도록 고마운 마음씨를 알려주는 시라 하겠다.

90. 病馬(병마) 병든 말

1. 乘爾亦已久(승이역이구) 天寒關塞深(천한관새심)
2. 塵中老盡力(진중노진력) 歲晚病傷心(세만병상심)
3. 毛骨豈殊衆(모골기수중) 馴良猶至今(순량유지금)
4. 物微意不淺(물미의불천) 感動一沈吟(감동일침음)

〈五言律詩〉

너를 탄 지 너무나 오래도다, 날씨 차고 깊은 변경지대에서
풍진 속에 늙고 힘이 다하여, 늘그막 병드니 가슴아프구나
털과 뼈야 특수하랴만, 아직도 착하고 순한 너
비록 미물이나 뜻이 얕지 않으니, 감격에 못이겨 내 깊이 읊노라

(語釋) ㅇ乘爾(승이)-너[말]를 탄 지가 오래다. ㅇ關塞深(관새심)-심(深)은 멀다, 즉 깊은 벽지에 있는 요새. ㅇ塵中(진중)-풍진(風塵) 속에 시달리다가 늙고 힘도 지쳤다. 두보 자신도 그랬다. ㅇ歲晩(세만)-해가 저물다. 여기서는 노경, 즉 늙고 죽을 날이 가까워졌다는 뜻. ㅇ豈殊衆(기수중)-어찌 다른 모든 것과 다르겠느냐? 수(殊)는 다르다. ㅇ馴良(순량)-길이 잘 들었다. 사람인 경우에는 학문과 덕성을 지녔다란 뜻이다. ㅇ猶至今(유지금)-현재까지도 여전하다. ㅇ物微(물미)-비록 미천한 동물이지만. ㅇ意不淺(의불천)-뜻은 얕지가 않다. 두보 자신이 스스로 미천하지만 포부는 높다는 뜻을 암시하고 있다. ㅇ沈吟(침음)-깊이 한탄하고 읊조린다.

(大意) 하늘이 차고 깊고 먼 변경 요새지대에서 내 너를 탄 지가 참으로 오래구나.(1)

한평생 풍진 속을 달리느라고 이제는 노쇠하여 힘도 다했고, 늘그막엔 더더욱 병에 시달리니 내 가슴이 아프구나.(2)

너의 털이나 골격은 별반 다른 말과 다를 것이 없다만, 아직까지 너의 훌륭한 길들임은 변함이 없구나.(3)

비록 미물인 너지만 뜻과 정은 얕지 않으니, 너무나 감격스러워 한바탕 깊이 한숨짓고 이 시를 지어 읊조리노라.(4)

(解說) 휴머니스트 두보는 사람만을 사랑하지 않았다. 그는 미물인 말에도 자비로운 심정을 쏟았다. 평생을 변경지대 풍진 속에서 뛰다가 노쇠하고 병들어 버림을 받은 병마(病馬), 그것은 바로 두보 자신을 상징하는 것과도 같았다.

'훌륭하게 길들여진 말은 죽을 때까지 조용하고 제 나름대로의 품위를 지킨다(馴良猶至今)'. 두보 역시 학덕(學德)을 쌓은 군자이자 유학자이자 시인이었다. 평생 버림받고 곤궁과 풍진 속에 모진 고생을 했고, 노쇠와 병고에 시달리는 몸이지만, 조용히 대자연 속에 돌아갈 각오가 되었을 것이다. 이상도 높았고 뜻도 컸었다. 그러나 끝내 미천한 몸으로 낙탁(落魄) 속에 허둥대기만 했다.

자신을 회상하며 두보는 끝없이 깊은 감회와 탄식을 말에게 덧붙여 읊었으리라.

제 7 장

두보시 보충

철부지 어린 딸은 배고프다고 나를 물어뜯으며 악을 쓰고 울어대니,

나는 깊은 밤에 혹시라도 호랑이나 이리가 들을까 덜컥 겁을 내고

癡女饑咬我

啼畏虎狼聞

우는 아이를 품속에 안고 입을 틀어막으니,

아이는 더욱 몸을 뒤틀고 사납게 악을 쓰며 울어대노라

懷中掩其口

反側聲愈嗔

한편 아들놈은 억지로 아는 척하며,

아직 익지 않고 쓰디쓴 자두를 따먹겠다고 생으로 떼를 쓰고 있노라

小兒强解事

故索苦李餐

안녹산의 난은 당 왕조를 쇠락케 했다. 동시에 당시(唐詩)를 일변시켰다. 즉 이백의 귀족적 · 몽환적 낭만주의의 꿈에서 깨어나 두보의 평민적 · 현실적 사실주의 문학으로 눈뜨게 했다.

한 나라가 전쟁의 소용돌이에 말려들 때 그 백성들의 고난은 이루 말할 수 없는 법이다. '안녹산의 난'을 당하여 두보는 벼슬을 내놓고 가족들과 성도(成都)로 피난길을 떠나는데 그것은 헐벗음과 굶주림의 연속이었다. 그 애틋한 정경들을 예리한 문인의 붓으로 읊은 시들과 기타 유명한 장편의 고시(古詩) 몇편을 모았다.

제7장에 대한 설명

당 현종(唐玄宗) 천보(天寶) 14년(755년) 11월에 안녹산(安祿山)이 범양(范陽)에서 반란하고, 20만 대군을 이끌고 남하했다. 이로써 당나라는 절정에서 내리막길로 떨어지기 시작했다. 안녹산의 난은 당 왕조의 통치세력 내의 갈등과 모순이 표면화되고 동시에 민족적 대결이 일시에 폭발한 것이었다.

당나라는 무력으로 사방을 경영했으며, 변방을 다스리는 무장이나 그들의 예속된 군인들 중에는 한민족이 아닌 이민족이 많았다. 안녹산도 원래는 호족(胡族)으로, 그의 군대에는 호족 출신이 많았다. 그는 교활하고 간특했다. 겉으로는 우직한 척하고 현종과 양귀비(楊貴妃)에 접근하여 신임과 총애를 얻었다. 그리하여 평로(平盧), 범양(范陽), 하동(河東) 세 절도사(節度使)를 겸하여, 동북 지방에 절대적인 무력 통치권을 한몸으로 장악했다. 아울러 어사대부(御史大夫) 및 동평군왕(東平郡王)에 봉을 받음으로써 조정에서도 막강한 세도를 부리게 되었다.

그러므로 안녹산은 조정의 최고 권력자인 재상과 대립하게 되었다. 먼저는 재상 이임보(李林甫)와 알력이 있었고, 그가 죽은 후로는 양국충(楊國忠)과 음양으로 대립하게 되었다. 특히 양국충은 안녹산의 음흉한 속셈을 탐지하고 현종에게 은밀히 고했다. 그러나 안녹산을 절대적으로 신임한 현종은 좀처럼 귀를 기울이지 않았고, 동시에 중앙에 있는 재상의 세력을 변경 지대에 있는 무장들로 하여금 견제하려는 책략으로 안녹산을 방치했던 것이다. 그러자 음모술수에 뛰어난 양국충은 노골적으로 안녹산을 억압하고 방해했다. 이에 참다 못한 안녹산이 마침내, 가짜 칙서를 부하 군대에게 내보이고, 왕명으로 양국충을 친다는 명목으로 군대를 출동시켰다.

해(奚)와 거란(契丹), 두 유목민족을 중심으로 20만을 헤아리는 정예부대는 파죽지세(破竹之勢)로 남하하고, 낙양(洛陽)을 점령했다.

천보 15년(756년) 정월에 안녹산이 낙양에서 제위(帝位)에 오르고 국호를 대연(大燕)이라 칭했다. 6월에 동관(潼關)이 함락되자, 장안이 위태롭게 되었으며, 마침내 현종은 6월 13일 새벽에 비밀리에, 극소수의 측근들만을 데리고 궁전의 서문(西門) 연추문(延秋門)으로 탈출하고 촉(蜀)을 향해 피난길에 올랐다. 그리고 가는 도중 마외파(馬嵬坡)에서 군사들이 들고일어나, 양국충을 시해하고 다시 양귀비를 자결케 했다. 한편 현종의 아들 숙종(肅宗)이 영무(靈武)에서 새 임금으로 자리에 올랐다.

이와 같은 대 격동기에 처한 두보의 고생은 이루 말할 수가 없었다. 알기 쉽게 연표식으로 대강을 적겠다.

천보 14년(755, 두보 44세) : 11월 초, 봉선(奉先)으로 가족을 찾아갔다. 참고 〈자경부봉선현영회오백자(自京赴奉先縣詠懷五百字)〉.

천보 15년, 즉 숙종 덕원(德元) 원년(756, 두보 45세) : 연초에 장안으로 왔다. 5월에 가족을 봉선에서 백수(白水)로 이동했고, 다시 6월에는 가족을 부주(鄜州)로 옮겼다. 그리고 두보는 혼자서 영무에 있는 숙종을 찾아가려다가 도중에 적도에게 체포되고 장안에 연금되었다.

지덕 2년(757년, 두보 46세) : 적도에게 점령된 장안을 탈출하여 봉상(鳳翔)에 있는 행재소에서 숙종을 알현하고, 좌습유(左拾遺)의 벼슬을 받는다. 그러나 방관(房琯)을 옹호하다가 숙종의 노여움을 사고, 부주(鄜州)로 가서 가족을 만난다. 그후 관군이 장안과 낙양을 수복하자, 두보도 장안으로 갔다.

건원(乾元) 원년(758년, 두보 47세) : 장안에서 좌습유로 있다가, 6

월에는 화주사공참군(華州司功參軍)으로 폄적되다.

건원 2년(759년, 두보 48세) : 화주에서 벼슬을 사직하고, 진주(秦州), 동곡(同谷)을 거쳐 성도(成都)로 가다. 이때에 객지에서 가족들을 이끌고 방랑하면서 헐벗고 굶주림에 시달렸으며, 심하게 고생을 했다.

제7장에서는 이때의 시와 기타 유명한 장편의 고시(古詩) 몇 편을 추리고 풀이를 했다. 〈단 제7장의 체제는 앞의 체제와 약간 다르다〉

91. 空囊(공낭) 텅 빈 주머니

1. 翠柏苦猶食(취백고유식) 明霞高可餐(명하고가찬)
2. 世人共鹵莽(세인공로망) 吾道屬艱難(오도속간난)
3. 不爨井晨凍(불찬정신동) 無衣牀夜寒(무의상야한)
4. 囊空恐羞澀(낭공공수삽) 留得一錢看(유득일전간)

푸른 잣송이는 쓰고 떫지만 그래도 먹을 수 있으며, 새벽의 놀은 높아도 마실 수 있으되

세상 사람들 하는 짓이 온통 거칠고 조잡하니, 내가 가려고 하는 길이 험난하기만 하노라

양식이 없어 불을 때지 않으니 아침이 되어도 우물은 얼음이

덮혀 있고, 걸친 옷도 없이 밤의 잠자리는 차기만 하노라
그래도 주머니 속이 완전히 빈털터리가 되면, 기죽고 부끄럽기 때문에 한 푼은 남겨놓고 있노라

(語釋) ㅇ空囊(공낭)－텅 빈 주머니. ㅇ翠柏(취백)－푸른 잣송이. ㅇ苦猶食(고유식)－쓰고 떫지만 역시 먹을 수 있다. ㅇ明霞(명하)－밝을 무렵의 놀, 신선은 새벽 놀을 마시거나 먹는다. ㅇ高可餐(고가찬)－높이 있으나, 먹을 수 있다. ㅇ世人共鹵莽(세인공로망)－세상 사람들 하는 짓이 온통 거칠고 조잡하고 잘못되었으니, 전란에 휩싸여 정치가 문란하고 백성들이 고생을 하고 있으니. ㅇ吾道屬艱難(오도속간난)－내가 가려고 하는 길은 험난하기만 하다. ㅇ不爨(불찬)－불을 때지 않는다, 양식이 없어서 밥이나 음식을 만들어 먹지 못한다. 찬(爨)은 불땔 찬. ㅇ井晨凍(정신동)－아침이 되어도 우물은 얼음이 얼었다. ㅇ無衣(무의)－몸에 걸친 옷도 없고. ㅇ牀夜寒(상야한)－밤의 잠자리는 차기만 하다. ㅇ囊空恐羞澀(낭공공수삽)－주머니 속이 완전히 빈털터리가 되면, 기가 죽고 부끄럽기 때문에. ㅇ留得一錢看(유득일전간)－한 푼은 남겨놓고 있다.

(解說) 이 시는 바로 앞에 있는 '병마(病馬)'(p.336)와 같은 시기에 진주(秦州)에서 가족과 함께 기한에 시달리며 읊은 시다. 두보가 지향하는 이상적인 길은 '임금을 보필해서 요순 같은 성군이 되게 하고, 백성의 기풍을 순박하게 만드는 것이었다(致君堯舜上 再使風俗淳).'(〈贈韋左丞〉) 그러나 반란군이 장안을 점령하고 미처 피난가지 못한 왕족이나 고관대작들을 살해하고 재물을 약탈했다. 이에 사회가 혼란하고 백성이 도탄에 빠져, 날로 생활고가 격심해졌다. 그런데도 무능하고 무력한 위정자들은 이를 수습하지 못하고, 우왕좌왕했던 것이다. 이에, 두보는 '세인공로망(世人共鹵莽) 오도속간난(吾道屬艱難)'이라고 했던 것이다. 두보는 당시 그의 절친한 선배 시인

이백(李白)을 다음과 같이 그리워하고 염려했다.

천 말 회 이 백

92. 天末懷李白 하늘 끝, 진주에서 이백을 생각하며

양 풍 기 천 말 군 자 의 여 하
1. 凉風起天末 君子意如何

홍 안 기 시 도 강 호 추 수 다
2. 鴻鴈幾時到 江湖秋水多

문 장 증 명 달 이 매 희 인 과
3. 文章憎命達 魑魅喜人過

응 공 원 혼 어 투 시 증 멱 라
4. 應共寃魂語 投詩贈汨羅

찬 가을바람이 이곳 하늘 끝 진주에 불고 있거늘, 남쪽으로 귀양간 그대의 심정은 어떠하시오?

이곳 소식을 전할 큰기러기는 언제나 그곳에 도달할까? 그대가 있는 남쪽의 강이나 호수에는 가을물이 불어 넘치리라

본래 문학은 시나 글을 쓰는 사람의 운명이 피어나고 잘되는 것을 싫어하는 법이니라(그러므로 그대나 내가 이렇게 항상 고생스럽게 살게 마련이다), 또 산천에 숨어 있는 도깨비들은 사람이 불행하게 되고 쫓겨나는 것을 좋아하는 법이니라(그래서 그대가 억울하게 유배된 것이니라)

지금 그대는 응당 억울하게 죽은 굴원(屈原)의 원혼과 이야기를 하려고, 시를 써서 굴원이 몸을 던진 멱라강(汨羅江)에 던지리로다

(語釋) ㅇ天末懷李白(천말회이백)－하늘의 끝처럼 외진 진주(秦州)에서 멀리 남쪽으로 유배된 이백을 생각하며 쓴 시. ㅇ涼風起天末(양풍기천말)－찬바람이 이곳 하늘의 끝 같은 진주(秦州)에 불어닥치므로 (내 마음이 서글프거늘). ㅇ君子意如何(군자의여하)－억울하게 귀양살이 간 그대는 어떠한 심정으로 계시오. ㅇ鴻鴈幾時到(홍안기시도)－(그대에 대한 나의 회포를 전달할) 큰기러기는 언제나 그곳에 도달할지. ㅇ江湖秋水多(강호추수다)－그대가 유배(流配)된 남쪽, 강물과 호수가 많은 그곳에도 가을물이 불어 넘치리라. 혹은 가을이 되자 여러 가지 사연이 많으리라. ㅇ文章憎命達(문장증명달)－본래 문학은 (문학가의) 운명이 영달되는 것을 싫어하는 법이다. 즉 시나 문장을 잘하는 사람은 원칙적으로 고생하고 가난하게 살게 마련이다. 그러므로 그대나 내가 이렇게 항상 고생스럽게 살게 마련이다. ㅇ魑魅喜人過(이매희인과)－(산이나 숲에 숨어서 사람을 잡아먹는 얄궂은) 도깨비들은 그대가 불행하게 원죄(怨罪)에 빠져 그곳으로 오는 것을 좋아할 것이다. 무식한 정치 담당자들을 도깨비에 비유한 것이다. 이(魑)는 도깨비 리, 매(魅)는 도깨비 매. ㅇ應共寃魂語(응공원혼어)－지금 그대는 응당 억울하게 죽은 굴원(屈原)의 원혼과 이야기를 하려고. 굴원은 전국시대 초(楚)나라의 충신이자 뛰어난 시인이었다. ㅇ投詩贈汨羅(투시증멱라)－시를 써서 굴원이 절망하고 스스로 몸을 던진 멱라강의 강물 속에 그대의 시를 던지리로다.

(解說) 두보는 이백에 대한 시를 많이 썼다. 대개가 이백을 회상하거나 혹은 이백을 염려하는 시다. 제2장에 수록한 '증이백(贈李白) 1, 2' '춘일억이백(春日憶李白)'은 30대의 젊은 두보가 낙양(洛陽) 일대에서 이백과 어울려 술 마시고 교유하다가 헤어진 다음에 지은 시다. 그러므로 젊은 시인들의 패기와 호탕한 기상이 가득 넘친다. '이백은 시에서는 무적이다, 그의 나는 듯한 사상은 비범하다(白也詩無敵 飄然思不群)'(〈春日憶李白〉), '통쾌하게 술 마시고 미친 듯이 노래하며 날을 보냈고, 호탕방탕 기고만장했으니 누구를 위해서도

아니다.(痛飮狂歌空度日 飛揚跋扈爲誰雄)'(〈贈李白 2〉).

그러나 제4장에 있는 '몽이백(夢李白) 1, 2'와 제7장에 수록한 이 시는 국가적인 대 혼란기에 서로 흩어져 생사조차 알 길 없는 옛날의 벗을 걱정하고 있다. 이때의 두보 나이는 50이다. 전란을 피해, 헐벗고 굶주린 처자식들을 이끌고, 먹을 것과 안주할 자리를 찾아 변경지대를 방랑하고 있었다.

이때에 이백이 억울한 누명을 쓰고 남쪽으로 유배되었다는 소식을 들었으니, 두보의 심정은 어떠했으랴? 극한의 절망감 속에서 '하늘이 문학하는 사람의 길을 막고, 도깨비 같은 못난 인간들은 착한 사람을 벌주기를 좋아하는구나(文章憎命達 魑魅喜人過)'라고 한탄했던 것이다.

천진난만하게 문학을 사랑하고, 고결한 도의정신으로 충군애민(忠君愛民)하는 군자들이 이렇듯이 불운하고 고생을 해야 하는가? 그러기에 두보와 이백은 같은 처지에서 비분강개하고 스스로 물에 몸을 던진 굴원(屈原)에게 하소연을 했던 것이다. 그는 전국시대 초(楚) 나라의 왕족이며, 정의와 정도를 높인 탁월한 애국시인이었다. 그러나 우매한 임금과 간악한 신하들에게 굴원은 도리어 몰리고 쫓겨났던 것이다.

93. 遣懷(견회) 감회를 푼다

1. 愁眼看霜露(수안간상로) 寒城菊自花(한성국자화)
2. 天風隨斷柳(천풍수단류) 客淚墮清笳(객루타청가)
3. 水靜樓陰直(수정누음직) 山昏塞日斜(산혼새일사)

야래귀조진　제살후서아
4. 夜來歸鳥盡　啼殺後棲鴉

수심 어린 눈에 내리는 서리나 이슬이 보이고, 외롭고 쓸쓸한 성채에 피어난 들국화 꽃이 아름답다

하늘 바람이 잎 떨어진 버드나무 가지를 타고 불어오고, 객지에서 흘리는 눈물이 맑은 피리소리를 따라 떨어진다

고요하고 잔잔한 강물에 누각의 그림자가 곧게 비치고, 산에 황혼이 들자 성채에 해가 비스듬히 기우네

밤이 되자 새들도 다 돌아와 잠들었거늘, 뒤늦게 둥지에 돌아오는 까마귀가 심하게 우짖고 있네

(語釋) ㅇ遣懷(견회)—감회를 푼다. ㅇ愁眼(수안)—수심 어린 눈에는. ㅇ看霜露(간상로)—일찍 내리는 서리나 이슬이 보이고. ㅇ寒城(한성)—외롭고 쓸쓸한 성채(城砦)에. ㅇ菊自花(국자화)—스스로 피어난 야생의 국화꽃이 아름답게 보인다. '간(看)'은 이 구절에도 걸린다. ㅇ天風(천풍)—하늘의 바람은. ㅇ隨斷柳(수단류)—잎 떨어진 버드나무 가지가 바람에 나부끼다(바람이 가지를 따라 분다). ㅇ客淚(객루)—객지에서 흘리는 눈물. ㅇ墮淸笳(타청가)—맑은 피리소리를 따라 떨어진다. 피리소리를 듣고 눈물을 흘린다. ㅇ水靜(수정)—강물이 고요하다, 잔잔한 강물에. ㅇ樓陰直(누음직)—누각의 그림자가 곧게 비치고 있다. ㅇ山昏(산혼)—산에 황혼이 들자. ㅇ塞日斜(새일사)—성채에 해가 기울다. ㅇ夜來(야래)—밤이 되자. ㅇ歸鳥盡(귀조진)—새들이 다 돌아와 깃들었다. ㅇ啼殺(제살)—심하게 우짖는다. '살(殺)'은 심하게. ㅇ後棲鴉(후서아)—뒤늦게 둥지에 돌아오는 까마귀가 (심하게 우짖고 있다).

(解說) 건원(建元) 2년(759년, 두보 48세), 진주(秦州)에서 지은 시다.

앞에서 풀이한 같은 시기의 시로는 제1장의 〈송원(送遠)〉, 제4장의 〈월야억사제(月夜憶舍弟)〉, 〈우목(寓目)〉, 〈진주잡시(秦州雜詩)〉 1, 2, 3 등이 있다.

백 우 집 행

94. 百憂集行 온갖 걱정에 시달리는 늙은이

억 석 십 오 심 상 해　　건 여 황 독 주 부 래
1. 憶昔十五心尚孩　健如黃犢走復來

정 전 팔 월 이 조 숙　　일 일 상 수 능 천 회
2. 庭前八月梨棗熟　一日上樹能千回

즉 금 숙 홀 이 오 십　　좌 와 지 다 소 행 립
3. 卽今倏忽已五十　坐臥只多少行立

강 장 소 어 공 주 인　　비 견 생 애 백 우 집
4. 强將笑語供主人　悲見生涯百憂集

입 문 의 구 사 벽 공　　노 처 도 아 안 색 동
5. 入門依舊四壁空　老妻覩我顔色同

치 아 미 지 부 자 례　　규 노 색 반 제 문 동
6. 癡兒未知父子禮　呌怒索飯啼門東

옛날을 회상하노라, 나이 열다섯으로 마음도 몸도 아직 어렸을 때, 나는 황송아지같이 세차게 뛰어다녔으며

8월에 뜰 앞에 자란 배나무와 대추나무의 열매가 익으면, 하루에도 천 번 이상 나무에 올라가 열매를 딸 수 있었거늘

지금은 어느덧 50살이 되었으며, 앉거나 눕기만 하고 일어서 걷는 일이 별로 없게 되었노라

나는 겉으로 억지웃음을 짓고 말하면서 주인을 대하고 있지만, 속으로는 평생을 두고 백 가지 우울한 근심거리에 시달리고 있는 자신을 슬프게 여기노라

집안에는 예나 다름없이 사방의 벽이 텅 비어 있으니, 나를 보는 늙은 처의 표정과 기색도 나처럼 우울하고 걱정스럽기만 하노라

철부지 어린 자식놈은 부모에 대한 예절도 모르고 마구 성내고 소리치고 울면서 문 동쪽에서 밥을 달라고 떼를 쓰고 있노라

語釋 ㅇ百憂集行(백우집행)－한평생 모든 걱정에 시달리는 자신을 한탄한 시. ㅇ憶昔十五心尙孩(억석십오심상해)－옛날을 회상하노라, 나이 열다섯으로 마음도 몸도 아직 어렸을 때. ㅇ健如黃犢走復來(건여황독주부래)－그때의 나는 흡사 황송아지 모양으로 세차게 뛰어다니었다. ㅇ庭前八月梨棗熟(정전팔월이조숙)－8월에 뜰 앞에 있는 배나무와 대추나무의 열매가 잘 익으면. ㅇ一日上樹能千回(일일상수능천회)－하루에도 천 번 이상 나무에 올라가 열매를 딸 수가 있었다. ㅇ卽今倏忽已五十(즉금숙홀이오십)－지금은 어느덧 홀연히 50살이 되어 늙었으며. ㅇ坐臥只多少行立(좌와지다소행립)－앉거나 눕기만 하고 일어서 걷는 일이 별로 없게 되었다. ㅇ强將笑語供主人(강장소어공주인)－나는 겉으로 억지웃음을 짓고 말하면서 주인(主人)을 대하고 있지만. '주인'은 일반적으로 두보가 객지에서 '신세를 지고 있는 사람'의 뜻으로 풀이한다. 그러나 구조오(仇兆鰲)는 '성도(成都)의 윤(尹), 최광원(崔光遠)이며, 그가 무식했으므로 두보와는 잘 어울리지 않았다'고 주를 달았다. ㅇ悲見生涯百憂集(비견생애백우집)－나는 평생을 두고, 모든 우울한 근심거리가 집중되는 것을 슬프게 여긴다. '비견(悲見)'은 '슬프게 본다, 슬프게 여긴다'. ㅇ入門依舊四壁空(입문의구사벽공)－문에 들어가면 전이나 다름없이 사방의 벽이 텅텅 비어 있다. 즉 집안에 가재(家財) 기물(器物)

등이 하나도 없고, 궁핍하기 짝이 없다. ○老妻覩我顔色同(노처도아안색동)—늙은 처는 나를 보고 (나와 같이) 걱정스런 표정과 실망한 기색을 짓는다. 걱정스럽게 나를 쳐다보는 늙은 처의 표정이나 기색도 나처럼 실망에 차있다. ○癡兒未知父子禮(치아미지부자례)—철부지 어린 자식은 부모에 대한 예절도 모르고. ○叫怒索飯啼門東(규노색반제문동)—마구 소리지르고 성을 내고 울면서, 문 동쪽에서 밥을 달라고 떼를 쓰고 있다.

(解說) 상원(上元) 2년(761년, 두보 50세), 성도(成都)에서 지은 시다. 성도에서는 전보다 약간 마음을 놓을 수 있었다. 그래서 이 시도 어느 정도 마음의 여유가 나타나 보인다.

팽 아 행

95. 彭衙行 팽아의 노래

억 석 피 적 초 북 주 경 험 난
1. 憶昔避賊初 北走經險難

야 심 팽 아 도 월 조 백 수 산
2. 夜深彭衙道 月照白水山

진 실 구 도 보 봉 인 다 후 안
3. 盡室久徒步 逢人多厚顔

참 차 곡 조 음 불 견 유 자 환
4. 參差谷鳥吟 不見遊子還

치 녀 기 교 아 제 외 호 랑 문
5. 癡女饑咬我 啼畏虎狼聞

회 중 엄 기 구 반 측 성 유 진
6. 懷中掩其口 反側聲愈嗔

소 아 강 해 사　　고 색 고 리 찬
7. 小兒强解事　故索苦李餐

일 순 반 뇌 우　　이 녕 상 반 견
8. 一旬半雷雨　泥濘相攀牽

기 무 어 우 비　　경 활 의 우 한
9. 旣無禦雨備　徑滑衣又寒

유 시 경 계 활　　경 일 수 리 간
10. 有時經契闊　竟日數里間

야 과 충 후 량　　비 지 성 옥 연
11. 野果充糇糧　卑枝成屋椽

조 행 석 상 수　　모 숙 천 변 연
12. 早行石上水　暮宿天邊煙

소 류 동 가 와　　욕 출 노 자 관
13. 少留同家窪　欲出蘆子關

고 인 유 손 재　　고 의 박 증 운
14. 故人有孫宰　高義薄曾雲

연 객 이 훈 흑　　장 등 계 중 문
15. 延客已曛黑　張燈啓重門

난 탕 탁 아 족　　전 지 초 아 혼
16. 煖湯濯我足　剪紙招我魂

종 차 출 처 노　　상 시 체 란 간
17. 從此出妻孥　相視涕闌干

중 추 난 만 수　　환 기 점 반 손
18. 衆雛爛漫睡　喚起霑盤飧

서 장 여 부 자　　영 결 위 제 곤
19. 誓將與夫子　永結爲弟昆

수 공 소 좌 당　　안 거 봉 아 환
20. 遂空所坐堂　安居奉我歡

수긍간난제 활달로심간
21. 誰肯艱難際 豁達露心肝

별래세월주 호갈잉구환
22. 別來歲月周 胡羯仍構患

하당유시령 비거타이전
23. 何當有翅翎 飛去墮爾前

옛날을 회상하노라, 초기에 적도들을 피해 북쪽으로 피난간 나는 여러 고비 험난한 일을 당했노라

밤이 깊어 팽아로 가는 길이 어둠에 잠기고, 달만이 멀리 바라보이는 백수에 산들을 비치고 있었거늘

우리 모든 가족들이 맨발로 길을 걸어갔으니, 가는 곳마다 여러 사람에게 후안무치한 폐를 끼치었노라

여기저기 골짜기 새들이 저마다 터를 잡고 우짖고 있거늘, 객지를 떠도는 나는 아직도 고향으로 돌아가지 못하노라

철부지 어린 딸은 배고프다고 나를 물어뜯으며 악을 쓰고 울어대니, 나는 깊은 밤에 혹시라도 호랑이나 이리가 들을까 덜컥 겁을 내고

우는 아이를 품속에 안고 입을 틀어막으니, 아이는 더욱 몸을 뒤틀고 사납게 악을 쓰며 울어대노라

한편 아들놈은 억지로 아는 척하며, 아직 익지 않고 쓰디쓴 자두를 따먹겠다고 생으로 떼를 쓰고 있노라

열흘 중 닷새 동안 우레를 동반한 폭우가 쏟아졌으며, 진흙탕 산길을 서로 끌고 밀면서 기어올라가노라.

본시 비를 막을 장비가 없으며, 비탈진 좁은 산길은 미끄럽기

만하고 또 비에 젖은 옷은 차갑기만 하네

때로는 더욱 고생을 겪기도 했으니, 하루 종일 걸어 불과 몇 리 길을 갔을 뿐이로다

야생의 과실을 따서 길양식으로 삼기도 하고, 나무의 가지를 집의 서까래로 삼고 들에서 자기도 했노라

아침 일찍부터 암석 바닥을 흐르는 계곡물을 따라 걷고, 날 저물면 하늘가에 자욱한 안개 속에 누워 잤노라

그때에는 백수현 동가와에서 잠시 머물고, 다시 노자관을 지나 (임금이 계신 영무로 가려고) 했거늘

그곳 동가와에서 손재라는 옛친구를 만났으니, 그의 고결하고 두터운 의리와 인정이 하늘의 뭉게구름 같았노라

그가 우리 일행을 맞이했을 때는 이미 어둡고 캄캄했으니, 그는 집안에 많은 등불을 밝혀 달고 또 겹겹이 닫아 있던 문을 차례로 열고 우리를 안채로 안내했노라

그리고 물을 뜨겁게 끓여서 우리들의 발을 씻게 했으며, 흰 종이를 잘라서 대문에 붙여 우리들의 놀란 가슴을 달래주었노라

그리고 나서 그는 자기 부인과 자식들을 불러내어 우리와 대면케 했으니, 두 가족은 서로 보고 눈물을 마냥 쏟으며 울었노라

늘어지고 곤드라져 고단하게 잠을 자고 있는 어린 자식들을 깨워서, 소반에 고인 음식을 먹게 했노라

손재가 '앞으로 선생과 평생토록 형제의 결의를 맺읍시다'라고 맹세의 말을 했으며

마침내는 자기네가 거처하는 안채를 비워, 우리를 편히 있게 함으로써 우리를 환대해 해주었노라

이렇게 험난하고 고생스러울 때에, 어느 누가 이렇듯이 활달하

게 속마음과 정성을 다 털어 주겠는가

벌써 그와 헤어진 지 여러 달이 되었거늘, 호족의 반란군은 아직도 각처에서 난을 일으키고 있으니

언제나 내가 날개를 달고 그대 앞에 날아가서 감사를 할 수 있을까

(語釋) ㅇ彭衙行(팽아행)－지명, 섬서성(陝西省) 백수현(白水縣) 동북에 있다. ㅇ憶昔避賊初(억석피적초)－옛날을 추억한다, 난적(亂賊)을 피해 피난을 갔던 초기에. ㅇ北走經險難(북주경험난)－북쪽으로 달려갔으며, 험난한 곳을 자나갔노라, 혹은 험난한 일을 겪었노라. ㅇ夜深彭衙道(야심팽아도)－밤이 깊어 팽아로 가는 길이 어둠에 잠기고. ㅇ月照白水山(월조백수산)－달은 (저멀리 바라보이는) 백수에 산들을 비치고 있었다. ㅇ盡室久徒步(진실구도보)－모든 가족이 오래, (탈것도 없이) 맨발로 길을 걸어가느라고. ㅇ逢人多厚顔(봉인다후안)－길에서 만나는 여러 사람에게 후안무치한 폐를 많이 끼쳤다. 체면불구하고, 많은 사람에게 신세를 졌다. ㅇ參差谷鳥吟(참차곡조음)－여기저기 흩어져 있는 골짜기 새들이 저마다 (터를 잡고) 우짖고 있거늘. ㅇ不見遊子還(불견유자환)－객지를 떠도는 나그네는 다시 고향으로 돌아오지 않는구나, 두보 자신이나 다른 모든 사람들이 난을 피해 방황하고 있다. ㅇ癡女饑咬我(치녀기교아)－철부지 어린 딸은 배고프다고 나를 물어뜯으며 (악을 쓰고 울다), '치녀(癡女)'는 철없고 어리석은 어린 딸아이, 기(饑)는 주리다, 교(咬)는 깨물다. ㅇ啼畏虎狼聞(제외호랑문)－깊은 밤 산길에서 호랑이나 이리가 (아이의 울음소리를 들을까) 겁이 난다. 낭(狼)은 이리 랑이다. ㅇ懷中掩其口(회중엄기구)－(우는 아이를) 품속에 안고 입을 틀어막는다. ㅇ反側聲愈嗔(반측성유진)－아이가 몸을 뒤틀고 더욱 사납게 큰 소리로 악을 쓰며 운다. 진(嗔)은 성낼 진. ㅇ小兒强解事(소아강해사)－아들놈은 아는 척하고, '강(强)'은 '모르면서 억지로 아

는 척하다, 혹은 억지를 쓰다'의 뜻. ㅇ故索苦李餐(고색고리찬)－그래서, 아직 익지 않고 쓰디쓴 자두를 따먹겠다고 떼를 쓴다. 색(索)은 찾을 색, 찬(餐)은 먹을 찬. '강(强)'은 이 구절에도 걸린다. ㅇ一旬半雷雨(일순반뇌우)－열흘 중 닷새 동안, 우레를 동반한 폭우가 쏟아졌다. ㅇ泥濘相攀牽(이녕상반견)－진흙탕 산길을 서로 끌고 밀면서 기어오른다. 니(泥)는 진흙 니, 녕(濘)은 진창 녕, 반(攀)은 더위잡을 반, 견(牽)은 끌 견. ㅇ既無禦雨備(기무어우비)－본시 비를 막을 장비가 없으며, 어(禦)는 막을 어. ㅇ徑滑衣又寒(경활의우한)－산의 좁은 비탈길은 미끄럽고 또 비에 젖은 옷이 차갑기만 하다. ㅇ有時經契闊(유시경계활)－때로는 심한 고생을 겪기도 했다, '계활(契闊)'은 심한 고생. ㅇ竟日數里間(경일수리간)－하루종일 불과 몇 리 길을 갔을 뿐이다. 경(竟)은 다할 경. ㅇ野果充糇糧(야과충후량)－야생의 과실을 따서 '길양식'으로 삼는다, '후량(糇糧)'은 여행길에서 먹을 양식. ㅇ卑枝成屋椽(비지성옥연)－낮은 나뭇가지를 집의 서까래로 삼고 들에서 자다. 야숙(野宿)한다. 연(椽)은 서까래 연. ㅇ早行石上水(조행석상수)－아침 일찍부터 암석 위를 흐르는 계곡물을 따라 걸어가고. ㅇ暮宿天邊煙(모숙천변연)－날이 저물면 하늘가에 끝없이 번진, 자욱한 안개 속에 누워 자다. ㅇ少留同家窪(소류동가와)－잠시 동가와(同家窪)에서 머물고, '동가와'는 백수현(白水縣)에 있는 마을 이름. ㅇ欲出蘆子關(욕출노자관)－노자관(蘆子關)으로 나가려고 했다. '노자관'은 부주(鄜州) 북쪽에 있는 관문(關門). 두보는 노자관을 지나 영무(靈武)에 가려고 했다. 당시 현종(玄宗)의 뒤를 이어 자리에 오른 숙종(肅宗)이 영무에 있었다. ㅇ故人有孫宰(고인유손재)－동가와(同家窪)에서 옛 친구 손재(孫宰)를 만났다. 손재의 손(孫)은 성, 재(宰)는 이름, 혹은 지방의 읍장의 뜻이라고도 한다. ㅇ高義薄曾雲(고의박증운)－손재의 고결한 도의와 후한 인정은 하늘의 겹겹이 쌓인 뭉게구름 같다. 박(薄)은 가까울 박, 이를 박. ㅇ延客已曛黑(연객이훈흑)－손재가 길손인 두보 일행을 안내했을 때는, 이미 날이 지고 어두운 때다. 훈

(曛)은 황혼 훈. ㅇ張燈啓重門(장등계중문)－집안에 많은 등불을 밝혀 달고, 또 겹겹이 닫아 있던 문을 거듭거듭 열고 안채로 안내했다. ㅇ煖湯濯我足(난탕탁아족)－물을 뜨겁게 끓여서, 우리들의 발을 씻게 했다. ㅇ剪紙招我魂(전지초아혼)－흰 종이를 잘라서 문밖에 붙이고, 여행객들이 (길에서 고생하는 바람에 놀라고 도망간) 혼령들을 다시 찾아오게 한다. 전(剪)은 전(翦)과 같은 뜻으로 자르다. ㅇ從此出妻孥(종차출처노)－그렇게 한 다음에, 즉 두보 일행이 안정을 되찾은 다음에, 손재가 자기 부인과 자식들을 불러내어 대면케 했다. 노(孥)는 자식 노. ㅇ相視涕闌干(상시체란간)－(두 집 식구가) 서로 보고는 눈물을 마구 쏟으며 울었다. 체(涕)는 눈물 체. '난간(闌干)'은 '눈물을 흠뻑 쏟다'의 뜻. ㅇ衆雛爛漫睡(중추난만수)－두보의 어린 자식들은 고단해서 곤드라져 잠을 자고 있다. 추(雛)는 병아리 추, '난만수(爛漫睡)'은 질펀히 바닥에 누워 정신없이 곤하게 잠을 자다. ㅇ喚起霑盤飧(환기점반손)－깨워서 일으켜 소반에 고인 저녁을 먹게 하다. 점(霑)은 젖을 점, 은혜를 입게 하다. 반(盤)은 소반 반, 혹은 쟁반, 손(飧)은 손(飱)과 같은 뜻으로 저녁밥, 음식. ㅇ誓將與夫子(서장여부자)－손재가 맹세를 했다. 손재가 두보를 부자(夫子), 즉 '선생님'이라고 높였다. ㅇ永結爲弟昆(영결위제곤)－평생토록 형제의 결의를 맺읍시다. ㅇ遂空所坐堂(수공소좌당)－마침내 손재가 자기들이 거처하던 안채를 비워 주고. ㅇ安居奉我歡(안거봉아환)－우리를 편히 있게 함으로써 우리를 즐겁게 해주었다. ㅇ誰肯艱難際(수긍간난제)－다른 어느 사람이, 이렇게 험난하고 고생스러울 때에, ……하겠느냐? ㅇ豁達露心肝(활달로심간)－솔직활달하게 속마음과 정성을 다 털어 주랴. 활(豁)은 활달할 활, '심간(心肝)'은 속마음과 정성. ㅇ別來歲月周(별래세월주)－손재에게 신세를 지고 헤어진 지 여러 달이 되었다. ㅇ胡羯仍構患(호갈잉구환)－호족들의 반란군이 아직도 각처에서 난을 일으키고 있다. '호갈(胡羯)'은 호족 오랑캐, 갈(羯)은 흉노 갈, '구환(構患)'은 반란하고 우환을 만들고 있다. 이때에는 사사명(史思明)의 19만 대군이

태원(太原)에 침공했고, 안경서(安經緖)의 역적 13만이 휴양(睢陽)을 공략하고 있었다. ㅇ何當有翅翎(하당유시령)－(두보가 하는 말) 언제나 내가 날개를 달고,. 시(翅)는 날개 시, 령(翎)은 깃 령(영). ㅇ飛去墮爾前(비거타이전)－날아서 그대 앞에 가서 감사를 표하랴? 타(墮)는 떨어질 타.

(解說) 안녹산(安祿山)의 난을 당했을 때, 그 나라의 참혹상과 작자 두보 가족들의 피난길 ―. 풍찬노숙(風餐露宿)의 각고(刻苦) 끝에 옛 친구의 집을 찾아가 따뜻한 사랑을 받게 되는 정경이 감동적으로 아름답게 그려진 시이다.

96. 哀王孫(애왕손) 왕손을 애석해하는 시

1. 長安城頭白頭烏(장안성두백두조) 夜飛延秋門上呼(야비연추문상호)
2. 又向人家啄大屋(우향인가탁대옥) 屋底達官走避胡(옥저달관주피호)
3. 金鞭斷折九馬死(금편단절구마사) 骨肉不待同馳驅(골육부대동치구)
4. 腰下寶玦青珊瑚(요하보결청산호) 可憐王孫泣路隅(가련왕손읍로우)
5. 問之不肯道姓名(문지불긍도성명) 但道困苦乞爲奴(단도곤고걸위노)
6. 已經百日竄荊棘(이경백일찬형극) 身上無有完肌膚(신상무유완기부)

고 제 자 손 진 륭 준　용 종 자 여 상 인 수
7. 高帝子孫盡隆準　龍種自與常人殊

시 랑 재 읍 용 재 야　왕 손 선 보 천 금 구
8. 豺狼在邑龍在野　王孫善保千金軀

불 감 장 어 임 교 구　차 위 왕 손 립 사 수
9. 不敢長語臨郊衢　且爲王孫立斯須

작 야 동 풍 취 혈 성　동 래 탁 타 만 구 도
10. 昨夜東風吹血腥　東來橐駝滿舊都

삭 방 건 아 호 신 수　석 하 용 예 금 하 우
11. 朔方健兒好身手　昔何勇銳今何愚

절 문 천 자 이 전 위　성 덕 북 복 남 선 우
12. 竊聞天子已傳位　聖德北服南單于

화 문 리 면 청 설 치　신 물 출 구 타 인 저
13. 花門剺面請雪恥　愼勿出口他人狙

애 재 왕 손 신 물 소　오 릉 가 기 무 시 무
14. 哀哉王孫愼勿疏　五陵佳氣無時無

장안 성 위에 반란을 알리는 백두조가 나타났고, 밤에는 궁성의 서쪽 연추문 위에서 우짖었노라

또 불길한 새들이 민가로 가서 큰 저택의 지붕을 주둥이로 쪼았으니, 지붕 밑에 살던 고관대작들이 오랑캐를 피해 도망갔노라

다급하게 피난가는 현종의 황금 말채찍이 부러지고 아홉 마리 말들이 지쳐 죽을 지경이었으니, 골육의 왕족조차 기다리고 함께 도망갈 겨를이 없었노라

허리에 푸른 산호로 만든 보결을 차고 있는, 왕손이 가련하게

도 길모퉁이에서 울고 있으며

물어도 그는 자기 성명을 말하지 않고, 다만 너무 고생스러워 차라리 종이라도 되고 싶다고 말을 하노라

이미 백일간이나 가시덤불 속에 몸을 숨기고 헤맸으므로, 그의 몸은 상처투성이로 어느 곳 하나 온전한 살과 피부가 없었노라

천자의 후손이라 콧날이 우뚝하고, 천자의 혈통을 받은 왕손이라 자연히 서민들과 다르다

시랑 같은 오랑캐 반란군이 도성을 차지하고 도리어 천자는 쫓겨나 들에 있지만, 왕손들이여 천금같이 귀중한 몸을 잘 보전하시오

허기는 교외 길거리에서 오래 말할 수는 없으나, 그래도 왕손을 위해 잠시 서서 말을 하겠노라

간밤에는 동풍을 타고 피비린내가 불어닥치더니, 동쪽에서 반란군의 낙타 떼가 몰려와 장안을 어지럽히고 있다고 하네

삭방의 건실한 청년들은 억센 용사로, 전에는 용감했으나 지금은 어찌하여 이다지도 어리석고 무력하나

내가 몰래 들은 바 현종이 자리를 숙종에게 물려주었으며, 숙종의 성덕을 입고 남쪽 흉노, 즉 회흘(回紇)의 왕이 당나라에 복종한다는 소식이 있으며,

그들 회흘족이 맹세의 표시로 스스로 얼굴을 칼로 베고 반란군과 싸워 당을 위해 설욕하기를 자청했다고 하노라, 그러나 이 같은 말을 절대로 입밖에 내지 마시오. 잘못하면 남들에게 모함을 받고 피해를 당할 것이오

불행한 왕손이여 신중하고 자중하고 소홀한 바 없도록 하시오, 언제나 왕가의 기운은 돋아나게 마련이오

(語釋) ㅇ哀王孫(애왕손)－왕손을 애석하게 여기는 시. ㅇ長安城頭白頭烏(장안성두백두조)－장안 성 위에 '머리가 흰 백두조(白頭烏)가' 나타났다. 백두조는 반란을 알리는 불길한 새, 양(梁)의 후경(侯景)이 반란했을 때 백두조가 주작문(朱雀門)에 모여들었다. ㅇ夜飛延秋門上呼(야비연추문상호)－밤에는 연추문으로 날아가서 문 위에서 우짖었다. 연추문은 당나라 궁성의 서문(西門)이다. 안녹산(安祿山)이 반란하자, 당 현종(玄宗)이 연추문을 통해 피난길에 올랐다. 이때에도 새들이 우짖었다는 뜻. ㅇ又向人家啄大屋(우향인가탁대옥)－또 불길한 새들이 민가로 가서, 큰 저택의 지붕을 주둥이로 쪼았다. 즉 반란군들이 민가에 난입하고 약탈했다는 뜻. ㅇ屋底達官走避胡(옥저달관주피호)－지붕 밑에 고관대작들이 호족(胡族) 오랑캐를 피해 도망갔다. 안녹산은 본래 호족 출신이고, 그 부하들도 대부분 호족이었다. ㅇ金鞭斷折九馬死(금편단절구마사)－황금으로 만든 말채찍이 절단되고, 아홉 마리 말들이 죽었다. 즉 필사적으로 도망을 가는 현종이 심하게 말채찍질을 하고 또 말이 죽도록 몰고 달려갔다는 뜻. 구마(九馬)는 한 문제(漢文帝)의 준마(駿馬) 아홉 마리, 여기서는 천자가 타는 아홉 마리의 말. ㅇ骨肉不待同馳驅(골육부대동치구)－(당 현종이 다급하게 서둘러 피난을 갔으므로) 골육의 왕족들조차 기다렸다가 함께 도망을 가지 못했다는 뜻. ㅇ腰下寶玦靑珊瑚(요하보결청산호)－허리에는 푸른 산호로 만든 보결을 차고 있다. 결(玦)은 구석이 하나도 없는 둥근 패옥. ㅇ可憐王孫泣路隅(가련왕손읍로우)－가련하게도 왕손이 길모퉁이에서 울고 있다. ㅇ問之不肯道姓名(문지불긍도성명)－물어도 그는 자기 성명을 말하지 않으려 하고. ㅇ但道困苦乞爲奴(단도곤고걸위노)－다만 말한다, 너무 고생스러워 차라리 남의 종이라도 되고 싶다고. ㅇ已經百日竄荊棘(이경백일찬형극)－이미 백일간이나 가시덤불 속을 헤매면서 몸을 숨기고 살았으므로. ㅇ身上無有完肌膚(신상무유완기부)－몸 어느 곳에도 온전한 살과 피부가 없다. 기(肌)는 살 기, 부(膚)는 살갗 부. ㅇ高帝子孫(고제자손)－한 고조(漢高祖)의 자손, 여기서는 당 고조

(唐高祖)의 자손이라는 뜻. ㅇ盡隆準(진륭준)－모두 콧날이 우뚝 섰다. 《사기(史記)》에 있다. '한 고조는 콧날이 우뚝하고 얼굴이 용 같으며 수염이 아름답다(高祖爲人 隆準而龍顔 美須髥)'. ㅇ龍種自與常人殊(용종자여상인수)－천자의 혈통을 받은 왕손은 자연히 서민들과 다르다. ㅇ豺狼在邑龍在野(시랑재읍용재야)－시랑 같은 오랑캐들이 도성에 있고, 천자가 쫓겨나 들에 있다. 시(豺)는 승냥이 시, 랑(狼)은 이리 랑. ㅇ王孫善保千金軀(왕손선보천금구)－왕손들이여, 천금같이 귀중한 몸을 잘 보전하시오. ㅇ不敢長語臨郊衢(불감장어임교구)－교외 길거리에서 오래 말할 수는 없으나, 구(衢)는 네거리 구. ㅇ且爲王孫立斯須(차위왕손립사수)－그래도 왕손을 위해 잠시나마 서서 말을 하자. 사수(斯須)는 수유(須臾). ㅇ昨夜東風吹血腥(작야동풍취혈성)－간밤에는 동풍을 타고 피비린내가 불어 닥치더니. ㅇ東來橐駝滿舊都(동래탁타만구도)－동쪽에서 (안녹산의 반란군의) 낙타 떼가 몰려와 옛 도성, 즉 장안을 어지럽히고 있다. 탁(橐)은 탁(槖)으로 전대 탁, 타(駝)는 낙타 타. ㅇ朔方健兒好身手(삭방건아호신수)－삭방의 억센 사나이들은 신체 건실한 좋은 용사였거늘. 삭방(朔方)은 농우(隴右) 하서(河西) 지방, 현 내몽고의 서남부와 영하(寧夏) 회흘(回紇) 자치구의 동부, 이 지방의 군대는 곧 가서한(哥舒翰)의 군대다. 전에는 용맹했으나 동관(潼關)에서 안녹산의 반란군에게 패하고 투항했다. ㅇ昔何勇銳今何愚(석하용예금하우)－전에는 용감했으나 지금은 어리석고 무력하다. ㅇ竊聞天子已傳位(절문천자이전위)－조용히 들으니 현종이 천자의 자리를 숙종에게 물려주었다고 하더라. ㅇ聖德北服南單于(성덕북복남선우)－숙종의 성스러운 덕이 북방으로 뻗어서, 남쪽의 흉노(匈奴) 왕을 복종케 했다는 소식이 들려왔다. 당시의 흉노는 남과 북으로 나뉘었으며, 남쪽의 흉노 왕이 당나라 숙종에게 협력하고, 반란군을 물리치고, 장안을 수복했다. 여기서 말하는 흉노는 곧 회흘족(回紇族)이다. 당시의 회흘은 토번(吐蕃)과 함께 무력이 강했다. ㅇ花門剺面請雪恥(화문리면청설치)－화문(花門)은 곧 회흘(回紇)이다. 이면(剺

面)은 얼굴을 칼로 베다. 즉 '자기 얼굴에 칼자국을 내고' 맹세를 하는 것이 회흘족(回紇族)의 풍습이었다. 청설치(請雪恥)는 회흘족이 '당나라를 대신해서 반란군을 치고 설욕하기를 자청했다'는 뜻. ㅇ愼勿出口他人狙(신물출구타인저)-(두보가 왕손에게 은밀히 하는 말) 이같은 말은 절대로 입밖에 내면 안 된다. 남들에게 모함을 받고 또 피해를 본다. 저(狙)는 노림을 받을 저. ㅇ哀哉王孫愼勿疏(애재왕손신물소)-서글픈 왕손이여, 신중하고 자중하고 소홀한 바 없도록 하시오. ㅇ五陵佳氣無時無(오릉가기무시무)-오릉(五陵)의 가기는 항상 있는 법이다. 오릉은 장안 북쪽에 있는 한(漢)나라의 다섯 개의 왕릉, 즉 고조(高祖), 태종(太宗), 고종(高宗), 중종(中宗), 예종(睿宗)의 능. 가기(佳氣)는 좋은 기상, '오릉가기(五陵佳氣)'는 당나라 왕실이 다시 융성할 기운, '무시무(無時無)'는 '없는 때가 없다, 반드시 있게 마련이다.

(解說) 안녹산(安祿山)의 반란군이 지덕(至德) 원년(756) 6월, 동관(潼關)을 격파하고, 장안(長安)에 밀려오자, 당나라 현종(玄宗)은 왕자(王子), 왕손(王孫) 및 양귀비(楊貴妃), 그녀의 오빠 양국충(楊國忠) 등 극소수의 측근들만을 데리고, 비밀리에 연추문(延秋門)을 통해 멀리 촉(蜀)을 향해 다급하게 피했다. 그러므로 장안에는 많은 왕손(王孫)들과 고관대작들이 남아 있었으며, 반란군이 장안을 점령하자, 적에게 살해되었다.

당시 두보도 피난을 가지 못하고 장안에서 반란군의 감시를 받고 있었다. 이때에 한 왕손을 만났으며, 그 왕손도 피난을 가지 못하고 들이나 산속을 헤매면서 몸을 숨기고 살아남기 위하여 극심한 고생을 다 겪고 있었다. 두보는 그를 불쌍히 여기고 동시에 조심하고 후일을 기하자고 위안을 해주었다.

위 풍 녹 사 댁 관 조 장 군 화 마 도

97. 韋諷錄事宅觀曹將軍畫馬圖

위풍 녹사댁에서 조장군의 말 그림을 보다

국 조 이 래 화 안 마　신 묘 독 수 강 도 왕
1. 國朝以來畫鞍馬　神妙獨數江都王

장 군 득 명 삼 십 재　인 간 우 견 진 승 황
2. 將軍得名三十載　人間又見眞乘黃

증 모 선 제 조 야 백　용 지 십 일 비 벽 력
3. 曾貌先帝照夜白　龍池十日飛霹靂

내 부 은 홍 마 뇌 반　첩 여 전 조 재 인 색
4. 內府殷紅馬腦盤　婕妤傳詔才人索

반 사 장 군 배 무 귀　경 환 세 기 상 추 비
5. 盤賜將軍拜舞歸　輕紈細綺相追飛

귀 척 권 문 득 필 적　시 각 병 장 생 광 휘
6. 貴戚權門得筆跡　始覺屛障生光輝

석 일 태 종 권 모 왜　근 시 곽 가 사 자 화
7. 昔日太宗拳毛騧　近時郭家獅子花

금 지 신 도 유 이 마　부 령 식 자 구 차 탄
8. 今之新圖有二馬　復令識者久嗟歎

차 개 기 전 일 적 만　호 소 막 막 개 풍 사
9. 此皆騎戰一敵萬　縞素漠漠開風沙

기 여 칠 필 역 수 절　형 약 한 공 동 연 설
10. 其餘七匹亦殊絶　逈若寒空動烟雪

상 제 축 답 장 추 간　　마 관 시 양 삼 성 열
11. 霜蹄蹴踏長楸間　馬官厮養森成列

가 련 구 마 쟁 신 준　　고 시 청 고 기 심 온
12. 可憐九馬爭神駿　顧視清高氣深穩

차 문 고 심 애 자 수　　후 유 위 풍 전 지 둔
13. 借問苦心愛者誰　後有韋諷前支遁

억 석 순 행 신 풍 궁　　취 화 불 천 래 향 동
14. 憶昔巡行新豊宮　翠華拂天來向東

등 양 뢰 락 삼 만 필　　개 여 차 도 근 골 동
15. 騰驤磊落三萬匹　皆與此圖筋骨同

자 종 헌 보 조 하 종　　무 복 사 교 강 수 중
16. 自從獻寶朝河宗　無復射蛟江水中

군 불 견　금 속 퇴 전 송 백 리　　용 매 거 진 조 호 풍
17. 君不見 金粟堆前松柏裏　龍媒去盡鳥呼風

당(唐) 이후의 말을 그린 화가 중, 신묘한 솜씨로는 다만 강도왕(江都王) 이서(李緖)를 으뜸으로 꼽았으며

그후, 조패(曹霸) 장군이 (말 그림으로) 이름을 높인 지 30년, 덕택으로 세상 사람들이 다시 명마의 그림을 보게 되었노라

조패 장군이 전에 당 현종의 명마 조야백(照夜白)을 그렸을 때, 용지의 용이 그림에 감동하여 열흘이나 날며 천둥 번개를 쳤다고 하노라

(말 그림이 완성되자 임금이) 내부에 있는 진홍색의 마노(瑪瑙)의 큰 쟁반을 (하사하라는 조령을 내렸으며), 이에 내관 첩여가 조령을 전하고, 재인이 물품을 찾아 가지고 왔노라

임금이 손수 보물 쟁반을 하사하자 조장군은 절하며 수령하고

춤추는 걸음으로 물러나 돌아갔으며, 뒤이어 가볍고 가는 실로 짠 고급비단이 날아들었으니 (많은 사람들이 그림을 청했노라)

황족, 귀족 및 권세 있는 사람들이 조장군의 명마의 그림을 얻었으며, 그들은 비로소 자기네의 병풍이나 가리개가 빛난다고 생각을 했노라

옛날의 명마로는 당 태종의 권모왜가 있었고, 근래에는 곽자의가 타던 명마 사자화가 있었거늘

지금 조장군의 새 그림 중에 그 두 마리가 그려져 있으며, 다시 한번 식자로 하여금 감탄케 하노라

그 두 마리의 명마는 기마전에서 홀로 만을 대적할 뛰어난 준마들로, 하얀 그림바탕에 그려진 그 말들은 끝없이 넓은 풍진 사막을 뛰어 달리고 있노라

같은 그림 속에 그려진 다른 일곱 마리 말들도 다 뛰어난 준마로, 멀리 달리는 모양이 흡사 차가운 하늘에 부옇게 눈보라 휘몰아치는 듯하여라

준마들은 발굽으로 땅을 차고 밟으며 길게 뻗은 가래나무숲 사이를 달려가고 있으며, 말을 사육하는 관리나 잡부들이 삼엄하게 늘어서서 바라보고 있노라

참으로 장하구나, 아홉 마리 준마가 서로 신비의 힘을 다투고 있으며, 한편 고개를 치켜들고 둘러보는 말들의 눈이 맑고 그 기품이 높으며 또 눈에 서린 기색이 깊고 온화하여라

잠시 묻겠노라, 마음아프게 저 뛰어난 말들을 참으로 사랑하는 사람이 누구일까? 오늘 뒤늦게는 위풍이 있고, 전에는 지둔이 있을 뿐이로다

옛날을 돌이켜 생각해 보노라, 당 현종이 신풍궁으로 순행할

때에, 비취 날개로 장식한 화려한 천자의 깃발을 하늘 높이 나부끼며 동쪽으로 향했으니

그때에는 엄청나게 많은 수의 말, 3만 필의 말들이 세차게 뛰어오르고 앞으로 내닫기도 했으며, 그 말들이 다 이 그림 속의 명마와 같이 몸통이나 뼈대가 좋은 준마였노라

주(周) 목천자(穆天子)가 황하의 하백(河伯)의 보물을 받고 돌아와 죽듯이, 서쪽으로 피난갔던 당 현종이 장안으로 돌아와 죽은 다음에는, 옛날의 한(漢) 무제(武帝)가 강물 속의 교룡을 잡은 것같이 거창한 행사가 없었노라

그러니 그대도 보고 알 수 있으리라, 당 현종의 능묘 금속퇴 앞의 소나무나 측백나무에는 용의 매개로 나타나는 신통한 준마가 다 사라졌고, 다만 새들만이 바람에 대고 울고 있노라.

(語釋) ㅇ韋諷錄事宅(위풍녹사댁)－'위풍(韋諷)'은 낭주(閬州 : 四川省)의 녹사(錄事), '녹사'는 지방의 서기관(書記官). 두보가 그의 저택에서 말 그림을 보고 이 시를 지었다. ㅇ觀曹將軍畵馬圖(관조장군화마도)－조장군(曹將軍)이 그린 말의 그림을 보다. '조장군'은 좌무장군(左武將軍) 조패(曹霸) 장군으로 말을 잘 그렸으며, 특히 개원(開元) 연대에 유명했다. 그는 조모(曹髦)의 후손이다. 조모는 곧 조조(曹操)의 증손 위무제(魏武帝)로, 그도 말을 잘 그렸다. ㅇ國朝以來(국조이래)－당(唐)이 건국된 이후로. ㅇ畵鞍馬(화안마)－안마(鞍馬)를 그린 (사람들 중에), '안마'는 '안장을 놓고 사람을 태우는 말, 즉 승마'의 뜻. ㅇ神妙獨數(신묘독수)－신묘한 (그림 솜씨를 지닌 사람으로는) 다만 ……을 헤아린다. ㅇ江都王(강도왕)－당 고조(唐高祖)의 손자, 당 태종(唐太宗)의 조카로, 강도의 왕으로 봉해진 이서(李緒)다. 그는 예술적 재능이 많았으며 특히 말 그림으로 이름이 높았다. ㅇ將軍得名三十載(장군득명삼십재)－조장군이 (말 그림으

로) 이름을 얻은 지, 이미 30년이 되었다. '조장군'은 곧 조패(曹覇)다. ㅇ人間又見眞乘黃(인간우견진승황)－(조장군의 그림으로) 이 세상 사람들이 다시 참다운 명마의 그림을 볼 수가 있다. '인간(人間)'은 '사람이 사는 이 세상'의 뜻, '진승황(眞乘黃)'은 진짜 명마(名馬)', '승황(乘黃)'은 《산해경(山海經)》에 나오는 신마(神馬), 여우같이 생겼고 등에 뿔이 났다고 한다. '우견(又見)'은 강도왕(江都王) 이서(李緖) 다음, 개원(開元) 연대에 나타난 조패(曹覇) 장군의 덕택으로 또다시 (세상 사람들이 명마의 그림을) 보게 되었다. ㅇ曾貌先帝照夜白(증모선제조야백)－전에는 당 현종(唐玄宗)의 명마 조야백을 그렸다. '모(貌)'는 동사로 '그리다'의 뜻. '선제(先帝)'는 당 현종, '조야백(照夜白)'은 현종이 타던 명마의 이름. '옥화총(玉花驄)'이라는 다른 명마도 있다. ㅇ龍池十日飛霹靂(용지십일비벽력)－용지에 사는 용이 (말 그림을 보고 감동하여) 열흘 간이나 주변을 날면서 천둥 번개를 쳤다. '용지(龍池)'는 현종의 이궁(離宮) 흥경궁(興慶宮) 안에 있는 연못. '항상 구름이 자욱하고 이따금 황룡이 나타나 보였다. 그래서 용지라고 했다(常有雲氣 或見黃龍出其中 謂之龍池)'(〈長安志〉). '십일(十日)'은 '조장군이 현종의 명마 조야백을 그린 10일 간'의 뜻. '비벽력(飛霹靂)'은 '황룡이 날면서 천둥 번개를 쳤다.' 신룡(神龍)과 명마(名馬)는 서로 감응한다. '명마 그림에 용이 감동하고 열흘 간 천둥 번개를 친 것이다.'(〈明皇雜錄〉) ㅇ內府殷紅馬腦盤(내부은홍마뇌반)－내부(內府)에 있는 검붉은색의 마노(瑪瑙) 쟁반, '반(盤)'을 '완(盌 : 주발)'으로 쓴 책도 있다. '내부'는 '궁중의 창고, 임금의 소장품을 저장해두는 내고(內庫)'. '은홍(殷紅)'은 '진홍색 혹은 검붉은색'. ㅇ婕妤傳詔才人索(첩여전조재인색)－내관(內官)인 첩여(婕妤)가 임금의 조서를 전하고, 재인(才人)이 물건을 찾아 가지고 온다. 당나라의 내관으로, 정삼품(正三品)의 첩여가 9명, 정사품(正四品)의 미인(美人)과 정오품(正五品)의 재인이 각 7명 있었다. '색(索)'은 창고에서 물품을 찾아오다. ㅇ盤賜將軍拜舞歸(반사장군배무귀)－임금이 마노의 큰 쟁반을 하사하자,

장군이 정중히 절하고 수령하고, (기뻐서) 춤추는 걸음으로 물러나 돌아가다. '배무(拜舞)'는 신하가 관직이나 녹봉을 받았을 때 임금에게 올리는 예절이다. ㅇ輕紈細綺相追飛(경환세기상추비)-가벼운 비단, 가는 실로 짠 명주 같은 고급의 예물이 뒤따라 날아들어온다. 즉 지체 높은 사람들이 고귀한 예물을 보내서 그림을 청한다는 뜻. ㅇ貴戚權門得筆跡(귀척권문득필적)-왕의 친척, 귀족 및 권세 있는 사람들이 조장군의 필적, 즉 명마의 그림을 얻는다. ㅇ始覺屛障生光輝(시각병장생광휘)-비로소 자기네의 병풍이나 가리개가 빛난다고 생각을 했던 것이다. ㅇ昔日太宗拳毛騧(석일태종권모왜)-옛날의 명마로는 당 태종이 타던 말 권모왜(拳毛騧)가 있었다. '권모왜'는 당 태종이 타던 여섯 마리 명마 중의 하나로, 털이 노랗고 입 둘레가 검은 말이다. ㅇ近時郭家獅子花(근시곽가사자화)-근래에는 곽자의(郭子儀)의 명마 사자화(獅子花)가 있었다. '곽자의'는 당 현종 때의 유명한 장군, 대종(代宗)이 그에게 하사한 말 중에 '사자화'도 있었다. ㅇ今之新圖有二馬(금지신도유이마)-지금 조장군이 새로 그린 말 그림 중에 그 두 마리가 (그려져 있으며). ㅇ復令識者久嗟歎(부령식자구차탄)-다시 식자(識者)로 하여금 감탄케 한다. '식자'는 '옛날에 태종의 명마 권모왜(拳毛騧)와 곽자의의 명마 사자화(獅子花)가 있었다는 사실을 아는 사람'의 뜻. ㅇ此皆騎戰一敵萬(차개기전일적만)-그 두 마리의 명마는 다 기마전에서 일당만(一當萬)의 뛰어난 준마들이다. ㅇ縞素漠漠開風沙(호소막막개풍사)-하얀 비단 그림바탕에 (그려진 그 말들은) 끝없이 펼쳐진 풍진 사막을 (힘차게 뛰어 달리고 있다). ㅇ其餘七匹亦殊絶(기여칠필역수절)-기타의 일곱 마리 말들도 다 특수하게 탁월한 준마(駿馬)로, (그림 속에 아홉 마리의 말이 그려져 있다). ㅇ迥若寒空動烟雪(형약한공동연설)-저 멀리 뛰어 달리는 모양이 흡사 차가운 하늘 가득히 부옇게 흐린 눈보라가 휘몰아치는 듯하다. 즉 떼를 이룬 말들이 하늘에 눈보라 날리듯이 휘몰아치고 달린다는 뜻. ㅇ霜蹄蹴踏長楸間(상제축답장추간)-준마들은 발굽으로 땅을 차고 밟으며, 길게 뻗은 가래나무숲 사이를 달려가고 있으며. 추(楸)는 가래나무 추, '상제(霜蹄)'는 '(서리 위를 달리는 발굽을 가진) 좋은 말'의 뜻. ㅇ馬官厮養森成列(마관시양삼성열)－(임금이나 장군의 준마를 사육하는) 관리나 잡부들이 삼엄하게 늘어서서 바라보고 있다. ㅇ可憐九馬爭神駿(가련구마쟁신준)－'가련(可憐)'은 여기서는 '자랑스럽고 장하구나'의 뜻. (저 그림 속의) 아홉 마리의 준마들이 신마(神馬)의 준일(駿逸)을 서로 다투고 있노라. ㅇ顧視淸高氣深穩(고시청고기심온)－(고개를 치켜들고) 둘러보는 눈이 맑고 그 기품이 높으며 또 눈에 서린 기색이 깊고 온화하여라. ㅇ借問苦心愛者誰(차문고심애자수)－잠시 묻겠노라, 마음아프게 저 뛰어난 말들을 참으로 사랑하는 사람이 누구일까? ㅇ後有韋諷前支遁(후유위풍전지둔)－오늘 뒤늦게는 위풍이 있고, 전에는 지둔(支遁)이 있을 뿐이로다. '지둔'은 진(晉)대의 중이며, 지도림(支道林)이라고도 했다. 《세설신어(世說新語)》〈언어편(言語篇)〉에 다음 같은 말이 있다. '지도림이 여러 마리 말을 키우고 있었다. 도인(道人)이 말을 키우는 것은 운치가 없다고 말했다. 이에 지도림이 "나는 말의 신준을 중하게 여길 뿐이다.(貧道重其神駿耳)"라고 말했다'. ㅇ憶昔巡行新豐宮(억석순행신풍궁)－옛날을 돌이켜 생각해보노라, 당 현종이 신풍궁(新豐宮)으로 순행할 때에. '신풍궁'은 장안(長安) 동쪽 여산(驪山) 아래에 있는 이궁(離宮). 나중에는 화청궁(華淸宮)이라 개명하고 현종이 양귀비(楊貴妃)와 함께 가서 온천을 즐긴 온천궁(溫泉宮)이다. ㅇ翠華拂天來向東(취화불천래향동)－비취 날개가 달린 화려한 천자의 깃발을 하늘 높이 날리고 동쪽으로 향했다. 신풍궁은 장안 동쪽에 있다. '불천(拂天)'은 천자가 행차할 때 수행하는 많은 깃발들이 흡사 하늘을 쓸며 가는 듯하다는 뜻. ㅇ騰驤磊落三萬匹(등양뢰락삼만필)－엄청나게 많은 수의 말, 3만 필의 말들이 세차게 뛰어오르고, 앞으로 내닫기도 했다. '등양(騰驤)'은 '높이 뛰어오르고 또 세차게 내닫다'의 뜻. 등(騰)은 오를 등, 양(驤)은 달릴 양. '뇌락(磊落)'은 '엄청나게 많다'는 뜻. '몹시 크다'는 뜻도 있다. 뢰(磊)는 돌무더기 뢰. ㅇ皆與

此圖筋骨同(개여차도근골동)－그 말들이 다, 이 그림 속에 있는 명마와 같이 근골(筋骨)이 같은 준마였다. '근골'은 '말의 몸통이나 뼈대' 혹은 '체격이나 힘'의 뜻도 있다. ㅇ自從獻寶朝河宗(자종헌보조하종)－직역하면 '황하를 다스리는 하백(河伯)에게 가서, 그로 하여금 보물을 헌납케 한 다음'이 된다. 그 뜻은 곧 '당 현종이 붕어(崩御)한 다음부터'의 뜻이다. 《목천자전(穆天子傳)》에 다음 같은 고사가 있다. '주(周)의 목천자가 서쪽 순행길에 양우산(陽紆山)에 가서 하백(河伯) 풍이(馮夷)에게 예물을 주자, 하백이 천자에게 보물을 올렸다. 그후 목천자는 도성에 돌아와서 죽었다'. 즉 당 현종이 안녹산의 난을 당해, 서쪽으로 피난갔다가 돌아와 죽었다는 뜻이 된다. '자종(自從)'은 '……로부터'의 뜻, '헌보(獻寶)'는 '보배를 천납받고', '조하종(朝河宗)'은 '하종에게 가서, 혹은 하백을 바라보고'의 뜻으로 푼다. ㅇ無復射蛟江水中(무부사교강수중)－그후 아무도 다시 강물 속에 있는 교룡(蛟龍)을 쏘아 잡은 사람이 없다. 《한서(漢書)》 〈무제기(武帝紀)〉에 다음 같은 고사가 있다. '원봉(元封) 5년에 (한 무제가) 심양(潯陽)에서 배를 타고 강으로 나가, 강물 속의 교룡을 쏘아서 잡았다.' 즉 당 현종이 죽은 다음 다시는 거창한 행사가 없게 되었다는 뜻이다. ㅇ君不見(군불견)－그대도 보지 않는가, 즉 그대도 보고 알 수 있으리라. ㅇ金粟堆(금속퇴)－현종의 능묘, 태릉(泰陵)이라고도 한다. 장안 북쪽에 있다. ㅇ松柏(송백)－소나무와 측백나무. ㅇ龍媒去盡(용매거진)－천마(天馬)는 다 가 없어지고, '용매(龍媒)'는 '용이 매개가 되어 나타나는 천마(天馬)나, 신마(神馬)'의 뜻이다. ㅇ鳥呼風(조호풍)－새들만이 바람에 우짖고 있다. 당 현종이 영명(英明)하고 국운이 융성했을 때에는 행차의 깃발들이 하늘을 휩쓸고, 3만 마리의 준마들이 높이 뛰고 또 세차게 내달렸다. 그러나, 현종이 붕어(崩御)하니 새들만이 바람에 울고 있노라.

(解說) 당 현종(唐玄宗)의 실정은 참혹한 안녹산(安祿山)과 사사명(史思明)의 난을 야기했고, '안사(安史)의 난'은 당나라를 급속도로 시

들게 했다. 이 시는 전란을 피해 촉(蜀 : 四川省)을 유랑(流浪)하던 두보(杜甫)가 53세(764년) 때, 성도(成都)에서 읊은 시다. 당시는 역사의 주인공 현종이 죽은 지 2년이 지난 때였다. 이때 성도에 우거하고 있던 두보가 위풍(韋諷)의 집에서 조패(曹覇) 장군이 그린 '명마의 그림'을 보고 그 감회를 읊은 것이다.

이 시를 다음같이 삼단으로 나눌 수 있다.

제1단(1~6) : 당나라 초기에는 '강도왕 이서(李緖)'가 말을 잘 그렸다. 그후 당 현종 시대에는 '조패 장군(曹覇將軍)'이 유명했다. 그는 전에 당 현종의 애마(愛馬) 조야백(照夜白)을 그려 용을 감동케 했으며, 천자로부터 보물을 내려 받았다. 이에, 당시의 왕족, 귀족들이 막대한 재물을 대가로 그의 그림을 구했다. 이상은 화가 조패에 대한 기술이다.

제2단(7~13) : 두보는 위풍이 간직하고 있는 조패의 '새 그림〔新圖〕'을 보고, 그림 속에 그려진 아홉 마리의 준마(駿馬)를 생생하고 약동적인 필치로 묘사했다. 제2단은 고정된 문자의 기술이 아니고, 오늘의 TV의 동화(動畫)를 보는 듯하다.

제3단(14~17) : 시의 중심 모티프를 확 바꾸었다. 제1단에서는 화가에 대한 기술, 제2단에서는 그가 그린 준마(駿馬)의 뛰어 달리는 모양을 생동감있게 그렸다. 그러나, 이 3단에서는 당 현종의 영화성쇠(榮華盛衰)를 애잔(哀殘)한 필치로 기술했다. 그래서 두보를 시사(詩史)라고 한다. 그는 시로써 역사적 고발을 하고 있었다. 그림 속의 명마(名馬)는 곧 현명하고 용맹했던 명신(名臣) 무장(武將)들이었다.

단 청 인 증 조 패 장 군
98. 丹青引贈曹霸將軍

단청의 노래, 조패 장군에게 보내는 시

장 군 위 무 지 자 손　어 금 위 서 위 청 문
1. 將軍魏武之子孫　於今爲庶爲清門

영 웅 할 거 금 이 의　문 채 풍 류 금 상 존
2. 英雄割據今已矣　文彩風流今尚存

학 서 초 학 위 부 인　단 한 무 과 왕 우 군
3. 學書初學衛夫人　但恨無過王右軍

단 청 부 지 로 장 지　부 귀 어 아 여 부 운
4. 丹青不知老將至　富貴於我如浮雲

개 원 지 중 상 인 견　승 은 수 상 남 훈 전
5. 開元之中常引見　承恩數上南薰殿

능 연 공 신 소 안 색　장 군 하 필 개 생 면
6. 凌煙功臣少顏色　將軍下筆開生面

양 상 두 상 진 현 관　맹 장 요 간 대 우 전
7. 良相頭上進賢冠　猛將腰間大羽箭

포 공 악 공 모 발 동　영 자 삽 상 래 감 전
8. 褒公鄂公毛髮動　英姿颯爽來酣戰

선 제 천 마 옥 화 총　화 공 여 산 모 부 동
9. 先帝天馬玉花驄　畫工如山貌不同

시 일 견 래 적 지 하　형 립 창 합 생 장 풍
10. 是日牽來赤墀下　迥立閶闔生長風

조 위 장 군 불 견 소　　의 장 참 담 경 영 중
11. 詔謂將軍拂絹素　意匠慘憺經營中

사 수 구 중 진 용 출　　일 세 만 고 범 마 공
12. 斯須九重眞龍出　一洗萬古凡馬空

옥 화 각 재 어 탑 상　　탑 상 정 전 흘 상 향
13. 玉花卻在御榻上　榻上庭前屹相向

지 존 함 소 최 사 금　　어 인 태 복 개 추 창
14. 至尊含笑催賜金　圉人太僕皆惆愴

제 자 한 간 조 입 실　　역 능 화 마 궁 수 상
15. 弟子韓幹早入室　亦能畫馬窮殊相

간 유 화 육 불 화 골　　인 사 화 류 기 조 상
16. 幹惟畫肉不畫骨　忍使驊騮氣凋喪

장 군 화 선 개 유 신　　필 봉 가 사 여 사 진
17. 將軍畫善蓋有神　必逢佳士如寫眞

즉 금 표 박 간 과 제　　누 모 심 상 행 로 인
18. 卽今飄泊干戈際　屢貌尋常行路人

도 궁 반 조 속 안 백　　세 상 미 유 여 공 빈
19. 途窮反遭俗眼白　世上未有如公貧

단 간 고 래 성 명 하　　종 일 감 람 전 기 신
20. 但看古來盛名下　終日坎壈纏其身

조장군은 위나라 무제 조조의 후손이나, 오늘에는 서민이 되고 청빈하게 살고 있노라

삼국시대의 영웅들이 천하를 쪼개 갖던 무력경쟁은 현재 없지만, 시문이나 화려한 예술의 풍류는 지금 여전히 남아 있노라

조장군은 서도도 배웠으며, 처음에는 위부인에게 배웠으나, 왕

희지를 능가하지 못한 일이 한이 되노라

그는 단청, 즉 회화에 열중하여 늙는 줄도 모르고, 부귀를 흡사 뜬구름처럼 여기노라

개원 연대에는 자주 현종의 부름을 받고 대궐에 들어가, 여러 차례 남훈전에 올라가 임금의 총애를 받았노라

능연각에 있는 태종 때에 그려진 공신들의 화상의 빛이 바랬으므로, 현종의 명을 받고 조장군이 다시 붓을 들자, 공신들의 안색이 생생하게 되었노라

화상 속에는 현명하고 착한 재상들은 머리에 진현관을 쓰고 있고, 용맹한 장군들은 허리에 큰 깃털 화살을 차고 있노라

공신 단지현(段志玄) 포국공(褒國公)과 위지경덕(尉遲敬德) 악국공(鄂國公)의 머리털이 살아 움직일 듯하고, 그들의 영특한 자세는 당장에 날렵하게 달려와서 세차게 싸울 듯이 보이노라

당 현종의 준마로 천마(天馬)라고 알려진 '옥화총'을 그린 화공들의 수가 산같이 많았으나, 그들이 그린 말 모양은 모두가 실물과 틀렸노라(그래서 조장군으로 하여금 다시 그리게 했노라)

바로 그날, 붉은 단사(丹沙)를 덮은 궁전의 뜰, 섬돌 아래에 말을 끌고 오는 날, '옥화총'이 저멀리 자미궁(紫微宮) 궁문에 들어서자, 벌써 큰 바람이 일었노라

현종이 조장군에게 흰 명주, 그림 바탕을 펼치라고 영을 내리자, 그는 생각을 가다듬고 구도를 꾸미고, 참담한 심정으로 그림을 차근차근 그려갔으며

삽시간에 구중궁궐 안에 진짜 용마가 나타났으니, 만고에 전해오던 모든 평범한 말 그림들을 휩쓸어 무색하게 만들었노라

그림으로 그려진 옥화총이 도리어 천자의 걸상 위에 있게 되

었으며, 걸상 위에 있는 그림 말과 뜰 앞에 있는 실물 말이 서로 우뚝 서서 마주 쳐다보고 있노라

지극히 존엄하신 천자가 미소지으며 어서 황금을 하사하라고 명령하니, 목장에서 말을 사육하는 벼슬아치나 천자의 말을 관장하는 관리들이 당황하고 어쩔 줄을 모르더라(그림 말과 실물 말과 어느 쪽이 진짜인지 분간하지 못하고)

제자 한간은 일찍이 깊은 경지에 들어간 화가로, 역시 말을 잘 그렸으며, 그도 뛰어난 그림을 최고로 잘 그렸노라

그러나 한간은 말의 겉살을 그릴 뿐, 속뼈는 그리지 못했으니, 어쩔 수 없이 그가 그린 화류로 하여금 기죽고 시들게 되었노라(그림에 신기가 돌지 않는다)

조장군의 그림은 훌륭하고 신기가 넘치니, 만약에 좋은 후원자를 만나면 참으로 산 그림을 그릴 것이거늘

지금은 전란중에 객지를 표류하고 떠도는 몸이라, (별수 없이) 자주 평범한 행인들 초상을 그리고 있으며

그림을 그릴 길이나 삶의 길이나 모든 길이 막혀, 도리어 속인들로부터 백안시당하고 있으니, 세상에 조장군처럼 가난한 사람도 없을 것이니라

나는 다만 보노라, 자고로 높은 명성을 내고 있으면서도, 평생을 두고 불우한 속에서 빈곤하게 사는 조장군 같은 사람이 많음을 잘 아노라

(語釋) ㅇ丹靑引贈曹覇將軍(단청인증조패장군)－단청(丹靑)의 노래, 조패장군(曹覇將軍)에게 바치는 시. '단청'은 '붉은색, 푸른색'의 뜻, 전하여 '그림의 뜻'으로 쓰인다. '인(引)'은 노래라는 뜻. '조패 장군'은 앞의 시 참조. ㅇ將軍魏武之子孫(장군위무지자손)－조장군은 위나라

무제의 후손이다. '위무(魏武)'는 삼국시대의 조조(曹操)다. ㅇ於今爲庶(어금위서)－오늘에는 서민이 되었으나. ㅇ爲淸門(위청문)－지체 높은 가문 혹은 청빈(淸貧)한 집안 사람이다. 조패 장군은 현종 말년에 득죄(得罪)하고 서인이 되었다고 전한다. ㅇ英雄割據今已矣(영웅할거금이의)－삼국시대의 영웅들이 천하를 쪼개 갖던 그런 일이 현재는 없지만. ㅇ文彩風流今尙存(문채풍류금상존)－시문이나 화려한 예술의 풍류는 지금 여전히 남아 있다. 조조(曹操), 조비(曹丕), 조식(曹植) 등 부자(父子)는 다 시문으로도 이름이 높았다. ㅇ學書(학서)－조장군은 서도(書道)도 배웠으며. ㅇ初學衛夫人(초학위부인)－처음에는 위부인(衛夫人)에게 배웠다. '위부인'은 진(晉)나라의 위삭(衛鑠), 자는 무의(茂猗), 여양(汝陽)의 태수 이구(李矩)의 부인으로 예서(隸書)를 잘 썼다. 왕희지(王羲之)도 그녀에게 배웠다. ㅇ但恨無過王右軍(단한무과왕우군)－단 왕희지를 능가하지 못한 일이 한이 된다. 왕희지는 서성(書聖)으로 친다. 벼슬이 우군장군(右軍將軍)이었다. ㅇ丹靑不知老將至(단청부지로장지)－단청, 즉 회화에 열중하여 늙는 줄도 모른다. ㅇ富貴於我如浮雲(부귀어아여부운)－그는 부귀를 흡사 뜬구름처럼 여겼다. 《논어(論語)》에 있다. '그 사람은 분발하면 먹는 일도 잊고, 걱정도 잊고 늙는 줄도 모른다(其爲人也 發憤忘食 以忘憂 不知老之將至)'(〈述而篇〉), '의롭지 않은 부귀는 나에게는 뜬구름과 같다(不義而富且貴 於我如浮雲)'(〈述而篇〉). ㅇ開元之中常引見(개원지중상인견)－개원(開元) 연대에는 자주 천자의 부름을 받고 대궐에 들어가 천자를 알현했으며. '개원'은 당 현종의 초기의 치세 연대(713~741). ㅇ承恩數上南薰殿(승은수상남훈전)－천자의 은총을 받고 여러 차례 남훈전(南薰殿)에 올라갔다. '남훈전'은 흥경궁(興慶宮) 정전(正殿)을 흥경전(興慶殿)이라 하며, 그 앞에 남훈전이 있다. ㅇ淩煙功臣少顔色(능연공신소안색)－능연각 안에 걸려 있는 공신들의 화상의 안색이 바랬다. 당 태종(太宗)이 정관(貞觀) 17년(643)에 염입본(閻立本)으로 하여금 공신(功臣) 24명의 초상화를 그려서 능연각 안에 걸게 했다.

ㅇ將軍下筆開生面(장군하필개생면)－(그 초상화의 빛이 바랜 것을) 당 현종이 조장군으로 하여금, 다시 붓을 대게 했으며, 이에 공신들의 안색이 다시 생생하게 피어났다. ㅇ良相頭上進賢冠(양상두상진현관)－현명하고 선량한 재상(宰相)들은 머리 위에 진현관(進賢冠)을 쓰고 있으며. '진현관'은 검은 관모(冠帽), 문관・무관이 조참(朝參)할 때 쓴다. ㅇ猛將腰間大羽箭(맹장요간대우전)－용맹한 장군들은 허리에 큰 깃털을 달은 화살을 차고 있다. 당 태종은 무공을 세운 무장에게 특별히 큰 깃털 달은 화살을 하사했다. 이상은 다 그림의 화상을 묘사한 말이다. ㅇ褒公(포공)－당 태종의 공신, 단지현(段志玄). 포국공(褒國公)에 봉해졌다. ㅇ鄂公(악공)－역시 태종의 공신, 위지경덕(尉遲敬德), 악국공(鄂國公)에 봉해졌다. ㅇ毛髮動(모발동)－그림의 머리털이 움직일 듯하다. ㅇ英姿(영자)－그들의 영특한 모습. ㅇ颯爽(삽상)－선뜻 날렵하게. ㅇ來酣戰(내감전)－(그림 속에서) 달려와서 세차게 싸울 듯하다. 감(酣)은 흥나다. ㅇ先帝天馬玉花驄(선제천마옥화총)－당 현종이 사랑하던 말 이름이 '옥화총(玉花驄)'이다. 털빛이 희고 검은 말을 '총(驄)'이라 한다. '옥화총'은 하늘에서 내려온 듯 신통한 말이므로 천마(天馬)라고도 했다. ㅇ畵工如山貌不同(화공여산모부동)－'옥화총'을 그린 화공의 수가 산같이 많았으나, 그들이 그린 말의 모양이 진짜와 같지 않았다. (그래서 당 현종이 조장군으로 하여금 '옥화총'을 다시 그리게 했다) ㅇ是日牽來赤墀下(시일견래적지하)－그림을 그리는 날, '옥화총'을 끌고 와서 적지(赤墀) 아래에 세웠다. '적지'는 섬돌 위에 있는 궁전의 앞마당, 바닥을 단사(丹沙)로 돋우었음으로 '적지'라고 한다. 지(墀)는 섬돌 위뜰 지. ㅇ逈立閶闔生長風(형립창합생장풍)－'옥화총'이, 저멀리 '창합문'에 들어서자, 즉시 큰 바람이 일었다. ㅇ詔謂將軍拂絹素(조위장군불견소)－현종이 조장군에게 (그림 바탕이 될) 흰 명주를 펼치라고 영을 내렸다. ㅇ意匠慘憺經營中(의장참담경영중)－(조장군이 어떻게 그릴까 하고) 여러 가지로 생각하고 또 구도를 꾸미고, 참담한 심정으로 어렵게 그림을 차근차근 그려갔다. '의장(意

匠)'은 '그림에 대한 의도와 구상을 정하다'의 뜻, '참담(慘憺)'은 '마음을 짜내듯 아프게 고심하고'의 뜻, '경영(經營)'은 '그림을 실제로 하나하나 그려가다'의 뜻. ○斯須九重眞龍出(사수구중진용출)－삽시간에, 구중대궐 안에, 진짜 용마를 그려냈다. '사수(斯須)'는 삽시간, 수유(須臾)와 같은 뜻, '구중(九重)'은 아홉 겹으로 가리고 굳게 닫은 천자의 대궐, '진용출(眞龍出)'은 진짜 용마(龍馬)가 나타났다. 《주례(周禮)》〈유인(庾人)〉에 있다. '여덟 자 이상의 말을 용이라 한다(馬八尺以上爲龍)'. ○一洗萬古凡馬空(일세만고범마공)－(조장군이 진짜로 산 용마를 그렸으므로) 만고에 (전해오던) 모든 평범한 말 그림들을 한번에 휩쓸어 무색하게 만들었다. ○玉花卻在御榻上(옥화각재어탑상)－(그림으로 그려진) 옥화총이 도리어 천자의 걸상 위에 있게 되었다. (실물인 옥화총은 뜰 앞에 있는데) 탑(榻)은 걸상 탑, 어(御)는 어거할 어. ○榻上庭前屹相向(탑상정전흘상향)－걸상 위에 있는 그림의 말과 뜰 앞에 있는 실물 말이 서로 우뚝 서서 마주 쳐다본다. 흘(屹)은 우뚝 솟을 흘. ○至尊含笑催賜金(지존함소최사금)－지극히 존엄하신 천자가 미소지으며, 어서 황금을 하사하라고 명령한다. ○圉人(어인)－목장에서 말을 사육하는 벼슬아치. ○太僕(태복)－천자의 말을 관리하는 관리. ○皆惆悵(개추창)－두 사람이 다, 당황하고 어쩔 줄을 모른다. (그림 말과 실물 말과 어느 쪽이 진짜인지 분간하지 못하고) ○弟子韓幹(제자한간)－제자 한간, 대량(大梁) 사람으로, 말 그림과 인물 초상화로 명성이 높았다. 벼슬은 대부사승(大府寺丞), 조패 장군의 제자로 왕유(王維)도 그를 칭찬했다. ○早入室(조입실)－일찍이 깊은 경지에 들어갔다. 《논어(論語)》에서 공자가 말했다. '자로는 대청에는 올라갔으나, 아직 방안에는 들어가지 못했다.(由也升堂矣 未入於室也)'(〈先進〉) ○亦能畫馬(역능화마)－한간도 역시 말을 잘 그렸으며. ○窮殊相(궁수상)－뛰어난 그림을 최고로 잘 그렸다. '궁(窮)'은 궁극의 경지에 도달하다. ○幹惟畫肉不畫骨(간유화육불화골)－한간은 말의 겉살을 그릴 뿐, 속뼈는 그리지 못했다. ○忍使驊騮氣凋喪(인사화류

기조상)－어쩔 수 없이 (그가 그린) 준마 화류(驊騮)로 하여금 기죽고 시들게 했다. '인(忍)'은 '참고 견딘다, 즉 별수없이 ……한다'는 뜻. '화류'는 주(周) 목왕(穆王)이 탔던 여덟 마리 준마(駿馬) 중의 하나, '기조상(氣凋喪)'은 '한간이 그린 화류는 기골이 시들고 의기가 살아 있지 않다'는 뜻. ○將軍畵善蓋有神(장군화선개유신)－조장군의 그림은 훌륭하고 신기(神氣)가 넘친다. '유신(有神)'은 '신기(神技)로 그린 그림에 신기(神氣)가 넘친다'의 뜻. ○必逢佳士如寫眞(필봉가사여사진)－(만약에 조장군이) 좋은 사람, 즉 후원자를 만나면 진짜로 살아 있는 그림을 그릴 것이다. ○卽今飄泊干戈際(즉금표박간과제)－지금은 전란중에 객지를 표류하고 떠도는 몸이라. ○屢貌尋常行路人(누모심상행로인)－그는 자주 (먹고살기 위해서 싼값으로) 평범한 행인들을 그리고 있다. 루(屢)는 여러. ○途窮(도궁)－(그림을 그릴 길이나, 삶의 길이나) 모든 길이 막히다. ○反遭俗眼白(반조속안백)－도리어 속인들로부터 백안시당한다. '백안(白眼)'은 '무시하고 멸시하는 눈초리'의 뜻. ○世上未有如公貧(세상미유여공빈)－이 세상에 조장군처럼 가난한 사람이 없을 것이다. ○但看古來盛名下(단간고래성명하)－나는 다만 보노라, 자고로 높은 명성을 내고 있으면서도. ○終日坎壈纏其身(종일감람전기신)－평생을 두고 불우한 속에서 빈곤하게 사는 사람을. (보고 있노라) '종일(終日)'은 '하루종일, 여기서는 평생'의 뜻. '감람(坎壈)'은 '불우한 속에 빠져' 감(坎)은 구덩이 감, 남(壈)은 불우할 람, '전기신(纏其身)'은 '가난과 고생을 몸에 휘감고 있다'는 뜻. 전(纏)은 얽힐 전.

(解說) 앞의 시 〈위풍녹사댁(韋諷錄事宅) 관조장군화마도(觀曹將軍畵馬圖)〉와 같은 시기에 지은 시다. 당시 두보도 성도(成都)에 표박(飄泊)하고 있었고 조패 장군도 성도에서 영락한 삶을 살고 있었다. 현종(玄宗)이 융성할 때는 궁중 화가로 명성을 높이고 호강을 했던 조패가 전란에 쫓겨 촉(蜀)에서 일개 평민이 되어 빈곤에 시달리고 있는 것을 보고, 같은 처지의 두보는 감개무량했을 것이다. 전체를

대략 5단으로 나눌 수 있다.

제1단(1~4) : 조패 장군은 위(魏)를 창건한 조조(曹操)의 후손이며, 글씨도 잘 쓰고 특히 평생을 회화(繪畫)에 몰두한 화가였다.

제2단(5~8) : 당 현종 성세(盛世)에는 자주 천자의 은총을 받고, 특히 능연각(凌煙閣)에 있는 당 태종의 공신 24명의 화상을 개수했다.

제3단(9~12) : 당 현종의 준마(駿馬) '옥화총'을 뛰어나게 잘 그려, 재래의 말 그림을 일시에 무색케 했다.

제4단(13~16) : 임금의 걸상 위에 걸린 '그림 옥화총'이 '실물 옥화총'과 식별할 수 없이 생동적이며, 그의 그림에는 정신과 기골이 살아서 넘치고 있다.

제5단(17~20) : 전란 시기에 객지를 떠돌며 궁핍에 시달리는 영락한 궁중 화가 조패를 제대로 알아주는 사람이 없구나하고 한탄했다. 동시에 두보는 '뛰어난 인재는 불우하고 가난하게 마련이다'라고 자신의 처지와 더불어 함께 한탄했다.

99. 寄韓諫議(기한간의) 간의대부 한주에게 보내는 시

1. 今我不樂思岳陽(금아불락사악양) 身欲奮飛病在牀(신욕분비병재상)

2. 美人娟娟隔秋水(미인연연격추수) 濯足洞庭望八荒(탁족동정망팔황)

3. 鴻飛冥冥日月白(홍비명명일월백) 青楓葉赤天雨霜(청풍엽적천우상)

4. 玉京羣帝集北斗(옥경군제집북두) 或騎麒麟翳鳳凰(혹기기린예봉황)

부 용 정 기 연 무 락　　영 동 도 경 요 소 상
5. 芙蓉旌旗煙霧落　　影動倒景搖瀟湘

성 궁 지 군 취 경 장　　우 인 희 소 부 재 방
6. 星宮之君醉瓊漿　　羽人稀少不在旁

사 문 작 자 적 송 자　　공 시 한 대 한 장 량
7. 似聞昨者赤松子　　恐是漢代韓張良

석 수 유 씨 정 장 안　　유 악 미 개 신 참 상
8. 昔隨劉氏定長安　　帷幄未改神慘傷

국 가 성 패 오 기 감　　색 난 성 부 찬 풍 향
9. 國家成敗吾豈敢　　色難腥腐餐楓香

주 남 유 체 고 소 석　　남 극 노 인 응 수 창
10. 周南留滯古所惜　　南極老人應壽昌

미 인 호 위 격 추 수　　언 득 치 지 공 옥 당
11. 美人胡爲隔秋水　　焉得置之貢玉堂

나는 지금 괴로운 심정으로 그대가 있는 악양을 생각하며, 당장에 떨치고 일어나 날아가고 싶으나 병석에 누워 있는 몸이오

덕이 높은 그대는 아름답고 안온하게 맑은 가을 강물 건너에 은퇴하고, 동정호에서 발을 씻으며 팔방의 거친 세상을 바라보고 있으리라

큰 새가 망망창공을 날 새, 해나 달빛이 희고 맑으며, 차츰 푸른 단풍잎이 붉게 물들고 하늘에서 비 내리듯이 뿌린 서리는 차노라

하늘의 서울, 옥경에는 여러 나라의 임금들이 북두성 천자를 중심하고 모였으니, 어떤 임금은 기린을 타고, 어떤 임금은 봉황을 타고 있노라

임금 행차를 장식하는 연꽃 무늬의 깃발들이 희부연 안개에 흐리지만, 천자의 행차하는 호화찬란한 모습은 출렁이는 소강과 상강 강물 위에 거꾸로 비추어 보이노라

별나라 궁전에서 여러 임금들이 향기롭고 맛좋은 술에 취했으나, 그 속에 우화등선한 그대는 천자 곁에 없노라

전에 그대가 적송자 같다는 말을 들었거늘, 아마 그대가 바로 '한장량(韓張良)'이 아니겠는가?

옛날에 장량이 유방을 따라 천하를 통일하고 장안을 안정했듯이, (한주 그대도 당 숙종을 따라 장안 회복에 공을 세웠거늘) 진중의 계책에 따라 천하를 개정하기 전에, 임금 숙종이 붕어했으니 그대의 기색이 처참하게 상처를 입었으며

그대는 '국가의 성패가 걸린 정치에 어찌 감히 관여하는가?' 하고 물러났으며, 부패하고 썩은 음식을 먹을 수 없다는 기색을 내보이고, 물러나 은퇴하고 신선의 선약인 풍향을 들면서 사노라

옛날의 한나라 태사공은 주남에 남아 있는 것을 분하게 여겼거늘, 그대는 스스로 물러났으니, 남극성 노인처럼 그대는 응당 수를 누리고 자손이 번창하리라

하지만, 재주있고 덕이 높은 군자인 그대가 어찌해서 가을의 강물 저쪽에서 숨어살아야 하는가? 어떻게 하면 그대가 옥당에 들어와 천자를 보필할 수 있을까?

(語釋) ㅇ寄韓諫議(기한간의)－간의대부(諫議大夫)를 지낸 한주(韓注)에게 보내는 시. 간의대부는 임금 곁에서 여러 가지로 간언을 올리는 높은 벼슬, '한주(韓注) 혹은 한굉(韓汯)'이라고 한다. 그러나 자세한 것을 알 수 없다. ㅇ今我不樂思岳陽(금아불락사악양)－나는 지금 괴로운 심정으로 그대가 물러나 살고 있는 악양(岳陽)을 생각하고

있다. '악양'은 현 호남성(湖南省) 동정호(洞庭湖) 가에 있는 지명. ㅇ身欲奮飛病在牀(신욕분비병재상)－당장, 떨치고 일어나, 그대 있는 곳으로 날아가고 싶으나, 병석에 누워 있는 몸이다. 상(牀)은 침상. ㅇ美人娟娟隔秋水(미인연연격추수)－훌륭하고 덕이 높은 그대는 아름답고 안온하게 가을의 맑은 강물 건너, 저멀리 있다. '미인(美人)'은 임금이나 덕이 높은 군자를 부르는 미칭(美稱), '연연(娟娟)'은 아름답고 조용하게. ㅇ濯足洞庭望八荒(탁족동정망팔황)－(은퇴하고 물러나) 동정호에서 발을 씻으며, 팔방의 황폐한 세상을 바라본다. 굴원(屈原)의 〈어부사(漁父辭)〉에 있다. '창랑의 물이 탁하면, 발을 씻을 만하다(滄浪之水濁兮 可以濯吾足)'. '팔황(八荒)'은 '온 세상', 즉 '팔방(八方)의 모든 땅' 혹은 '땅의 끝'이란 뜻도 있다. 그러나 여기서는 '팔방의 황폐한 거친 세상'의 뜻이 잘 어울린다. ㅇ鴻飛冥冥日月白(홍비명명일월백)－큰 새가 망망창공을 날고, 해나 달빛이 희고 맑다. (그가 은퇴하고 있는 동정호 일대의 가을 풍경, 동시에 한주가 진정한 자유를 누리고 있다는 뜻이기도 하다) ㅇ青楓葉赤天雨霜(청풍엽적천우상)－(가을이 깊어지자) 푸른 단풍잎이 붉게 물들고, 하늘에서는 비를 뿌리는 듯이, 땅에는 찬 서리가 덮인다. '우(雨)'는 여기서는 동사로 '내리다'의 뜻. 가을의 차가운 서리[霜]가 쌓이면, 겨울의 굳은 얼음이 된다. 미구에 닥칠 난세를 염려한 말이다. ㅇ玉京羣帝集北斗(옥경군제집북두)－하늘 나라의 천자가 있는 서울, 도성에 많은 나라의 임금들이 북두성(北斗星), 즉 천자를 중심하고 모여든다. '옥경(玉京)'은 도가(道家)의 천제(天帝) 혹은 옥황상제(玉皇上帝)가 있는 도성, 하늘의 서울. ㅇ或騎麒麟翳鳳凰(혹기기린예봉황)－어떤 임금은 기린을 타고, 어떤 임금은 봉황을 타고 온다. '예(翳)'는 '날개로 가린다, 여기서는 봉황을 탄다'는 뜻. '기린이나 봉황'은 태평성세에 나타나는 상서로운 동물, 신선 중에서도 최고로 높은 신선은 난(鸞)을 타고, 다음은 기린을 타고, 그 다음이 용(龍)을 탄다. 이것은 밤하늘의 별세계를 묘사한 것이며, 동시에 현실적으로 당나라의 고관대작들이 천자를 중심하고 모여든다는 뜻이기도 하다. ㅇ芙蓉旌旗煙霧落(부용정기연무락)－(임금 행차에 수행하는) 연꽃 무늬를 그린 많은 깃발들이 희부연 안개에 흐리고 잠기다. ㅇ影動倒景搖瀟湘(영동도경요소상)－(하늘나라에서 천자가 깃발을 세우고) 호화찬란하게 행차하는 영상(影像)이 출렁출렁 소강(瀟江)과 상강(湘江) 물위에 거꾸로 반영되어 보인다. 소강(瀟江), 상강(湘江)은 다 동정호(洞庭湖)에 흘러들어간다. '영동(影動)'은 행차의 움직이는 영상, '도경(倒景)'은 거꾸로 반영한다. 경(景)은 영(影)과 같다. '요(搖)'는 출렁출렁 흔들리다. ㅇ星宮之君醉瓊漿(성궁지군취경장)－별나라 궁전에 모인 모든 임금들이 향기롭고 맛좋은 술에 취했으나. '성궁지군(星宮之君)'은 '현실적으로는 천자 주변에 모인 모든 고관대작들'의 뜻. '경장(瓊漿)'은 '아름답고 향기로운 맛좋은 술'. ㅇ羽人稀少不在旁(우인희소부재방)－날개를 달고 우화등선(羽化登仙)한 그대만이 곁에 없구나. (간언을 올릴 그대, 한주(韓注)가 임금 곁에 없구나) ㅇ似聞昨者赤松子(사문작자적송자)－나는 전에 그대가 적송자(赤松子) 같다는 말을 들었다. '적송자'는 옛날의 선인(仙人), 장량(張良)이 그에게 배웠다고 한다. ㅇ恐是漢代韓張良(공시한대한장량)－아마 그대가 바로 한(韓)나라의 재상 집안에서 태어난 장량일 것이다. '한장량(韓張良)'은 곧 '당산 한주(韓注)가 곧 한(韓)나라 재상의 후손인 장량 같은 사람'이라는 뜻. 한나라는 진(秦)에게 멸망했다. 그래서 한나라 재상 가문에서 출생한 장량이 자객(刺客)을 풀어, 진시황(秦始皇)을 박랑사(博浪沙)에서 철추(鐵椎)로 박살하려다 실패하고, 숨어살다가, 황석공(黃石公)에게 병법을 전수받고, 유방(劉邦)을 도와 공을 세웠다. ㅇ昔隨劉氏定長安(석수유씨정장안)－옛날에 장량이 유방(劉邦 : 漢 高祖)을 따라 천하를 통일하고 장안을 안정되게 했다. 한주도 전에 당 숙종(肅宗)을 따라 장안 회복에 공을 세웠다. ㅇ帷幄未改神慘傷(유악미개신참상)－그리고 진중의 책략이 미처 개정되지 못했는데, 임금 숙종이 붕어했다. 그래서 정신적으로나 기색면에서 처참하게 상처를 입었다. '유악(帷幄)'은 전진의 장막, 혹은 그 안에서 세운 책략, 《한서》〈고제기하(高帝紀下)〉에 있다. '장막 안에서 책략을 세우고, 천리 밖에서 싸워 승리하는 데에는 나는 장자방, 즉 장량에 못 미친다.(運籌帷幄之中 決勝千里之外 吾不如子房)'. '미개(未改)'는 '미처 천하를 바로잡지 못했는데'의 뜻, '신참상(神慘傷)'은 '정신이나 신색(神色)이 처참하게 상처를 입었다'는 뜻. ㅇ國家成敗吾豈敢(국가성패오기감)－(한주는 자기가 모시던 숙종이 승하하자) '국가의 성패가 걸린 정치에 내가 어찌 감히 관여하는가?' 하고 물러났다. ㅇ色難腥腐(색난성부)－부패하고 썩은 음식을 먹을 수 없다고 노골적으로 기색(氣色), 즉 표면으로 나타내고(물러나). 성(腥)은 비리다. ㅇ餐楓香(찬풍향)－(선인이나 도사의 식량인) 풍향(楓香)을 먹고살다. 즉 은퇴했다는 뜻. 찬(餐)은 먹을 찬, '풍향'은 도가(道家)에서 높이는 선약(仙藥). ㅇ周南留滯古所惜(주남유체고소석)－남쪽에 머물러 있는 것을 옛날에도 애석하게 여겼다. '《사기(史記)》〈태사공서(太史公序)〉'에 있다. '그 해에, 천자가 비로소 한나라의 봉선을 받게 되었다. 그러나 태사공은 주남에 머물러 있은 채, 태산에서 거행하는 봉선에 참가하지 못했다. 이에 분통하고 마침내 사망했다(是歲 天子始建漢家之封 而太史公留滯周南 不得與從事 故發憤且卒)'. 태사공은 곧 사마천(司馬遷)의 부친 사마담(司馬談)이다. 그는 천자 행차에 동행하지 못하고 주남(周南), 즉 낙양(洛陽)에 머물러 있었다. 이 시에서는 한주(韓注)가 살고 있는 악양(岳陽)을 말한다. ㅇ南極老人應壽昌(남극노인응수창)－남극성(南極星)의 화신(化身)인 노인, 즉 그대는 응당 수를 누리고 자손이 번창하리라. ㅇ美人胡爲隔秋水(미인호위격추수)－그러나, 재주 있고 덕이 높은 군자인 그대가 어찌해서 가을의 강물 저쪽에서 숨어살아야 하는가? ㅇ焉得置之貢玉堂(언득치지공옥당)－어떻게 하면 그대를 옥당, 즉 대궐에 있게 할 수 있을까?

(解說) 안사(安史)의 전란 때, 숙종(肅宗)을 따라 공을 세운 간의대부(諫議大夫) 한주(韓注)가 숙종이 붕어하자, 물러나 은퇴했다. 두보

는 그를 애석하게 여기며 시를 읊었다. 특히 밤하늘의 별세계를 상징적으로 아름답게 그렸다.

고 백 행
100. 古柏行 오래된 측백나무

공 명 묘 전 유 노 백　가 여 청 동 근 여 석
1. 孔明廟前有老柏　柯如靑銅根如石

상 피 류 우 사 십 위　대 색 참 천 이 천 척
2. 霜皮溜雨四十圍　黛色參天二千尺

군 신 이 여 시 제 회　수 목 유 위 인 애 석
3. 君臣已與時際會　樹木猶爲人愛惜

운 래 기 접 무 협 장　월 출 한 통 설 산 백
4. 雲來氣接巫峽長　月出寒通雪山白

억 작 노 요 금 정 동　선 주 무 후 동 비 궁
5. 憶昨路遶錦亭東　先主武侯同閟宮

최 외 지 간 교 원 고　요 조 단 청 호 유 공
6. 崔嵬枝幹郊原古　窈窕丹靑戶牖空

낙 락 반 거 수 득 지　명 명 고 고 다 열 풍
7. 落落盤踞雖得地　冥冥孤高多烈風

부 지 자 시 신 명 력　정 직 원 인 조 화 공
8. 扶持自是神明力　正直原因造化功

대 하 여 경 요 량 동　만 우 회 수 구 산 중
9. 大廈如傾要梁棟　萬牛迴首丘山重

불 로 문 장 세 이 경　미 사 전 벌 수 능 송
10. 不露文章世已驚　未辭翦伐誰能送

고 심 기 면 용 루 의　　향 엽 증 경 숙 란 봉
11. 苦心豈免容螻蟻　香葉曾經宿鸞鳳

지 사 인 인 막 원 차　　고 래 재 대 난 위 용
12. 志士仁人莫怨嗟　古來材大難爲用

공명 선생 사당 앞에 오래된 측백나무가 있으며, 그 가지가 청동처럼 억세게 뻗었고 나무뿌리가 반석같이 굳게 떠받치고 있노라

오랜 세월 서리맞고 창백하게 된 나무껍질이 빗물에 축축하고 그 둘레는 40아름드리며, 검푸른 나무숲이 하늘 위로 2천 자나 치솟았노라

옛날에 임금과 신하가 시국을 구제하려고 서로 만났으므로, 그 사당 앞에 자란 측백나무를 오늘까지도 사람들이 애석하게 여기노라

그 나무에 구름이 와서 덮이면 그 기운이 멀리 무협에까지 이어지고, 그 나무에 달이 비춰면 그 맑고 차가운 달빛이 멀리 설산에 이어지노라

지난날의 생각이 나노라, 금정의 동쪽 길을 돌아가면, 유비의 선주묘 근처에 제갈공명의 무후묘가 있고 항상 그윽하고 조용했으며

사당 앞에 자란 측백나무의 높이 뻗은 가지와 그루가 교외의 언덕에 고색창연했으며, 그윽하고 조용한 사당의 단청 대문과 창문이 텅하니 비어 있었노라

오래 자란 측백나무는 높고 가지가 퍼지고 나무뿌리가 반석같이 굳었으며 그곳 사당 터에 잘 어울렸으나, 아무도 모르는 어둠 속에 외롭게 절개를 지키면서 세찬 바람을 받았으니

그런 속에서도 자신을 간직하고 지탱해 온 것은 바로 신명의 힘의 덕택이며, 바르고 곧게 자란 근본도 조물주의 공적의 덕이니라

만약에 큰 건물이 기울고 보수할 대들보나 용마루가 필요하다면 이 측백나무를 갖다가 쓰면 될 것이지만, 산더미같이 크고 무거운 그 나무를 만 마리의 소가 끌어도 까딱도 않을 것이므로 소들은 뒤돌아보기만 할 것이로다

밖으로 보이지 않는 아름다운 결을 세상 사람들은 이미 전부터 경탄했으며, 또 그 측백나무는 잘리고 벌목되기를 마다하지 않겠지만 누가 큰 나무통을 운송할 수 있으랴?

세월이 오래되니 쓰디쓴 나무의 심지를 땅강아지나 개미들이 파먹지만, 전에 한때는 향기로운 나뭇잎에 난새와 봉황새가 머물었노라

지사와 어진 사람들이여, 원망하고 비탄하지 마시오, 자고로 큰 재목은 저대로 쓰이기 어렵게 마련이오.

(語釋) ㅇ古柏行(고백행)－오래된 측백나무의 노래. 악부제(樂府題)에 있는 '행(行), 인(引), 가(歌), 곡(曲)' 등은 노래의 뜻. '소나무와 측백나무'는 겨울에도 시들지 않는 나무로, 충절(忠節)을 상징한다. 《논어(論語)》에서 공자가 말했다. '날씨가 혹독하게 추워야 비로소 소나무나 측백나무가 다른 나무보다 늦게 시든다는 것을 알 수 있다. (歲寒然後 知松柏之後凋也)'(〈子罕〉). 이 시도 제갈공명(諸葛孔明)의 사당 앞에 자란 측백나무를 가지고 공명의 충절을 상징했다. ㅇ孔明廟前有老柏(공명묘전유로백)－공명선생 사낭 앞에 오래된 측백나무가 있다. '공명묘(孔明廟)'는 기주(夔州 : 四川省 奉節縣), 백제성(白帝城) 서쪽에 있으며 무후묘(武侯廟)라고 한다. 선주(先主) 유비(劉備)의 선주묘(先主廟) 서쪽에 있다. ㅇ柯如青銅根如石(가여

청동근여석)—가지가 청동처럼 억세게 뻗었고, 나무뿌리가 반석(盤石)같이 굳게 (나무를) 떠받치고 있다. ㅇ霜皮(상피)—오랜 세월 서리맞아 창백하게 된 나무껍질. ㅇ溜雨(류우)—빗물에 젖어 반들반들 윤이 난다. ㅇ四十圍(사십위)—그 둘레가 40아름이 될만큼 크다. 즉 40명이 손을 벌리고 둘러설만큼 크다. ㅇ黛色參天二千尺(대색참천이천척)—검푸른 빛의 나무가 하늘 위로 2천 자나 높이 자랐다. 대(黛)는 눈썹먹 대. ㅇ君臣已與時際會(군신이여시제회)—임금과 신하가 일찍이 위기에 처한 시국을 구제하려고 함께 만났다. 군신(君臣)은 유비와 공명, 여시(與時)는 '때와 더불어, 위급한 시기에' 혹은 '시국을 구제하기 위하여'로 풀이할 수 있다. ㅇ樹木猶爲人愛惜(수목유위인애석)—(그러므로 그 사당 앞에 자란) 측백나무를 오늘까지도 사람들이 애석하게 여기고 있다. ㅇ雲來氣接巫峽長(운래기접무협장)—그 나무에 구름이 와서 덮이면, 그 기운이 멀리 무협에까지 이어진다. 무협도 사천성 봉절현 서쪽에 있다. ㅇ月出寒通雪山白(월출한통설산백)—그 나무에 달이 비추면, 그 맑고 차가운 달빛이 멀리 설산(雪山)에 덮인 눈에까지 희게 이어진다. 설산은 사천성 송번현(松藩縣) 남쪽에 있는 민산(岷山), 만년 적설(積雪)이라 대설산(大雪山), 설령(雪嶺)이라고도 한다. ㅇ憶昨路遶錦亭東(억작로요금정동)—지난날의 생각이 난다. 금정(錦亭)의 동쪽 길을 돌아가면. 금정은 성도(成都) 금강(錦江) 가에 있는 '완화초당(浣花草堂)', 두보가 성도에 있을 때 그곳에 우거했다. ㅇ先主武侯同閟宮(선주무후동비궁)—유비의 선주묘 부근에 제갈공명의 무후묘가 함께 있다. 비궁(閟宮)은 '조용하고 그윽한 사당(祠堂)', 비(閟)는 문 닫을 비. ㅇ崔嵬枝幹郊原古(최외지간교원고)—(사당 부근에 자란 측백나무의) 높이 뻗은 가지와 그루가 교외의 언덕에 고색이 창연했다. ㅇ窈窕丹青戶牖空(요조단청호유공)—그윽하고 조용한 사당의 단청(丹青) 칠한 문과 창문이 텅하니 비어 있었다. 단청을 채색한 화상(畫像)으로 풀기도 한다. ㅇ落落盤踞雖得地(낙락반거수득지)—(오랫동안 자란 측백나무는) 높게 자라고 가지가 퍼지고 또 나무뿌리가 반석같이 굳었으며, 마땅한 땅, 즉 사당 앞에 어울리게 자라고는 있지만. ㅇ冥冥孤高多烈風(명명고고다열풍)－아무도 모르는 어둠 속에 외롭고 높은 절개를 지키면서, 세찬 바람을 심하게 받았으리라. ㅇ扶持自是神明力(부지자시신명력)－(그런 속에서도) 자신을 간직하고 지탱해 온 것은 바로 신명의 힘의 덕택이니라. ㅇ正直原因造化功(정직원인조화공)－(측백나무가) 바르고 곧게 자라는 그 원인도 조물주의 공적의 덕택이니라. ㅇ大廈如傾(대하여경)－큰 건물이 만약에 기울어지고. ㅇ要梁棟(요량동)－(그 건물을 보수할) 대들보나 용마루가 필요하다면, (이 측백나무를 갖다가 쓰면 될 것이다) 량(梁)은 들보 량, 동(棟)은 용마루 동. ㅇ萬牛迴首(만우회수)－만 마리의 소가 고개를 돌리고. ㅇ丘山重(구산중)－큰 산더미같이 무거워. (꼼짝도 않는 그 측백나무를 뒤돌아보기만 할 것이다) ㅇ不露文章(불로문장)－나뭇결이 나타나 보이지 않지만. ㅇ世已驚(세이경)－세상 사람들은 이미 경탄했다. 즉 그 나무 속에 숨어 있는 역사적 의미와 높은 충절(忠節)이 세인을 경탄케 했다는 뜻. ㅇ未辭翦伐(미사전벌)－그 측백나무는 잘리고 벌목되기를 마다하지 않지만. 전(翦)은 자를 전. ㅇ誰能送(수능송)－(그 큰 나무통을) 누가 운송할 수 있나? ㅇ苦心豈免容螻蟻(고심기면용루의)－나무의 심지가 쓰지만 그래도 땅강아지나 개미들이 파먹었다. 기면(豈免)은 어찌 면하랴? 루(螻)는 땅강아지 루, 의(蟻)는 개미 의. ㅇ香葉曾經宿鸞鳳(향엽증경숙란봉)－향기로운 나뭇잎에 한때는 난새와 봉황새가 머물었노라. ㅇ志士仁人莫怨嗟(지사인인막원차)－지사와 어진 사람들아, 원망하고 비탄하지 마라! ㅇ古來材大難爲用(고래재대난위용)－자고로 큰 재목은 제대로 쓰이기 어렵다.

(解說) 전란에 쫓겨 변경 지대를 방랑하던 두보가 대력(大曆) 2년, 성도(成都)를 거쳐 기주(夔州)에 와서 지은 시다. 당시 그는 56세로 굶주림과 병에 시달려 혹심한 실의(失意)에 빠져있었다. 기주 일대에는 백제성(白帝城), 팔진도(八陣圖) 등 삼국지(三國志)의 유적이

많고, 공명의 묘가 있었다. 두보는 평소에도 제갈공명을 존경했으며, 그에 관한 시들이 많다. 특히 이 시는 두보가 기주에 와서, 공명을 모신 사당, 즉 무후묘(武侯廟)를 참배하고, 그 사당 앞에 울창하게 자란 측백나무를 테마로 그의 고결하고 역사에 빛나는 충절을 읊은 것이다. 전체를 3단으로 나눈다.

제1단(1~4) : 기주(夔州)에 있는 무후묘(武侯廟) 앞에 오랜 세월 서리맞은 검푸른 측백나무가 있다. 그 측백나무는 만고의 충신 제갈공명을 상징하는 고목으로 오랜 세월에 걸쳐 모든 사람의 사랑을 받고 있다.

제2단(5~8) : 두보는 성도(成都)에서 본 무후묘를 회상한다. 성도의 무후묘는 선주(先主) 유비(劉備)를 모신 선주묘(先主廟) 앞에 있었다. 두보는 그 두 사당이 그윽하고 한적했음을 상기하고, 이곳의 측백나무는 조화의 신통력으로 세차게 자라고 있다고 했다.

제3단(9~12) : 이 측백나무는 기울어지는 큰 건물을 지탱할 것이다. 그러나 어떻게 운반하고 또 그 나무의 아름다운 목리(木理)를 알 사람이 없음이 한탄스럽다. 결국 제갈공명같이 위대한 충절을 알고 활용할 사람이 없음을 한탄한 것이다. 이 한탄은 바로 두보 자신에 대한 실망과 한탄이기도 하다.

101. 觀舞劍器行 幷序 검기의 춤을 보고

(관무검기행 병서)

(序) 大曆二年十月十九日 夔府別駕元持宅 見臨穎李十二娘舞劍器 壯其蔚跂 問其所師 曰余公孫大娘弟子也.

開元三載 余尚童穉 記於郾城觀公孫氏舞劍器渾脫瀏灕頓挫 獨出冠時 自高頭宜春梨園二伎坊內人 洎外

供奉 曉是舞者 聖文神武皇帝初 公孫一人而已 玉貌錦衣.

況余白首 今玆弟子 亦匪盛顔 旣辨其由來 知波瀾莫二 撫事感慨 聊爲劍器行.

往者吳人張旭善草書 書帖數 常於鄴縣見公孫大娘舞西河劍器 自草書長進 浩蕩感激 卽公孫可知矣.

(서문) 대력 2년 10월 19일 기부의 별가 원지의 저택에서 임영 출신 이십이낭이 검기의 춤을 추는 것을 보았다. 그 춤사위가 섬세하면서도 비범함을 장하게 여기고, (누구를) 스승으로 했느냐고 묻자, '저는 공손 대낭의 제자입니다'라고 대답했다.

개원 3년 어린아이 때에, 나는 언성에서 공손씨가 추는 '검기・혼탈'이라는 춤을 본 일이 있었다. 그 춤사위가 발랄하고 유창하면서도 마디마디가 잘 끊어져 당대에 홀로 뛰어났었다. 궁 안에 설치한 의춘원과 이원 두 교방의 기녀 및 궁 밖의 기녀들로서 그 춤을 알고 출 수 있는 자는 현종 초기부터 공손씨 한 사람뿐이었으며, 그때의 그녀의 용모는 옥구슬 같았고, 비단옷을 걸치고 있었다. (그로부터 50년이 지났다)

지금 나는 백발의 노인이 되었고, 그 제자의 용모도 성년을 넘겼다. 그 제자의 춤의 유래를 듣고 살필 때, 그들의 춤의 율동이나 곡절이 같음을 알겠으며, (동시에 공손 대낭이 이미 작고했음도 알겠다) 이에 왕년의 감개무량함을 달래기 위해 '검기행'이란 시를 지었다.

전에 오나라 사람 장욱은 초서를 잘 썼다. 그는 여러 차례 업현에서 공손 대낭이 추는 '서하검기'를 보았고, 그후로 그의 초서가 더욱 발전하고, 글씨에 호탕한 기개가 넘쳤다고 했다. 그것만으로도 공손 대낭의 춤이 어떠한지를 알 수 있을 것이다.

(語釋) ㅇ觀舞劍器行幷序(관무검기행병서)－'검기(劍器)'라는 이름의 춤추는 것을 보고 지은 노래와 서문. 원래의 제목은 '공손 대낭의 제자가 검기를 추는 것을 보고 지은 노래와 서문(觀公孫大娘弟子舞劍器行幷序)'이다. '공손 대낭'은 당 현종(玄宗) 개원(開元 : 713~742) 연대의 춤의 명인이다. 공손(公孫)은 성, 대낭(大娘)은 중년부인 혹은 큰언니라는 뜻일 것이다. 검기는 당대에 성행한 춤의 이름, 서역(西域)에서 전래한 칼춤이다. 행(行)은 '노래, 시'라는 뜻. ㅇ大曆二年(대력 2년)－대력(762~779)은 대종(代宗)의 연호, 안녹산(安祿山)이 반란하자, 현종이 촉(蜀)으로 피했고, 뒤를 숙종(肅宗)이 이었고, 다시 그 뒤를 대종이 이었다. 대력 2년은 767년이며, 두보의 나이 56세로 죽기 3년 전이다. 당시 두보는 전란과 기아에 시달리는 병든 몸으로 기주(夔州)에 있었다. ㅇ夔府(기부)－즉 기주로 사천성(四川省) 봉절현(奉節縣)이다. ㅇ別駕(별가)－자사(刺史)의 속관(屬官). ㅇ元持宅(원지택)－원지의 저택, 원(元)이 성, 지(持)는 이름, 자세한 것은 모른다. ㅇ臨穎(임영)－지명, 하남성(河南省) 안에 있다. ㅇ李十二娘(이십이낭)－이(李)는 성, 십이낭(十二娘)은 항렬이 열두번째인 여자, 공손 대낭의 제자다. ㅇ壯其蔚跂(장기울기)－그녀의 춤사위가 발랄하면서 아름답고 뛰어남을 장하게 여기다. 위(蔚)는 성할 위, 기(跂)는 육발 기. ㅇ問其所師(문기소사)－그녀가 스승으로 모신 사람이 누구냐고 물었다. ㅇ余公孫大娘弟子(여공손대낭제자)－저는 공손 대낭의 제자입니다. ㅇ開元三載(개원삼재)－715년, 두보의 나이 4살 때, '삼재(三載)'는 '오재(五載)'라고 하는 학자도 있다. ㅇ余尙童穉(여상동치)－나는 아직 어린 아이였다. 치(穉)는 치(稚)로 어릴 치. ㅇ記(기)－기억한다. ㅇ於郾城(어언성)－언성에서. 언성은 하남성 안에 있는 지명. ㅇ觀公孫氏

舞劍器渾脫(관공손씨무검기혼탈)－공손씨가 '검기・혼탈'이라고 하는 춤을 추는 것을 보았다. ㅇ瀏灕頓挫(유리돈좌)－세차면서 부드럽고, 절도 있게 멈추다. 류(瀏)는 빠를 류, 리(灕)는 스며들 리, 돈(頓)은 조아릴 돈, 좌(挫)는 꺾을 좌. ㅇ獨出冠時(독출관시)－홀로 뛰어나고 일시에 으뜸이었다. ㅇ自(자)~洎(계)－……에서 ~에 오기까지. ㅇ高頭(고두)－우두머리, 원로격인 기녀들. ㅇ宜春(의춘)－의춘원이라는 이름의 교방(敎坊), 즉 궁중의 가무(歌舞) 교습소. ㅇ梨園(이원)－역시 교방의 이름. ㅇ二伎坊內人(이기방내인)－두 교방 안에 있는 기녀(伎女)들. ㅇ外供奉(외공봉)－'의춘, 이원' 밖에 있는 기녀들로서, 임금 앞에서 가무를 출연한 자. ㅇ曉是舞者(효시무자)－그 춤을 알고 능숙하게 춘 사람은. ㅇ聖文神武皇帝初(성문신무황제초)－당 현종 초기에, '성문신무황제(聖文神武皇帝)'는 현종의 시호(諡號). ㅇ公孫一人而已(공손일인이이)－공손 대낭 한 사람뿐이다. ㅇ玉貌錦衣(옥모금의)－당시의 공손 대낭은 용모가 옥같이 아름답고, 눈부신 비단옷을 입고 있었다. ㅇ況余白首(황여백수)－(그때로부터 50년이 흘러갔으며), 더욱 지금의 나는 백발의 늙은이가 되었고. ㅇ今玆弟子(금자제자)－오늘 춤을 춘 그 제자도. ㅇ亦匪盛顔(역비성안)－역시 한참 피어나는 젊은 얼굴이 아니다. ㅇ旣辨其由來(기변기유래)－이렇게 그녀의 내력을 잘 알고. ㅇ知波瀾莫二(지파란막이)－그녀의 춤사위의 율동의 곡절이나 파동이 (공손 대낭의 그것과) 같음을 잘 알겠다. ㅇ撫事感慨(무사감개)－과거사를 회상하고 감개무량한 느낌으로. ㅇ聊爲劍器行(요위검기행)－문득 '검기 춤의 노래'를 지었다. ㅇ往者(왕자)－이전에. ㅇ吳人張旭善草書(오인장욱선초서)－오나라 사람 장욱이 초서를 잘 썼으며. ㅇ書帖數(서첩수)－그가 쓴 서첩이 여러 개 있다. ㅇ常於鄴縣(상어업현)－전에 업현(鄴縣)에서. 업현은 현 하북성(河北省) 임장현(臨漳縣). ㅇ見公孫大娘舞西河劍器(견공손대낭무서하검기)－공손 대낭의 '서하 검기'라는 춤을 보았으며. ㅇ自草書長進(자초서장진)－그로부터 그의 초서가 더욱 발전했고. ㅇ浩蕩感激(호탕감격)-더욱 호탕하고 격렬한 맛이 넘쳤다. ㅇ卽公孫可知矣(즉공손가지의)-즉 그것만으로도 공손 대낭의 춤이 어떠한지를 알만하다.

(이 시의 원제목은 '공손대낭의 제자가 검기의 춤을 추는 것을 보고 읊은 시 및 서문(觀公孫大娘弟子舞劍器行 幷序)'이고 시문은 다음과 같다)

석 유 가 인 공 손 씨　　일 무 검 기 동 사 방
1. 昔有佳人公孫氏　一舞劍器動四方

관 자 여 산 색 저 상　　천 지 위 지 구 저 앙
2. 觀者如山色沮喪　天地爲之久低昂

확 여 예 사 구 일 락　　교 여 군 제 참 용 상
3. 㸌如羿射九日落　矯如羣帝驂龍翔

내 여 뢰 정 수 진 노　　파 여 강 해 응 청 광
4. 來如雷霆收震怒　罷如江海凝淸光

강 순 주 수 양 적 막　　만 유 제 자 전 분 방
5. 絳脣珠袖兩寂寞　晩有弟子傳芬芳

임 영 미 인 재 백 제　　묘 무 차 곡 신 양 양
6. 臨潁美人在白帝　妙舞此曲神揚揚

여 여 문 답 기 유 이　　감 시 무 사 증 완 상
7. 與余問答旣有以　感時撫事增惋傷

선 제 시 녀 팔 천 인　　공 손 검 기 초 제 일
8. 先帝侍女八千人　公孫劍器初第一

오 십 년 간 사 반 장　　풍 진 홍 동 혼 왕 실
9. 五十年間似反掌　風塵澒洞昏王室

이 원 제 자 산 여 연　　여 악 여 자 영 한 일
10. 梨園弟子散如烟　女樂餘姿映寒日

금 속 퇴 전 목 이 공　　구 당 석 성 초 소 슬
11. 金粟堆前木已拱　瞿塘石城草蕭瑟

대 현 급 관 곡 부 종　　낙 극 애 래 월 동 출
12. 玳絃急管曲復終　樂極哀來月東出

노 부 부 지 기 소 왕　　족 견 황 산 전 수 질
13. 老夫不知其所往　足繭荒山轉愁疾

옛날에 미인 공손씨가 있었으며, 그녀가 한바탕 '검기'라는 춤을 추면 사방의 모든 사람들이 감동했노라

춤을 보려는 사람들이 산같이 모였고 춤에 감동된 사람들의 표정은 기죽고 넋을 잃은 듯했고, 하늘과 땅도 그녀의 춤과 더불어 오르락내리락하는 듯했노라

눈부시고 찬란한 모습은 흡사 예의 화살을 맞고 떨어지는 아홉 개의 태양 같고, 위로 뛰어오르는 모양은 흡사 하늘의 임금들이 용을 타고 하늘로 날아오르는 듯했노라

그녀가 무대에 올라 춤을 추려고 할 때에는 흡사 우레와 천둥마저 노여움을 거둔 듯, 사람들이 숨죽이고 장내가 조용했으며 그녀의 춤이 끝나면 흡사 강물과 바다에 맑은 광채가 응결된 듯하였노라

지금은 그녀의 붉은 입술도 진주로 장식한 옷소매도 다 적막하게 되었으며, 뒤에 나타난 제자가 향기롭고 아름다운 춤을 전하고 있으니

바로 임영 출신의 미인 이십이낭이 기주에서, 신묘한 '검기' 춤을 추며 신명을 돋아올리고 있노라

나는 문답을 통해 그녀의 춤의 연유를 알게 되었으며, 아울러 세월의 무상함을 한탄하고 과거사를 회상할 새 더욱 애달프고

가슴속이 아렸노라

당 현종 때에 궁중에는 8천 명의 시녀가 있었으나, 애당초부터 공손 대낭의 '검기' 춤이 일품이었노라

그후 50년이 흐르는 사이에 세상이 손바닥 뒤집듯이 난리에 휩싸이고, 전란의 풍진이 천지를 덮고 흐렸으며 왕실을 어둡게 했노라

교방 이원에서 노래하고 춤추던 기녀들이 연기처럼 흩어졌고, 여자 악공들의 늙은 자태가 차가운 겨울 햇빛에 더욱 처량하게 보이노라

금속퇴 현종 능묘 앞에 심은 나무가 이미 한아름이 되었으며, 구당협 근처 백제성에 자란 풀들이 더욱 외롭고 쓸쓸하게 보이노라

대모로 장식한 현악기와 촉박한 피리소리 멈추고 춤도 끝나자, 절정에 올랐던 즐거움이 새삼 슬픔으로 바뀔 새, 동쪽 하늘에는 달이 뜨노라

어디로 가야 할지 모르는 이 늙은이, 발에 누에고치 같은 굳은살이 박히고, 험한 산길을 헤매고 방랑하느라, 더욱 서글프고 몸이 아프기만 하노라.

(語釋) ㅇ昔有佳人公孫氏(석유가인공손씨)-옛날에 미인 공손씨가 있었으며. ㅇ一舞劍器(일무검기)-그녀가 한번 '검기'라는 춤을 추면. ㅇ動四方(동사방)-사방의 모든 사람들이 감동했다. ㅇ觀者如山(관자여산)-그녀의 춤을 보려는 사람들이 산같이 모여들었고. ㅇ色沮喪(색저상)-(감동된 사람들의 얼굴에는) 기죽고 넋을 잃은 기색이 완연했다. 즉 망연자실했다. 저(沮)는 막을 저. ㅇ天地爲之久低昂(천지위지구저앙)-하늘과 땅도 그녀의 춤을 위해서, 노상 오르락내

리락하는 듯했다. 하늘, 땅도 그녀와 함께 춤을 추는 듯했다. ㅇ㸌(확)－찬란하고 눈부시다. ㅇ羿射九日落(예사구일락)－예(羿)는 신화에 나오는 명궁(名弓), 요(堯)나라 임금 때에 하늘에 10개의 태양이 함께 나타나 천지를 불태웠으므로, 요나라 임금이 예에게 명하여 9개의 태양을 활로 쏘아 떨어뜨렸다고 전한다. ㅇ矯(교)－위로 뛰어오르는. (춤추는 모양이 흡사) ㅇ羣帝驂龍翔(군제참용상)－하늘 나라의 여러 임금들이 용을 타고 하늘로 날아오르는 듯하다. 참(驂)은 곁마 참, 참용(驂龍)을 '용을 타다'로 해석한다. 상(翔)은 높이 날 상. ㅇ來(래)－그녀가 나타나 춤을 추려고 할 때에는. ㅇ如(여)－(모든 사람들이 숨을 죽이고 장내가 조용하기가) 흡사 …… 같다. ㅇ雷霆收震怒(뇌정수진노)－우레와 천둥마저 노여움을 거둔 듯하다. 천지를 진동하던 천둥 번개가 딱 멈춘 듯하다. 뢰(雷)는 우레 뢰, 정(霆)은 천둥 정. ㅇ罷如江海凝淸光(파여강해응청광)－그녀의 춤이 끝나자, 흡사 강물과 바다에 맑은 광채가 응결된 듯하다. 그녀의 황홀하고 찬란한 춤에 사로잡혀, 굳어진 듯하다. ㅇ絳脣(강순)－붉은 입술, 강(絳)은 진홍 강. ㅇ珠袖(주수)－진주로 장식한 화려한 춤옷의 소매, 수(袖)는 소매 수. ㅇ兩寂寞(양적막)－둘이 다 적막하게 되었다. 공손 대낭도 죽고, 그녀의 춤추는 맵시도 다 없어졌다. ㅇ晩有(만유)－뒤늦게. ㅇ弟子(제자)－공손 대낭의 제자, 이십이낭(李十二娘). ㅇ傳芬芳(전분방)－향기롭고 아름다운 '검기 춤'을 전하다. 분(芬)은 향기로울 분, 방(芳)은 꽃다울 방. ㅇ臨潁美人在白帝(임영미인재백제)－임영의 미인 이십이낭이 지금 백제성(白帝城)에 있다. 백제성은 사천성(四川省) 봉철현(奉節縣), 즉 기주(夔州). ㅇ妙舞此曲神揚揚(묘무차곡신양양)－기묘하게 '검기 춤'을 추며, 신명을 높이 돋아올리고 있다. ㅇ與余問答(여여문답)－나와 문답을 했으며. ㅇ旣有以(기유이)－이미, 그녀의 춤의 연유를 알게 되었다. ㅇ感時撫事(감시부사)－세월의 무상함을 한탄하고, 과거사를 회상(回想)하니. ㅇ增惋傷(증완상)－더욱 애달프고 가슴속이 아프다. ㅇ先帝侍女八千人(선제시녀팔천인)－당 현종의 시녀는 8천

명이었다. ㅇ公孫劍器初第一(공손검기초제일)－(가무에 있어서는) 애당초부터 공손 대낭의 '검기' 춤이 제일이었다. ㅇ五十年間(오십년간)－당 현종 초기부터 현재까지 50년 사이에. ㅇ似反掌(사반장)－손바닥을 뒤집듯이. (세상이 변화무쌍했으며) ㅇ風塵澒洞(풍진홍동)－전란의 병진(兵塵)이 자욱하게 천지를 덮고 흐리고. 홍(澒)은 흘러내릴 홍. 동(洞)은 골 동. ㅇ昏王室(혼왕실)－왕실을 어둡게 했다. ㅇ梨園弟子(이원제자)－교방(敎坊) 이원(梨園)에서 노래하고 춤을 추는 기녀들. ㅇ散如烟(산여연)－연기처럼 흩어졌다. ㅇ女樂餘姿(여악여자)－여자 악공들의 늙은 자태가. ㅇ映寒日(영한일)－차가운 겨울 햇빛에 더욱 처량하게 보인다. ㅇ金粟堆(금속퇴)－현종의 묘 태릉(泰陵)이 있는 산이름. ㅇ木已拱(목이공)－능 앞에 나무가 한아름이 되었다. 공(拱)은 한아름 공. ㅇ瞿塘石城(구당석성)－구당협 근처에 있는 백제성, 구당(瞿塘)은 기주 동쪽에 있다. 삼협(三峽)의 하나. ㅇ草蕭瑟(초소슬)－풀이 외롭고 쓸쓸하게 자라고 있다. ㅇ玳絃(대현)－대모(玳瑁)로 장식한 화려한 현악기, 대(玳)는 대모 대. 대연(玳筵)으로 적은 판본도 있다. 즉 대모로 바닥을 깔은 화려한 연회석. ㅇ急管(급관)－다급하고 촉박하게 부는 피리소리. ㅇ曲復終(곡부종)－음악소리가 다시 멈추고, 춤이 끝나자. ㅇ樂極哀來(낙극애래)－즐거움이 절정에 올라 끝나자, 슬픔이 밀려온다. ㅇ月東出(월동출)－동쪽 하늘에 달이 뜨다. ㅇ老夫不知其所往(노부부지기소왕)－늙은 나는 어디로 가야 할지 모르겠다. ㅇ足繭(족견)－발에 누에고치 같은 굳은살이 박히고. 견(繭)은 고치 견. ㅇ荒山(황산)－험한 산길을 헤매고 방랑하느라. ㅇ轉愁疾(전수질)－더욱 서글프고 몸이 아프다.

(解說) 두보는 서문에서, 시를 제작한 연대와 동기를 자세히 밝혔다. 대력(大曆) 2년(767), 두보의 나이 56세로, 사망 3년 전이었다. 당시 두보는 전란을 피해 변방을 유랑하면서 기아와 신병에 시달리며 처참한 나날을 보내고 있었다. 그런 속에서 기주(夔州)에서, 이십이낭

(李十二娘)이 추는 칼춤을 보았고, 그녀가 50년 전, 당 현종 때 이름을 날리던 공손 대낭(公孫大娘)의 제자임을 알고 감개무량하고 또 그간의 변화무쌍한 세상을 한탄하며, 이 시를 썼다. 전체를 4단으로 나눌 수 있다.

제1단(1~4) : 옛날 공손대낭의 칼춤은 감동적이었다.

제2단(5~7) : 지금 그녀의 제자가 추는 칼춤을 보고, 감개가 무량했다.

제3단(6~10) : 전란에 휩쓸려, 당 현종 때의 가무(歌舞)를 연주했던 기녀들이 연기처럼 사방으로 흩어졌다.

제4단(11~13) : 당 현종 시대의 화려했던 꿈도 사라졌다. 기아와 신병에 쇠잔한 이 늙은이는 어디로 가야 하나.

백낙천(白樂天)의 〈비파행(琵琶行)〉도 같은 계통의 시다. 과거의 화려했던 명성과 청춘의 아름다움을 잃고, 늙고 시들은 몸으로 외롭고 서글프게 조락(凋落)하는 인생을 한탄하고 있다.

두보 연보

중국 연대	서기	연령	약력	기타
현종 선천(先天) 원년	712	1	하남공현(河南鞏縣)에서 출생. 부(父)는 한(閑), 모(母)는 최씨(崔氏).	8월, 예종(睿宗)의 뒤를 이어 현종(玄宗) 즉위
개원 6 (開元)	718	7	처음으로 시문(詩文)을 지었다.	
13	725	14	낙양(洛陽)에서 문사(文士)와 어울리고, 이귀년(李龜年)의 노래를 듣다.	
18	730	19	산서(山西)에 가다.	
19	731	20	오(吳)·월(越)〔江蘇·浙江〕일대를 만유(漫遊)하다.	
20	732	21	오·월 일대를 만유하다.	
21	733	22	오·월 일대를 만유하다.	
22	734	23	오·월 일대를 만유하다.	장구령(張九齡) 중서령(中書令)이 되다.
23	735	24	낙양에 돌아와 진사시험에 응했으나 낙제(落第)하다.	수왕(壽王 : 玄宗의 18子) 양씨(楊氏)를 비(妃)로 삼다.
24	736	25	제(齊)·조(趙)〔山東·河北〕에 여행하다.	장구령 실각, 이임보(李林甫) 중서령을 겸하다.
25	737	26	제·조에 여행하다.	

중국 연대	서기	연령	약 력	기 타
26	738	27	제·조에 여행하다.	
27	739	28	제·조에 여행하다.	
28	740	29	제·조에 여행하다. 〈등연주성루(登兗州城樓)〉	장구령 죽다.
29	741	30	낙양에 돌아오다. 육혼장(陸渾莊)을 짓고 원조(遠祖) 두예(杜預)를 제사지내다. 양씨(楊氏)와 결혼.	
천보(天寶) 원년	742	31	낙양에 있다.	안녹산(安祿山) 평로절도사(平盧節度使)가 되다. 이백(李白) 장안(長安)에 들다.
2	743	32	낙양에 있다.	
3	744	33	낙양에 있다. 조모(祖母) 사망. 낙양에서 이백(李白)을 만나다. 이백·고적(高適)과 양송(梁宋 : 河南)에서 놀다.	이백, 장안을 떠나 낙양에 왔다.
4	745	34	제(齊)·노(魯) [河南·山東]에서 놀다. 제주(濟州)에서 태수 이옹(李邕)을 만나다. 가을에 연주(兗州)로 가서 이백과 어울렸다가 석문(石門)에서 헤어지다.	8월, 양태진(楊太眞)이 귀비(貴妃)가 되다.
5	746	35	제노(齊魯)에서 장안으로 돌아오다. 〈춘일억이백(春日憶李白)〉 〈음중팔선가(飮中八仙歌)〉	
6	747	36	장안에서 이임보의 농간에 말려 과거에 낙방하다.	

중국 연대	서기	연령	약 력	기 타
7	748	37	장안에 머물다.	
8	749	38	겨울에 낙양으로 오다.	
9	750	39	장안에 오다. 장자(長子) 종문(宗文) 출생.	안녹산, 동평군왕(東平郡王)이 되다.
10	751	40	장안에 머물다. 〈삼대예부(三大禮賦)〉를 바쳐올리다. 현종이 집현원(集賢院)에 대기케 하다. 〈병거행(兵車行)〉	안녹산, 하동절도사(河東節度使)를 겸함.
11	752	41	장안에 있다가 봄에 잠시 낙양에 오다. 겨울에 장안에서 고적(高適)과 사귀다.	11월 이임보 사망. 양국충(楊國忠) 재상이 되다.
12	753	42	장안에 있다. 정건(鄭虔)·하장군(何將軍)과 놀다. 가을에 차자(次子) 종무(宗武) 출생. 〈여인행(麗人行)〉	
13	754	43	장안에 있다. 〈대서악부(對西岳賦)〉를 바쳐올리다. 가을에 장마로 물가폭등, 처자를 봉선현(奉先縣)에 보내다.	
14	755	44	장안에 있다. 9월에 봉선현으로 가다. 10월 장안에 돌아와 하서위(河西尉)의 벼슬을 마다하고, 우위솔부주조참군(右衛率府胄曹參軍)에 피임(被任). 11월 다시 봉선현으로 가다. 〈자경부봉선현영회오백자(自京赴奉先縣詠懷五百字)〉	11월 안녹산 범양(范陽)에서 반란하여, 12월 낙양 함락.

중국 연대	서기	연령	약 력	기 타
15 숙종 지덕(至德) 원년	756	45	장안에 있다가 5월 봉선현으로 가 가족을 데리고 백수(白水)로 다시 6월에는 부주(鄜州)로 가다. 숙종이 영무(靈武)에서 즉위했다는 소식을 듣고, 장안에서 탈출하려다가 적에게 잡히어 장안에 되돌아와 유폐되다. 〈월야(月夜)〉〈애왕손(哀王孫)〉 등	6월 가서한(哥舒翰), 동관(潼關)에서 패하다. 현종 촉(蜀)으로 피난가다 도중 마외파(馬嵬坡)에서 양귀비(楊貴妃), 양국충(楊國忠)을 죽게 하다. 안녹산 장안에 들어오다. 7월 숙종 영무(靈武)에서 즉위.
2	757	46	4월 적중(賊中)에서 탈출, 봉상(鳳翔)으로 가 숙종(肅宗)을 알현하다. 5월 좌습유(左拾遺)를 봉하였으나, 방관(房琯)을 옹호하다가 숙종의 노(怒)를 사고 8월 부주(鄜州)로 가다. 11월 다시 장안에 오다. 〈춘망(春望)〉〈애강두(哀江頭)〉〈강촌삼수(羌村三首)〉〈북정(北征)〉 등	영왕(永王) 인(璘)의 모반에 이백 연루. 정월 안경서(安慶緖)가 부(父) 안녹산을 죽임. 9월 장안을, 10월 낙양 수복. 12월 현종 환궁(還宮). 이백 심양옥(潯陽獄)에 매이다.
건원(乾元) 원년	758	47	좌습유로 장안에 있으며, 가지(賈至)·왕유(王維)·잠참(岑參)과 화창(和唱)하다. 6월 화주사공참군(華州司功參軍)으로 폄(貶)되다. 〈곡강이수(曲江二首)〉	방관(房琯), 빈주자사(邠州刺史)로 쫓겨나다. 사사명(史思明) 반란. 이백 야랑(夜郎)으로 유배.

중국 연대	서기	연령	약력	기타
2	759	48	7월 화주(華州)에서 관직을 버리고 진주(秦州)로 가다. 10월 동곡(同谷)으로 갔으나, 역시 생활의 곤고(困苦)를 면하지 못하고 12월 촉(蜀)으로 가서 성도(成都)에 이르렀다. 두보는 〈삼리(三吏)·삼별(三別)〉〈진주잡시20수(秦州雜詩二十首)〉를 위시하여 눈부시게 작품활동을 했다.	9월 사사명 안경서를 죽임. 이백 방면되다.
상원(上元) 원년	760	49	성도 완화계(浣花溪)에 초당(草堂)을 짓고 가족과 함께 소강(小康)을 누리다. 〈강촌(江村)〉〈야노(野老)〉〈한별(恨別)〉	고적(高適) 촉주자사(蜀州刺史)가 되다.
2	761	50	초당에 살다. 〈모옥위추풍소파가(茅屋爲秋風所破歌)〉	사조의(史朝義)가 사사명을 죽이다. 엄무(嚴武) 서천절도사(西川節度使) 겸 성도윤(成都尹)이 되다.
3 대종 보응(寶應) 원년	762	51	초당에 살며, 엄무(嚴武)와 화창(和唱)하다. 7월에 엄무가 장안으로 가다. 그를 따라 면주(綿州)까지 가다. 서지도(徐知道) 반란하여 성도(成都)에 오지 못하고 재주(梓州)로 가다. 가을에는 가족을 성도에서 데리고 재주로 오다. 〈야망(野望)〉	4월 현종·숙종 붕(崩)하다. 이백 죽다.(62세)

중국 연대	서기	연령	약 력	기 타
광덕(廣德) 원년	763	52	정월 재주에 머물다. 그 사이에 면주(綿州)·한주(漢州)·낭주(閬州)를 왕래하다.	사조의 죽다. 방관 서거(逝去). 토번(吐蕃) 장안 침입.
2	764	53	정초에 가족과 함께 재주를 떠나 낭주(閬州)에 왔을 때, 조정에서 경조공조참군(京兆功曹參軍)의 벼슬을 내리고 불렀으나 사퇴했다. 3월 엄무(嚴武)가 성도에 왔다는 소식을 듣고 성도로 되돌아오다. 6월 엄무의 천거로 절도참모(節度參謀)·검교공부원외랑(檢校工部員外郎)으로 비어대(緋魚袋)를 하사받다. 〈등루(登樓)〉〈절구(絶句)〉 등	11월 엄무 토번을 치다.
영태(永泰) 원년	765	54	정월 엄무의 막부(幕府)를 사퇴하고 완화계(浣花溪)로 오다. 5월 가족과 함께 초당을 떠나 양자강(揚子江)을 내려오다. 유주(渝州)를 거쳐 충주(忠州)에 오다. 9월에는 운안(雲安)에서 신병치료를 위해 잠시 우거(寓居)하다. 〈여야서회(旅夜書懷)〉 등	4월, 엄무 서거
대력(大曆) 원년	766	55	운안에서 기주(夔州)로 이거(移居), 처음에는 객당(客堂)에 있다가 가을에 서각(西閣)에 들다. 〈강산(江山)〉〈반조(返照)〉〈추흥팔수(秋興八首)〉〈해민십이수(解悶十二首)〉 등	

중국 연대	서기	연령	약　력	기　타
2	767	56	기주(夔州)에 머물다. 3월 양서(瀼西)에 이거(移居), 가을에는 동둔(東屯)으로 가다. 〈부수십이수(復愁十二首)〉 〈등고(登高)〉 등	
3	768	57	정월 기주를 떠나다. 3월 강릉에 가서 머물다. 추말(秋末)에 공안현(公安縣)을 거쳐, 세모(歲暮)에는 악주(岳州)로 가다.	
4	769	58	정월 악주에서 동정호(洞庭湖)에 들고, 상수(湘水)를 남행(南行)하여 담주(潭州)로부터 형주(衡州)로 갔다가 다시 담주로 돌아오다.	
5	770	59	모춘(暮春)에 담주에서 이귀년(李龜年)과 만나다. 4월 형주(衡州)에 가다. 침주(郴州)로 가려다 뇌양(耒陽)에서 홍수(洪水)로 물길이 막혀 담주로 되돌아와 묵다. 겨울에 한수(漢水)를 거슬러 양양(襄陽)을 지나 장안으로 가려다가 담주와 악주 사이에서 객사(客死)하다.	

색 인(索引)

[ㄱ]

[ㄴ]

[ㄷ]

[ㅁ]

[ㅂ]

[ㅅ]

[ㅇ]

[ㅈ]

[ㅊ]

〔ㅌ〕

[ㅍ]

[ㅎ]

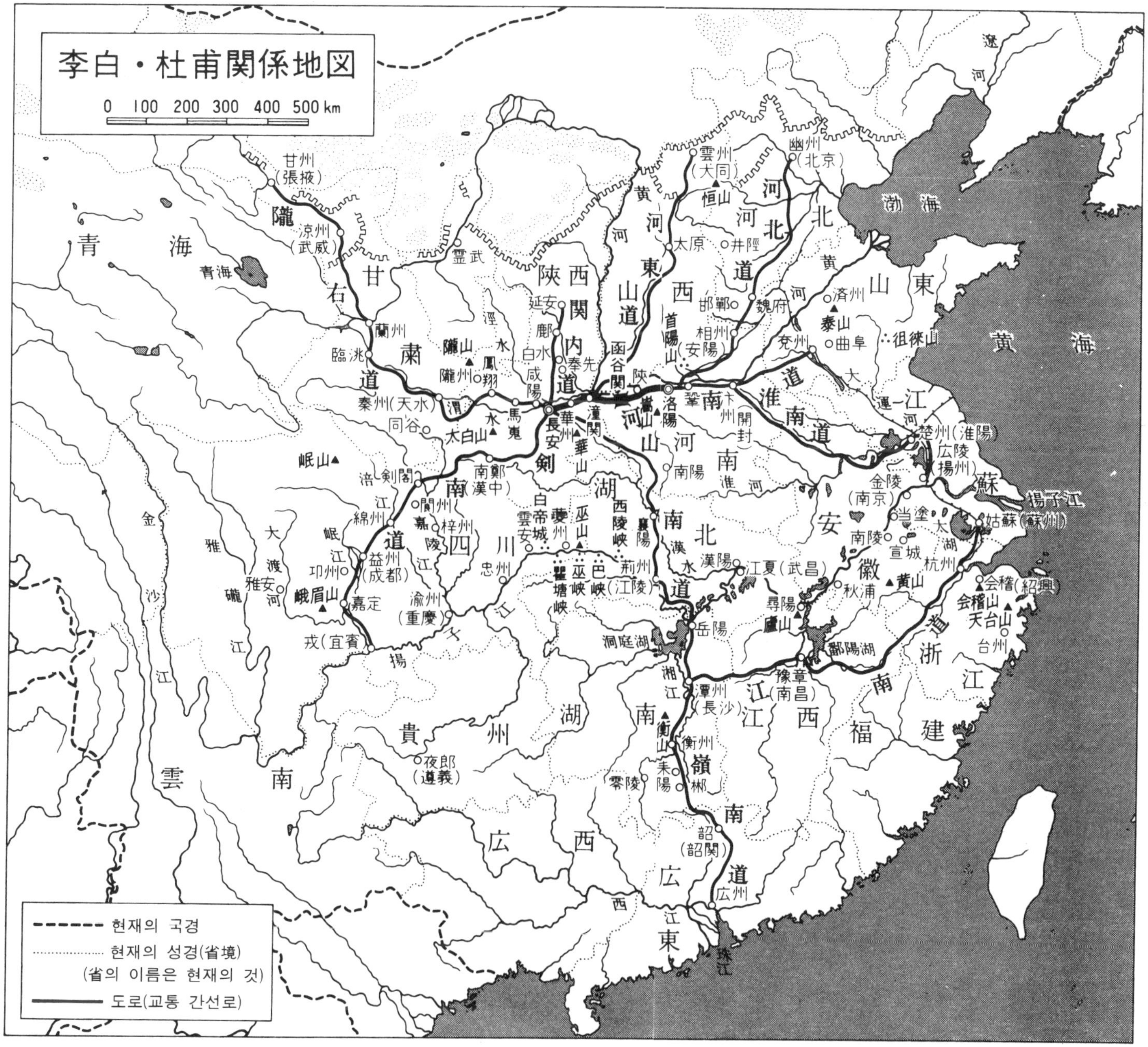
李白・杜甫関係地図
0 100 200 300 400 500 km
현재의 국경
현재의 성경(省境)
(省의 이름은 현재의 것)
도로(교통 간선로)
甘州(張掖)
涼州(武威)
蘭州
臨洮
秦州(天水)
長安
洛陽
函谷関
潼関
華山
嵩山
太原
雲州(大同)
幽州(北京)
恒山
泰山
兗州
済州
曲阜
開封
汴州
南陽
襄陽
江陵
荊州
巫山
白帝城
瞿塘峡
巫峡
西陵峡
夔州
益州(成都)
峨眉山
嘉定
綿州
梓州
閬州
渝州(重慶)
戎(宜賓)
岳陽
洞庭湖
潭州(長沙)
衡山
衡州
郴
耒陽
零陵
韶(韶関)
広州
豫章(南昌)
鄱陽湖
廬山
潯陽
江夏(武昌)
漢陽
秋浦
黄山
宣城
当塗
金陵(南京)
姑蘇(蘇州)
広陵 揚州
楚州(淮陽)
杭州
会稽(紹興)
天台山
台州
揚子江
渤海
黄海
青海
夜郎(遵義)
隴右道
関内道
河東道
河北道
河南道
淮南道
山南道
剣南道
江南道
嶺南道
青海
甘粛
陝西
山西
河北
山東
河南
湖北
四川
安徽
江蘇
浙江
江西
湖南
福建
貴州
雲南
広西
広東
黄河
淮河
漢水
湘江
珠江
大運河

中國古典漢詩人選 4
新譯 杜 甫

改訂 增補版 印刷●2003年 1月 15日
改訂 增補版 發行●2002年 1月 20日

譯著者●張 基 槿

發行者●金 東 求

發行處●明 文 堂
서울특별시 종로구 안국동 17～8
대체 010041-31-001194
전화 (영) 733-3039, 734-4798
(편) 733-4748
FAX 734-9209
Homepage www.myungmundang.net
E-mail mmdbook1@myungmundang.net
등록 1977. 11. 19. 제1～148호

값 12,000원
ISBN 89-7270-717-1 04820
ISBN 89-7270-052-5(세트)

新選東洋古典

新選東洋古典

新完譯 **擊蒙要訣** 金星元 譯註
新譯 **明心寶鑑** 金星元 譯著
新完譯 **小學** 金星元 譯著
新完譯 **大學・中庸** 金學主 譯著
新完譯 **孟子**(上,下) 車柱環 譯著
新完譯 **論語** 張基槿 譯著
新完譯 **詩經** 金學主 譯著
新完譯 **書經** 車相轅 譯著
新完譯 **周易** 金敬琢 譯著
新完譯 **春秋左氏傳**(全3卷) 文璇奎 譯著
新完譯 **禮記**(全3卷) 李相玉 譯著
新完譯 **古文眞寶**(前,後) 金學主 譯著
新完譯 **菜根譚** 洪自誠 原著 黃渼周 譯註
한글판 **論語** 張基槿 譯著
한글판 **孟子** 車柱環 譯著
新譯 **管子** 李相玉 譯解
新完譯 **老子** 金學主 譯解
新完譯 **近思錄** 朱熹 撰 成元慶 譯
新譯 **墨子** 金學主 譯解
新完譯 **孫子兵法** 李鍾學 譯著
新譯講讀 **四書三經** 柳正基 監修
東洋名言集 金星元 監修
新譯 **史記講讀** 司馬遷 著 진기환 譯
新譯 **列子** 金學主 譯解
新完譯 **楚辭** 屈原 著 이민수 譯
新完譯 **忠經・孝經** 金學主 譯著
新譯 **呻吟語** 呂坤 著 安吉煥 編譯
新譯 **傳習錄** 安吉煥 編譯
新完譯 **孫子・吳子** 金學主 譯
新譯 **諸子百家** 金瑩洙・安吉煥 共撰譯
新譯 **戰國策** 李相玉 譯
新完譯 **六韜三略** 李相玉 譯解
新完譯 原本 **明心寶鑑講義** 金星元 譯著
新譯 **三國志故事成語辭典** 陳起煥 編
新完譯 **淮南子**(上,中,下) 劉安 編著 安吉煥 編譯